NOG VIJF DAGEN

JULIE LAWSON TIMMER

NOG VIJF DAGEN

De Fontein

Eerste druk oktober 2015

Oorspronkelijke titel *Five Days Left*
This edition published by arrangement with Amy Einhorn Books, published by G.P.
Putnam's Sons, a member of Penguin Group (USA) LLC, a Penguin Random House
Company, through Ulf Töregård Agency AB
Copyright © 2014 by Julie Lawson Timmer
Copyright © 2015 voor deze uitgave Uitgeverij De Fontein, Utrecht
Vertaling Willemien Werkman
Omslagontwerp b'IJ Barbara | Amsterdam
Omslagillustratie © Plainpicture/Forster-Martin
Opmaak binnenwerk Hans Gordijn, Baarn
ISBN 978 90 325 1475 4
ISBN e-book 978 90 325 1476 1
NUR 302

www.uitgeverijdefontein.nl

Voor Ellen

Deel een

DINSDAG 5 APRIL

Nog vijf dagen

1

MARA

Mara had de methode lang geleden al gekozen: pillen, wodka en koolmonoxide. Ze noemde het een 'garagecocktail'. Zo klonk het bijna chic. Soms, als ze het hardop zei, kon ze zichzelf wijsmaken dat het niet afschuwelijk was.

Voor Tom zou het wel afschuwelijk zijn, en dat vond ze vreselijk. Ze zou het liever zo doen dat er geen lichaam achterbleef. Maar hoe ze het hem ook wilde besparen dat hij degene zou zijn die haar vond, het zou erger zijn als hij haar niet zou vinden. Dit was in ieder geval de netste manier. Hij zou iemand kunnen laten komen om haar auto weg te halen, en daarna zou hij om het beeld te verjagen, haar kant van de garage voor iets anders kunnen gebruiken. Hij kon er fietsen neerzetten. Tuingereedschap.

Of een tweede auto voor zichzelf. Misschien moest ze regelen dat er naderhand een zou worden geleverd. Of zou dat vreemd zijn? Een cadeau van je dode vrouw. Ze zou hem er jaren geleden al een hebben moeten geven. Voor hun trouwdag. Of om te vieren dat baby Lakshmi thuiskwam. Of zomaar. Ze had zo veel dingen moeten doen.

Mara fronste haar voorhoofd. Hoe kon het dat ze bijna vier jaar lang alles op haar lange lijst van dingen die ze moest doen voor ze stierf had afgestreept, en ze nu, vijf dagen voor het zover was, nog steeds met van alles bezig was.

Dat was nou juist de grap. Dat je tegen jezelf zei dat je zou wachten tot je alles had gedaan en dat je het zo bleef uitstellen. Omdat er altijd één laatste ding zou zijn. En dat was prima voor mensen die de luxe hadden het nog een paar weken, of maanden, jaren misschien, te kunnen uitstellen, tot er uiteindelijk geen excuses meer waren en ze klaar waren om door te zetten.

Mara had die luxe niet. In minder dan vier jaar tijd had de ziekte van Huntington, de ergste hersencelvernietiger die je je maar kon voorstellen, al meer schade aangericht dan zij en Tom zich hadden kunnen voorstellen. De ontslagpapieren van het advocatenkantoor bewezen het. Haar ooit sierlijke, atletische lichaam reageerde nu traag en weigerde mee te werken.

Als ze zichzelf toestond om nog dat ene moment met haar man en haar dochter mee te maken of om naar die ene bestemming die je gezien moest hebben te reizen, dan zou ze de volgende ochtend merken dat het te laat was en dat Huntington de teugels in handen had. Dan zou ze vastzitten in die gruwelijke tussenfase van niet in staat zijn zelf haar leven te beëindigen maar ook niet echt meer leven.

De tijd zat haar tegen. Ze kon niet langer wachten. Ze zou tot zondag wachten, zoals ze van plan was. Maar langer dan dat ging echt niet.

Mara nam een grote slok van het glas water op haar nachtkastje en stond op. Ze ademde diep in, strekte haar beide handen uit naar het plafond en hield haar ogen gericht op de badkamerdeur. Het was verleidelijk om langs haar handen omhoog te kijken, zoals de oefening bedoeld was, maar ze was al eens eerder eigenwijs geweest en de harde grond had altijd het laatste woord. Ze telde tot vijf, ademde uit en leunde iets naar voren, waarna ze haar handen nog vijf tellen tegen de grond drukte. Een onherkenbaar aangepaste zonnegroet, maar genoeg om haar hoofd weer helder te krijgen.

Het klateren van de douche hield op en Tom kwam uit de badkamer tevoorschijn. Hij wreef zijn donkere haar met een handdoek droog. 'Goeiemorgen,' zei ze met een blik op zijn blote borst. 'Je draagt mijn lievelingskleren, zie ik.'

Hij lachte en kuste haar. 'Je was nog diep in slaap toen ik opstond. Ik wilde eigenlijk je ouders bellen om te vragen of ze Laks naar de bus willen brengen.' Hij keek naar het bed. 'Ik kan ze nog steeds bellen, als je nog een paar uurtjes slaap wilt pakken.'

Laks. Mara kreeg een brok in haar keel. Ze bereikte het dressoir en legde er een hand op om haar evenwicht te vinden. Ze wendde zich af van haar man en deed alsof ze wat los geld en losse oorbellen op het dressoir ordende. Ze slikte moeilijk en dwong zichzelf iets te zeggen.

'Nee, dank je,' bracht ze uit. 'Ik ben nu toch op. Ik breng haar naar de bus. Ik moet toch in beweging komen. Ik heb boodschappen te doen.'

'Je hoeft geen boodschappen te doen. Waarom schrijf je niet op wat je nodig hebt en dan haal ik alles als ik naar huis kom.'

Hij liep naar de kast, trok een pantalon aan en pakte een overhemd. Ze hoopte heimelijk dat hij een blauwe zou kiezen, maar het werd een groen hemd. Ze zou proberen eraan te denken een paar blauwe overhemden vooraan te leggen, zodat hij voor het eind van de week een blauw hemd aantrok en zijn hemelsblauwe ogen nog een keer zouden schitteren.

'Ik ben heel goed in staat een paar boodschappen te doen, lieverd,' zei ze.

'Natuurlijk. Maar doe niet te veel.' Hij probeerde streng te klinken, maar aan zijn gezicht kon je zien dat hij wist dat ze zich door niemand wat liet zeggen.

Hij deed zijn riem om – derde gaatje – en ze schudde haar hoofd. Hij was in die twintig jaar nog geen kilo aangekomen. Zijn conditie was alleen maar beter geworden en hij liep meer kilometers nu hij de veertig gepasseerd was dan op zijn twintigste. De afgelopen tien jaar elk jaar een marathon. Hij had dat voor een deel aan haar te danken, bedacht ze, want tegenwoordig deed hij het ook om de stress de baas te blijven.

Ze liep naar de deur en raakte even zijn schouder aan toen ze hem passeerde. 'Koffie?'

'Geen tijd. Over twintig minuten de eerste patiënten.'

Een paar minuten later voelde ze hoe hij zijn armen van achteren om haar heen sloeg, toen ze aan het aanrecht stond en een afgemeten koffiecupje in het apparaat deed. Losse gemalen koffie kwam tegenwoordig eerder op het aanrecht of op de grond terecht dan in de filter.

Tom kuste haar hals. 'Doe niet te veel vandaag. Of liever helemaal niets. Blijf thuis, doe het rustig aan.' Hij draaide haar om en lachte haar wat verslagen toe.

Mara zag hem in de garage verdwijnen. Ze dwong zichzelf om langzaam adem te halen en drong de tranen terug. Ze richtte zich weer op het koffiezetapparaat en op het drup, drup, drup van de koffie die in de pot liep, de geur van hazelnoot, de stoom die uit het apparaat opsteeg. Ze zette een kopje op het aanrecht, schonk het halfvol en staarde er verlangend naar. Ze wilde heel graag een slok nemen, maar had geleerd dat ze de koffie wat moest laten afkoelen. Ze kon haar handen niet meer stil houden en ze had liever een vlek dan een brandwond. Nu ze was gekalmeerd, liep ze door de gang naar de kamer van haar dochter en keek om de hoek van de deur. Een klein hoofd keek slaperig op en een brede glimlach, met een groot gat in het midden waar vier tanden ontbraken, begroette haar. 'Mamma!'

Mara ging op het bed zitten en spreidde haar armen. Het meisje klom op haar schoot en sloeg haar armen stevig om de hals van haar moeder.

'Mmmmm, wat ruik je toch lekker.' Mara begroef haar gezicht in de haren van haar dochter, schoon van het bad van gisteravond. 'Klaar voor een nieuwe dag op school?'

'Ik wil vandaag bij jou blijven.' De armpjes grepen haar stevig vast. 'Ik laat je niet los. Nooit.'

'Zelfs niet als ik je... kietel... hier... en hier?'

Het kleine lijfje liet zich luid giechelend vallen en haar armen lieten haar los, zodat Mara zich kon loswurmen. Ze stond op, zette haar beste 'mamma meent het echt'-gezicht op en wees naar de schoolkleren die op de stoel in de hoek van de kamer waren klaargelegd.

'Goed, slaapkop. Kleed je aan en borstel je haar. Ik zie je zo in de keuken. De bus komt over een halfuur. Pappa heeft je wat langer laten slapen.'

'Oké.' Het meisje stond op, trok haar pyjama uit en liep naar de stoel.

Mara bleef even in de deuropening staan, alsof ze toezicht hield, om nog een paar seconden extra naar het kind te kijken dat haar met haar magere, olijfkleurige lijfje nog altijd verblufte.

Onder het aankleden zong Laks een van haar zelfgemaakte liedjes, een zing-zegverslag van wat ze aan het doen was, op haar eigen op- en neergaande melodie. Mara en Tom noemden het 'elfjesmuziek'.

'En dan trek ik mijn broek aan,
met de bloemen op de zakken,
en het roze T-shirt,
dat is zo mooi.'

Toen ze klaar was, maakte ze een pirouette, met haar armen boven haar hoofd, zoals ze de grote meisjes op ballet had zien doen. Daarna bleef ze staan, keek naar haar moeder en lachte triomfantelijk. Mara bracht haar trillende onderlip onder controle en lachte terug. Ze vertrouwde haar stem niet en stak haar hand omhoog, met gespreide vingers om het aantal minuten aan te geven dat het meisje had om naar de keuken te komen.

2

MARA

Toen ze de nacht nadat haar diagnose gesteld was, bijna vier jaar geleden, in bed lag, had Mara in de duisternis liggen staren. Tom had kapot van verdriet naast haar gelegen en sliep onrustig. Lang voor de eerste grauwe strepen van de dageraad de inktzwarte nacht hadden verdreven, had Mara zichzelf een belofte gedaan: ze zou een datum kiezen en daar niet van afwijken. Geen twijfels, geen excuses.

Tot het zover was zou ze alles uit haar leven halen en zo veel mogelijk de baas zijn over de dagen die haar restten. Ze zou Huntington flink partij geven voor ze uiteindelijk de handdoek in de ring zou gooien, haar drankje zou nemen en de wereld zou verlaten op dezelfde manier als ze haar leven had geleefd – op haar voorwaarden. Ze zou die kloteziekte niet het plezier gunnen dat hij haar het leven zou afnemen.

Een datum prikken was gemakkelijk: 10 april, haar verjaardag. Ze wist dat Tom en haar ouders toch al op die datum om haar zouden rouwen en het leek niet eerlijk dat er nog een datum zou zijn waarop ze zo verdrietig zouden zijn. Maar welke 10 april, welke verjaardag? Niet de eerste na haar diagnose, besloot ze – ze zou zeker nog een compleet, goed jaar hebben voor de ziekte zijn volgende stadium zou ingaan. De tweede leek ook te snel. Maar de vijfde zou te laat kunnen zijn.

Tegen de tijd dat de Texaanse zon zijn eerste stralen door de kieren in de luiken wierp en het plafond in hun slaapkamer van lichtgrijs in wit veranderde, had Mara geconcludeerd dat het het veiligste zou zijn om een symptoom te kiezen dat het begin van het einde aankondigde, een waarschuwing dat de ziekte van de eerste fases was overgegaan naar de meer gevorderde. Zodra dat symptoom zich voordeed, zou ze zichzelf geven tot de eerstvolgende 10de april en dan zou ze het doek laten vallen.

Toen ze in de keuken op Laks stond te wachten, werd ze overvallen door een golf van misselijkheid en ze greep zich vast aan de rand van het aanrecht. Ze hoopte dat het gevoel weg zou trekken voor haar dochter verscheen. Ze kneep haar ogen dicht, maar ze kon gisteren niet vergeten en haar draaierigheid werd alleen maar erger toen de ochtend van gisteren zich weer voor haar ogen afspeelde.

Ze had in de supermarkt bij de schappen met ontbijtgranen gestaan. Een klein jongetje stond een paar meter van haar vandaan. Een mollig handje lag op de heup van zijn moeder toen ze vooroverboog om iets van het onderste schap te pakken. Hij lachte verlegen naar Mara en zij lachte terug.

Hij hief een hand op en zij zwaaide terug toen ze, zonder waarschuwing, opeens een overweldigende aandrang voelde om naar de wc te gaan. Ze probeerde zich te herinneren waar de toiletten in de winkel waren en vroeg zich af waarom haar lichaam zich zo ongeduldig gedroeg. Voor ze het antwoord op een van beide vragen had bedacht, was het al te laat geweest. Langzaam boog ze haar hoofd om haar lichtgrijze yogabroek te inspecteren, waarop nu een grote natte plek bij het kruis te zien was. Er liep een smalle, donkere streep omlaag langs de binnenkant van haar rechterbeen. 'O mijn god,' fluisterde ze. 'O nee.'

Ze legde een hand op het grootste deel van de vlek en probeerde hem te verbergen, Maar de jongen had het al gezien en zijn mond vormde een verraste 'O.' Mara probeerde weer naar hem te lachen om hem te laten weten dat er niets aan de hand was, en dat zijn moeder niets hoefde te weten. Haar mond wilde alleen niet meewerken en dus hield ze haar vinger voor haar lippen. Op dat moment kwam echter de moeder van de jongen weer overeind en hij trok aan haar arm en wees naar Mara. 'Mamma! Die mevrouw heeft in haar broek geplast!'

Mara was vuurrood geworden. Ze greep naar het jasje dat ze altijd in haar karretje bij zich had om zich te wapenen tegen de airconditioning in de winkel, maar het was er niet. Ze had het in de auto laten liggen. Als een gek zocht ze iets waarmee ze zich zou kunnen bedekken.

De moeder van de jongen keek uitdrukkingloos en deed haar best niet te reageren. Ze pakte een pak papieren servetten uit haar karretje en scheurde het open terwijl ze naar Mara toe liep, haar zoontje achter zich aan. 'Niet zo kijken,' siste de vrouw.

Toch bleef het kind strak naar Mara's natte broek kijken. Toen ze dichterbij kwamen, kneep hij zijn neus dicht. 'Iewww!'

Dit leverde hem een bestraffende sis van zijn moeder op. 'Brian!' Toen ze bij Mara was, stak de vrouw haar een stapel servetten toe. 'Misschien kunt u het droogdeppen?' Ondanks haar neutrale gezichtsuitdrukking, was haar gezicht vuurrood en ze trok bijna onmerkbaar met haar neus. 'Ik kan een deken uit mijn auto halen,' zei de vrouw, maar met een blik op haar zoon voegde ze eraan toe: 'maar tegen de tijd dat ik met hem helemaal naar de auto ben gelopen en terug…'

'Dank u,' fluisterde Mara en ze pakte de papieren servetten aan. 'Dit is me nog nooit overkomen.' Ze depte haar broek, terwijl Brian aan zijn moeders arm stond te trekken. Na een minuut richtte Mara haar natte, met schaamte gevulde ogen op de vrouw, die meelevend naar haar keek. 'U hoeft niet te blijven staan. Ik wil uw zoontje niet van streek maken.'

'Geen probleem,' zei de vrouw en ze gaf haar nog meer servetten. Mara zocht naar een plaats waar ze de gebruikte servetten kon laten en stopte ze uiteindelijk maar in haar tas. Dat leidde tot een geschokte reactie van de jongen die zijn pogingen om zijn moeder mee te trekken verhevigde. De vrouw trok het kind naast zich en legde een hand op zijn hoofd om zijn aandacht vast te houden. Ze boog zich naar hem toe en fluisterde: 'Deze aardige mevrouw heeft onze hulp nodig en dus helpen wij haar.'

'Maar –'

'Sst! Geen woord meer.'

Mara stopte met het deppen van haar broek en hief haar hoofd op. Ze opende haar mond om iets te zeggen. Ze had te veel koffie gehad, wilde ze zeggen. Om maar niet te spreken van het water waarmee ze haar pillen innam. En de proteïneshake die ze elke ochtend van Tom moest drinken om op gewicht te blijven. Ze was ook afgeleid door de vele dingen die op haar lijstje stonden. Ze had de afgelopen uren niet de tijd genomen om naar de wc te gaan.

Ze sloot haar mond weer. Ze moest anderen niet belasten met haar verhaal. Ze keek weer omlaag en ging verder met haar broek, maar het had geen zin. De broek was te dun, de vlek te donker. En nu zat ze onder de witte pluisjes van de papieren servetten. 'Volgens mij werkt het niet,' zei ze tegen de vrouw en er schoot een scherpe steek van vernedering door haar heen toen ze hoorde hoe haar frustratie er in een hoge jammertoon uitkwam. Ze staarde naar het natte servet in haar hand. Ze zou een langdurige douche met veel zeep nodig hebben om van de stank af te komen.

Mara keek weer naar de jongen. De afkeer droop van zijn gezicht. Wat was ze dankbaar dat hier alleen vreemden waren die het hadden gezien. Wat als Laks erbij geweest was? Of Tom? De gedachte deed het bloed uit haar hoofd trekken en ze legde een hand op haar karretje om overeind te blijven. 'Het spijt me zo,' zei ze en ze keek van moeder naar zoon.

'Wat is er met haar?' fluisterde Brian en zijn moeder en Mara keken elkaar even aan, een zwijgende afspraak dat ze de vraag van de jongen zouden negeren.

'Hij is lief,' zei Mara. Ze wilde niet dat de vrouw zich schuldig voelde over de reactie van haar zoon. Wie kon het hem kwalijk nemen? 'Ik vind het heel vervelend, maar ik laat mijn kar hier staan en ga snel naar mijn auto toe.'

'Ik kan uw spullen wel terugzetten,' zei de vrouw. Ze gebaarde naar Mara's broek en zei: 'Het ziet er al iets beter uit.'

Haar glimlach was echter gemaakt en Mara voelde zich als een kind tegen wie werd gezegd dat het haar dat ze zelf geknipt had er 'prima' uitzag.

'Dank u voor uw hulp,' zei Mara zacht. 'Het spijt me echt verschrikkelijk.'

'Graag gedaan. Doe voorzichtig.'

Toen Mara zich terugtrok tussen de schappen, hoorde ze de veel te opgewekte stem van de vrouw de rest van haar boodschappenbriefje hardop voordragen om het geluid van het kind naast haar te overstemmen, dat – Mara was er zeker van – zijn moeder vroeg wat er aan de hand was met die gekke mevrouw met die tas vol met van urine doordrenkte servetten.

Ze dwong zichzelf om stug voor zich uit te kijken terwijl ze langs de kassa's liep, de winkel uit. Tegen de tijd dat ze de parkeerplaats had bereikt, trilden haar lippen en voelde ze de bekende druk achter in haar keel die aangaf dat er tranen aankwamen. Ze liet zich in de auto vallen, trok het portier achter zich dicht, bijna voor haar voeten binnen waren, en zakte achterover in haar stoel, met haar handen voor haar gezicht geslagen.

'O mijn god, o mijn god, o mijn god!'

Ze begon hevig te snikken en hapte tussendoor naar adem. Toen ze te uitgeput was om overeind te blijven zitten, zakte ze voorover en liet haar hoofd op het stuur vallen. Zo bleef ze zitten, voorovergebogen en huilend, een uur lang, terwijl ze de gebeurtenis steeds weer in slow motion in haar hoofd afspeelde, steeds hopend op een andere afloop.

Uiteindelijk was haar lichaam te uitgeput om nog tranen of geluid voort te brengen en werd ze zich vaag bewust van auto's die vlakbij parkeerden, het geluid van radio's, dichtslaande deuren, kinderen die naar hun ouders riepen. Ze bleef nog even op het stuur hangen voor ze overeind kwam, haar wangen en neus met een mouw droog veegde en zichzelf aankeek in de achteruitkijkspiegel.

'Dat is het dus,' zei ze ferm tegen de dikke, roodomrande ogen die haar aanstaarden. 'Zondag is mijn verjaardag. Ik heb tot dan.'

Nog vijf dagen, vanaf deze ochtend. Zo weinig tijd. Maar ze was al vier jaar bezig om zich voor te bereiden, vanaf die vroege ochtend dat ze naast haar man in bed lag, een deadline had vastgesteld en zichzelf had beloofd om geen enkel excuus te zoeken om deze te laten passeren.

Sinds dat moment had ze van elk moment genoten alsof het haar laatste was. Grote momenten: Laks' verjaardagen, Thanksgiving,

Kerstmis, hun trouwdag. En kleine: koken met haar moeder, zien hoe haar vader Laks verhaaltjes voor het slapengaan voorlas, bellen blazen op het bankje voor het huis terwijl Tom en Laks een wedstrijdje hielden wie ze het eerst te pakken had. De kleine, had ze bedacht, zou ze het meest missen.

'Mamma?' Laks, met haar rugzak over één schouder, zoals de grote kinderen in de bus dat deden, kwam de keuken binnen en pakte het ballerina-lunchtrommeltje van het aanrecht. 'Je bent toch niet weer vergeten er een koekje bij te doen, hè?' Ze keek wantrouwend naar haar moeder en opende haar lunchdoos om te kijken. Tevreden deed ze hem weer dicht en stak haar hand uit. 'Gaan we?'

Er stak een pluk haar uit boven haar rechteroor, het gevolg van een ongelukje met lijm, een week eerder. Laks' beste vriendinnetje Susan had per ongeluk lijm in haar haren gesmeerd en had in een poging de schade te herstellen de lijm eruit geknipt met een veiligheidsschaar. In de dagen daarop had Mara verschillende pogingen ondernomen het kind te overreden haar haren in een staart te dragen om de plukjes te verbergen, maar elke poging was in ruzie en tranen geëindigd en Mara had het opgegeven. Ze kreeg een brok in haar keel ter grootte van een vuist toen ze naar haar dochter keek, met plukkerig haar en ontbrekende tanden. Ze was prachtig.

Hoe kon ze er ooit klaar voor zijn?

Maar daarom had ze juist die belofte gedaan. Zodat ze zou doorzetten, klaar of niet.

'Ik doe het niet in een staart, mamma,' zei Laks, met een vastberaden trek om haar mond. Ze was een kopie van haar moeder, ook al deelden ze geen DNA, merkte Tom regelmatig op. 'Dat trekt aan mijn haar. Dat zei ik toch.' Ze legde een hand op haar voorhoofd en trok de huid naar achteren, om het te laten zien.

Mara schraapte haar keel en stond op. 'Dat weet ik,' zei ze. 'Ik dacht niet aan je haren. Ik was alleen een beetje laat met antwoord geven.'

'O.' Laks knikte, gerustgesteld. 'Gaan we dan?'

Mara gaf Laks een kus op haar hoofd en aaide even over de stoppels voor ze haar handje vastpakte. 'Ja, lieverd, we gaan.'

3

SCOTT

Scott reed de oprit op en parkeerde vlak bij de stoep, om genoeg ruimte over te laten voor Curtis, die bij het basketbalnet aan de garagedeur ballen stond te schieten. Boogballetjes, een uitkomst voor een jongen van acht, dacht hij. Toen Curtis de auto hoorde, draaide hij zich om. Hij zwaaide.

'Mooi geschoten, Kleine Man.'

'Bah. Ik heb zo genoeg van die boogballetjes, maar meer kan ik niet doen met dit net.' De jongen hield de bal voor zijn borst en keek naar het ding alsof het een verrader was. Toen knikte hij. Scott liet zijn sleutels en aktetas op de oprit achter en maakte in één vloeiende beweging een snelle dribbel, schoot en dunkte de bal. Woesj. Curtis greep de rebound en probeerde net zo'n schot. Hij miste snelheid en lengte en de bal boog een halve meter onder de basket door. Hij trok een wenkbrauw op. 'Zie je wel?'

Scott ving de bal op. 'Ik weet het, ik weet het. Ik had een van die verstelbare, losstaande baskets voor je moeten kopen toen we je oude vriend daar met pensioen stuurden.' Hij knikte naar een versleten plastic basketbalring die tegen de garage leunde. Hij plaatste nog een schot en hield toen zijn armen wijd. De jongen rende naar hem toe en sloeg zijn armen om zijn middel. Scott streelde het hoofd dat tegen zijn buik aan lag, zijn witte hand stak af tegen de bruine huid die door Curtis' zwarte kroeshaar schemerde. Hij boog zich voorover en drukte zijn neus en mond tegen het hoofdje en snoof de geur van kleinejongenszweet en het voorjaar in Michigan in zich op.

'Ik ga je missen,' zei hij. Het kind knikte en greep hem steviger vast. Zo stonden ze even, de armen om elkaar heen, tot Curtis zich losmaakte, met een vuile hand over zijn natte ogen wreef en achter de bal aan rende.

'Waar is Laurie?' riep Scott de jongen na.

'Keuken. Ze maakt lasagne.'

Dat leverde hem een goedkeurende glimlach op. 'Waar heb je dat aan verdiend?'

'Juf Keller heeft een krul in mijn boekje gezet omdat ik een goede dag had.' Hij keek hem aan met een blik alsof hij wilde zeggen 'Wat vind je daarvan?' en stak zijn hand uit voor een *fist-bump*.

'Mooi. Dat zijn er al twee deze week. Nog drie en je mag vrijdag-avond laat opblijven.'

'Popcorn en een film. Tot tíén uur.' De jongen vertrok zijn mond in gespeelde wanhoop. 'Maar Laurie wil ook kijken, omdat het onze laatste is, dus het moet een film voor meisjes zijn. Geen schietfilm.'

'Maar toch, om tien uur naar bed is niet verkeerd.'

Curtis' gezicht klaarde op. 'En popcorn.'

'Doe dus je best de komende dagen. Ik ga naar binnen. Na het eten nog even wat balletjes schieten?'

'Misschien. Maar ik moet vanavond lezen, zei Laurie. En rekenen oefenen.'

Scott glimlachte om de gespeelde boosheid. De jongen reageer-de prima op de verwachtingen en de regels in huize Coffmans. Hij voelde zich er goed bij maar was oud genoeg om te weten dat hij dat niet moest toegeven. Scott speelde mee. 'School is belangrijk, Kleine Man. Kom je zo eten?'

Hij bukte zich om zijn spullen op te rapen en liep naar de voor-deur. Achter hem hoorde hij een luid 'Shit!' toen de bal net langs de basket ging.

Hij duwde de deur achter zich dicht, legde zijn sleutels op het tafeltje in de hal en snoof de geur op: knoflook, tomaat, basilicum, kaas.

'Laur?' riep hij. 'Het ruikt hier heerlijk!'

Hij liet zijn tas op de grond vallen en bukte zich om een spijker te bekijken die zich omhoog had gewerkt in de vloer en nu de eerste sok die langskwam bedreigde. Hij drukte hem weer de plank in met zijn hak en controleerde de rest van de gang. Het was nu tien jaar geleden dat hij die vloer had gelegd. Nadenkend legde hij een hand op zijn rug.

Het droomhuis, zoals zijn vrouw dat zag, had niet in hun budget gepast. Het had een takenlijst van drie pagina's en een jaar lang elk weekend en elke avond klussen gekost om het honderd jaar oude koloniale huis 'waar nog wel iets aan gedaan moest worden' op te knappen. Het was de prijs die ze moesten betalen, zeiden ze tegen zichzelf, voor het soort huis waar zij van droomde en dat hij haar wilde geven: een groot huis met houten vloeren, ingebouwde kasten en twee open haarden. Veel karakter en, op een dag, vol met kinderen.

Hij streek met zijn hand over de muur van de gang. Het had alleen al twee maanden gekost om alle lagen behang te verwijderen. En toen was er het schilderwerk – alles in hetzelfde 'warme ecru' met in elke kamer een muur in een afwijkende kleur, zorgvuldig gekozen nadat ze stalen van verschillende tinten hadden bekeken. Ze zeiden voor de grap dat ze de man van de verfwinkel een kerstkaart zouden sturen.

Hij leunde tegen de keukendeur. Zijn vrouw stond gebukt voor de oven. Hij was nog altijd verbaasd als hij haar dikke buik zag. Ze had haar werkkleren nog aan, maar haar golvende blonde haar had ze in een paardenstaart gedaan.

'Ruikt fantastisch,' zei hij nog eens.

'O, hallo. Ik had je niet gehoord.' Ze haalde de lasagne uit de oven.

Hij liep naar haar toe en kuste haar. 'Hij had een goede dag, begrijp ik.' Hij snoof de geur van de lasagne weer op. 'Mmmm. Blij toe. Ik heb de laatste tijd zelf ook veel zin in lasagne.'

Ze trok een grimas en legde een hand op haar buik. 'Dan zijn er tenminste twee die zin hebben. Ik kan het niet eens ruiken.' Ze wuifde zijn bezorgdheid weg. 'Het is niets. We hadden vandaag *fattoush salad* bij de lunch, van die nieuwe zaak vlak bij kantoor en het was iets te vet. Stel je trouwens niet te veel voor van die goede dag. Ik heb even met juf Keller gepraat toen ik hem ophaalde. Ze houdt deze week rekening met de overgang. Hij heeft maar de helft van zijn gedragsdoelen gehaald, maar ze besloot om dat voor volledig te rekenen. Ik denk dat ze hem een positief gevoel wil geven, zodat hij vrijdag niet volledig instort.'

'Misschien weet juf Keller ook een manier om te voorkomen dat ík instort,' zei Scott. Hij zuchtte, schoof het gordijn van het raampje boven de gootsteen opzij en keek naar de jongen op de oprit tot een hand op zijn rug hem eraan herinnerde wie zijn aandacht nu nodig had. Hij liet het gordijn los en draaide zich om naar zijn vrouw.

'Ik ben verbaasd dat je meegaat in die toegeeflijkheid,' zei hij. 'Lasagne, als hij zijn doelen niet echt gehaald heeft?' Laurie was het hele jaar lang degene geweest die achter de discipline had aangezeten. Hij legde een hand op haar buik. 'Het komende moederschap maakt je zacht, hè?'

Ze haalde haar schouders op. 'Ik zou het toch al maken, wat ik ook van juf Keller te horen zou krijgen. Ik wilde er zeker van zijn dat hij het nog een keer te eten zou krijgen voor zijn vertrek. Morgen spaghetti en dan mag hij koekjes bakken. Donderdag zelfgemaakte pizza. Ik denk dat ik vrijdag een taart bak en jij kunt zaterdag hamburgers maken. Allemaal lievelingseten van hem. Hoewel ik ook wel de neiging heb om hem alleen nog maar groenten en fruit te geven, om er zeker van zijn dat hij gezond eet voor hij teruggaat.'

Scott slikte.

'Sorry,' zei ze.

'Nee, het is goed. Het heeft geen zin om te doen alsof. Hij gaat niet naar het Ritz als hij hier weggaat. Zo is het nu eenmaal. En het is niet erg – tenminste, dat is wat ik mijzelf de afgelopen weken steeds loop wijs te maken.' Hij sloot zijn ogen alsof hij een mantra opzei. 'Het komt allemaal goed. Ook al eet hij koude ravioli uit blik en gaat hij maar eenmaal per week onder de douche en valt hij terug in al zijn oude gewoonten. Dat is allemaal beter dan gescheiden te zijn van zijn moeder. Ook al vindt zij het goed dat hij zijn huiswerk niet maakt, het is het beste voor hem als hij bij zijn moeder is.'

'Dat is helemaal waar,' zei Laurie en hij hoorde de frustratie in haar stem doorklinken. 'En het klinkt bijna alsof je er deze keer in gelooft.' Ze zei er net niet 'eindelijk' bij, maar hij wist dat ze het dacht.

'Bijna,' zei hij. Ze begon iets te zeggen, en om niet te horen wat hij wist dat ze zou gaan zeggen, viel hij haar in de rede. 'Bedankt dat je hem hebt opgehaald, trouwens. Sorry dat alles op het laatste moment anders liep. Kan ik je ergens mee helpen? Zal ik de tafel dekken?'

Het werkte. Ze gaf hem drie glazen en een mand met brood, pakte zelf het bestek en de servetten en ging hem voor de eetkamer in. 'Geen probleem hoor, maar ik dacht dat je Pete had gevraagd deze week je lessen over te nemen zodat je meer thuis kon zijn, en niet om meer tijd te hebben voor afspraken met ouders. Waarom vroeg je die vrouw niet om tot volgende week te wachten?'

Ze sprak op de te luchtige toon die hij kende als een in beleefdheid verpakt verwijt en haar vraag klonk uitdagend. Ze had dergelijke vragen vaker gesteld: Waarom stond hij zaterdagochtend vroeg op om de rit van een halfuur naar het centrum van Detroit te maken als hij kon uitslapen? De helft van de kinderen die naar het lesprogramma gingen dat hij op zaterdag gaf, kwam toch alleen maar voor de gratis pizza bij de lunch, snapte hij dat niet? Waarom bracht hij zijn zomeravonden door op het uitgesleten schoolplein waar hij basketbalde met kinderen die de meeste leraren liever kwijt dan rijk waren?

Scott spreidde zijn handen in een gebaar dat om vergeving vroeg. 'Je weet hoe die oudergesprekken meestal gaan op school. Ik zit een uur lang in *Sports Illustrated* te bladeren en er nemen misschien een of twee mensen de moeite om langs te komen. Als mensen eindelijk interesse tonen in de opleiding van hun kind, dan moet ik er zijn om ze te ontvangen. Als ik haar tot volgende week had laten wachten, was ze waarschijnlijk niet meer gekomen.'

'Je kunt niet in je eentje alle leerlingen van de Franklin Middle School redden.'

'Dat weet ik. Ik bereik ze niet allemaal. Drie jaar is niet lang genoeg.' Moeizaam verscheen er een glimlach op zijn gezicht.

Ze zuchtte toen ze terugliep naar de keuken. 'Daar ging het mij niet om en dat weet je.'

Scott pakte een biertje uit de koelkast, opende het, en schonk vervolgens een glas vol met water uit de kraan. Hij gaf haar het glas en hief het biertje omhoog. Zij klonk met haar glas tegen het flesje, nam een slok en trok een gezicht, haar hand op haar buik.

'Weet je zeker dat je je goed voelt?' vroeg hij.

Ze zuchtte. 'Je weet hoe het is. Als ik ook maar iets eet wat verkeerd valt, heb ik er de rest van de dag last van.'

Hij hief zijn biertje nog een keer. 'Dat het laatste trimester maar beter mag zijn.' Het laatste trimester begon over twee weken. Ze was op 15 juli uitgerekend.

'Ik hoop het.' Ze zette haar glas op het aanrecht en hield haar blik erop gericht. 'Het is nooit het juiste moment om zoiets te zeggen en dat is het nu ook niet, maar ik denk echt dat het beter wordt als we ons leven terug hebben.' Ze zag zijn gezicht en voegde er snel aan toe: 'Ik bedoel niet echt *beter*, maar, nou ja, gemakkelijker. Direct na het werk lekker naar huis en gaan zitten? Ontspannen? In plaats van tegelijkertijd taxichauffeur, serveerster van middagsnacks, en huiswerkbegeleider te zijn?'

Scott keek weer uit het raam naar de jongen op de oprit en gaf geen antwoord. Er waren niet veel dingen die hij liever deed dan tijd doorbrengen met Curtis.

'Zit jij liever een boek te lezen dan dat je met mij basketbalt?' had Curtis een keer gevraagd. 'Laurie zegt dat ik moet vragen wat je liever doet, en niet moet verwachten dat je elke keer maar weer met mij komt spelen.'

Scott had zijn boek op de grond laten vallen. 'Ik ben altijd liever met jou. Maar wil jij misschien liever in je eentje balletjes schieten, zonder tegenstander, zodat je later tegen jezelf kunt zeggen dat je de beste was? Of moet ik komen en de vloer met je aanvegen?'

Wil je liever. Het was hun taal geworden. Een kleinejongensversie van 'ik hou ook van jou'. Wat wil je liever? Glas eten of eroverheen lopen? Wat wil je liever? Een handvol levende spinnen eten of een uur in een ruimte vol vleermuizen staan?

Scott hoorde Laurie achter hem haar keel schrapen. Wat wil je liever? Naar de jongen blijven kijken en je vrouw de rest van de avond met een slecht humeur opzadelen of aandacht aan haar besteden? Hij wendde zich van het raam af.

'Ik ga hem ook missen,' zei ze. Ze pakte een mes uit de la en begon de lasagne te snijden. 'Maar ik richt me nu op de positieve kant. Dat zou jij ook moeten doen. Ik heb onze volgende week al volgepland: maandag ga ik als ik uit kantoor kom met de stapel babyboeken waar ik nog niet aan toe ben gekomen op de bank zitten en beweeg ik me niet meer tot het tijd is om te eten.' Ze wees met haar mes naar hem. 'Ik reken erop dat mijn man mij dan mee uit eten neemt. Misschien zelfs een film na afloop. Wanneer zijn we voor het laatst samen uit geweest?'

Ze zweeg en wachtte op een reactie. Nadat hij duidelijk zijn best had gedaan enthousiast te knikken zei ze: 'Dinsdag ga ik eindelijk die zwangerschapsmassage doen waar de meiden op kantoor mij die bon voor hebben gegeven. Ik kan niet wachten.' Ze legde een hand op haar onderrug en wreef. 'Woensdag… nou ja, ik ben nog maar tot dinsdag gekomen met mijn planning. De rest van de week zal waarschijnlijk bestaan uit veel zitten, met mijn voeten omhoog, en lezen. In absolute stilte.'

'Lekker.'

'Denk eens aan alle dingen die je kunt doen in je hervonden vrije tijd,' zei ze. 'Babyboeken met mij lezen, om te beginnen. We zijn nu zes maanden onderweg en we lopen ongeveer zes maanden achter met leren wat er daarbinnen allemaal gebeurt.' Ze wees naar haar buik en hij legde zijn hand erop. Zij legde haar hand over de zijne, leunde tegen het fornuis en lachte. 'Soms kan ik het nog steeds niet geloven. Na al die tijd. Een baby. In dit huis. In juli.' Haar lach werd breder. 'Kun jij het geloven?'

'Ik loop nog steeds als een idioot te lachen als iemand ernaar vraagt. Dat zegt Pete tenminste.' Pete Conner was leraar Engels op het Franklin, een collega maar tevens Scotts assistent bij het basketbal en zijn beste vriend.

Laurie knipte met haar vingers. 'O, ik vergat het bijna. Bundles of Joy belde. Die wieg waar we naar gekeken hebben? Die met de leeuwenpootjes, die al verkocht was? Het blijkt dat er eind van de week of maandag nog eentje binnenkomt. Hij is grijs, maar een paar lagen verf kunnen dat verhelpen. Hij is voor ons.'

'Geweldig nieuws van die wieg. Maar jammer dat hij geschilderd moet worden.'

'Kom, dat is juist leuk. En deze keer maar één kamer, hè?'

Hij keek haar schuin aan om te laten weten dat hij haar doorhad. Het was misschien maar één kamer, maar hij had haar lijstje gezien voor de babykamer en het was net zo lang als destijds voor de hele bovenverdieping. Ze lachte en stompte hem tegen zijn schouder. 'Hou op,' zei ze. 'Je gaat net zo veel als ik van het inrichten van die kamer genieten.'

'Ja, weet ik,' zei hij. 'Ik ga de jongen halen.'

De voordeur vloog open voor hij er was en Curtis rende naar binnen. Op het laatste moment opende Scott zijn armen om hem op te vangen en Curtis schaterde het uit toen ze op elkaar botsten. Met tegenzin liet Scott hem weer los, legde een hand op de schouder van de jongen en stuurde hem in de richting van de keuken. 'Handen wassen, LeBron. We gaan eten.'

4

MARA

Toen de bus was vertrokken, stond Mara in de keuken bij het aanrecht. Met haar hand wreef ze over het koele graniet. Dit was haar favoriete ruimte in het huis. Ze had de keuken altijd zo verleidelijk gevonden, met zijn gladde, donkergrijze granieten aanrecht, opgelicht door dunne lijntjes groen kalksteen, de hoge kersenhouten kasten, de sexy plavuizen op de vloer, lichter grijs dan het graniet, maar ragfijn dooraderd met hetzelfde groene kalksteen.

Tegenwoordig stelde de keuken haar voor steeds meer problemen, maar ze was er nog steeds graag. De ovendeur werd met de dag zwaarder en er was een geoefende combinatie van arm-, been- en heupbewegingen voor nodig om hem te openen en te sluiten. Ze moest met een wijde boog om het aanrecht heen lopen; ze had genoeg blauwe plekken op haar heupen om haar eraan te herinneren hoe pijnlijk een botsing met het graniet kon zijn. En de mooie plavuizen vloer moest je ook niet onderschatten. Als ze weleens een glas of bord uit haar handen liet vallen, hoefde ze er niet op te hopen dat het heel zou blijven. Ze kon dan direct stoffer en blik gaan halen.

Tom zei steeds dat ze meer tijd moest doorbrengen op de zachte bank en de met tapijt bedekte vloer van de woonkamer in plaats van op de harde houten stoelen en de barkrukken in de keuken. Maar Mara hield van de manier waarop de zon viel door de glazen schuifdeuren die toegang gaven tot de achtertuin. De zonnevanger die in de deuropening hing, bundelde het licht dat in geconcentreerde stralen de keuken in scheen, een miljoen laserstralen van kleur die haar altijd vervulden van energie, zelfs op dagen die volgden op slapeloze nachten of nare gesprekken met dokter Thiry van de Huntington-kliniek in het centrum van Dallas.

Mara, Tom en Laks lunchten altijd in de keuken en aten hun avondeten in de eetkamer. De keukentafel was Mara's werkplek. Daar stond haar laptop, er lagen blocnotes, er stond een potje vol pennen en er lagen minstens tien pakjes Post-its. Vroeger lagen er overal dossiers. Nu gebruikte Mara die ruimte voor de tijdschriften en romans die ze las als ze midden in de nacht nog wakker was en er niets meer was om online naar te kijken.

Tot voor kort was ze altijd direct naar de tafel gelopen na haar eerste ochtendtraining op de crosstrainer en met de gewichten in de logeerkamer en werkte ze nog een paar uur voor de rest van het huis wakker werd. Ze keerde er terug als Laks weer in bed lag tot Tom haar uiteindelijk zover kreeg er een punt achter te zetten en bij hem te komen zitten op de bank of voor het haardvuur.

Nu liep Mara naar de tafel. Ze ging zitten en trok een vel van een groot formaat Post-it-blok, koos een pen en overwoog wat ze allemaal nog moest doen in de komende vijf dagen. Ze moest elk detail van zondagochtend plannen. Zorgen dat Laks zaterdagavond niet thuis was. Ze moest afscheid nemen.

Taak nummer 1 was grotendeels af. Er stond een fles wodka in de drankenkast. Ze was al een paar maanden slaappillen aan het hamsteren en dacht dat ze genoeg had, maar ze zou ze later tellen, om het zeker te weten. Als ze dacht dat ze er meer nodig had, hoefde ze alleen maar naar dokter Thiry te bellen. Vier eenvoudige woorden, 'ik kan niet slapen', en er kwamen weer dertig kleine witte pilletjes haar kant op.

Taak nummer 2 – zorgen dat Laks niet thuis was – was een gemakkelijk klusje. Mara pakte de telefoon en belde haar ouders.

'Goeiemorgen, dochter.' Pori nam direct op.

'Ha pap! Is mamma daar ook?'

'Dat is ze, maar ik ben er toch al?'

'Geweldig. Ik wil het even hebben over zaterdagavond.'

'Ik roep je moeder even.'

Mara lachte toen ze geruis hoorde aan het andere eind van de telefoon. 'Marabeti,' zei Neerja. 'Hoe voel je je? Hoe heb je geslapen?'

'Uitstekend,' loog Mara. 'Mam, mag ik je iets vragen? Kan Laks zaterdag bij jullie slapen?'

'Natuurlijk. Je vader en ik vinden het heerlijk als ze komt. Is alles –?'

'Alles is prima. Tom en ik willen… We hebben… Er is iets wat we moeten…'

Haar moeder lachte. 'Je hoeft je voor je moeder niet te schamen. Lakshmi is van harte welkom en Tom en jij kunnen rustig genieten van je… iets.' Ze giechelde zachtjes.

'Mam. Alsjeblieft.'

'Ik plaag je maar, Beti. Waren we allemaal maar zo gelukkig. Wat ga je vandaag doen? Je doet toch wel rustig aan?' Toen Mara geen antwoord gaf, voegde Neerja eraan toe: 'Nou, doe in ieder geval niet te veel.'

'Dank je wel voor zaterdag. Laks zal het fantastisch vinden.'

'Rustig aan, Mara.'

'Ja, mam.'

Taak nummer 3 – afscheid nemen zonder achterdocht te wekken – zou meer tijd kosten. Mara tekende drie kolommen op het Post-it-vel.

Mensen met wie ze persoonlijk moest praten: Tom, Laks, haar ouders. En dan 'Die Vrouwen', zoals Laks ze noemde. Steph en Gina waren Mara's twee beste vriendinnen, en ze kwamen zo vaak als eenheid opdraven dat iedereen het begreep dat Laks ze met één naam aanduidde.

Perfecte timing: Die Vrouwen gingen zaterdag met Mara lunchen voor haar verjaardag. Nog een reden waarom 10 april zo handig gekozen was als haar deadline. Ze zou Tom vragen om haar zaterdagavond mee uit eten te nemen in haar favoriete restaurant, besloot ze, en ze maakte een aantekening naast zijn naam, zodat ze het niet zou vergeten.

Mensen die ze zou bellen: haar beste vrienden van McGill in Montreal, haar beste vriendinnen van haar studie, op Steph na. Toms moeder en zuster in New York, die nu ongeveer haar halfjaarlijkse bijpraattelefoontje verwachtten en dus geen argwaan zouden krijgen. Zij hadden er altijd genoeg aan gehad om tweemaal per jaar een telefoontje te krijgen en eenmaal per jaar een kaart van de vakantie, om te horen hoe het ging met hun zoon/broer en hoe hun kleindochter/nicht die ze alleen maar van foto's kenden sinds de laatste update was gegroeid. Zo anders dan de voortdurend op de achtergrond aanwezige Pori en Neerja, die al voor Mara het wist op de hoogte waren als Laks een tand kwijt was of uit haar schoenen was gegroeid. 'Dat is nu eenmaal het risico,' had Tom gelaten gezegd, 'als je familieleden met hun alcoholgebruik confronteert en ze ervoor kiezen de boodschapper neer te schieten omdat hij eerlijk tegen ze is.'

Mensen die ze zou mailen: een paar mensen van het bedrijf waar zij en Steph hadden gewerkt na hun afstuderen aan de SMU Law School, een paar moeders van de school van Laks. En natuurlijk Mara's lieve vrienden van het forum Not Your Father's Family, een 'online gemeenschap van adoptie-, stief-, pleeg-, homo- en andere niet-traditionele gezinnen'. Ze had het forum een week nadat zij en Tom met baby Lakshmi uit India waren teruggekeerd ontdekt. Ze hadden haar uit hetzelfde weeshuis in Hyderabad gehaald als waaruit Neerja en Pori Mara zevenendertig jaar eerder hadden gered.

De afgelopen vijf jaar had Mara bijna elke dag wel even gechat met haar medeforumleden, over niet-traditionele opvoedvraagstukken en andere dingen. Veel mensen waren weer van het forum verdwenen zodra hun vraag was beantwoord, maar er bleef een kerngroep over, onder wie Mara. De reden waarom deze mensen zich bij het forum hadden aangesloten was vervangen door de reden waarom ze er bleven hangen: vriendschap.

Met een paar forumleden was ze verder gegaan dan de groepsdiscussies en had ze de privéwereld van de persoonlijke berichten betreden. Het was niet ongewoon dat een discussie begon op het algemene forum, waarna de ene deelnemer de andere vroeg om een 'pb' en ze persoonlijk verder praatten. De pb-accounts liepen via het forum – via een dubbelklik op iemands naam kon je die persoon een privébericht sturen – en zo onthulden de pb's de identiteit van de leden net zomin als bij het hoofdforum het geval was.

SoNotWicked, die het forum was begonnen, wilde dat de leden anoniem bleven om de pleegouders te beschermen, van wie
de meeste vertrouwelijke afspraken hadden met de staat waarin zij
woonden ten aanzien van de kinderen voor wie ze zorgden. Alle
leden waren het erover eens dat de anonimiteit heel belangrijk voor
het forum was; als je elkaars naam niet kende, kon je gemakkelijker
details delen die je nooit aan mensen zou vertellen die je persoonlijk
kende. Mara had door de jaren heen vaak tegen Tom gezegd hoe
gek het was dat ze in 'het echte leven' zo op zichzelf was, maar er
geen problemen mee had om zeer persoonlijke details te delen met
mensen die ze alleen kende als PhoenixMom, MotorCity, flightpath,
SoNotWicked en 2boys.

Mara schreef MotorCity's naam op haar lijstje en omcirkelde
hem. Een jaar lang waren hij en zijn vrouw pleegouders geweest van
een jongen die aanstaande maandag naar huis terug zou gaan om bij
een moeder te gaan wonen die in de acht jaar van zijn leven minder aandacht aan hem had besteed dan MotorCity in de afgelopen
twaalf maanden. Je zag onmiddellijk dat MotorCity van zijn Kleine
Man hield als een zoon, en hoewel hij vaak zei dat het het beste
was voor zijn tijdelijke beschermeling om met zijn moeder te worden herenigd, zag iedereen dat hij eraan onderdoor ging dat hij nog
maar vijf dagen met de jongen had.

MotorCity zou maandag een vriend nodig hebben.

Mara zou zondag dood zijn.

Ze kreeg een brok in haar keel als ze daaraan dacht en ze wendde
zich van haar briefje naar haar openstaande laptop, klikte het forum
open en de software die haar stem registreerde, en dicteerde snel een
bericht.

Dinsdag 5 april @ 08.32 uur

@MotorCity – ik denk al de hele ochtend aan je. Nog maar vijf dagen
met je Kleine Man (niet dat ik jou daaraan hoef te herinneren). Ik stuur
positieve gedachten je kant op, vriend. Ik zal later vandaag nog eens
vragen hoe het vandaag gaat bij jou.

Ze klikte op *verzend bericht* onder in het scherm en wachtte tot haar tekst als een nieuw commentaar verscheen. Ze las wat ze geschreven had en fronste haar voorhoofd. Wat had je nou aan een paar regels over 'positieve gedachten'.

Ze scrolde naar de bovenkant van de pagina om te zien wat So-NotWicked had gepost als gespreksonderwerp van die dag. Het ging over MotorCity's situatie: Hoe waren andere forumleden ermee omgegaan als hun pleegkinderen naar hun familie terug moesten? Welk advies konden ze MotorCity geven om de komende dagen minder verdrietig te maken?

Het zou druk zijn op het forum vandaag, wist Mara, en die gedachte maakte dat ze zich beter voelde. De leden waren over het algemeen mensen met weinig tijd, maar de 'vaste groep' had altijd wel even een moment om te kijken wat het onderwerp van die dag was en een commentaar te schrijven voor ze terugkeerden naar hun kinderen of hun werk. Zelfs in haar drukste perioden had Mara altijd wel tijd gemaakt om een paar bemoedigende regels te schrijven als een forumlid die nodig had.

Mara had haar online vrienden nooit iets over haar ziekte verteld en maanden geleden was er in haar hoofd een dagelijkse discussie begonnen of ze hen spaarde of tekortdeed. Het leek oneerlijk om het zo lang voor hen te verzwijgen. Nu voelde de gedachte dat ze zomaar, zonder verklaring, zou verdwijnen, zeker nu MotorCity al zijn vrienden zo hard nodig had, onvergeeflijk. Mara boog zich voorover naar het microfoontje van haar laptop en begon te praten.

Dinsdag 5 april @ 08.34 uur
Nu we het toch over het aftellen van een deadline van vijf dagen hebben, is er iets wat ik jullie allang had moeten vertellen:

Ze las wat ze had gedicteerd en dacht na over hoe ze verder zou gaan. Het zou MotorCity helpen, dacht ze, als hij wist dat ze niet zomaar meeleefde met waar hij doorheen ging. Zij bereidde zich ook voor op haar afscheid van haar kind.

Ze begreep het verstikkende gevoel dat hij moest hebben als hij eraan dacht zijn Kleine Man te moeten laten gaan. De bankschroef die zijn keel dichtkneep als hij zijn leven zonder de jongen voor zich zag. Hoe hij elke avond als hij hem naar bed bracht zijn tranen moest wegslikken, omdat hij wist dat deze nachtkus een van de laatste was. Zij voelde dezelfde dingen. Dat kon ze hem nu vertellen. Hij zou het waarderen als hij wist dat een vriendin hetzelfde doormaakte. Of niet?

Of zou hij geschokt zijn, omdat hij wist dat zij een keus had en koos voor nog maar vijf dagen met haar dochter in plaats van nog… hoelang ze nog had? Zouden ze allemaal geschokt zijn? Was het beter om met stille trom uit MotorCity's leven, uit al hun levens, te verdwijnen en ze niet op te zadelen met de reden waarom?

Een paar maanden geleden begon Mara's fijne motoriek het op te geven. Vervelender dan de koffie die op het aanrecht en de grond terechtkwam, was dat haar mailtjes aan het forum opeens geschreven leken te zijn door een analfabeet. Toen 2boys haar er op zijn gebruikelijke directe manier uiteindelijk naar vroeg (*what the fuck, LaksMom – heb je er al een paar achter de kiezen vanochtend?*), had Mara gelogen dat ze haar arm had gebroken en met één hand typte. Vervolgens had ze een uur besteed aan het downloaden van stemherkenningssoftware op haar laptop en telefoon.

Als ze ze nu alles vertelde, zouden ze zichzelf dan verwijten dat ze het al te snelle herstel van haar tikvermogen, het te snelle herstel van haar gebroken bot, niet hadden opgemerkt? Zouden ze er iets aan hebben als ze het nu vertelde, of was het alleen prettig voor haarzelf? Zij zou sterven zonder het schuldgevoel dat ze van het forum was verdwenen zonder een verklaring of een afscheid, maar zij zouden verder leven met de wetenschap dat hun vriendin al die tijd had geleden en zij niets hadden gedaan om haar te helpen. Ze zouden het zichzelf nooit vergeven dat ze er niet voor haar waren geweest en het feit dat zij ze ook niet de kans daartoe had gegeven zou dat gevoel niet wegnemen.

In het begin was het geen bewuste keuze geweest om haar ziekte voor hen te verzwijgen. Ze verkeerde zelf nog in de ontkenningsfase en wilde niet eens aan zichzelf toegeven dat er iets mis was.

Na haar diagnose werd iedereen om haar heen zo overbezorgd, zo onuitstaanbaar zorgzaam, dat ze er spijt van had gekregen dat ze het had verteld. Het was een opluchting om te weten wat ze mankeerde, maar het maakte haar woedend dat ze zichzelf in de ogen van iedereen om haar heen achteruit zag gaan. Gebruik het woord 'ziek' en iedereen om je heen behandelt je meteen als zodanig, had Mara gemerkt, ook als je je prima voelt.

Het forum was de enige plek waar mensen niet voortdurend tegen haar zeiden dat ze het rustig aan moest doen en zuinig moest zijn met haar energie. Daar werd ze niet behandeld als Mara de patiënt, Mara de zieke, Mara de zielige die haar eigen ouders niet eens zou overleven. Op het forum was ze gewoon LaksMom: adoptiemoeder, fulltime advocaat, getrouwd met het vriendje uit haar studietijd, de behulpzame vriendin. Daarom was het forum zo lang haar levenslijn geweest. Het enige lijntje, hoe dun ook, dat haar nog met het normale leven verbond.

Mara las het begin van het bericht dat ze had ingesproken nog eens door. Juist deze week zou ze behoefte hebben aan steun om haar gezonde verstand te bewaren. Dit was niet het moment om ze in haar geheim te laten delen. Ze bracht haar cursor naar de onderkant van het scherm en klikte op *delete bericht*.

5

MARA

Mara lag naast Tom in bed en streelde zijn schouder en borst. Hij sliep tevreden en voldaan, zoals altijd als ze net gevreeën hadden. Voor haar was het een wanhopige vrijpartij geweest, die ze niet wilde loslaten. Voor een deel kwam dat omdat ze wist wat ze hem ging aandoen, en voor een deel uit dankbaarheid voor alles wat hij voor haar gedaan had en voor hun dochter zou gaan doen. Voor een deel was het een afscheid geweest. Hij had gewoon genoten.

Nu, een halfuur later, bewoog hij niet toen ze hem streelde. Ze ging met haar wijsvinger zachtjes over zijn neus en langs zijn stoppelige kaaklijn. Hij was helemaal niet ijdel, maar maakte zich de laatste tijd wel druk over de grijze haren in zijn bakkebaarden en in zijn baard, niet dat hij die ooit langer dan een weekend liet staan. Mara vond het juist mooi. Het was alsof de grijze haren schijnwerpertjes waren die de aandacht op het contrasterende blauw van zijn ogen vestigden.

Neerja had een keer tegen Mara gezegd dat 'ze' zeiden dat de combinatie van donker haar en blauwe ogen een van de zeven schoonheden was. Haar slapende echtgenoot was daar een overtuigend voorbeeld van. Iedereen viel voor hem, zowel mannen als vrouwen. Hoeveel uitnodigingen en aanzoeken had hij de afgelopen tweeëntwintig jaar afgewezen?

Hoelang zou het na haar dood duren voor hij er een aannam?

Ze trok haar hand weg en sloop hun kamer uit. Via de slaapkamer van Laks wilde ze naar de keuken gaan, waar op de tafel haar laptop wachtte. Het was een nachtelijke gewoonte geworden: eerst een paar seconden om de dekens over Laks heen te leggen, de kudde knuffelbeesten die het meisje om zich heen had verzameld wat uit te dunnen, haar een kus op haar voorhoofd te geven en 'ik hou van je' te fluisteren, om vervolgens aan de keukentafel te gaan zitten werken, lezen of het internet op te gaan.

Deze nacht was anders. Mara bevroor bij de aanblik van de smalle schoudertjes boven de dekens en bleef staan kijken hoe ze rezen en daalden, rezen en daalden, tot haar benen slap werden. Ze ging op de rand van het bed zitten en toen ze merkte dat haar gewicht op de matras het kind niet deerde, strekte ze zich voorzichtig uit op het bed en schoof dichter naar het slapende lijfje toe.

Ze sloeg een arm om Laks heen en trok haar langzaam dichter naar zich toe, tot ze lepeltje-lepeltje lagen, met de billen van het kind tegen Mara's buik aan. Ze begroef haar neus in het dikke haar van haar dochter en ademde diep in. Laks had haar eerder die avond ervan weten te overtuigen dat ze niet in het bad hoefde en haar haren roken vaag naar het bad van de avond ervoor en... honing? Van de lunch, dacht Mara: vijf dagen per week boter en honing op volkorenbrood zonder korst. Zes worteltjes. Een flesje water. En het vervloekte koekje, natuurlijk. Wee de persoon die het koekje vergat.

Mara ging met haar neus langs de hals van het meisje en voelde iets kleverigs. Glimlachend zag ze Laks voor zich in de kantine van school, met haar brood in haar hand, terwijl ze met haar vriendin Susan en anderen kletste en ineens iets voelde kriebelen in haar nek en daar even aan krabbelde. Het feit dat ze zichzelf met honing besmeurde zou haar niet veel hebben kunnen schelen. Ze zou haar schouders hebben opgehaald en gewoon zijn doorgegaan met praten. 'Sloddervosje,' noemde Tom haar.

Mara trok Laks nog dichter tegen zich aan, met haar hand rond de kleine ribbenkast. Ze voelde het hart van het meisje kloppen. Langzaam schoof ze lager op het bed en drukte haar neus en mond tegen het kleine pyjamajasje – de wafelstof schuurde tegen haar lippen. Ze ademde weer in: ochtendlijf.

'Dit kind heeft geen ochtend-*adem* als ze wakker wordt,' had Tom een keer gezegd, 'ze heeft een ochtend-*lijf*.'

Niet dat ze een ander kind hadden met wie ze Laks konden vergelijken, maar het had ze verbaasd hoe zuur ze rook na een nacht slapen. Het was een mengeling van kleinemeisjeszweet en opgedroogd kwijl. En na een avond zonder bad, zoals nu, werd haar geur versterkt door het eten dat ze die dag op zichzelf gemorst had.

'Het is een beetje vies,' had Tom gezegd.

Het is de heerlijkste geur die er bestaat, dacht Mara nu.

Ze sloot haar ogen en ademde nog eens in. Ze drukte zich zo dicht ze maar kon tegen Laks aan en probeerde het gevoel van haar dochters warmte en haar knokige wervelkolom in haar geheugen te prenten: zoals ze eruitzag, zo stil, zo klein, zo vredig.

Er drong zich een snik omhoog in Mara's borst. Een paniekerige, doodsbange snik die maakte dat ze haar greep instinctief verstevigde. Laks bewoog en probeerde zich om te draaien, maar het lichaam van haar moeder hield haar aan de ene kant tegen en aan de andere kant lagen twintig knuffelbeesten.

'Wat? Mamma?' Ze worstelde zich los uit Mara's greep en draaide zich om. Ze keek haar aan, wakker en verward.

'Het is goed, lieverd,' zei Mara en ze stond op. 'Ik kwam je even instoppen en je leek koud, dus ik kwam even bij je liggen om je op te warmen. Maar ik ging net weg. Ga maar weer slapen.'

Ze boog zich om het meisje een kus op haar wang te geven en voelde zowel opluchting als verdriet toen Laks een keer knipperde en toen weer in slaap viel.

Mara haalde net de gang voor haar knieën het begaven. Ze hield zich vast aan de muur. Met moeite hoorde ze het rustige ademen van Laks door de deuropening en in het donker sloot ze haar ogen om te zien hoe de smalle schouders rezen en daalden, rezen en daalden. Ze rook ochtendlijf en verschaalde honing.

Er kwam een zacht gejammer uit haar keel voor ze er erg in had en ze sloeg een hand voor haar mond. Ze verlangde ernaar om het kleine lijf weer tegen zich aan te voelen en deed een stap in de richting van de deur. Ze hoorde hoe de ademhaling van het meisje stokte en drukte haar hand vaster tegen haar mond toen een volgende kreet ontsnapte, nu luider dan de eerste. Laks bewoog en Mara deed een stap achteruit, weg van de deur.

Het was te vroeg.

Ze kon het niet. Zondag was veel te vroeg.

Wat als ze nog twaalf maanden had. Nog een heel jaar broodtrommeltjes inpakken en baden laten vollopen. Een heel jaar knuffelen, tranen drogen, giechels en instoppen. Pyjamaatjes en ochtendlijf.

Misschien was het maar een opzichzelfstaand incident, wat er in de supermarkt gebeurd was. Misschien moest ze eerst met dokter Thiry praten voor ze besloot dat dit het begin van het einde was. Huntington verloopt bij iedereen anders, zouden ze tegen haar zeggen – dat zeiden ze bij elke afspraak. Een keer incontinent zijn kon bij de ene patiënt het begin van een enorme achteruitgang betekenen, maar bij de ander een losstaand, onbelangrijk incident zijn.

In de keuken pakte ze de telefoon en ze drukte op de sneltoets van de kliniek van dokter Thiry. Ze liet een boodschap achter met de vraag om haar morgen in te plannen voor een kort consult, al was het maar telefonisch. Niets urgents, voegde ze eraan toe, alleen een paar vragen over een incidentje. Het was waarschijnlijk niets en zijn antwoorden zouden haar zeker geruststellen.

Ze voelde haar hartslag rustiger worden toen ze naar de telefoon in haar hand keek. Misschien had ze nog tot haar volgende verjaardag.

6

SCOTT

Scott leunde achterover in zijn stoel en klopte op zijn buik. 'Je bent een geweldige kok, Laur. Dit was voortreffelijk.'

'Dank je.' Ze had zelf nauwelijks iets gegeten en duwde haar bord naar hem toe.

Hij nam een paar happen en hield toen zijn hand omhoog. 'Genoeg.'

Laurie wendde zich tot Curtis en zei: 'Ik wilde morgen spaghetti maken. Misschien wil jij helpen met de koekjes voor het dessert?'

Curtis had zijn mond nog vol, lachte breed en stak een duim op.

'Niet vanwege het glanzende verslag dat juf Keller morgen vast in je agenda gaat schrijven, maar gewoon zomaar.' Ze legde haar hand op de zijne en Scott grijnsde toen hij zag dat de jongen argwanend naar de vingers keek die de zijne vasthielden; hij wist wat er ging komen. 'Het zou eigenlijk niet bijzonder moeten zijn dat jij je goed gedraagt op school,' zei ze, met een strenge, maar vriendelijke stem. 'Dat weet je best. Het zou iets moeten zijn wat je altijd doet, omdat het zo hoort.'

Curtis knikte. Hij kauwde nog.

'Op een dag moet je in staat zijn je te gedragen zoals het hoort, zonder dat er een stickertabel wordt ingevuld, zonder speciaal avondeten of een film 's avonds, en zonder dat Scott of ik over je schouder meekijken. Want je goed gedragen komt niet door een stickertabel, toch?'

De jongen schudde zijn hoofd.

'Waar komt het wel door?'

Hij wees naar zijn voorhoofd.

'Inderdaad, en waar nog meer door?'

Hij wees naar zijn hart.

'Zo ken ik je.' Ze klopte op zijn hand. 'Je begrijpt het. Je kunt het. Je hebt mij, of Scott, of de tabel of zelfs Miss Keller helemaal niet nodig. Je hebt alles wat nodig is, hier' – ze wees naar zijn voorhoofd – 'en hier.' Ze wees naar zijn hart. 'Zo is het toch?'

'Zo is het,' zei hij. Hij had zijn mond leeg gegeten. 'Zoals vandaag, toen ik alles goed heb gedaan. Alles wat ik moest doen. Precies zoals in mijn agenda staat.' Hij wierp Laurie en Scott een korte blik toe, waarna hij weer snel omlaag keek, naar zijn bord.

Scott keek even zijdelings naar zijn vrouw en daagde haar zwijgend uit de leugen te laten passeren. 'En daarom was juf Keller vandaag zo tevreden over je,' zei ze tegen de jongen, waarna ze triomfantelijk naar haar echtgenoot lachte.

Hij boog zich naar haar toe en kuste haar. 'Je wordt zacht,' fluisterde hij. 'Tegen de tijd dat de baby wordt geboren, ben je net zo'n softie als ik.' Ze legde begrijpend een hand op zijn knie en hij legde de zijne erop. 'Weet je wat,' zei hij. 'Waarom laat je de Kleine Man en mij niet afruimen, terwijl jij je klaarmaakt voor de boekenclub.'

Toen ze wegliep om zich te verkleden, stonden Scott en Curtis op om af te ruimen. 'Wil je dat ik help en misschien al die borden op de grond laat vallen,' zei Curtis, met een stapel borden in zijn handen, 'of doe je het liever zelf, zodat je zeker weet dat er niets kapotgaat? Dan blijf ik aan tafel zitten, heel voorzichtig, gooi niets om, en vertel ik je een paar nieuwe moppen.'

'Wil je liever de garage schoonmaken, inclusief alle hoeken waar de grootste, harigste spinnen zitten, of naar de kelder gaan om te kijken of er misschien iets groots en verschrikkelijks in de muizenvallen zit?'

'Iewwww.' De jongen huiverde overdreven en ging aan het werk.

Vijftien minuten later deed Scott net een vaatwastablet in de afwasmachine toen hij zijn vrouw de trap af hoorde komen. Hij keek op en floot zacht. Ze had haar lange haren losgemaakt en ze vielen over haar schouders. De kleur van de jurk die ze had aangetrokken – hij dacht dat het de kleur van kaneel was – deed haar trekken

41

goed uitkomen. Haar ogen glinsterden, haar gezicht straalde, haar haren leken voller dan ooit. En dat alleen door de juiste jurk aan te trekken.

En door haar zwangerschap, dacht hij. Het had haar echt zachter gemaakt, niet alleen in de manier waarop ze met Curtis omging, maar ook fysiek. De strakke trek rond haar slapen en mond, waar haar teleurstelling, haar frustratie en haar woede zich hadden vastgezet, was nu meer ontspannen. Zo nu en dan zag hij die oude gevoelens nog wel terug in haar gezicht of hoorde hij het aan de toon van haar stem, maar het was duidelijk dat ze ze niet meer constant met zich meedroeg.

Hij was blij om te zien dat ze de kleine, conservatieve oorringen die ze naar haar werk had gedragen had verwisseld voor de dikke druppelvormige die ze jaren geleden eens samen op een kunstbeurs hadden gekocht. Die oorbellen waren lang en dramatisch en hij vond dat ze haar cool, artistiek en sexy maakten. Ze wist dat hij dat vond en ze droeg ze altijd als ze uitgingen. Ze hield ze dan in als ze thuiskwamen en 's nachts als ze de liefde bedreven. De laatste tijd, of ze ze nu in had of niet, was de kans groot dat de avond eindigde met een vluchtige kus op de wang voordat ze zich allebei omdraaiden naar de muur. Maar toch begon zijn hart harder te kloppen.

'Wow.' Hij liep naar haar toe en streek een lok haar uit haar gezicht. 'Worden er ook mannen toegelaten in die boekenclub van je? Ik bedoel, om erbij te zitten en te kijken?'

Ze lachte en boog haar lichaam om hem heen om tegen Curtis te praten, die aan het aanrecht stond en de lasagneschaal afdroogde. 'Vijf bladzijden vanavond, goed?'

Curtis keek haar over zijn schouder aan, en knikte weinig enthousiast. Ze telde op haar vingers. 'En rekenen. En douchen.'

Hij sperde zijn mond wijd open in een overdreven protest.

'Ik weet het,' zei ze. 'Het is heel onrechtvaardig.'

Ze liep langs Scott om de jongen een knuffel en een kus te geven, raakte de wang van haar echtgenoot even vaag met haar lippen aan en liep naar de voordeur. 'Tot later!' riep ze. 'Een van jullie kan maar beter slapen als ik thuiskom.'

'Als we allebei slapen, geneer je dan niet om een van ons wakker te maken,' riep Scott terug.

Hij hoorde haar lachen voor de voordeur zich achter haar sloot.

Scott en Curtis hadden zich in hun avondopstelling genesteld in de woonkamer: Curtis weggezakt in de zachte kussens van de bank, de bladzijden tellend tot hij bevrijd was van zijn leesoefening, Scott zittend aan het ingebouwde bureau aan het raam, met een rode pen in de aanslag om een stapel Engelse proefwerken van de tweedeklassers na te kijken. Tegen de muur stonden de plafondhoge boekenkasten waar Laurie van gedroomd had, nu beschilderd met twee lagen warm ecru en tot de nok gevuld met boeken en ingelijste foto's.

In de achterwand van de kamer was een grote open haard gemetseld. Scott had na het eten een vuur aangemaakt en het knisperde nu lui, het werd tijd voor een nieuw houtblok. Ze hadden de muur tegenover de open haard uitgekozen voor de contrasterende kleur – donker mosgroen – en deze werd extra levendig als het licht van het haardvuur erop viel. De muur leek dan wel overdekt met fluweel.

Een grote, houten lijst, midden op de groene muur bevatte zijn favoriete foto: Laurie en hij, kletsnat op de boeg van de *Maid of the Mist* aan de voet van de Niagara Falls. Ze waren op huwelijksreis en drukten hun gezichten tegen elkaar terwijl Scott de camera voor hen hield om de foto te maken. Ze waren doorweekt en ijskoud en een beetje zeeziek, maar straalden of ze net de hoofdprijs hadden gewonnen.

Minstens de helft van de foto's zag er ongeveer hetzelfde uit: hun lachende gezichten, wang aan wang, terwijl een van hen de camera vasthield. Of staand, met de armen om elkaar heen, terwijl iemand anders het moment voor hen vastlegde, hun lichamen zo dicht mogelijk tegen elkaar aan. Ingelijste herinneringen aan hoe gelukkig ze waren geweest.

Er waren ook recentere foto's bij. Laurie en Scott die afgelopen oktober in de deuropening van hun badkamer stonden, met hun mond wijd open van opwinding en ongeloof terwijl zij de zwangerschapstest omhooghield en hij met uitgestrekte arm een foto nam.

Scott en Curtis op de oprit, Curtis met een arm een basketbal tegen zijn borst klemmend, en de wijsvinger van zijn andere hand omhooggestoken om zijn zelfbenoemde eerste plaats in hun twee-persoons opritliga te vieren. Scott gehurkt naast hem, zijn haren donker van het zweet, zijn blik sceptisch om de overwinningsclaim van de jongen, zijn linkerhand dicht bij de bal, klaar om hem te grij-pen en het spel te hervatten zodra de foto gemaakt was.

Scott, Pete en Curtis op de veranda, afgelopen november, elk met een football-kaartje in hun hand en gekleed in de kleuren van de universiteit van Michigan, de alma mater van Scott en Laurie, waar ze elkaar bijna vijftien jaar geleden als tweedejaars waren tegenge-komen. In de rechterbenedenhoek van de foto stond Curtis' oudere broer Bray, een voormalige leerling van Scott.

Bray was nu tweedejaarsstudent aan de universiteit van Michigan en had een basketbalbeurs. Zijn leven was zo vol beloften dat toen de moeder van beide jongens, LaDania, afgelopen april een gevan-genisstraf van twaalf maanden kreeg opgelegd, Scott geen moment aarzelde en Curtis dat jaar in huis nam, zodat Bray zijn toekomst niet op het spel hoefde te zetten door een jaar vrij te nemen. Op de foto stond Bray op het gras naast de veranda, met zijn eigen kaartje in zijn hand. Zelfs vanuit de lagere positie op de grond stak zijn hand een halve meter boven het hoofd van zijn jongere broertje uit.

Laurie en Curtis voor het fornuis, op zijn eerste dag bij hen, af-gelopen voorjaar, met een bakplaat vol koekjes tussen hen in, en Curtis die er een omhoogstak, als een prijs. Het eerste koekje dat hij ooit gegeten had dat niet uit een pak kwam, had hij gezegd. Ze hadden zich afgevraagd of hij het wel zou lusten – ongeveer twee seconden. Zodra de jongen de klik van de camera hoorde, stopte hij het koekje in zijn mond. Ze wisten niet of hij wel had gekauwd voor hij het doorslikte.

Met zijn verjaardagstaart, een paar maanden geleden, ging het anders. Hij had geschreeuwd toen Laurie het mes erboven hield en haar gesmeekt hem niet aan te snijden. Hij wilde hem voor altijd bewaren, zei hij. Het was niets bijzonders, had Laurie gezegd – een gewone laagjestaart, die ze met behulp van groene en bruine kleurstof en een pakje plastic soldaatjes in een slagveld had veranderd. Ze kon er nog een voor hem maken. En ze zou deze voor hem vastleggen, had ze eraan toegevoegd, waarna ze een stuk of tien foto's had gemaakt.

Maar Curtis had beide handen boven de taart gehouden en hem beschermd tegen het mes, terwijl Scott, Pete en Laurie verwarde blikken uitwisselden. Uiteindelijk had Bray over het hoofd van zijn kleine broertje heen gefluisterd dat het de eerste keer was dat hij ooit een verjaardagstaart had gekregen. Later zou hij uitleggen dat LaDania altijd wel een paar cadeautjes had op de verjaardag van de jongens – nog in de zak van de winkel en meestal met het prijskaartje er nog aan – maar dat het organiseren van de fijnere details, zoals een taart en kaarsjes, of de cadeautjes inpakken in mooi papier met een strik, meer was dan ze bereid of in staat was te doen. Scott en Laurie hadden toen al zo veel dingen voor het eerst gedaan met het kind dat ze niet meer verbaasd waren om dat te horen: de eerste kleren die niet tweedehands waren, de eerste keer haren knippen bij de kapper en niet op de keukentafel, de eerste keer dat iemand brood voor hem klaarmaakte om mee naar school te nemen.

Laurie had een rustgevende hand op het hoofd van de jongen gelegd en hem verzekerd dat ze meer taarten voor hem zou bakken, precies zoals deze. Als hij dat wilde elke maand een taart. Zodat iedereen vandaag een stuk zou krijgen en hij niet bang zou hoeven zijn dat het de laatste was.

'Zo is het, vriend,' had Pete tegen Curtis gezegd. 'Je hebt gezien hoe graag Laurie bakt. Ze kan altijd weer een nieuwe maken.'

'Maar als deze weg is,' had Curtis gezegd, wijzend naar het eetbare slagveld voor hem, 'dan is mijn verjaardag voorbij.'

'Ja, maar volgend jaar ben je weer jarig,' had Scott geantwoord en hij was naast de jongen gaan zitten en had zijn hand op zijn schouder gelegd. 'Dit is niet je enige verjaardag, Kleine Man.'

Curtis' antwoord was zo zacht geweest dat Scott hem niet kon verstaan. 'Wat zei je?' vroeg hij en hij boog zich naar hem toe.

De jongen tilde zijn hoofd op, legde een klein handje op Scotts achterhoofd om hem naar zich toe te trekken en fluisterde in zijn oor: 'Ik zei: het is mijn enige verjaardag met een vader.'

Scott hoorde een klik in de verte toen Laurie weer een foto nam: Curtis en Scott, hun voorhoofden tegen elkaar aan, met de armen om elkaar heen geslagen, alsof ze elkaar nooit meer los zouden laten.

Die foto stond op Scotts nachtkastje.

7

MARA

Mara en Tom hadden dokter Thiry verteld dat er, terugkijkend, waarschijnlijk al sinds haar studietijd tekenen waren geweest. Dan ging het vooral om haar geheugen. Ze was eens naar de winkel gegaan om wijn te halen en zonder iets thuisgekomen. Toen ze bij de hoek was, was ze volledig vergeten waarvoor ze de deur was uitgegaan, dus was ze weer teruggekeerd en vond daar een stomverbaasde echtgenoot die met twee lege wijnglazen voor zich aan tafel zat. Het kwam door de stress van de laatste examens hadden ze besloten, en ze hadden gelachen om haar 'studiegerelateerde dementie'.

Een andere keer was Tom bij de rechtenbibliotheek aangekomen om haar mee uit te nemen om hun trouwdag te vieren. Ze hadden het er al een hele week over gehad. Ze staarde hem aan of hij het allemaal ter plekke verzonnen had. Hij kon haar nog net mee krijgen voor een kop koffie, maar zij dronk die in een paar minuten leeg en stuurde hem naar huis, licht geïrriteerd omdat hij haar bij het studeren had gestoord. Later die avond, toen ze van de bibliotheek naar huis liep, wist ze het opeens weer. Ze was naar huis gerend en naast hem in bed gekropen, had hem met kussen en verontschuldigingen en tranen overdekt. Hij had maar een beetje gelachen en gezegd dat ze het zich niet zo moest aantrekken en dat hij wel een manier wist waarop ze het kon goedmaken.

Toen ze er beter over nadachten, schoten hen nog meer voorvallen te binnen, elk jaar een paar sinds hun afstuderen, gevolgd door een serieuze toename nadat ze partner was geworden. Eerst waren het kleine dingen geweest. Een paar dingen die ze was vergeten in de supermarkt, of een bezoek aan de stomerij. Zelfs toen de vergeten dingen niet zo onbelangrijk meer werden, maakten ze er nog steeds grapjes over. Het was grappig, 'schattig,' zei Tom, niet iets waar ze zich zorgen om hoefden te maken.

Ze vergat een afspraak bij de kapper en die belde. Ze vergat een cheque neer te leggen voor het schoonmaakbedrijf en kreeg een minder vriendelijk telefoontje van de manager. Ze kwam niet opdagen op een afspraak bij de tandarts en ontving een rekening, waarop stond *Tweede gemiste afspraak – wordt in rekening gebracht.* Toen ze een nieuwe afspraak maakte met de kapper en de tandarts en een cheque uitschreef, met een verontschuldiging, voor het schoonmaakbedrijf, had ze gelachen en tegen Tom gezegd dat het haar niet eens was opgevallen dat haar haar aan een nieuwe behandeling toe was, dat haar tanden moesten worden schoongemaakt en dat de badkamer nodig geboend moest worden. Als die dingen haar niet eens opvielen, waar maakten de kapper, de tandarts en het schoonmaakbedrijf zich dan druk om?

En toen, het was in september, een paar maanden nadat ze de baby mee naar huis hadden genomen, was het opeens niet leuk meer geweest. Om kwart over negen 's ochtends was haar mobiel gegaan en had Gina, die destijds Mara's secretaresse was geweest, hysterisch geroepen: 'Waar ben je? Ze zijn er!'

'Wie zijn er?' vroeg Mara. Ze zat in de woonkamer met haar moeder, Neerja. Ze dronken koffie en keken naar baby Laks die op de grond voor hen belletjes lag te blazen. Mara en Tom hadden een oppas willen nemen om bij de baby te zijn als zij verdergingen met hun twaalfurige werkdagen, maar Pori en Neerja hadden daar niets van willen weten. Ze wilden niet dat een vreemde hun enige kleinkind zou opvoeden, en Mara's uitroepen dat ze hun dagen als gepensioneerden toch niet hoefden te besteden aan het verschonen van luiers, waren aan dovemansoren gericht. Ze stonden elke ochtend vrolijk op de stoep en werkten Mara en Tom de deur uit met de opdracht om net zo lang door te werken als ze wilden, want Nana en Nani hadden alles onder controle. Die dag was Pori net de deur uit gegaan om boodschappen te doen en Mara had impulsief besloten om een extra uurtje met haar moeder en haar dochter door te brengen voor ze naar kantoor ging.

Mara boog zich voorover om de buik van de baby aan te raken en schrok toen Gina's stem in haar oor schetterde. 'De mediator! De directie van Torkko! Mr Hoskins! Iedereen!'

Toen Mara geen antwoord had gegeven, had Gina gezegd: 'De Torkko-bemiddeling? Halftien vanochtend?'

'O, shit!' Mara was opgesprongen en de baby was begonnen te huilen, geschrokken van de uitroep. Neerja pakte haar op en droeg haar de kamer uit, terwijl Mara op haar horloge keek. Ze woonde een halfuur rijden van haar kantoor, als het verkeer meezat. 'Ik kan er om kwart voor tien zijn, uiterlijk tien uur. Houd ze aan de praat.'

Later, toen de deuren van de lift zich sloten en hun cliënten vertrokken waren, had Mara Gina omhelsd en haar een kus op haar wang gegeven. 'Je bent een engel! Wat zou ik zonder jou moeten beginnen? Kom, ik neem je mee uit lunchen. Geen afhaalbroodje voor jou vandaag.'

Gina lachte trots, maar sloeg het aanbod af. 'Ik doe alleen mijn werk. En we hebben helemaal geen tijd om te gaan lunchen. Het is al na twaalven en er moet nog een heleboel gedaan worden aan het Winchester Foods-appel.'

Mara staarde haar blanco aan.

'Het Winchester Foods-appel,' herhaalde Gina. 'Onze reactie? Die wordt vandaag verwacht.'

Mara sloeg haar hand voor haar mond. 'O mijn god! Dat was ik helemaal vergeten!' Ze keek ontzet naar Gina toen de herinnering aan de uren die ze de vorige dag aan de Winchester Foods-zaak hadden gewerkt terugkwam en ze bedacht hoeveel werk er nog te doen was voor de deadline, die al over enkele uren een feit was.

'Gaat het?' zei Gina zacht tegen haar baas terwijl ze haar arm pakte. Ze leidde haar langs de receptie, de hoek om, naar haar kantoor, waar Mara op haar stoel neerplofte.

'Wat gebeurt er, Gina? Ik had een lange lunch moeten besteden aan het herstellen van de verhoudingen binnen Torkko, terwijl ik de Winchester Food-zaak voorbereidde. Wat is er met me aan de hand?

We hebben daar gisteren de hele dag aan gewerkt. We hebben het nergens anders over gehad!'

Mara drukte met haar duim stevig tegen haar slaap. Het was vervelend als je een tandartsafspraak vergat of vergat de huishoudster te betalen, maar die dingen loste je snel op met een verontschuldiging en wat extra geld. Deadlines vergeten op haar werk kon er echter toe leiden dat het kantoor een proces aan zijn broek kreeg en Mara werd ontslagen. Ze kon niet langer om haar geheugenprobleem heen. Ze moest in actie komen.

Maar eerst moest ze de Winchester Foods-zaak voorbereiden en aan het hof voorleggen. De volgende drieënhalf uur werkten ze alle herzieningen door en leverden ze vlak voor het verstrijken van de deadline het dossier af aan de koerier. Toen deze de deur uit was, ging Mara na eerst de deur van haar kantoor te hebben gesloten, achter haar bureau zitten. Ze gebaarde naar Gina dat ze erbij moest komen zitten.

'Dit mag niet nog eens gebeuren,' zei Mara. 'Niet alle cliënten zullen zo begripvol zijn als ik hun afspraak vergeet. En een gemiste deadline bij het hof is nalatigheid.'

Gina begon tegenwerpingen te maken, maar Mara legde haar het zwijgen op. 'Vorige week, toen jij in de pauze naar de dokter moest, zou ik 's middags op een vergadering spreken. Ik was bijna vergeten te gaan, als Steph niet onderweg erheen me was komen ophalen. En pas toen ze me inleidden, herinnerde ik me dat het mijn beurt was om de jaarlijkse update te geven over civiele procedures.'

Gina's mond viel open. 'Ik dacht...' begon ze, maar ze stopte.

'Je dacht dat ik ervan wist?'

Gina knikte.

'Omdat... we het erover gehad hadden?'

Gina knikte weer.

'Jezus!' Mara sloeg met haar hand op het bureau. 'Hebben we het erover gehad?'

'Jij werkt het hardst van allemaal op dit kantoor. Iedereen zegt dat,' zei Gina. 'Ik vraag me ook weleens af hoe je het allemaal bijbeent. Misschien lukt dat na een tijdje niet zo goed meer.'

'Nou, dat mag niet gebeuren. We moeten er iets aan doen.'

'Misschien moet je iets minder hard werken?' opperde Gina. 'Alle andere vrouwelijke partners doen dat, al is het maar tijdelijk, nadat ze een baby hebben gekregen. Zelfs Steph –'

'Gina.' Mara wierp haar een waarschuwende blik toe. Het onderwerp hoe hard ze werkte was taboe – voor Gina, voor Tom, voor Mara's ouders, voor haar beste vriendin Steph, die ook partner was op het kantoor. Niet dat ze het niet hadden geprobeerd, sommigen van hen zelfs meer dan eens, om haar ertoe te bewegen het rustiger aan te doen. Maar zo was ze nu eenmaal: Mara het werkpaard; Mara de vrouw die getrouwd was en net een baby had, maar nog altijd de uren maakte van een alleenstaande vrouw.

Zo was ze altijd geweest. Ze had op de basisschool al alle extra opdrachten gemaakt, en op de middelbare school alle 'voorgestelde' boeken op haar lijst gelezen. Terwijl haar vriendinnen tot diep in de ochtend uitsliepen, zat zij bij een klein lampje naar haar teksten te turen, lang nadat haar kamergenote naar bed was gegaan. Zelfs op de universiteit, waar toch veel workaholics rondliepen, stond ze bekend om haar marathonsessies in de bibliotheek en omdat ze op vrijdagavond weigerde met haar vriendinnen te gaan stappen als ze die week niet het vereiste aantal uren had gestudeerd (een aantal dat ze zelf bepaalde).

En zo zou ze altijd zijn, had ze tegen iedereen gezegd. Dus konden ze hun waarschuwingen en smeekbedes voor zich houden. Niets gaf haar een beter gevoel dan een lange dag hard en productief werken op het advocatenkantoor. En niets – geen vriendinnen of ouders of uitgaan of een man en zelfs geen nieuwe baby – kon dat veranderen.

'Oké,' zei Gina en ze pakte een blocnote en pen van Mara's bureau. 'Laten we dan nu even de tijd nemen om je agenda door te nemen om te zien of ik alle deadlines heb genoteerd. Dan kan ik je eraan herinneren als er iets aankomt.'

'Dank je. Dat is een idee. Maar het gaat om meer dan deadlines. Het gaat om alles. Het is alsof mijn gehele kortetermijngeheugen ermee is opgehouden. We hebben een soort systeem nodig, een waterdicht systeem.'

Gina boog zich voorover, legde haar handen op die van Mara en glimlachte. 'We komen er wel uit.' De rest van die middag, tot in de avond, werkten ze alle open dossiers in Mara's kantoor door. Gina was gewapend met een agenda, een blocnote, een stapel Post-its en gekleurde pennen. Tegen de tijd dat ze opstonden om zich uit te rekken, iets na zeven uur, had Gina tien bladzijden aantekeningen en een agenda vol gekleurde notities, en ze had Post-its op meer dan de helft van Mara's dossiers geplakt, in verschillende kleuren, die verschillende maten van urgentie aangaven.

'Ik ga alle deadlines in de kalender van het e-mailsysteem invoeren,' zei Gina terwijl ze haar spullen bij elkaar zocht, 'en ik zal je voor elke deadline een herinnering sturen.' Toen ze bij de deur was, keek ze bedachtzaam achterom. 'Ik maak dit af en dan denk ik na over wat ik nog meer kan doen om ervoor te zorgen dat we erbovenop zitten.'

'Dank je wel, Gina. Je doet heel veel voor me.'

'Weet je, jij bent de enige advocaat die ik ken die haar eigen deadlines bijhoudt. Het werd tijd dat je wat uit handen geeft.'

Het gaf Mara een beter gevoel dat te horen. Ze was niet de enige die last had van de stress op het werk en van het krankzinnige tempo dat nodig was om werk en gezinsleven draaiende te houden.

'Ja, nou ja, jij hebt zelf ook veel omhanden,' zei ze tegen Gina. Ze wees in haar kantoor naar alle netjes gearchiveerde dossiers, waar Gina elke week uren aan besteedde. In de vijf jaar dat ze voor Mara werkte had Gina zonder klagen talloze uren overgewerkt; ze was de enige secretaresse die Mara gehad had die de werkdruk aankon en kon omgaan met de vele deadlines en de eisen van een perfectionistische baas, die elk concept enkele malen doorgelezen wilde hebben en alle dossiers voortdurend gecontroleerd.

'Je bent mijn beschermengel, Gina.'

'Dat gevoel is wederzijds. Dat lijk je te vergeten.' Mara reageerde niet en Gina zei: 'Doe niet alsof. Je weet precies wat ik bedoel.'

Mara rolde met haar ogen. Goed, ze was naar Oklahoma gevlogen voor de begrafenis van Gina's vader en was uiteindelijk een week gebleven om Gina's moeder te helpen haar financiën op orde te krijgen. Toen Gina's moeder twee jaar later stierf, was Mara weer naar Oklahoma gereisd en was ze weer een week gebleven toen ze besefte hoeveel het van Gina vroeg om haar ouders huis op te ruimen en te verkopen. Het was een paar weken voor Mara's eerste speech in de Fifth Circuit Court of Appeals in New Orleans en eigenlijk had ze thuis moeten zijn om die voor te bereiden.

Ze had Gina echter niet willen achterlaten om het in haar eentje op te knappen. Ze liet het kantoor drie dozen dossiers opsturen die ze laat in de avond doornam, nadat Gina en zij de hele dag hadden ingepakt of met de advocaat van de familie hadden gesproken, of wat er nog meer gedaan moest worden. Toen ze weer in Dallas waren, had Mara erop gestaan dat Gina Thanksgiving bij hen doorbracht, zodat ze met de feestdagen niet alleen zou zijn.

Mara wuifde het weg. 'Alsjeblieft, Gina. Iedereen zou dat gedaan hebben.'

'Niemand, bedoel je. Niemand deed dat. Niemand bood het aan en niemand deed het. Alleen jij.'

Mara schudde haar hoofd en Gina liep resoluut naar haar toe en legde haar hand op die van Mara. 'Heb je mij gehoord? Niemand. Behalve jij. Jij bent mijn familie geweest. Het minste wat ik kan doen is jouw geheugen zijn.' Ze kneep in Mara's hand, draaide zich om en liep het kantoor uit. 'Ik zit achter mijn computer,' riep ze over haar schouder. 'Je krijgt zo vijfenzeventig herinneringen via de e-mail.'

'Als ik vergeet om op alle Post-its te kijken die we overal op hebben geplakt,' zei Mara, die Gina naar de deur was gevolgd, 'dan heb ik echt een probleem.'

'Dan ga ik je bellen, om je eraan te herinneren dat je ze moet lezen.'

'O mijn god, Gina. Als het zover komt, duw me dan alsjeblieft van een klif.'

8

MARA

In september het jaar daarop – Laks was een jaar oud – maakte Mara geen grapjes meer over haar vergeetachtigheid. Ze maakte er geen laatdunkende opmerkingen meer over en ze stond ook niet meer toe dat Die Vrouwen, Tom of haar ouders er iets over zeiden. Het kwam erop neer dat ze geen van hen nog om zich heen duldde. Ze was prikkelbaar geworden, chagrijnig. Niemand was veilig voor haar plotselinge woedeaanvallen, zeker Tom niet.

Op een avond, eind november, stonden ze in de keuken. Mara roerde in een pan soep op het fornuis en Tom sneed een stokbrood. 'We lopen ongeveer drie weken achter met de was,' zei hij. 'Ik denk dat ik na het eten…' Hij zweeg toen de houten lepel waar zij mee had staan roeren, langs zijn hoofd scheerde en tegen de keukentafel aan kletterde. Soep spatte op de grond en de muren.

Tom keek verbijsterd naar de lepel en draaide zich toen om naar Mara, zijn mond open om iets te zeggen. Ze gaf hem de kans niet. 'Niet te geloven! Ik sta hier soep voor je te koken, na twaalf uur op kantoor, en alles wat je te zeggen hebt is dat ik achterloop met de was?!'

Tom hief zijn handen in de lucht en vroeg: 'Waar maak je je zo druk over? Ik zei niet dat jíj achterloopt met de was. Ik zei wíj. En ik wilde net gaan zeggen dat ik na het eten een stapel wilde wegwerken.'

'Onzin!' bitste Mara. 'Je beschuldigde mij. Je weet dat ik het vreselijk vind als ik achterloop met iets in huis en je wilt me alleen maar een vervelend gevoel bezorgen.'

Tom legde het mes neer en liep naar haar toe, zijn armen open. 'Mara, zou ik ooit…'

Ze draaide zich van hem af en terwijl ze dat deed, maakte ze het schort los dat ze over haar mantelpakje droeg en gooide het op de grond. 'Maak je eigen eten, verdomme!'

Ze stormde de keuken uit en hun slaapkamer in, sloeg de deur met een klap achter zich dicht en ijsbeerde voor hun bed, haar vuisten afwisselend ballend en ontspannend. Uiteindelijk ging ze langzamer lopen en ging ze de badkamer in, waar ze schrok van het rode, vlekkerige, boze gezicht dat haar in de spiegel aanstaarde. Ze had zich als een kind gedragen. Ze maakte een washandje nat met koud water en drukte dat een paar minuten tegen haar gezicht voor ze zich dichter naar de spiegel boog en zichzelf scherp bekeek, alsof ze bij nadere inspectie zou ontdekken wat haar zo boos maakte. 'Wat, in vredesnaam.'

Toen ze weer in de keuken kwam, stond Tom bij het aanrecht. Het brood was gesneden en er stond een drankje voor hem. Hij keek haar aan en zijn uitdrukking was zo vol pijn dat er onmiddellijk tranen in haar ogen sprongen. Ze haastte zich naar hem toe, sloeg haar armen om zijn middel en kuste hem. 'Het spijt me zo. Ik heb geen idee wat er daarnet gebeurde.' Ze drukte hem tegen zich aan en kwam nog dichter tegen hem aan staan, net zo lang tot ze hem eindelijk voelde ontspannen. 'Ik weet niet wat me overkwam. Je verdiende dat niet. Vergeef me alsjeblieft.'

Hij zuchtte en kuste haar op haar hoofd. 'Ik vergeef je,' zei hij.

Maar daarna verontschuldigde ze zich niet meer. Ze schreeuwde tegen hem omdat hij een keer de groenten had laten aanbranden op de grill en de avond daarop schoof ze ze van zich af, klagend dat ze niet gaar waren. Weken achtereen wendde ze moeheid voor als hij in bed naar haar toe schoof of ze zei ronduit dat ze geen zin had. En vervolgens verweet ze hem dat hij niet meer van haar hield omdat ze zo lang geen seks hadden gehad.

Ze werd irrationeel, paranoïde. Depressief en angstig. Rond Kerstmis smeekte Tom haar naar een dokter te gaan, maar ze weigerde. Ze wist niet meer welke redenen ze daarvoor gaf. Ook dat was het gevolg van haar ziekte – die tastte niet alleen je vermogen om te denken en te bewegen aan, maar ook je emoties. Het was een aanval met een drietand, en elke tand was net zo dodelijk als de ander. Als de drietand van de duivel.

Een paar weken na Valentijnsdag hadden ze net Laks ingestopt en zaten ze samen op de bank, iets wat ze in maanden niet hadden gedaan. Tom leek stil en Mara vroeg hem wat er aan de hand was. Hij keek haar onderzoekend aan. 'Ik maak me zorgen over je,' zei hij en hij pakte haar hand. 'Ik denk dat je eens naar de dokter moet gaan.'

Mara trok haar hand weg en stond op.

'Niet boos zijn,' zei hij en hij probeerde haar weer aan te raken. Ze stapte achteruit, buiten zijn bereik en sloeg haar armen voor haar borst over elkaar.

'Ik wil alleen maar dat je gelukkig bent,' zei hij. 'Zoals vroeger. Je lijkt nergens meer van te genieten, niet van je werk, niet van ons, nergens van. Vanavond was heerlijk, maar dat is niet de norm. Niet meer.'

'Ik word zo moe van dit gesprek,' zei ze. 'Ik blijf het je zeggen, ik hoef geen dokter. De normale dingen in het leven, zoals een beetje vergeetachtigheid, wat irritatie af en toe, daar heb je geen dokter voor nodig.'

'Dat is het hem juist,' zei hij. 'Ik geloof niet dat dit *normale dingen* zijn. Ik denk dat het erger is geworden dan dat.' Hij keek haar smekend aan, een hand nog steeds naar haar uitgestoken. Hij probeerde het nog altijd rustig, kalm, met haar te bespreken. Het maakte haar woedend.

Ze keek zo afwijzend naar hem dat hij zijn hand in zijn schoot liet zakken. 'Ik weet niet of jij wel weet wat *normaal* is,' zei ze. 'Ons hele huwelijk lang heb ik alles hier gedaan, naast mijn uiterst veeleisende, zeer stressvolle baan. Ik ben de hele dag met rechtszaken bezig geweest, en thuis voed ik je dochter op, maak ik je eten klaar en vouw ik je was. Terwijl jij je gemakkelijke dermatologenuurtjes draait en dan lekker een stuk gaat hardlopen.'

Hij was geschokt door haar beschuldiging. Zij lachte scherp en genoot van de klap die ze had uitgedeeld. Het kon haar niet schelen dat die volledig onterecht was. Hij hielp meer in huis, en met Laks, dan alle mannen die ze kende. Tom was opgegroeid met een vader die doorgaans te dronken was om bij het huishouden of de opvoeding te helpen en hij vond het belangrijk een betrokken vader en echtgenoot te zijn. De veronderstelling dat hij gefaald had of – erger nog – dat hij het niet eens probeerde, was het ergste wat iemand tegen hem zou kunnen zeggen. Een fractie van een seconde overwoog Mara om gas terug te nemen.

Maar ze ging door. 'Wil je dat ik gelukkig ben?' vroeg ze. 'Wil je dat ik meer van het leven geniet? Probeer me dan meer in huis te helpen. Ik heb geen diagnose nodig, dokter Nichols. Ik wil dat je je als een volwassene gedraagt. Probeer dat eens, waarom niet, en laten we dan eens zien of je nog altijd denkt dat ik een dokter nodig heb.'

'Mara,' zei hij ten slotte. 'Dat slaat nergens op.'

Ze keek hem even koeltjes aan. Hij zat naar haar toe gebogen, zijn gezichtsuitdrukking open, vol vertrouwen. Hij verwachtte dat ze zou toegeven dat ze gemeen was geweest en zich zou verontschuldigen, zoals ze eerder had gedaan. In plaats daarvan gaf ze weer een sneer en zei ze: 'Je denkt dat je zo'n geweldige vader bent. Een geweldige echtgenoot. Nou, dat ben je niet. Je bent net als je vader.'

Tom sprong zo snel op dat Mara schrok en een sprong naar achteren maakte. 'Genoeg, Mara! Je kunt dat soort dingen niet zomaar tegen mij zeggen! Je kunt niet zulke kwetsende onzin verzinnen en tegen mij gebruiken, alleen maar omdat je weer een slecht humeur hebt. Dit gaat veel verder dan gewoon werkstress, en ik heb het al lang genoeg over me heen laten gaan. Ik weet niet of je antidepressiva nodig hebt, of ijzersupplementen of gewoon extra slaap. Maar dit moet stoppen. Ik vraag het je niet, ik zeg het je. Ga naar een dokter. Anders vertrek ik.' Mara keek toe, haar mond slap van schrik, toen hij hun slaapkamer binnen stormde en de deur achter zich dichtsloeg.

De volgende dag liet Mara Tom een afspraak maken bij Alan Misner, een neuroloog die Tom kende van zijn medicijnstudie en die aanbood Mara die avond buiten kantoortijden te zien, als gunst aan zijn vroegere studiegenoot. Ze stond alleen niet open voor zijn mening, al zei ze dat niet tegen Tom. Ze voelde zich er bijna schuldig over; hij was zo blij dat ze had toegestemd te gaan.

Toen ze in stilte naar dokter Misners praktijk reden, wekte ze de indruk dat ze zich voorbereidde op een gesprek over welke aandoening ze zou kunnen hebben, maar in werkelijkheid maakte ze zich klaar voor een 'zie je wel'-blik nadat zijn collega hem had laten weten dat Mara al die tijd gelijk had gehad en dat ze, afgezien van de gebruikelijke veranderingen die met het klimmen der jaren samenhingen, helemaal gezond was. En later, thuis, zou ze Tom vertellen dat ze gedaan had wat hij zei en dat hij nu naar haar moest luisteren en er nooit meer over moest beginnen dat er 'iets niet goed' was. Ze voorvoelde dat er wel weer met deuren zou worden gesmeten, en had daarom geregeld dat Laks die nacht bij haar ouders sliep.

In de spreekkamer zaten Tom en zij in futuristische zwartleren stoelen voor het bureau van dokter Misner. Mara zou het bureau nooit meer vergeten – het was zo'n ultramodern zwart geval geweest dat meer leek op een ruimteschip dan op een meubelstuk, met glimmende chromen poten, net als die van de stoelen. Het was een interieur dat ze niet serieus kon nemen, vond ze, en ze vroeg zich af hoe mensen die echt iets mankeerden reageerden als de dokter hen vanachter dat bureau slecht nieuws vertelde. Hij had misschien wel de sympathieke ogen, warme handen en zachte stem van een arts die goed is in het brengen van slecht nieuws, maar al die dingen zouden volledig in het niet vallen bij dat ongewone bureau.

Mara hield zich bezig met gedachten over kantoorinrichting en hoorde hoe de voormalige studiegenoten bijpraatten. Ze glimlachte toen de twee mannen ervaringen deelden over hun praktijken en medewerkers en kinderen. Ze was er zeker van dat Tom en zij gauw weer op weg naar huis zouden zijn, als deze belachelijke afspraak achter de rug was.

Toen de mannen klaar waren met hun hernieuwde kennismaking, wendde de dokter zich tot Mara. Hij glimlachte vriendelijk en vroeg wat hij voor haar kon doen. Ze glimlachte schaapachtig terug en zei niets.

Hij liet zich niet van zijn stuk brengen. 'Goed, laten we met een gemakkelijker vraag beginnen. Laten we het over je medische geschiedenis hebben.'

Mara was vastbesloten het allemaal niet te serieus te nemen, maar ze besloot dat ze beter de schijn kon ophouden en kon doen alsof ze meewerkte. Haar medische geschiedenis was niet zo ingewikkeld: die begon en eindigde met haar, want het weeshuis had haar ouders geen enkele informatie gegeven over de medische staat of voorgeschiedenis van haar biologische ouders. Ze vertelde hem wat ze wist.

'Oké, dat is een begin,' zei Misner, duidelijk tevreden met zichzelf omdat hij contact had gelegd met zijn recalcitrante patiënt. 'Laten we het er nu eens over hebben waarom jullie hier zijn.' Voordat Mara hem weer diezelfde blanco blik kon toezenden, nam Tom het gesprek over.

'Wil je liever dat ik het vertel?' vroeg Tom terwijl hij haar hand pakte. Mara knikte en met zijn hand nog om de hare, begon Tom rustig te vertellen. Hij klonk bijna verontschuldigend toen hij de veranderingen beschreef die hij bij zijn vrouw had waargenomen. Terwijl hij praatte, staarde Mara naar hun verstrengelde handen en zei tegen zichzelf dat de verhalen die ze hoorde niet over haar gingen. Ze was vergeetachtig geweest, een beetje ongeduldig, licht geïrriteerd. Maar de vrouw die hij beschreef klonk psychotisch – voorwerpen die wekelijks tegen de muur (of naar Tom) werden geslingerd, deuren die om het minste of geringste werden dichtgegooid, krachttermen die niet alleen naar hem, maar ook naar Gina, Steph, en zelfs naar Pori en Neerja werden geschreeuwd.

Na een poosje luisterde ze niet meer naar de arts met wie ze getrouwd was, maar richtte ze zich op de dokter achter het bureau. Hij maakte aantekeningen op een geel notitieblok terwijl hij luisterde. Mara probeerde te zien wat hij opschreef, maar ze kon geen woorden onderscheiden. Af en toe zag ze hem bepaalde woorden onderstrepen en soms zette hij er een grote cirkel omheen. Hij stelde nog wat vragen en toen Tom die beantwoordde, zette dokter Misner meer strepen onder sommige woorden en cirkels om andere.

Mara bewoog ongemakkelijk in haar stoel en trok haar hand uit die van Tom. Het was duidelijk dat de dokter dacht dat hij iets ontdekt had en zij werd steeds nerveuzer en steeds minder zeker van haar verdedigingsstrategie.

Toen Tom klaar was met zijn verhaal, keek Misner op van zijn aantekeningen, keek hen een voor een aan en vroeg toen: 'En hoelang heeft ze al last van die onwillekeurige armbewegingen?'

Mara vroeg: 'Welke onwillekeurige armbewegingen?' en Tom zei tegelijkertijd: 'Langer dan een jaar.'

Ze keken elkaar met open mond aan, allebei verbijsterd over elkaars antwoord. Ze wilde het eigenlijk niet, maar Mara dwong zichzelf om naar haar handen te kijken. Tot haar afgrijzen bewogen ze heen en weer over haar benen, naar de stoelleuning en dan weer naar het midden, alsof haar schoot een piano was en zij een ingewikkeld stuk speelde. Snel stopte ze haar handen weg onder haar dijen. Tom mompelde iets geruststellends en klopte haar op haar been.

Misner omcirkelde een woord op zijn gele blocnote. Hij omcirkelde het nog eens en zette er een streep onder. Toen knikte hij nadenkend en bestudeerde zijn aantekeningen nog even voor hij zijn bezorgde blik weer op Mara richtte. Zij schraapte haar keel en bewoog in haar stoel, toen hij uit een van de laden van zijn ruimteschipbureau een visitekaartje pakte. Hij stond langzaam, bijna met tegenzin, op en liep rond zijn bureau naar de kant waar Tom en Mara zaten. Hij leunde tegen het bureau, zuchtte diep, vouwde zijn handen in zijn schoot en richtte zijn zachte ogen op Mara.

De uitdrukking op zijn gezicht maakte dat haar lippen begonnen te trillen. Ze keek snel naar de grond. Zijn schoenen, dure zwarte instappers, klopten een snel ritme op het parket. Ze wierp weer een snelle blik op zijn gezicht en besefte dat hij nerveus was. Haar lippen trilden nog erger.

Ze wilde opstaan en weglopen voor hij haar kon vertellen waar hij zo nerveus over was. Maar dan zou Tom alleen maar zeggen dat ze niet had gedaan wat ze beloofd had en zou hij haar een andere keer terugslepen. Ze trok haar handen onder haar benen vandaan en greep de stoelleuning vast. Ze dwong zichzelf te blijven zitten.

'Mara,' zei dokter Misner vriendelijk. 'Tom. Ik kan niet zeggen hoezeer het mij spijt dat ik jullie dit nieuws moet brengen, en voor ik verderga, moet ik benadrukken dat er nog niets met zekerheid te zeggen is zonder een bloedtest. Maar gebaseerd op alles wat je mij verteld hebt, de vergeetachtigheid, de stemmingswisselingen, de prikkelbaarheid, de depressie en de angsten, en gebaseerd op Mara's fysieke symptomen, ben ik bang dat ik op dit moment de ziekte van Huntington niet kan uitsluiten. Ik wil jullie doorverwijzen naar een specialist. Er zit een Huntington-kliniek in het Baylor Hospital, in het centrum, die wordt geleid door Evan Thiry.' Hij gaf het visitekaartje aan Tom en vouwde toen zijn handen weer.

'Dokter Thiry kan wat cognitieve en fysieke tests uitvoeren om te bepalen of er sprake kan zijn van Huntington. Als hij het eens is met mijn theorie dat dit speelt bij Mara, kan hij daar zekerheid over geven door een bloedtest te doen. Het staat je vrij die te ondergaan. Maar wat je ook besluit, de kliniek van dokter Thiry kan jullie een aantal voorzieningen bieden, zowel medisch als psychisch, waar jullie zeker wat aan kunnen hebben. En later, als ze oud genoeg is, ook jullie dochter. Ze hebben geweldige pedagogische maatschappelijk werkers die kinderen kunnen helpen omgaan met...'

Hij zweeg even voor hij verderging. 'Het spijt me. Ik loop te hard van stapel. Ik keek naar Tom en ik weet dat hij begrijpt wat Huntington inhoudt. Ik had er echter niet van uit mogen gaan dat jij dat ook weet, Mara. Heb je weleens van de ziekte van Huntington gehoord?'

Ze dacht van wel. Ze herinnerde zich dat ze Tom er weleens wat over had horen zeggen. Nadat hij erover gelezen had voor een tentamen? Of had een van zijn partners een patiënt met Huntington behandeld? Ze wist het niet meer, en ze wist ook niet of ze ooit alle details over de ziekte had gehoord, maar ze vermoedde nu, gebaseerd op het gedrag van Misner, dat het iets afschuwelijks was.

Ze wendde zich tot Tom om te vragen wat hij haar erover had verteld. Ze hoopte dat hij met zijn ogen zou rollen en haar zou zeggen dat die andere man het helemaal bij het verkeerde eind had, dat wat er ook mis met haar was, dit geen excuus was voor Misner om achter zijn belachelijke bureau vandaan te komen, zich zo naar haar toe te buigen, zo naar haar te kijken en het over specialisten te hebben en bloedtests en maatschappelijk werkers die hun dochter zouden kunnen helpen met de verwerking. Maar Toms ogen glommen van de tranen en zeiden iets heel anders.

Mara keek weer naar Misner en haalde haar schouders op. Hij legde een grote hand op de hare. Terwijl hij haar bleef aankijken, beschreef hij de ziekte, met een zachte, vriendelijke stem. Tom schoof zijn stoel dichter bij die van Mara en sloeg zijn arm om haar heen. Uit haar ooghoek zag ze dat hij haar gezicht bestudeerde terwijl de dokter verder praatte. Ze probeerde zich op de woorden van de dokter te concentreren, maar haar gedachten schoten alle kanten op. Ze wilde allereerst begrijpen wat hij haar vertelde en in de tweede plaats een argument formuleren waarom hij het, net als haar man, bij het verkeerde eind had als hij suggereerde dat er iets met haar aan de hand was, behalve werkstress en het klimmen van de jaren.

Ze hoorde ongeveer elk vijfde woord. De rest van wat de dokter zei was onverstaanbaar, alsof hij via een autoradio sprak die stoorde.

Degeneratieve neurologische ziekte.

Progressief afsterven van de hersencellen.

Veroorzaakt door een genetische afwijking. Elk kind van een getroffen ouder heeft vijftig procent kans dat het de ziekte erft.

Daarom had hij zo veel vragen gesteld over haar biologische ouders, dacht Mara. Als het weeshuis Pori en Neerja maar meer informatie had gegeven, kon ze Tom en zijn studiegenoot daarmee om de oren slaan en ze duidelijk maken hoe verkeerd ze het hadden.

Tenzij de informatie iets anders liet zien. Ze kneep haar ogen dicht bij die gedachte. Voor ze haar ogen weer opendeed, stond ze zich echter nog een besef toe in diezelfde lijn: godzijdank was Laks geadopteerd en bezat ze niet Mara's genen. Laks' biologische ouders, wisten Tom en Mara uit het dikke dossier dat ze gekregen hadden, hadden geen afwijkingen in hun DNA.

Gekenmerkt door afnemend mentaal functioneren.

Geleidelijk verlies van fysieke controle.

Mara ging iets rechter zitten en lachte bijna van opluchting. Deze dokter deed al net zo overdreven als haar man: geen van die dingen was op haar van toepassing. Ze functioneerde uitstekend, mentaal.

En ze had zeker geen problemen met fysieke controle. Ja, ze liet wel-eens iets vallen, maar wie deed dat niet?

Hoewel, als ze erover nadacht, moest ze toegeven dat het de laatste tijd vaker gebeurde. Ze was afgelopen zaterdag bij yoga tweemaal uit de omlaagkijkende hond-positie gevallen. Steph, op de mat naast haar, had plagend gezegd: 'Het is niet de bedoeling dat die hond dood neervalt.' Maar onhandigheid was geen 'verlies van fysieke controle', hield Mara zichzelf voor.

Onwillekeurige bewegingen van het gezicht, het lichaam en de lede-maten, algemeen bekend als 'chorea'.

Mara keek naar haar handen. Ze was teleurgesteld toen ze zag dat ze niet langer de stoelleuning vasthielden, zoals haar bedoeling was, maar eroverheen bewogen, van voren naar achteren, van voren naar achteren, in snelle bewegingen waarvan ze zich totaal niet bewust was. Ze stopte ze weer onder haar benen en probeerde er nu zwaarder op te zitten.

Andere symptomen zijn depressie en angst. Stemmingswisselingen en persoonlijkheidsveranderingen.

Ze voelde haar wangen gloeien.

Vergeetachtigheid.

Ze slikte en keek van Misner naar Tom. Hij beet op zijn onderlip en zijn gezicht was asgrauw.

Geleidelijke afname van het vermogen dagelijkse activiteiten uit te voeren, zoals werken, autorijden.

Uiteindelijk onvermogen om te lopen, te praten, te slikken en zich-zelf te verzorgen.

Volledige afhankelijkheid van anderen in de latere stadia.

Rolstoel. Verpleeghuis. Voeding door slangetjes.

Beperkt besef van de omgeving. Niet kunnen praten. Familieleden soms niet meer herkennen.

Levensverwachting tien tot vijftien jaar na begin symptomen.

Geen effectieve behandeling om het afsterven van de hersencellen te vertragen.

Fataal.

Geen behandeling.

Toen dokter Misner klaar was, legde hij een hand op haar schouder. 'Het is veel om te verwerken,' zei hij zacht. 'Ik geef je even om het tot je te laten doordringen en dan kunnen we...'

Het lukte Mara niet om haar lippen te laten ophouden met trillen. Het was ondenkbaar dat ze in haar huidige toestand een overtuigend tegenargument zou kunnen uitspreken tegen deze twee mannen. Ze herzag haar strategie: als het haar zou lukken om zonder te gaan huilen de spreekkamer te verlaten, zodat ze niet dachten dat ze haar klein hadden gekregen, dan beschouwde ze dat als een overwinning. Ze stond met een ruk op en schudde de hand van de dokter van haar schouder. 'Hoeft niet,' zei ze.

Dokter Misner liep naar haar toe, maar zij draaide zich snel om en haalde de deur voordat hij voorbij haar stoel was. Ze kon geen seconde langer zijn zachte stem en begrijpende blik en zijn voorspelling dat wat haar mankeerde veel erger was dan alleen werkstress, meer verdragen. Tom stond ook snel op en volgde haar de gang in, een hand op haar rug terwijl hij haar naar de liften leidde. De dokter haalde hen in en liep naast Tom mee. Mara zag hoe ze blikken en knikjes uitwisselden en zag hun lippen bewegen, maar het bloed in haar hoofd suisde zo luid dat ze niet kon horen wat ze zeiden.

In de auto sloot ze haar ogen en leunde ze achterover. Ze deed alsof ze te uitgeput was om te praten. Ze herhaalde in haar hoofd de lange, afschuwelijke lijst die de dokter had opgesomd en beloofde zichzelf dat niets daarvan haar zou overkomen. Tom reed in stilte, een hand op haar been. Toen ze de garage binnen waren gereden, haastte hij zich om het portier te openen, maar zij duwde het zelf open en schoot hem voorbij. Ze ging rechtstreeks naar de keuken, waar ze een glas water inschonk, die ze langzaam opdronk. Ze wachtte tot haar zenuwen kalmeerden.

Tom stond vlakbij en wachtte. De blik op zijn gezicht – een en al medelijden en sympathie, zonder een spoor van het *zie je wel* dat ze verwacht had – maakte haar woedend.

'Natuurlijk kan Misner het mis hebben,' zei hij en hij wilde een hand op haar rug leggen. Ze ontweek hem. 'Laat hij het in hemelsnaam mis hebben.' Hij kwam dichterbij en probeerde zijn armen om haar heen te slaan, maar zij ontsnapte weer aan zijn greep en hij liet zijn armen langs zijn lichaam vallen.

'Ik kan de kliniek van dokter Thiry bellen, als je wilt,' zei hij. 'Een afspraak maken voor een bloedtest. Je wilt toch zekerheid hebben. Zo'n test zal je die geven.' Hij raakte even haar schouder aan en trok zijn hand terug voor zij achteruitdeinsde.

'Je hoeft je natuurlijk niet te laten testen,' zei hij. 'Het is aan jou. Dit is misschien wel de enige keer dat je liever geen zekerheid hebt en dat zou ik volledig begrijpen. Je hebt gehoord wat Misner zei: omdat er geen genezing mogelijk is, geven veel mensen die risico lopen er eerder de voorkeur aan om te leven met vijftig procent kans dat ze het niet hebben dan met honderd procent zekerheid dat dat wel zo is.'

Mara keek naar haar man. Dat had ze Misner niet horen zeggen. Ze vroeg zich af wat ze nog meer gemist had. Het maakte niet uit, besloot ze. Tom en zijn studiemaat zaten er helemaal naast.

'En ik kan het begrijpen als dat ook jouw beslissing is,' zei Tom. 'Maar hij zei ook dat er wel een behandeling is voor bepaalde symptomen, of je die test nu wel of niet doet. Depressie, angst – daar zijn medicijnen voor. Ik weet dat ik dit eerder heb gezegd en je hebt er niet naar willen luisteren, maar als je iets zou nemen tegen die dingen, dan zou je gelukkiger zijn. Je zou minder last hebben van...' Hij zweeg even. 'Alles.'

Hij maakte er zo'n drama van, vond ze. Ze had helemaal nergens last van. Meestal niet, in ieder geval.

'En als je wel getest wilt worden, en als die test positief is, dan is er nog hoop. Ze doen voortdurend onderzoek om een remedie te vinden, om iets te vinden om het te vertragen.'

Mara vroeg zich af of Misner dat ook gezegd had, of wist Tom dat gewoon? Hij wachtte op haar reactie, en de hoopvolle blik op zijn gezicht ergerde haar. Ze deed haar uiterste best haar woede te onderdrukken, want ze wilde Toms zaak niet sterker maken.

'Dank je,' zei ze stijfjes. 'Maar met alle respect, ik denk dat die geweldige dokter Misner van jou er net zo naast zit als jij. Het was een ontroerende speech die hij gaf, en hij speelde de rol uitstekend. Maar mij mankeert niets.'

Tom sperde zijn ogen open.

'Oké,' zei ze. 'Ik vergeet af en toe wat. Maar ik ben een werkende moeder met een stressvolle baan. Ik ben bijna veertig.' Hij wilde iets zeggen, maar zij stak haar hand op. 'En misschien ben ik soms prikkelbaar – meer dan vroeger. Maar we hebben een zware tijd achter de rug. We zijn uit elkaar gegroeid. We zijn niet meer het team dat we vroeger waren. En daarom gedragen we ons allebei anders.

'En ja, ik ben opeens een beetje klunzig, onhandig. En jij ergert je snel, bent ongeduldig. En geobsedeerd, zo lijkt het wel, om een medische aandoening bij mij te ontdekken waar je al onze problemen op kunt schuiven.'

Hij maakte een protesterend geluid, maar ze schudde haar hoofd en stak haar vinger op om te voorkomen dat hij haar onderbrak. 'Ik geef toe dat ik de laatste tijd niet gemakkelijk ben geweest, en dat spijt me. Maar dat geldt ook voor jou. En ik sleep jou tenminste niet mee naar oude studiematen van mij en laat ze niet een of andere afschuwelijke, degeneratieve, dodelijke ziekte beschrijven en tegen je zeggen *volgens mij heb jij dat*. Als ik dat deed, zouden onze problemen nog veel groter worden.' Ze trok een wenkbrauw op om haar punt te maken. Na deze stunt had hij het alleen nog aan zichzelf te wijten als de spanning tussen hen nog groter werd.

Hij stak zijn hand weer naar haar uit. 'Mara.'

Ze stapte snel om hem heen en liep de deur uit. 'Ik ga naar bed,' zei ze. 'Ik zal jouw kussen en deken op de bank leggen.'

9

SCOTT

Het lukte Scott niet zich te concentreren op spelling en grammatica. Hij schoof zijn papieren opzij en opende zijn laptop. Terwijl hij wachtte tot deze was opgestart, spitste hij zijn oren om Curtis te horen lezen. Hij hield ervan de jongen elk woord hardop te horen fluisteren terwijl hij met zijn vinger langs de regels gleed.

'Je...kunt...het...bord...meenemen.'

Hij luisterde nog even, opende toen zijn lijst favorieten en klikte op het forum Not Your Father's Family, de online supportgroep waar hij veel aan had gehad sinds Laurie en hij hadden besloten Curtis voor een jaar in huis te nemen. Hij was in paniek geraakt bij de gedachte opeens vader te worden, al was het tijdelijk, en hij had urenlang op internet gezocht tot hij deze mengelmoes van berichten had gevonden. De personen die aan het forum deelnamen waren zeer uitlopend van aard: 2boys, een weduwnaar die zijn eigen twee jongens en een stiefzoon grootbracht, flightpath, een oudere deelnemer die haar twee dochters alleen had opgevoed na de scheiding van hun aan alcohol verslaafde, tirannieke vader, LaksMom, een adoptiemoeder, SoNotWicked, een stiefmoeder en oprichter van het forum.

In het afgelopen jaar had Scott zo ongeveer alles met ze gedeeld, van onderwerpen die met opvoeden te maken hadden, zoals straffen, bedtijd en helpen bij het huiswerk, tot meer algemene kwesties als evenwicht tussen werk en gezin, carrièreveranderingen en favoriete recepten. Uiteindelijk kwamen er ook veel persoonlijker zaken aan bod, zoals ruzies, huwelijksproblemen en zelfs seks. De mensen met wie hij online deze vertrouwelijke informatie uitwisselde, kenden zijn echte naam niet en wisten niet hoe hij eruitzag, maar ze wisten net zo veel over de vreugden en de spanningen van zijn relatie met Laurie als Pete, en net zo veel over zijn liefde voor zijn Kleine Man.

Hij scrolde omhoog naar de bovenkant van de bladzijde om het topic van vandaag te bekijken.

Dinsdag 5 april @ 07.55 uur
SoNotWicked schreef:
Goeiemorgen, allemaal! Ik had het vandaag eigenlijk over zomerkampen willen hebben – het ging er hier de laatste tijd over dat de laatste schooldag niet ver meer is. Het is ALWEER ZOVER – de tijd waarin we moeten verzinnen wat we TWEE maanden lang met die schatjes aan moeten. Maar ik bewaar dat voor een ANDER moment.
Ik weet niet hoe het met jullie zit, maar sinds MOTORCITY ons herinnerde aan het naderende vertrek van Kleine Man, krijg ik dit niet meer uit mijn hoofd: HOE doen jullie dat als pleegouders en voogden? Hoe kunnen jullie zo veel liefde en aandacht geven aan een kind dat jullie misschien NOOIT meer zien als het eenmaal naar huis is gegaan? Nemen jullie jezelf in bescherming door IETS achter te houden, door jezelf niet honderd procent te geven?
Ik kan het me persoonlijk niet VOORSTELLEN dat ik zo veel tijd en energie in een kind steek zonder enige zekerheid te hebben dat ik ooit levenslange liefde en trouw zal terugkrijgen. Iemand die bij me langskomt als ik oud ben en mijn dagen slijt in huize DE DAGERAAD. En dan zie ik jullie dat allemaal doen voor kinderen die je misschien nooit meer ziet. Hoe DOEN jullie dat?

Scott wreef over zijn kin en wilde dat SoNotWicked zich bij de zomerkampen had gehouden. Hij keek vluchtig naar de antwoorden van die dag en bleef hangen bij de berichten van zijn dierbaarste forumvrienden. De eerste was van LaksMom, die hem liet weten dat ze aan hem dacht. Dat had ze de afgelopen weken elke ochtend gedaan.

Eerst had hij LaksMom voor zich gezien als iemand die in de lotushouding zat op een groot glanzend paars kussen, haar laptop op haar knieën en lang zwart haar dat in een vlecht op haar rug hing, met een gelukzalige glimlach op haar gezicht terwijl ze zat te chatten met haar online vrienden. Het was een stereotiep beeld en waarschijnlijk ook nog eens racistisch. En er klopte niets van, besefte hij, nu hij meer wist. Tegenwoordig stelde hij zich haar voor in een duur mantelpakje, met een aktetas in de ene hand en een kartonnen beker koffie in de andere, terwijl ze snel berichtjes intikte op haar telefoon voor ze in de auto sprong en zich naar haar kantoor op de vijfenvijftigste verdieping van een wolkenkrabber in het centrum haastte. Toen hij omlaag scrolde, zag hij nog een mailtje van haar, deze keer een direct antwoord op de vraag van SoNotWicked.

Dinsdag 5 april @ 09.15 uur
SNW, ik moet zeggen dat ik hier ook veel over heb nagedacht. Ik denk dat het duidelijk is dat MotorCity het type is dat alles wil. Net als FosterFranny, al is die situatie waarschijnlijk anders – ik denk dat FF van plan is die kinderen uit de voogdijzorg te adopteren. Ik zou wel iets meer van je willen horen hierover, MotorCity. Ik weet dat het moeilijk is om hierover na te denken of te schrijven, maar ik hoop dat er hier met ons over praten het komende afscheid gemakkelijker maakt. Of niet 'gemakkelijk', maar op zijn minst te verdragen?

Scott scrolde verder en vond een bericht van een andere vriendin, flightpath:

Dinsdag 5 april @ 16.20 uur
Ik ben ook benieuwd om hierover iets van MotorCity en FF te horen. Jullie weten allemaal dat ik de pleegouders/voogden in deze groep de echte helden vind. Ik heb het niet in me – veel te egoïstisch.

Flightpath had zich bij het forum aangesloten om morele steun en advies te krijgen over het leven met een bejaarde ouder nadat haar dementerende moeder bij haar was ingetrokken. Ze raakte echter zo betrokken bij de vaste leden dat ze ook na de dood van haar moeder elke dag het forum bezocht. Haar geluid was een stem van de rede tussen de soms overbezorgde vragen die door de jongere leden werden gesteld, ook al waren haar antwoorden vaak met een cynisch sausje overgoten. Toen iemand een paar weken geleden vroeg hoe hij zijn derdeklasser moest helpen een scheikundeproject te voltooien, antwoordde flightpath: 'Zeg hem dat je de derde klas zelf met succes hebt doorlopen, loop dan de kamer uit en laat het hem zelf doen.'

Ze had ook verschillende leden streng toegesproken als ze zichzelf in bochten wrongen om iets wat ze hun kind niet konden bieden, of het nu een dure vakantie was of een kostbare opleiding of, in Scotts geval, een permanente vaderfiguur als Curtis eenmaal terug was bij LaDania.

'Houd erover op, MotorCity,' had flightpath gezegd. 'Je hebt maar één ding onder controle, en dat is wat je het kind te bieden hebt als hij bij je is. En omdat je vergeten lijkt te zijn wat dat is, zeg ik het je nog maar eens: een heel jaar met de beste vaderfiguur die hij zich kan wensen. Buiten dat heb je er geen controle over. Houd op te doen alsof dat wel zo is.'

Een andere forumvriend was de wat ruw bespraakte sportliefhebber 2boys. Hij was nooit getrouwd met de moeder van zijn zoon, die hen beiden kort na de geboorte van de jongen in de steek had gelaten. Enkele jaren later was hij getrouwd met een vrouw die zelf al een kind had. Een jaar na hun huwelijk werd er leukemie bij haar vastgesteld en na nog twee jaar was hij weduwnaar en alleenstaande vader van twee jonge jongens.

Hij was kort na de dood van zijn vrouw bij het forum gekomen en had zichzelf uitgeroepen tot eeuwige vrijgezel. ('Of ze lopen weg of ze gaan dood, hoe dan ook, ik lijk vrouwen bij me weg te jagen.') Scott en 2boys hadden al snel een klik op sportgebied en vulden het forum vaak met zo veel berichtjes over records en spelersstatistieken dat de anderen ze vriendelijk verzochten om over te stappen naar een van de sportsites. Toen hij omlaag scrolde, zag Scott een bericht van 2boys van later die dag:

Dinsdag 5 april @ 16.33 uur

@flight – ik weet ook niet of ik dat zou kunnen opbrengen. jezus,
ik maak me vaak al druk over de hoeveelheid tijd die ik aan die van
mij kwijt ben, en dan horen wij nog door bloedbanden en de wet bij
elkaar. als het me niet zo veel in de belastingen zou schelen, zou ik
echt proberen van ze af te komen.

@motor – allereerst, heb je gehoord over die dreunen van pettitte
in de eerste twee innings gisteravond? die vent is niet te stoppen;
de yanks gaan de series dit jaar winnen, ik zeg het je. nou ja, de
kleine man staat natuurlijk voorop, dat weet ik wel. je weet dat ik
je bewonder, dat heb ik al eerder gezegd en ik vraag me net als de
anderen af hoe je het allemaal redt.

Scott wachtte even en ordende zijn gedachten. Toen begon hij te
typen.

Dinsdag 5 april @ 18.53 uur

@SoVERYWicked – zo zou je jezelf moeten noemen omdat je die
vraag nu opwerpt! Maar oké, het is een eerlijk onderwerp en ik weet
dat anderen op het forum in eenzelfde positie verkeren of hebben
verkeerd en er misschien over willen meepraten. Vlak voor ik inlogde,
hoorde ik hoe de Kleine Man hardop zat te lezen en dacht ik hoe erg
ik dat geluid op de achtergrond zal missen als ik proefwerken nakijk
of basketbalwedstrijden uitschrijf of met jullie zit te chatten. Ik kan
niet geloven dat ik nog maar vijf dagen heb met dat fluisterende,
stotterende lezen achter me.

Maar om je vraag te beantwoorden, ik denk niet 'ik heb zo veel in die
jongen geïnvesteerd en krijg er niks voor terug', maar ik denk terug
aan de vreugde en het geluk die hij mij het afgelopen jaar heeft
gegeven en hoeveel pijn het zal gaan doen om zonder hem te leven.
Ik probeer me nu te richten op de toekomst en blij te zijn over het
feit dat hij zal worden herenigd met zijn moeder en ik een eigen
gezin zal krijgen.

Maar, en mijn vrouw zal dit bevestigen, het lukt me niet zo goed om
positief te blijven. Ze zeggen dat ik me gedraag als een man die op het

punt staat een kind te verliezen, en niet genoeg als een man die op het punt staat er een te krijgen

@LaksMom – jij bent de virtuele zuster die ik nooit heb gehad. Dat weet je. Maar je kunt niet weten hoe je berichten mij elke ochtend weer helpen en hoeveel ik daarop reken de komende weken (goed, nu weet je het wel).

@boys – laat weer iets horen als je iets verstandigs te zeggen hebt. De Yanks zijn voorbij. De Tigers gaan het helemaal maken.

Hij klikte op *verzend bericht* en draaide zijn hoofd in de richting van Curtis om te luisteren.

'Je... kunt... op... die... stol... zitten.'

Muziek voor zijn oren. Hij logde uit bij het forum en klapte zijn laptop dicht. 'K-man, lees die zin nog eens. Ik denk dat er *stoel* staat, niet *stol.*'

'*K-man?* Sinds wanneer noem jij mij *K-man?*'

Hij tikte Curtis tegen zijn hoofd. 'Ik bedoelde Kleine Man. *Stoel.* Probeer het nog eens.' Hij plofte op de bank, vlak naast Curtis, die meteen naar hem toe schoof en zich tegen hem aan drukte.

'Je... kunt... op... die... stoel... zitten.'

'Fantastisch. Wat denk je van nog vijf bladzijden en dan nog wat sommen.'

'Nóg vijf? Ik heb er al vijf gedaan. Laurie zei dat ik er vijf moest lezen. En we hebben misschien geen tijd meer om te basketballen als ik er nog vijf doe.'

'Nou, als vijf goed is, dan is tien geweldig. En jij wilt toch de beste zijn?'

Curtis snoof en Scott wierp hem een waarschuwende blik toe. 'Goed dan. Maar alleen twee bladzijden sommen is ook geweldig, toch? Meer zou niet zo geweldig zijn, denk ik.'

Scott lachte. 'Ja hoor, twee bladzijden sommen is geweldig.'

De drievoudige marteling – lezen, sommen en een douche – nam te veel tijd in beslag om ook nog een paar ballen te schieten. Curtis stond voor zijn slaapkamerkast en zuchtte terwijl hij zijn pyjama aantrok. 'Ik zei toch dat het maar vijf bladzijden hoefden te zijn.'

Hij keek overdreven teleurgesteld naar de basketbalposters die zijn muur bedekten en toen naar de basket die Scott vlak bij zijn kast aan de muur had gehangen. Uiteindelijk keek hij met treurige ogen naar Scott die in de deuropening leunde en probeerde niet te lachen om het melodrama en het zelfmedelijden.

Scott liep de kamer door, pakte het stukgelezen exemplaar van *Stuart Little* van de boekenplank onder het raam en ging op het bed zitten. Hij strekte zijn lange benen voor zich uit en klopte op de ruimte naast hem. 'Zullen we dan maar een extra hoofdstuk over de muis lezen? Of verspil je je tijd liever met pruilen? Want dat kunnen we ook doen, natuurlijk.' Hij stak zijn onderlip uit en overdreef de gezichtsuitdrukking van het kind.

Curtis probeerde te blijven pruilen, maar hij kon niet voorkomen dat zijn mondhoeken omhooggingen in een lach. 'Extra *Stuart*!'

Terwijl de jongen zich naast hem installeerde, deed Scott of hij het omslag van het boek bestudeerde en genoot van de tevreden stilte, het gevoel van het kleine warme lichaam tegen zich aan en de kleine arm die op zijn been lag. Aangezien Curtis geen haast leek te hebben om het moment te onderbreken, liet Scott zijn kin op het hoofd van de jongen rusten terwijl zijn blik langzaam door de kamer dwaalde.

Het was een echte jongenskamer: sportaffiches aan de muren, een assortiment raceauto's, Lego en soldaatjes verspreid over de houten vloer. Twee grote rubberen dinosaurussen lagen op hun kant op een kleed waarop een stadsplattegrond was afgebeeld. Scott en Laurie hadden die ochtend voor de school begon vanuit hun kamer liggen luisteren hoe de dinosaurussen de stad uitroeiden. De bruten lieten de Lego-bewoners over het kleed vliegen en onder de boekenplank verdwijnen, een paar zelfs helemaal onder de kast, waarvan de open deur een overvolle la en een paar slordig opgehangen kleren liet zien. Een legereenheid had nog geprobeerd om de stad te beschermen, maar was daar niet in geslaagd. Groene ledematen staken onder een van de dinosaurussen vandaan en Scott zag zelfs een paar deserteurs die zich tussen de boeken op de boekenplank schuilhielden.

Aan het gewiebel naast hem merkte hij dat het tijd was om voor te lezen. Hij opende het boek en zocht voorzichtig naar de gekreukte foto die de plaats aangaf waar ze gisteren waren opgehouden. Op de foto stonden Scott en Curtis, samen op het bed, net als nu, en het toen nog splinternieuwe boek in Curtis' hand. Het was Curtis' eerste nacht bij hen en Laurie had honderden foto's gemaakt om naar LaDania en Bray te mailen, om ze te laten zien dat Curtis het goed maakte in zijn nieuwe, tijdelijke huis. Curtis had om een afdruk gevraagd en die was sindsdien altijd hun boekenlegger geweest.

Toen Scott de foto op het nachtkastje wilde leggen, hield een kleine hand hem tegen. 'Mag ik hem zien?'

Scott gaf hem de foto en de jongen hield hem voorzichtig in twee handen, waarna hij een vinger langs de contouren van de twee figuren liet glijden. 'Ik ga jou ook missen,' zei hij. Een antwoord op wat Scott uren eerder op de oprit had gezegd. 'Ik hou van mijn mamma, maar...' Hij veegde met de mouw van zijn pyjama langs zijn neus en mond.

'Natuurlijk houd je van mamma,' zei Scott en hij kuste de jongen op zijn hoofd. 'En dat je mij gaat missen betekent niet dat je niet van haar houdt of minder van haar houdt. Je kunt van ons allebei houden, net zoals ik van jou hou en van Laurie. En van Bray. Je doet niets verkeerds.' Hij trok Curtis tegen zich aan. 'Ik ga je meer missen dan ik je kan zeggen. Maar ik ben altijd hier. En je kunt altijd komen. Daar reken ik op. Wie moet ik anders afdrogen bij het balletje schieten?' Hij porde de jongen in de ribben en lachte.

Curtis giechelde en porde terug. 'Ja, maar als ik Bray meeneem, ben jíj degene die wordt afgedroogd.'

'Ja, daar zeg je wat. Maar neem hem toch maar mee. Jullie zijn hier altijd welkom.' Hij kneep de jongen even in de schouder. 'Altijd.'

Curtis snifte en veegde weer met zijn mouw langs zijn neus voor hij de foto teruggaf. Toen Scott hem weer op het nachtkastje wilde leggen, voelde hij vingers die in zijn oksel prikten. Hij draaide zich razendsnel om en greep het stoute handje vast.

'Ben je mij aan het... kietelen? Wil je daarmee zeggen dat het kieteltijd is? Want je weet toch wat er gebeurt als je mij kietelt?'

De jongen gilde en probeerde van het bed af te vluchten, maar Scott greep hem, ging op zijn knieën liggen en hield hem stevig vast.

Hij hield twee worstelende armpjes met één hand vast en gebruikte de andere om te kietelen tot het gillen zijn gebruikelijke oorverdovende niveau bereikt had. Na een paar laatste prikken in de oksels om het af te leren deed hij alsof hij hem een stoot in de maag gaf, zoals ze altijd hun worstelingen afsloten, en leunde weer tegen het hoofdeinde van het bed.

'Au-au-au-au!'

Scott pakte de handen die hem weer in zijn oksels prikten en hem tot meer kietelen wilden verleiden. 'Ik weet het, ik weet het. Maar het is tijd om het rustiger aan te doen.'

Hij wendde zich tot het boek en stond niet open voor verdere onderhandelingen of ze wel of niet tot rust moesten komen. 'Eens kijken, waar hebben we die muis gisteravond ook weer gelaten?'

10

MARA

Mara liep door de keuken naar de glazen schuifpui en tuurde naar de nachtelijke hemel. Er bewoog iets aan de rand van haar blikveld en ze schrok terug; het was de zonnevanger die aan het deurkozijn heen en weer zwaaide. Ze raakte hem aan met een vingertop en keek hoe hij langzaam ronddraaide, een minireplica van de basiliek de Notre-Dame in Montreal. Zij en Tom hadden hem gekocht toen ze vier jaar geleden de stad hadden bezocht waar ze verliefd waren geworden, in de hoop die gevoelens weer aan te wakkeren.

Ze hadden elkaar tijdens hun tweede jaar op de McGill University ontmoet. Mara was maar een paar blokken verderop opgegroeid, Tom aan de andere kant van de grens in New York. Zij had eigenlijk in de Verenigde Staten willen gaan studeren; haar ouders wilden graag naar een warmer klimaat verhuizen als ze met pensioen gingen en wilden in de buurt van hun enige kind wonen. Doordat Pori als laborant werkte voor een bedrijf met vestigingen aan beide zijden van de grens, had hij een dubbele nationaliteit naast zijn Indiase paspoort, wat het leven op een warmere locatie dan Quebec tot een realistische optie maakte. Tom had vage plannen om medicijnen te gaan studeren, maar hij maakte ze wat minder vaag toen hij besefte hoe serieus zijn exotische, zwartharige vriendinnetje over haar toekomst nadacht.

Ze had het op hun eerste afspraakje al over haar carrière als advocaat. Ze zaten op de trappen van de kerk en dronken koffie uit een papieren bekertje en deden alsof ze het koud hadden zodat ze nog dichter tegen elkaar konden kruipen. Zij beschreef tot in de details het advocatenkantoor dat ze later zou hebben, de snelle carrière die ze zou maken en hoelang ze door zou werken, tot ver na de pensioengerechtigde leeftijd. En ze plaagde hem dat als hij op zoek was naar iemand die thuis zou blijven en het werken aan hem zou overlaten, ze beter nu meteen elk een andere kant uit konden lopen.

Tom had die avond gelachen, maar twee jaar later, aan het begin van hun specialisatie, had hij haar weer meegenomen naar de Notre-Dame. Ze stonden op de trappen waar ze bij hun eerste afspraakje hadden gezeten en hij zei tegen haar dat hij toch op zoek was naar een huisvrouw. Hij had zich altijd voorgesteld dat hij later een vrouw zou hebben die thuisbleef en kookte, bekende hij, maar hij was erachter gekomen dat de enige vrouw die bij hem paste net zo getrouwd zou zijn met haar carrière als met haar man, en hem woedend zou maken door werk mee naar huis te nemen in de weekends, op vakantie en tussendoor.

Dat was het soort vrouw dat hij wilde, had hij tegen haar gezegd en hij was op zijn knieën gezakt en had haar de ring aangeboden waarvan hij toegaf dat die niet goed genoeg was voor haar en daarbij had hij haar gevraagd of zij misschien iemand kende die aan die beschrijving voldeed. Mara tikte weer tegen de zonnevanger en toen die sneller rondtolde, draaide ze aan de verlovingsring aan haar vinger. Tom had haar vele malen gesmeekt om hem door een mooiere te mogen vervangen. Een dure, met de grote diamant die hij haar toen had willen geven en die hij zich nu kon veroorloven. Ze had steeds gezegd dat hij dat niet moest proberen.

Mara keek weer naar de kerk die steeds langzamer ging draaien. Het uitstapje vier jaar geleden, een paar maanden na hun bezoek aan dokter Misner, was een verrassing geweest. Tom had de ziekte van Huntington in die maanden niet meer genoemd, en Mara had haar best gedaan om haar humeur beter in toom te houden. Als gevolg daarvan was de muur van spanning tussen hen een beetje afgebrokkeld, maar hij stond er nog steeds, en ze was geschrokken toen Tom met het idee was gekomen om een weekendje weg te gaan.

Het reisje was zogenaamd voor hun trouwdag, maar op de ochtend van de tweede dag, had Tom Mara gevraagd om op de bank in hun hotelkamer te gaan zitten en had hij bekend dat de echte reden voor hun uitstapje was dat hij haar nogmaals ervan wilde proberen te overtuigen dat ze niet in orde was. Hij wilde echt dat ze zou heroverwegen om naar dokter Thiry van de Huntington-kliniek te gaan. Ze zag aan de stijve manier waarop hij zijn schouders hield dat hij erop was voorbereid dat ze agressief zou reageren zodra hij de ziekte noemde. In plaats daarvan was ze voorovergezakt en in huilen uitgebarsten. Eindelijk was ze zover dat ze kon toegeven dat ze de symptomen had en dat de diagnose waarschijnlijk juist was. Ze vertelde hem dat ze er sinds de avond dat ze bij dokter Misner waren geweest over had nagedacht. Ze had nagedacht over alles wat de dokter haar over de ziekte had verteld, en ze was zelf ook op onderzoek uit gegaan. Uiteindelijk had ze een website gevonden met honderden verslagen van pas gediagnosticeerde Huntington-patiënten, hun partners, kinderen en andere familieleden die voor ze zorgden. Mara had zichzelf herkend in de lijst van symptomen en enkele van de getuigenissen over de vroegste stadia die ze online had gelezen, en ze had uiteindelijk besloten dat ze getest wilde worden om het vermoeden dat ze nu deelde met Tom en zijn oude studiegenoot te bevestigen.

'Als ik de ziekte van Huntington heb, dan wil ik dat weten,' had ze tegen Tom gezegd. Ze grepen elkaars handen vast in hun hotelkamer in Montreal. 'Ik heb zekerheid nodig, precies wat je zei. Ik wil me kunnen voorbereiden. En ik wil een manier vinden om het aan Laks uit te leggen – misschien niet alle akelige details, maar in ieder geval het feit dat die ziekte mij van haar zal wegnemen. Ze is al door een moeder in de steek gelaten, zonder verklaring. Ik wil niet dat ze dat nog een keer meemaakt. Als ze voor de tweede keer een moeder verliest, dan wil ik dat ze weet waarom.'

Tom zette haar onder druk en legde uit dat het personeel in de kliniek van dokter Thiry dat ook zou doen. Wist ze zeker dat ze er klaar voor was om het te weten te komen? Wist ze hoe ze zich zou voelen, wat ze zou doen, als de test positief was?

Ze had hem gezegd dat ze er klaar voor was. 'Als de uitslag positief is, zal ik opgelucht zijn, meer dan iets anders,' zei ze, nog altijd voorovergebogen, haar armen om zich heen geslagen. 'Ik weet al heel

lang dat er iets mis is met me en ik voel dat wij elkaar erdoor kwijtraken. Ik weet dat jij dat ook voelt. De stress van het niet weten is
voor ons beiden heel zwaar geweest. Zelfs als het antwoord afschuwelijk is, dan is het nog altijd het antwoord.' Ze keek hem nerveus
aan en voegde eraan toe: 'Ik hoop dat als we het kunnen benoemen,
weten waar we het over hebben, we misschien de weg terug naar
elkaar kunnen vinden.'

'Dat kunnen we,' zei hij en hij pakte haar zachtjes bij de schouders
en hielp haar omhoog. Hij sloeg zijn arm om haar heen en trok haar
tegen zich aan. 'Ik weet zeker dat we de weg terug naar elkaar kunnen vinden. We zijn al begonnen.'

Ze drukte haar wang tegen de warme huid van zijn hand. 'Ik ga
dood,' fluisterde ze. 'Voor onze kleinkinderen zijn geboren. Voor
Laks trouwt, voor ze afstudeert –'

'Laten we je eerst laten testen, liefje, voor je –'

'Ik heb het,' zei ze. 'Ik weet dat ik het heb en jij weet het ook.'

Toen ze de zonnevanger weer een tikje gaf, voelde Mara een traan
over haar wang glijden, en nog een en vervolgens een stroom van
tranen toen ze eraan terugdacht hoe ze weer voorover was gezakt,
deze keer met haar hoofd op Toms schoot, haar armen wanhopig
om zijn middel geslagen, haar schouders schokkend toen het tot
haar doordrong wat ze zou achterlaten.

'Ik zal er niet voor haar zijn,' huilde ze. 'Ze zal geen moeder hebben. Ik zal haar niet zien opgroeien. Ik ga het allemaal missen.'

'O Mara,' had hij gezegd en ze hoorde nog altijd de pijn in zijn
stem, ook nu nog, bijna vier jaar later. Ze voelde zijn gewicht op
haar drukken toen hij zich over haar heen boog om haar tegen het
gevaar af te schermen. Maar de bedreiging kwam niet van buiten, en
hoe dicht hij haar ook tegen zich aan drukte, hoe volledig hij haar
lichaam ook met het zijne bedekte, ze wist dat hij haar niet zou kunnen beschermen tegen de aanval die haar eigen lichaam tegen haar
inzette.

11

MARA

Ze hadden die eerste keer bijna zes uur doorgebracht in de Huntington-kliniek. Het was een waas geweest van gesprekken, onderzoeken en tests waar Mara zich nu nauwelijks meer iets van kon herinneren. De dingen die haar nog het scherpst voor de geest stonden, waren de kleine dingen. De vriendelijkheid van de leider van het team, Betty, die al Mara's tests en gesprekken die dag coördineerde en haar hand had vastgehouden als ze haar en Tom van onderzoekskamer naar kantoor en vervolgens naar de spreekkamer begeleidde.

De manier waarop dokter Thiry haar had begroet. Hij had haar hand in zijn twee handen genomen en hem lang vastgehouden. Het was een gebaar geweest waardoor ze zich onmiddellijk veilig had gevoeld en zo voelde ze zich nog steeds zodra ze de kliniek binnen kwam. Hoe Tom haar steeds weer had aangeraakt, haar schouders had gewreven, haar op haar wang, haar slaap had gekust en tegen haar had gezegd dat hij van haar hield.

Of misschien waren dat helemaal geen kleine dingen.

De verschillende leden van Thiry's team trokken er uren voor uit om de ziekte tot in de details aan haar te beschrijven, maar Mara had inmiddels zelf al zo veel over de ziekte van Huntington gelezen dat ze niet meer wist welke informatie ze waar had gekregen. Ze wist voor ze in de kliniek aankwam dat Huntington een genetische afwijking betrof, een abnormaal lange herhaling van een bepaalde eiwittenvolgorde – de CAG – aan het eind van een bepaalde DNA-streng.

Ze wist dat de bloedtest die bevestigde of iemand de ziekte wel of niet had het aantal CAG-herhalingen in iemands DNA liet zien. Onder de 35 herhalingen was er niets aan de hand – geen Huntington-gen in je DNA, geen toekomstige symptomen om je druk over te maken. Boven de 40 had je Huntington en zou je op een bepaald moment symptomen ontwikkelen, als je tenminste lang genoeg leefde. Als de uitslag tussen 36 en 39 lag, verkeerde je in niemandsland en moest je afwachten; misschien zou je symptomen ontwikkelen, misschien ontsprong je de dans.

Mara stopte met het ronddraaien van de kerk en gleed met haar wijsvinger langs de omtrekken van de zonnevanger toen enkele details van hun eerste afspraak weer kwamen bovendrijven. Tijdens een uur durend gesprek met Betty had Mara gevraagd of het klopte dat iemand met een hogere CAG-score – 45, bijvoorbeeld – sneller achteruitging dan iemand met een score van 40. Ze had online gelezen dat een hogere score erger was; het betekende dat de ziekte je neuronen sneller vernietigde en de communicatie tussen je hersenen en je spieren eerder afsneed, zodat je de controle over je ledematen sneller kwijtraakte. Kinderen met de juveniele vorm van Huntington hadden bijvoorbeeld CAG-scores van 60 en meer en er lag slechts vijf jaar tussen de eerste symptomen en de laatste, dodelijke klap.

Ze herinnerde zich dat Betty dat had ontkend, had gezegd dat er geen wetenschappelijk bewezen samenhang was tussen een hoge CAG-score en de snelheid van de progressie. Dat was de eerste, maar niet de laatste keer geweest dat Mara had beseft dat ze niet op de kliniek kon vertrouwen, of op de medische stand in het algemeen, als het ging om informatie. Er was nog altijd zo veel wat ze niet wisten, had Betty gezegd, en met 'ze' bedoelde ze de artsen in hun laboratoria die hun best deden het waarom en hoe van alles te ontdekken.

Maar ondertussen waren er in de echte wereld genoeg mensen die met de ziekte leefden en hun ervaringen deelden op het internet. En al hadden de mannen in de witte jassen het nog niet in de gaten, Mara wist wat ze gelezen had: tientallen getuigenissen van Huntington-patiënten en hun partners die vertelden hoe iemand met een CAG-score van 45 veel sneller was achteruitgegaan dan hun oom of broer die slechts een score van 41 had gehad.

En ze wist ook wat ze had gezien: een video van een vrouw met een score van 46 die acht maanden eerder nog twee doelpunten had gemaakt in een voetbalwedstrijd van ouders tegen kinderen waar ze met haar dochter aan meedeed, en nu grimassen stond te trekken voor een videocamera terwijl haar bovenlichaam zo heftig heen en weer bewoog dat het leek of ze elk moment dreigde om te vallen. Haar armen fladderden ongecontroleerd en ze deed Mara denken aan de felgekleurde windzakken in de vorm van een mens die vaak op de parkeerplaats van autodealers stonden en meebewogen met de wind.

Iets anders wat Mara zich duidelijk herinnerde van hun eerste bezoek aan de kliniek, was dat toen dokter Thiry haar vroeg naar haar chorea – de willekeurige bewegingen van armen en benen die de dokter had opgemerkt en aan haar had uitgelegd – ze opnieuw verbaasd was geweest dat toen ze omlaag keek naar haar handen ze die snel over haar schoot heen en weer zag bewegen. Ze had geschrokken naar Tom gekeken en hij had verontschuldigend zijn schouders opgehaald. 'Het is doorgaans niet zo erg. Het wordt alleen zo als er veel druk op je staat.' Mara sloeg haar handen in elkaar om het bewegen te stoppen en Tom boog zich naar haar toe om haar een kus te geven. 'Dit is allemaal heel stressvol, schat,' had hij gezegd.

Dokter Thiry legde uit dat het niet ongewoon was voor patiënten met Huntington om een verkeerd beeld te hebben van hun eigen bewegingen. Iemand die voortdurend beweegt als gevolg van chorea, beseft soms helemaal niet dat hij dat doet, had hij gezegd. Of ze lopen heel onregelmatig, maar denken dat hun gang volstrekt normaal is. 'Het heet anosognosie,' had hij gezegd.

'Anosognosie,' herhaalde Mara. Ze vond het een raar woord. Maar het was ook een raar fenomeen. Hoe konden iemands armen bewegen zonder dat die persoon het zelf wist? Hoe kon iemands manier van lopen veranderen zonder dat hij dat merkte? Het klonk onwezenlijk, maar het was nu kennelijk haar werkelijkheid.

'Anosognosie,' fluisterde ze tegen zichzelf. Ze staarde naar haar handen, die nog altijd bewogen. Het was alsof ze aan het lichaam van iemand anders vastzaten.

De dokter wendde zich tot Tom en vroeg: 'Er is dus al enige tijd sprake van chorea, maar zijn er nog meer fysieke symptomen?'

Tom wierp een korte blik op Mara, keek toen weer naar de dokter en knikte. 'Ze laat dingen vallen,' zei hij zacht en Mara wist dat hij verscheurd werd, omdat hij zijn vrouw het horen van nog meer verontrustend nieuws wilde besparen maar de dokter toch de informatie wilde verschaffen die hij nodig had.

'Het is goed,' zei ze en ze glimlachte om te laten zien dat ze niet langer defensief was. 'Vertel alles maar.'

Tom bewoog ongemakkelijk in zijn stoel. 'Ze loopt ook tegen dingen aan,' zei hij. 'Tafels, het aanrecht. En…' Hij zweeg even alsof hij moed verzamelde om de woorden die volgden uit te spreken. 'Ze valt af en toe.'

'Heb je met Steph gesproken?' vroeg Mara. Ze dacht terug aan de yogales. Het was niet bij die ene keer gebleven.

Tom keek verbaasd. 'Nee. Ik heb je zien vallen. Waarom? Ben je gevallen waar Steph bij was?'

'Niet vaak,' fluisterde ze. Hij schoof zijn stoel dichter bij de hare en sloeg zijn arm om haar heen.

Later, in de auto, begon Tom over haar anosognosie. Het verklaarde waarom hij haar bewegingen eerder had opgemerkt. 'Ik wilde het tegen je zeggen toen het begon,' zei hij, 'maar je leek het niet te willen horen. En ik geef je geen ongelijk. Wil je dat ik het vanaf nu tegen je zeg als je het doet? Of als het erger wordt?'

Mara dacht aan de windzakvrouw die ze op het internet had gezien, die met een CAG-score van 46. Wie zou willen weten dat hij er zo uitzag? Ze schudde haar hoofd. 'Nee,' zei ze.

Andere details van die eerste afspraak, de overige meer dan vijf uur durende gesprekken en onderzoeken door artsen die knikten en kuchten en aantekeningen maakten en van wie ze de namen en gezichten reeds lang niet meer kende, was ze vergeten. Ze herinnerde zich ook niet veel van hun tweede afspraak, een maand later, toen ze teruggingen voor de bloedtest.

Ze wist echter nog wel elk detail van de derde afspraak, toen ze Betty en dokter Thiry kort spraken om de uitslag te horen. De afspraak begon en eindigde met een getal:

Achtenveertig.

Haar CAG-score.

Achtenveertig.

48.

Vier, acht.

De dokter stak haar het papier met de uitslag toe. Mara hield het maar een seconde vast, waarna ze het liet vallen alsof ze gestoken was. Ze kneep haar ogen dicht en bedacht dat ze dat getal nooit meer zou kunnen zien zonder een ziedende woede te voelen. Ze zou het overal uit de weg gaan. Ze zou haar verjaardag na haar zevenenveertigste overslaan, als ze die al zou halen. Ze opende haar ogen en besefte, toen ze de uitdrukking op de gezichten van de andere aanwezigen zag, dat ze het allemaal hardop had gezegd.

Ze probeerde op te staan, de kamer uit te lopen, maar was ineens niet meer in staat om haar eigen gewicht te dragen. Tom sprong op en greep haar vast, hielp haar overeind. Hij sloeg zijn armen om haar heen en drukte zijn wang, zijn borst, zijn benen, zijn hele lichaam dicht tegen haar aan terwijl hij haar wangen, haar ogen, haar haren kuste en tegen haar zei dat hij van haar hield. Ze wist niet hoelang ze daar zo stonden.

Na een poosje draaide Tom zich om. Hij sprak zachtjes met Betty en dokter Thiry, waarna beiden de kamer verlieten. Hij bewoog zich echter niet en Mara kon het ook niet. Ze had geen idee hoe hij haar van het kantoor naar de auto had gekregen, maar ze nam aan dat hij haar het grootste deel van de weg gedragen had of haar in ieder geval had ondersteund. Ze huilden de hele weg naar huis, dat herinnerde ze zich nog, en knepen zo hard in elkaars hand dat ze allebei geen gevoel meer hadden en moesten loslaten en hun handen moesten openen en sluiten om het gevoel terug te krijgen, waarna ze elkaar weer vastgrepen.

Toen ze thuiskwamen, duwden ze de garagedeur open en vielen in de woonkamer samen op de bank, te uitgeput om nog een stap te zetten. Daar lagen ze, een verstrengeling van armen en benen en tranen, tot ver na het invallen van de duisternis. Uiteindelijk droeg Tom haar naar hun kamer, waarna hij haar hielp met het aantrekken van haar nachtpon en haar onder de dekens stopte. Zelf trok hij al zijn kleren uit, behalve zijn boxershort en kroop naast haar. Hij sloeg zijn armen om haar heen, legde een been over het hare, begroef zijn betraande gezicht in haar hals en wiegde hen beiden in slaap.

De rest van de week ging in een waas voorbij, al waren er delen die haar waren bijgebleven: Neerja's scherpe gil toen Tom hun het nieuws vertelde; haar ouders die Laks met zich mee naar huis namen, op de avond dat Die Vrouwen langskwamen; Steph die de heleboel stijf vloekte en Gina die snikte, waarna ze direct aan het werk gingen en mensen regelden die de komende paar weken eten langs brachten; andere vrienden (nu ex-vrienden) die een keer langskwamen, bleek wegtrokken bij Toms beschrijving van wat hun te wachten stond en vervolgens voorgoed verdwenen.

Haar ouders waren die week natuurlijk voortdurend aanwezig. Haar vader kwam om het halfuur terug met nog meer boodschappen, haar moeder was in de keuken aan het koken, ondanks Gina's voorzichtige waarschuwing dat ze het eten voor die avond al aan iemand anders had uitbesteed. Mara herinnerde zich dat ze op een avond in de woonkamer zat met haar moeder, Steph en Gina. Ze dronken wat en praatten zachtjes terwijl Tom en Pori Laks instopten. Mara zei tegen de andere vrouwen dat ze eigenlijk niet wist waarom ze zo geschokt was. Ze had al enige tijd geweten dat er maar één verklaring voor haar symptomen mogelijk was. Ze had, verstandelijk, geweten wat de uitslag zou zijn. Gina knikte en Neerja humde instemmend. Steph schonk hun nog een glas in en zei: 'Ik denk dat intelligentie en rationaliteit geen idee hebben wat het is om de diagnose ongeneeslijk ziek te krijgen.'

12

MARA

Mara liep weg bij de schuifpui en ging aan de keukentafel zitten. Ze klapte haar laptop open. De klok op haar computer wees 02.15 uur aan, meer dan twee uur nadat ze uit Toms bed was gekropen en in dat van Laks was gaan liggen. Ze schudde haar hoofd. Ze kon er maar niet aan wennen dat haar slaapritme zo verstoord was geraakt sinds de diagnose. Voortdurend was ze aan het piekeren over hoe het de volgende maand of de volgende week zou zijn en ze had al meer dan een jaar geen nacht meer doorgeslapen. Nachten als deze waren tegenwoordig normaal: de rest van het huis in diepe rust, en Mara in de duistere keuken. Aan het herinneren. Piekeren. Plannen maken.

Ze tilde haar laptop op en trok een Post-it-vel van de onderkant af, waar haar lijst op stond van mensen van wie ze afscheid moest nemen en dingen die ze de komende vijf dagen nog moest doen. Ze streepte met een pen de namen door van twee vriendinnen van McGill die ze na de lunch had gebeld, onder het voorwendsel dat ze haar contactenlijst wilde updaten. Ze streepte ook de naam door van een van haar dierbaarste medemoeders van Laks' school die ze had gemaild voor Laks thuiskwam. Ze was begonnen met een verzonnen vraag over de volgende schoolreis, waarna ze haar had bedankt voor haar vriendschap. Die alinea had Mara vier keer moeten herschrijven voor ze er zeker van was dat hij niet verdacht klonk. Niet slecht, vond ze. Ze had het forum nog niet aangedurfd, maar ze had nog tijd. Ze plakte de Post-it weer onder de bodem van haar laptop, opende de internetbrowser en klikte het forum open. Ze bekeek wat er was gepost sinds ze de laatste keer had gekeken. Ze glimlachte toen ze MotorCity's berichtje zag waarin hij schreef dat hij haar als een zuster beschouwde en lachte nog breder toen ze zag hoeveel mensen hem steun aanboden tijdens de laatste dagen met zijn Kleine Man. Ze was niet religieus, maar ze sloot haar ogen en zond een vurige wens de ruimte in dat haar vriend het zou redden nadat de jongen naar huis was gegaan. Godzijdank kon hij zich verheugen op een nieuwe baby. Toen ze eenmaal bezig was, voegde ze er de wens aan toe dat iemand van dokter Thiry's staf morgen zou bellen en haar zou uitlachen om het idee dat een gevalletje van incontinentie ook maar iets zou betekenen.

Toen haar wens omhoog was gestuurd, opende ze de Huntington-site die ze vier jaar geleden aan haar favorieten had toegevoegd en pakte een blocnote en een pen om aantekeningen te maken. In de eerste paar maanden na haar diagnose had ze deze site dagelijks bezocht. Als ze las over de verschillende onderzoeksteams in de wereld die 'grote vooruitgang boekten' of 'aanzienlijke fondsen' hadden verworven om hun zoektocht naar de oorzaak van en een remedie tegen de ziekte te vinden, te bekostigen, had haar dat hoop gegeven.

Verschillende malen had ze Tom betrapt terwijl hij hetzelfde deed, al ontkende hij het altijd en beweerde hij dat hij iets opzocht over een patiënt. Hij kon echter nooit goed uitleggen waarom hij zijn laptop sloot voor zij het scherm kon zien. Ze had hem al een poosje niet betrapt, en ze had het zelf ook opgegeven. De 'positieve vooruitgang' en 'opwindende mogelijkheden' leidden nooit tot iets en na een tijdje voelde het als zoeken naar geld onder haar kussen in een huis dat niet in de tandenfee geloofde. Het was eeuwen geleden dat ze de site had geopend.

Nu was ze overmoedig door het nieuws dat ze de volgende dag over de telefoon zou horen en ze hield haar pen boven de blocnote, nerveus klikkend, klaar om details over de laatste doorbraken te noteren, zodat ze er Tom de volgende ochtend alles over kon vertellen en ze andere plannen kon maken voor haar verjaardag. Ze las de koppen op de openingspagina, en klikte door om de details te zien van elke dierproef die recent was afgesloten of nog gaande was, elke patiëntenproef die hoopgevend leek.

Na twintig minuten gaf ze haar pen een laatste driftige klik en liet hem op de tafel vallen.

Er was niets.

Er was veel gebeurd na haar laatste bezoek – pagina's vol – maar het had niets opgeleverd. Een farmaceutisch bedrijf had een langdurig onderzoek gestaakt na 'teleurstellende resultaten' bij dieren. Een laboratorium had een onderzoek naar de manier waarop neuronen sterven bij Huntington-patiënten uitgesteld. De eerste fase zou nu na achttien maanden worden afgerond, niet zes. Het eindproduct van het project zou, volgens het team, de ontwikkeling van een medicijn zijn die de progressie vertraagde. In de nabije toekomst zou er nog geen medicijn in Mara's huisapotheek te vinden zijn.

Ze had het kunnen weten. De vraag hoe de ziekte werd veroorzaakt en hoe hij kon worden gestopt, kon nog niet beantwoord worden. Ze was weer verleid om onder haar kussen te kijken. En alles wat ze daar vond, was haar eigen, bloederige tand, geen glimmende munten.

Mara keek van haar laptop naar de telefoon op het aanrecht en wilde dat ze geen boodschap had ingesproken bij dokter Thiry's kliniek. Zij zouden nooit bevestigen dat haar ongelukje in de supermarkt het begin van het einde was. Ze zouden nooit naderend onheil voorspellen, gebaseerd op één incident.

Maar ze zouden haar ook niet kunnen beloven dat het incident niet het begin was van haar aftakeling. Dat het niet het voorteken was van meer vernedering die zou volgen, van grotere neergang. Dat ze nog voldoende tijd had voor ze zo veel fysieke controle kwijt was dat ze haar eigen vertrek niet meer kon regelen. Dat ze nog wel een jaar kon wachten, of een maand. Het enige resultaat van zo'n gesprek zou zijn dat mensen op de hoogte zouden zijn van haar beschamende publieke afgang.

Als de kliniek de volgende dag zou terugbellen, zou ze de telefoon niet opnemen.

Deel twee

WOENSDAG 6 APRIL

Nog vier dagen

13

SCOTT

Scott werd laat wakker, nadat hij het grootste deel van de nacht naar het plafond had liggen staren. Tot zijn verbazing rook hij koffie toen hij naar beneden liep. Laurie werd de laatste tijd misselijk van die geur. Hij was begonnen om onderweg naar zijn werk een kop koffie te halen bij een drive-in.

Ze zat aangekleed en wel in de keuken en was net klaar met ontbijten. Hij wees naar het koffiezetapparaat en liep erheen. 'Drink jij koffie?'

Ze trok een vies gezicht. 'Ik denk niet dat ik dat ooit nog drink. Dat is echt het grootste nadeel van een zwangerschap. Je hoort de hele tijd van al die rare dingen waar zwangere vrouwen opeens zin in hebben, maar ze vertellen je niets over de plotselinge afkeer van dingen waar je dol op was. Ik heb het voor jou gezet. Ik wist niet of je vanochtend nog tijd had om koffie te halen. Heb je nog wel een oog dichtgedaan?'

'Nauwelijks.'

'Mag ik raden wat je uit je slaap hield?'

Hij keek haar onderzoekend aan en vroeg zich af of hij iets zou verzinnen – ontslagdreiging op school bijvoorbeeld.

Ze stond op, zette haar bord op het aanrecht en legde een hand op zijn borst. 'Weet je, ik heb zelf ook een tijdje wakker gelegen. En ik dacht, als je zo gek bent op een jongen die niet eens van jou is, dan zal deze baby de meest toegewijde vader op de hele wereld hebben.' Ze bracht haar hand van zijn borst naar zijn wang. 'Ik heb het gevoel dat ik niet genoeg met je meeleef. Ik vergeet soms dat hij en ik wel een band hebben, maar dat de band tussen hem en jou honderd keer sterker is. Het zal voor mij ook moeilijk zijn om hem te zien vertrekken en ik zal hem ook missen, maar voor jou zal het zo veel erger zijn. Het spijt me als ik dat niet genoeg heb ingezien.'

Het begrip in haar stem, in haar ogen, was zo onverwacht dat hij niets kon uitbrengen. Hij sloot zijn ogen en drukte zijn wang tegen haar hand.

'Zal ik hem vandaag van school halen?' vroeg ze.

'Nee. Ik heb nog maar een paar kansen om met hem naar huis te rijden. Die laat ik me niet afpakken. Ik kan mezelf wel wat doen dat ik dat gisteravond heb laten gebeuren. Je hebt gelijk, ik heb de trainingen deze week aan Pete overgedragen zodat ik meer tijd met hem had, en toen liet ik die vrouw –'

'Goed zo,' zei ze. Haar stem was troostend. Hij wachtte op een zacht verwijt dat hij de school altijd op de eerste plaats zette en besloot dat hij haar niet zou tegenspreken als ze dat zou zeggen.

Maar ze zei het niet en hij kuste dankbaar haar handpalm, en toen haar wang. 'Dank je wel voor de koffie.'

Toen ze de deur uit ging naar haar werk, liep hij vijftien minuten achter op zijn toch al volle schema. Curtis zou zijn best moeten doen, maar er was een beloning voor hem als hij wilde meewerken. Hij zou onderweg naar school het radiostation mogen kiezen.

Scott haalde hun lunchtrommels uit de koelkast en gooide ze op het aanrecht. Hij legde op een ervan een banaan en een granenreep – een ontbijt voor onderweg voor zijn passagier. Hij zette zijn kopje in de gootsteen, pelde een banaan voor zichzelf en at die in vier happen op terwijl hij met drie treden tegelijk de trap op rende. 'Kleine Man! We moeten over zes minuten in de auto zitten! Opstaan!'

Curtis was in een flits uit bed en verdiende zijn beloning met gemak. 'Ik heb geen zin in de sportzender vandaag,' zei hij tegen Scott toen hij achter in de auto stapte. 'Ze hebben het alleen nog maar over honkbal en ik hou niet zo van honkbal.' Snel voegde hij eraan toe: 'Maar ik ben gek op de Tigers. De Tigers zijn het helemaal!'

'De Tigers zijn het helemaal,' stemde Scott in. 'Wat zullen we dan eens luisteren? Pop? Jazz? Blues? Een beetje motown?'

'Mijn mamma houdt van motown.'

'Motown dan? Om te vieren dat je haar maandag weer ziet? Dat je naar huis gaat?'

Hij beet op zijn lip toen hij die woorden uitsprak. Het was geen goed idee om de jongen met een zwaar gevoel in zijn hoofd naar school te sturen. Scott gaf zichzelf een schop en schreef in zijn hoofd een e-mail aan juf Keller: *Sorry als Curtis vandaag onhandelbaar is – helemaal mijn schuld...*'

Maar Curtis was jong en net zo opgewonden over het nieuws als hij er gisteravond verdrietig over was geweest.

'Ja! Motown om te vieren dat ik naar huis ga naar mijn mamma!'

'Goed, dan wordt het motown.'

Hij zocht het juiste station en reed achteruit de oprit af, terwijl hij met zijn valse zangstem, die Laurie hem altijd smeekte nooit in het openbaar te laten horen, met Smokey meezong.

'So take a good look at my face
You'll see my smile looks out of place.'

Curtis boog zich voorover, met zijn handen over zijn oren. 'Aaaaah! Alsjeblieft! Hou op!'

'Zeg, hoor eens, je verwacht toch niet van mij dat ik Smokey hoor en niet meezing? En waar blijf jij eigenlijk? Een beetje zitten klagen terwijl je mee moet brullen. Kom, laat eens wat horen.'

'Ik ken alleen de eerste regel. De rest ken ik niet.'

'Nou, meneer, dan zou ik die maar snel leren als je in deze stad wilt blijven wonen.'

De rest van de weg reden ze in eendrachtige stilte. Ondanks Curtis' onmogelijke energie-uitbarstingen overdag, was hij geen ochtendmens. Scott reikte naar achteren en klopte het stille kind dat naar de voorbijschietende bomen en gebouwen staarde op zijn knie. Zo gingen hun ochtendritjes vaak, sport of muziek op de radio, blij met elkaars gezelschap, maar verloren in hun eigen gedachten.

Scott klopte de opwinding graag wat op als de jongen in de stemming was, maar vond het ook prima om in stilte te reizen en na te denken over welke nieuwe toneelstukken hij zou gaan repeteren en welk nieuw boek hij met de tweedeklassers zou gaan lezen. Vandaag dacht hij aan niets en liet hij zijn blik dwalen over de straten van Detroit.

Hij werkte nu tien jaar op de Franklin Middle School en had het allemaal al miljoenen keren gezien. Soms waren er kleine verschillen en als het hem lukte, lette hij daarop. Meestal waren de veranderingen deprimerend: weer een dichtgetimmerd huis, weer nieuwe graffiti op een gebouw waarvan de eigenaar vorige week net de laatste verfresten had verwijderd. Weer een papier dat tegen een voordeur was bevestigd en waarvan het formaat en de kleur vertelden dat het om weer een uitzetting ging, ook al kon hij de letters vanuit de auto niet lezen.

Soms waren de tekenen echter hoopgevend. Dan brandde er ineens licht in een klein fabriekje dat jaren gesloten was geweest, of stonden er auto's op de parkeerplaats voor het personeel. Een bord met GEOPEND – NIEUWE DIRECTIE in de etalage van een groentewinkel die een jaar geleden over de kop was gegaan. Wasgoed op de binnenplaats van een huis dat verlaten was, maar waar nu nieuwe gordijnen hingen. Speelgoed op de afbladderende veranda.

Deze veranderingen stemden Scott hoopvol. Het kon beter worden. Gezinnen konden de huizen en flatgebouwen weer betrekken. Eerlijke zakenlieden konden winkels en kleine fabrieken heropenen. Een jongen als Brayden kon een beurs krijgen. Studeren. Een echte baan krijgen. Al deze ellende achter zich laten.

De Franklin School, waar Scott zijn dagen doorbracht, was Detroit in het klein, tegelijk deprimerend en mooi, een mix van mislukkingen en kansen. Vroeger was de school majestueus geweest, stelde Scott zich voor. Drie verdiepingen van rood baksteen en een grote ingang met openslaande deuren. Het gazon was toen nog sappig groen, het basketbalveld strak en zwart met rechte, witte lijnen, het hek eromheen hoog en trots. De marmeren gang glom toen nog, de houten deuren van de lokalen waren glad en schoon.

Hij vroeg zich af hoeveel mensen die in die tijd de Franklin School hadden bezocht nog weleens naar het gebouw keken en wat ze dan voelden. De baksteen was nu verbleekt, op sommige plaatsen grijs, op andere zwart. De verkleuring was een herinnering aan de inmiddels gesloten rij fabrieken verderop in de straat. In verschillende vensters ontbrak het glas en de verschillende manieren waarop leraren de gaten hadden gedicht, hadden de gevel veranderd van majestueus in clownesk.

Het 'gazon' was nu een bruine strook aarde, met hier en daar wat onkruid en gras dat zijn best deed te overleven. De lijnen op het basketbalveld waren niet meer te zien en het oppervlak kwam op allerlei plaatsen, in gebarsten golven door de kracht van de winters in Michigan, omhoog. Het hek was op veel plaatsen kapot; het was niet langer hoog en trots, het was nu krom en treurig.

En binnen. De vloer van de hal was dof en versleten. De muren hadden een vaalgroene kleur, ooit misschien een vrolijke kleur, maar nu deed hij Scott denken aan de muren van psychiatrische inrichtingen uit de jaren zestig die Scott weleens in een film had gezien. Van de deuren van de lokalen was het hout nauwelijks nog te zien. Ze waren overdekt met initialen en scheldwoorden, sommige met inkt erop geschreven, andere met een mes erin gekrast.

Ze kwamen aan bij Logan Elementary, de school van Curtis, die een paar blokken van de Franklin School vandaan lag, en Scott stopte op de parkeerplaats. Logan had er nooit zo majestueus uitgezien als de Franklin School. Het was een verdieping van lichtgele bakstenen, met groene metalen deuren. Toch zag het gebouw er beter uit dan de Franklin School. De stenen waren op minder plaatsen verkleurd en niet zo zwart. De ramen waren nog heel. Er was geen graffiti. De deuren van de klaslokalen waren niet voorzien van scheldwoorden.

Scott parkeerde de auto. 'Je bent er, Kleine Man.'

De jongen sprong de auto uit, slingerde zijn rugzak over zijn schouder, greep zijn lunchtrommel en liep rond de auto naar Scotts opengedraaide raam.

'Vuist,' zei Scott en hij stak hem de zijne toe.

Curtis stootte zijn vuist tegen die van Scott.

'Wang,' zei Scott.

Curtis deed of hij zich schaamde, maar lachte toen hij zich naar Scott toe boog voor een kus.

'Belofte,' zei Scott.

'Belofte.'

'Nee, niet genoeg. Ik wil hem helemaal horen.'

Curtis zuchtte. 'Ik beloof te doen wat juf Keller zegt.'

'Hoelang?'

'De hele dag.'

'Goed zo. Zet 'm op, Albert Einstein.'

Toen Scott zijn klaslokaal bereikte, had hij nog tien minuten voor zijn eerste les. Genoeg tijd om even op het forum te kijken. Toen hij zijn laptop opende, bedacht hij hoe raar mensen het zouden vinden dat hij in een week waarin hij nog zo veel mogelijk met Curtis wilde beleven zelfs maar aan het forum dacht, laat staan dat hij tijd maakte om er zelf iets te posten. En het leek al net zo vreemd dat hij in deze hartverscheurende tijd niet de meeste steun kreeg van zijn beste vriend Pete, of van zijn vrouw, maar van een groep mensen die hij niet zou herkennen als ze op dit moment zijn lokaal zouden binnen stappen. Niet dat Pete en Laurie hem niet steunden – of dat tenminste probeerden. Maar, hoe tegenstrijdig dat ook klonk, als het erop aankwam om zijn diepste gevoelens te uiten ging er niets boven de totale anonimiteit van het internet. Anders dan de mensen die hem in het 'echte leven' kenden, konden LaksMom, flightpath, 2boys en de anderen zijn berichten niet in een bepaalde context plaatsen om-dat ze geen gemeenschappelijk verleden hadden. Ze deelden geen goede en geen slechte ervaringen waartegen ze de dingen die hij zei konden afmeten. Voor Laurie was de zin 'Ik kan het niet aan om zonder hem te leven' pijnlijk, aanvallend, vanwege de impliciete boodschap die ze erin hoorde: 'Curtis is belangrijker dan de baby. Curtis is belangrijker dan jij.'

Pete hoorde niet diezelfde pijnlijke boodschap erin, maar hij kon net zomin aan het grote plaatje ontkomen als Laurie. 'Maar man, je ziet hem toch weer als hij als leerling op Franklin komt? Dan heb je nog drie hele jaren met hem. En ondertussen heb je je eigen baby om je op te richten, en ook nog eens twintig kinderen in het team en driehonderd anderen die elke dag in de gang tegen je opbotsen.' Het was een poging om te helpen, dat wist Scott wel. Maar het hielp niet.

Scotts vrienden op het forum kenden het grote plaatje niet. Ze lazen een zin als 'Ik kan het niet aan om zonder hem te leven' precies zoals hij hem bedoelde en als niets anders. Ze lazen niets meer dan die tien woorden. Ze waren niet gekwetst, probeerden hem niet op andere gedachten te brengen. Zagen er niet meteen de betrekkelijkheid van in.

'Natuurlijk kun je dat niet,' zeiden ze. En zo hadden ze ook gereageerd op andere dingen die hij ze over zichzelf had verteld: zijn gedachten over opvoeding, over het huwelijk en seks, over opleiding en discriminatie. Ze lazen wat hij schreef en alleen wat hij schreef, en ze reageerden. Ze waren het niet altijd met hem eens – hij had het afgelopen jaar veel verhitte discussies gehad over verschillende onderwerpen – maar hij had net zo weinig behoefte aan jaknikkers als aan iemand die twintig woorden meer las in de tien die hij had geschreven.

Deze week had hij Laurie niet nodig om zich naast zijn verdriet ook nog schuldig te voelen. Hij had Pete niet nodig die probeerde hem op te vrolijken en de dingen in een ander licht te zien. Curtis zou over vier dagen weggaan: daar was niets vrolijks aan te ontdekken. Hij had niemand nodig om het probleem voor hem op te lossen, want het kon niet worden opgelost. Hij had iemand nodig die zijn gevoelens begreep. Zijn pijn accepteerde. Het ermee eens was dat hij het niet aankon en dat terecht vond. Iemand die begreep dat het heel lang zou duren voor zijn verdriet minder zou worden.

En dat was precies wat er gebeurde als hij met zijn naamloze vrienden zonder gezicht op het forum praatte: hij kreeg puur, onversneden begrip. Daarom maakte hij vandaag tijd voor het forum. En daarom zou hij er tijd voor blijven maken, als hij nog maar drie dagen had, en nog maar twee, en dan nog maar een, en zelfs nadat de jongen vertrokken was.

Toen hij op het beeldscherm zag hoeveel mensen hadden gereageerd, raakte dat hem diep. Er waren meer dan dertig nieuwe commentaren. En niet van onbekende IP-adressen. Ze kwamen van vrienden, en ze gaven om hem, net zo veel als hij om hen gaf. Hij kon een glimlach niet onderdrukken toen het ene forumlid na het andere hem sterkte toewenste in de komende dagen.

SoNotWicked herinnerde hem eraan dat mannen ook best mogen huilen, en hij lachte. Hij was de afgelopen nachten Curtis' kamer binnen geslopen als Laurie in slaap was gevallen, was in de schommelstoel gaan zitten en had zijn tranen de vrije loop gelaten terwijl hij naar de trillende oogleden en de bewegende lippen van de jongen keek, die ongetwijfeld in zijn dromen een of ander monster toesprak.

Hij ging verder omlaag en stopte bij een bericht waarop hij gehoopt had. Het was van een onregelmatige gast die zichzelf Foster-Franny noemde en die samen met haar man in de afgelopen tien jaar een stuk of twaalf pleegkinderen in huis had gehad.

Dinsdag 5 april @ 20.41 uur

Ik ben bang dat je minder aan me hebt dan je zou verwachten. Het beste advies dat mijn man en ik kregen voor we begonnen met de pleegzorg was: hecht jezelf niet te sterk. We hebben dat advies van het begin af aan opgevolgd en hoewel de kinderen voor wie wij gezorgd hebben een grote plek in ons hart hebben gekregen, hebben we altijd een flinke emotionele afstand weten te bewaren.

Als het tijd werd om ze terug te brengen naar hun ouders, hadden we daarom niet het gevoel dat onze ingewanden uit ons lijf werden gerukt, zoals wanneer je gedwongen zou worden afstand te doen van een van je eigen kinderen. Van wat je verteld hebt over je relatie met de Kleine Man, begrijp ik dat wat LaksMom eerder over je gezegd heeft juist is: je hebt je volledig gegeven en in plaats van dat je een deel van je hart hebt achtergehouden, heb je het volledig aan de jongen gegeven.

Als dit zo is, dan denk ik dat het enige wat je kunt doen is jezelf eraan herinneren wat het beste is voor het kind. Zoals jij en ik in het verleden al eens via privéberichten uitvoerig hebben besproken, is het in de meeste gevallen het beste voor het kind om bij de ouder(s) te zijn. Als de moeder van de Kleine Man haar leven heeft gebeterd in de gevangenis – en je vertelde me enkele maanden geleden dat je dacht dat dat het geval was – dan is het inderdaad het beste voor hem om naar haar terug te gaan. Als je je daarop richt, zal het de pijn gaan verzachten. Niet veel, maar hopelijk iets. Succes, lieve vriend.

Scott keek op zijn horloge. Zes minuten voor zijn eerste klas zou binnenkomen. Tijd genoeg om Franny te antwoorden.

Woensdag 6 april @ 07.54 uur

@Frans – ik had je om advies moeten vragen voor de Kleine Man bij ons kwam wonen. Jij en LaksMom hebben gelijk. Ik heb mezelf honderd procent voor hem opengesteld. Ik weet niet of ik het anders had kunnen doen als ik dat had gewild – dit is een kind dat direct onder je huid kruipt.

Goed advies om er vooral aan te denken wat het beste is voor de jongen, en jouw wijsheid op dat gebied is me bijgebleven van onze chatgesprekken enkele maanden geleden. Meer dan dat, het is wat mij hierdoorheen sleept, zover dat mogelijk is, welteverstaan. Ik heb werkelijk het gevoel dat mijn ingewanden eruit worden gerukt. Maar het is beter te verdragen als ik het voor hem doe.

@2boys – hoe gaat het met die Yanks van je na die afdroogpartij door de Orioles gisteren? ;) De Tigers zijn het helemaal. Ik zou er een hoop geld op willen zetten als ik je zou kunnen opsporen om het te innen. Zou SNWicked daarvoor een uitzondering kunnen maken op de anonimiteitsregel?

Hij dacht aan de afgelopen nacht en aan hoe hij had wakker gelegen en hij voegde eraan toe:

@SNW – kunnen we het forum niet uitbreiden naar Azië? Ik kan deze dagen niet slapen en het zou fijn zijn om midden in de nacht met iemand te kunnen chatten. Ik heb alle wedstrijden gezien die ESPN in de kleine uurtjes herhaalt en ben er dichtbij om infomercials te gaan bekijken om mezelf af te leiden. Ik moet al het geld wat overblijft sparen voor de babyspullen waar mijn vrouw het over heeft, dus

99

kan ik het niet maken om om twee uur 's nachts ineens een serie sierborden te bestellen met portretten van alle presidenten erop...

Hij zette zijn laptop uit, stopte hem in zijn aktetas en keek op zijn horloge. Twee minuten. Hij dacht aan Franny's te late advies om een te sterke hechting te voorkomen. En hoe hij, ook als hij het op tijd had gehoord, toch niet in staat was geweest om de Kleine Man uit zijn systeem te houden.

Bray was nu bijna een jaar geleden op Scott en Lauries veranda verschenen met Curtis in zijn kielzog. De broers waren een heel eind van huis. Het appartement waar zij met hun moeder woonden was een paar lelijke blokken verwijderd van Logan Elementary, en zat in een afzichtelijk beige betonnen complex dat de afgelopen tien jaar koploper was in het aantal meldingen van huiselijk geweld en drugdeals. De jongens hadden verschillende vaders en hun moeder had nooit de indruk gegeven dat ze het aankon om de twee jongens alleen op te voeden.

Scott had verschillende malen geprobeerd om met LaDania te praten toen hij Brays mentor was op de Franklin Middle School, en na elke poging had hij zich weer hardop tegenover zijn vrouw afgevraagd of ze wel nuchter was geweest. LaDania had altijd die lege blik in haar ogen als hij haar zag en ze leek altijd afgeleid en niet geconcentreerd. Ze leek de dingen die hij haar probeerde te vertellen niet te begrijpen, bijvoorbeeld hoe getalenteerd haar oudste zoon was op het basketbalveld en wat voor een toekomst er voor hem lag. Scott was wel verbaasd geweest toen hij Bray en Curtis op de veranda had zien staan, op die koude avond in april, maar hij was niet geschokt toen Bray nadat hij hen had binnengelaten had gefluisterd dat hij privé met de Coffmans wilde praten over de drugsproblematiek van zijn moeder.

Zodra Curtis in de woonkamer bezig was met papier en potloden, ging Scott Bray en Laurie voor naar de zijkamer, waar Bray bekende dat 'problematiek' misschien een understatement was geweest: LaDania was die ochtend gearresteerd wegens drugsbezit en haar wachtte een veroordeling tot twaalf maanden – elf maanden in de gevangenis, gevolgd door een maand re-integratie. Volgens haar advocaat zou er geen strafmindering zijn, omdat dit al haar derde veroordeling wegens drugsbezit was. Er zouden dingen moeten worden geregeld: voor haar bezittingen, haar post en haar zevenjarige zoontje Curtis.

Brady was die ochtend uit Ann Arbor komen rijden in een auto die hij van een teamgenoot had geleend en had de hele dag met de advocaat van Wayne County zitten praten om te bedenken wat hij met zijn halfbroertje zou doen. Een optie was om Curtis mee te nemen naar Ann Arbor. Maar het leek niet zo'n goed idee om een kind naar een studentenhuis te brengen. De flat die hij met drie van zijn teamgenoten deelde was al vol genoeg en niet het soort omgeving dat geschikt was voor een eersteklasser. Bray had het ook zo druk met colleges, trainingen en wedstrijden dat hij echt geen tijd had om het komende jaar de vaderrol op zich te nemen.

Bovendien had hij die middag met Curtis' onderwijzeres op Logan Elementary gesproken en uit dat gesprek kwam naar voren dat Curtis, ondanks tamelijk zware gedragsproblemen, juist vorderingen leek te maken, en dat zou ongedaan worden gemaakt als hij naar een nieuwe school in een andere stad zou moeten. De jongen zou weer op Logan terugkeren als zijn moeder vrijkwam en het leek onverstandig om hem een jaar van de school te halen en dan weer terug te laten komen.

Een andere mogelijkheid was dat Bray een jaar met zijn studie zou stoppen en naar huis zou komen. Hij kon proberen om volgend jaar, als LaDania weer zelf thuis was, zijn plek in het universiteitsteam terug te veroveren. Hij hield van zijn kleine broertje, maar Bray was niet enthousiast over deze optie. Zijn droom was net uitgekomen en hij wilde hem helemaal uitleven. Hij sloot dit alternatief echter nog niet uit. Hij zou er niet gelukkig mee zijn, maar als het niet anders kon, was hij bereid om terug te komen.

De advocaat wilde ook heel graag een andere oplossing zoeken. Hij had te veel kinderen gezien die hun potentie vergooiden, in de problemen raakten en nooit meer wegkwamen uit de stad en hij drong er bij Bray op aan dat hij elk alternatief zou overwegen. Was er niemand, had de advocaat gevraagd, die zou kunnen helpen? Iemand die Bray vertrouwde en die als een tijdelijke voogd voor de jongen kon optreden tot LaDania weer vrij was? Iemand die het een jaar kon overnemen zodat Bray zijn toekomst niet op het spel hoefde te zetten?

Bray had zijn eigen vader nooit gekend, noch die van Curtis, en in de negentien jaar van zijn leven had hij geen ander familielid ontmoet dan LaDania's moeder, die kort na Curtis' geboorte was overleden. De Johnsons, het inwonende conciërge-echtpaar in het flatgebouw, waren door de jaren heen altijd erg goed geweest voor de jongens, maar ze waren al wat ouder en Mrs Johnson was vaak ziek. Bray wilde ze niet tot last zijn. De buren, en de mensen met wie hun moeder omging, waren totaal ongeschikt.

Bray wendde zich wanhopig tot de persoon die al meer voor hem gedaan had en meer belangstelling voor hem had getoond dan wie ook, zijn moeder meegerekend. De enige van wie hij zeker wist dat hij net zo graag wilde dat hij in Michigan zou blijven als hij was Scott Coffman.

Een jaar was lang, gaf Bray toe, en hij keek zenuwachtig van Scott naar Laurie. Het was veel gevraagd, dat wist hij. Maar hij kon in ieder geval garanderen dat het geen dag langer zou zijn. LaDania zou elf maanden in de gevangenis doorbrengen, en nog een in het overgangshuis, en dan zou ze naar haar flat terugkeren en haar zoon opeisen. Twaalf maanden, geen dag meer.

Het was een gemakkelijke beslissing voor Scott, die al in de eerste paar minuten toen hij Bray acht jaar eerder op het veld had gezien, had geweten dat hij bijzonder was. Na een week training had hij tegen Pete gezegd, en later thuis tegen zijn vrouw, dat Brayden Jackson de beste speler was die hij ooit zou coachen. Hij had nog nooit zoveel talent en werklust bij elkaar gezien in zo'n jonge speler, en zijn lengte – 1 meter 80 op zijn elfde – maakte hem nog indrukwekkender.

Brays persoonlijkheid maakte al net zoveel indruk. Hij was op het veld en in de klas een natuurlijke leider en hij was volwassener en verantwoordelijker dan zijn leeftijd vereiste. Dat kwam voor een deel, wist Scott, door Brays thuissituatie. Zijn moeder was, op haar best, niet de meest zorgzame ouder. En op haar slechtst was ze niet eens helder. Ze was geen grote drugsgebruiker, zei Bray – in ieder geval niet vergeleken met de mensen met wie ze omging – en hij wilde haar ook niet direct een alcoholist noemen, alweer gebaseerd op de betrekkelijkheid ervan. Maar af en toe had ze 'te veel gevoelens' en ze verdreef die door te drinken of te roken.

Scott had begrepen dat Bray meer een ouder voor zijn jongere broertje was dan zijn moeder. Hij deed hem in bad, kleedde hem aan en gaf hem te eten als hun moeder weg was, of onder invloed. Ook op school was Bray een verzorger. Hij lette altijd op de jongere jongens, in het team en in de gangen op school. Toen Bray Scott aan het eind van de vierde klas benaderde en hem vroeg hem te helpen zijn spel te verbeteren, was hij maar al te bereid om de jongen die zelf altijd iedereen om hem heen hielp, te coachen.

De hele zomer sprak Scott met Bray af zodra Scotts lessen aan de summerschool erop zaten. Ze trainden urenlang op het veld van de school of, als dat bezet was, op de oprit van de Coffmans. Bray droomde ervan om in het Parker High Varsity team te komen en hij hoopte dat als hij de komende twee jaar hard werkte, hij wel een kans had. Scott vond dat Bray meer dan een kans had, of hij nu de zware extra trainingen volhield of niet, maar hij had liever dat Bray zijn tijd op het basketbalveld doorbracht dan op straat. Net als de advocaat had Scott genoeg kinderen met potentie zien mislukken omdat ze zich inlieten met de verkeerde groep. Dus hield hij zijn mening over Brays kansen voor zich en bood hij aan door te gaan met de extra trainingen zolang Bray wilde.

Twee jaar later slaagde Bray erin bij het Parkerteam te komen, waar hij al snel een ster werd. Scott en Pete gingen in Brays eerste seizoen naar elke wedstrijd en Scott hing elk krantenartikel waarin Bray werd genoemd op het prikbord in de klas. Het waren er veel. Aan het eind van het seizoen glom Scott van geluk en trots. Hij werd ook verteerd door een soort verdriet dat hem overviel toen hij besefte dat zijn tijd met deze getalenteerde, toegewijde, bijzondere jongen, van wie hij was gaan houden, snel voorbij zou zijn. Bray had een plek veroverd in het Parkerteam; hij zou Scott niet meer nodig hebben.

Bray was echter niet van plan om op zijn lauweren te rusten en de dag nadat het seizoen ten einde was, belde hij Scott om te vragen of ze dat weekend weer met hun trainingen konden starten. Zijn seizoen als ster was geweldig geweest, had hij gezegd, maar hij wilde meer. Hij wilde de beste speler worden die Parker High ooit had gehad. En daarna wilde hij een basketbalbeurs krijgen. Hij droomde van een carrière als zakenman, van een beter leven voor zichzelf, zijn broertje en zijn moeder. En hij wist dat er geen studie voor hem mogelijk was, tenzij hij daar zelf voor betaalde, met zijn talent op het veld.

Ze vervolgden hun sessies op het veld van Franklin Middle en op de oprit van Scott en Laurie, week in, week uit, een jaar lang. En Scott en Pete, die in Brays tweede jaar weer bij al zijn wedstrijden waren, zagen hem aan het eind van dat volgende jaar zijn doel bereiken. De plaatselijke kranten schreven dat hij niet alleen de beste speler was die Parker High ooit had gehad, maar ook de beste die Detroit ooit had gezien. Scott knipte de artikelen uit en bevestigde ze op zijn prikbord. Hij bewaarde die van het vorige jaar in een map in zijn bureau.

Bray verbrak records die tientallen jaren in handen waren geweest van spelers die twee jaar ouder waren. Er stroomden brieven binnen van universiteiten die belangstelling voor hem hadden. Er verschenen scouts bij wedstrijden waar hij speelde. Maar hij wilde het niet rustiger aan doen, dus bleven ze trainen en tegen het eind van Brays juniorjaar stond er in de artikelen op Scotts prikbord dat Brayden Jackson werd beschouwd als een van de beste studentenspelers van het land. Bray koos voor een beurs in Michigan. Hij wilde dicht bij huis blijven, zodat hij bij Curtis en zijn moeder langs kon gaan.

Tegen het eind van Brays seniorjaar voorspelden Scott en Pete, die vier jaar lang geen wedstrijd hadden gemist, samen met de journalisten die steeds weer nieuwe stukken voor Scotts prikbord leverden, dat het spelen in een universiteitsteam niet het eindstation voor deze speler zou zijn. Ze zagen Brayden Jackson in de NBA spelen.

Scotts toewijding had hem honderden uren van zijn tijd gekost, maar hij had genoten van elke minuut. Hij vond het een kleine prijs die hij betaalde voor de geweldige toekomst die Bray met zijn door-zettingsvermogen en harde werk voor zichzelf had gecreëerd. De jongeman, die zijn lange benen die avond in april, een jaar geleden, onhandig onder zich vouwde op de bank van Scott en Laurie, een been trillend van de zenuwen, zou over een paar weken zijn eerste jaar aan de universiteit afronden. Als zijn examens verliepen zoals hij verwachtte, vertelde hij trots, zou hij het jaar met een goed pun-tengemiddelde afsluiten en zou hij aan het tweede jaar van zijn stu-die bedrijfskunde kunnen beginnen.

Wat Bray er niet bij vertelde, al wist Scott het wel, was dat de plannen voor het afstuderen in de bedrijfskunde steeds meer op de achtergrond raakten. Er gingen geruchten dat scouts van de NBA al enige malen de reis naar Ann Arbor hadden gemaakt om het feno-meen aan het werk te zien.

Voor Scott was het antwoord op Brays verzoek eenvoudig, on-danks het onverwachte en de omvang ervan: hij zou alles doen om Bray in Michigan te houden, hem te laten basketballen, hem zijn graad te laten behalen en heel waarschijnlijk ook een professionele status als basketballer. Voor Laurie was het echter allemaal niet zo eenvoudig en dat vertelde ze Scott ook, op fluistertoon, nadat ze zich even hadden teruggetrokken in hun slaapkamer om te overleggen over hun reactie op Brays verzoek.

Lauries verhouding met Bray was een heel andere dan die van Scott, haar investering in de toekomst van de jongen was lang zo groot niet. Het idee dat haar leven op zijn kop zou worden gezet werd niet zo snel goedgemaakt door het vooruitzicht dat Bray zijn dromen zou kunnen waarmaken. Het zou hard werken zijn om voor andermans kind te zorgen, een kind met gedragsproblemen, en dat werd voor haar niet direct goedgemaakt door het visioen van Bray als zakenman of in het tenue van een van de teams in de NBA. Ze hadden Curtis de afgelopen jaren af en toe gezien, bij Brays wed-strijden of als hij meekwam naar de trainingen op hun oprit en ze wisten wat een lastpak hij kon zijn. Een middag met de jongen ging nog wel, maar een heel jaar was iets anders.

Daar kwam bij, herinnerde ze hem eraan, dat zij haar eigen dromen had, en één droom in het bijzonder: ze wilde haar eigen gezin. Ze hadden de afgelopen drie jaar geprobeerd om zwanger te worden – jaren met veel verdriet, frustraties en onderlinge spanningen, om maar niet te spreken van de vele bezoeken aan artsen, vruchtbaarheidstests en ivf-behandelingen. De eerste had niet gewerkt en ze hadden onlangs besloten dat ze financieel en emotioneel nog slechts één behandeling aankonden, in de herfst.

Al Lauries energie en aandacht waren gericht op hun eigen baby. Ze zag niet hoe ze die aandacht op het kind van een ander kon richten.

Scott voelde haar obsessie voor haar eigen gezin en probeerde zakelijk te klinken toen hij suggereerde dat het misschien wel heel goed zou zijn als Curtis er was terwijl ze aan hun tweede ivf-behandeling begonnen. Een kind zou hen afleiden van het gekmakende proces van wachten, hopen, piekeren. En een kind met een paar kleine gedragsproblempjes? Des te meer afleiding, toch?

De timing was perfect, zei hij ook. Het zou fijn zijn om in de zomermaanden leuke dingen te doen met een zevenjarig jongetje in plaats van alleen maar bezig te zijn met hun komende 'laatste kans' met ivf. Als ze het geluk hadden deze keer wel zwanger te worden, hadden ze nog een heel schooljaar voor de zwangerschap. Tegen de tijd dat hun eigen baby geboren zou worden, zou Curtis allang weer terug zijn bij LaDania.

Laurie was er niet van overtuigd dat het een goed idee was om een jaar lang op een kind te passen. Ze kon een heleboel andere manieren bedenken hoe ze hun hopelijk laatste kinderloze jaar zouden doorbrengen. Maar het was waar dat hun weg naar ouderschap geplaveid was geweest met zorgen en spanningen en ze zag tegen nog meer ongeduldig wachten op. De afleiding van een kind in huis had zijn charme. En ze wist hoe belangrijk Bray was voor haar man. En dus stemde ze aarzelend toe.

Curtis mocht de twaalf maanden dat zijn moeder in de gevangenis zat blijven, zei ze tegen Scott. Niet langer, want het jaar erop zou Laurie bezig zijn zich op haar eigen baby voor te bereiden.

De volgende ochtend hadden Scott, Laurie en Bray een afspraak met Janice, de maatschappelijk werkster die op de zaak van de familie Jackson was gezet. Het zou het beste zijn, had Janice gezegd, als ze Curtis een jaar en een week in huis zouden nemen. Dan zou LaDania na haar vrijlating een week hebben om een baan te zoeken en zichzelf en haar flat voor te bereiden op de terugkomst van haar zoon.

Scott keek smekend naar zijn vrouw, die zuchtte, maar begreep dat Janice gelijk had. Die middag verschenen ze, met de zegen van LaDania en haar handtekening op een verzoek voor tijdelijke voogdij, met zijn vieren voor de rechter met het verzoek om de Coffmans tot tijdelijke voogden over Curtis te benoemen voor een periode van een jaar en een week. Na een paar verklaringen van Janice, een paar vragen van de rechter aan de Coffmans en aan Bray, werd met een hamerslag bepaald dat Scott en Laurie tijdelijk de voogdij over Curtis kregen.

En nu had Scott nog vier dagen met de Kleine Man die hem het gevoel had gegeven dat hij meer een vader was dan een tijdelijke voogd. LaDania was zondagavond van het halfweghuis naar haar eigen flat teruggekeerd. Ze zocht naar werk, had Janice aan Scott en Laurie gemeld, en ze knapte de flat op in voorbereiding op de terugkeer van Curtis, aanstaande maandagmiddag, nadat het hof die ochtend tijdens een geplande hoorzitting officieel het tijdelijke voogdijschap van de Coffmans zou hebben opgeheven.

Het feit dat LaDania Curtis maar een paar keer had gebeld en maar op de helft van de brieven die hij haar in de gevangenis had gestuurd had gereageerd, zou niets uitmaken voor de rechtbank. Ook het feit dat Scott en de jongen door zo veel meer waren verbonden dan door een formulier van één bladzijde zou hun niets zeggen.

LaDania was Curtis' moeder en Scott was alleen maar een man die tijdelijk voor hem had gezorgd.

14

SCOTT

Scott kwam bedrogen uit. Curtis had zijn rol van bliksemafleider precies zo goed gespeeld als Scott Laurie had beloofd. Hij had zo veel van hun mentale energie verbruikt dat Laurie haar zwangerschap inderdaad aan hem te danken had. Haar dokter had steeds gezegd dat ze moest ophouden zo obsessief bezig te zijn met zwanger worden en zich op iets anders moest richten, zodat ze niet aan de volgende ivf-behandeling zou beginnen met een lichaam dat strak stond van verwachting.

Curtis was in april gekomen en in september was Laurie zo verdiept in gedragstabellen en beloningssystemen, zo opgeslokt door haar pogingen zijn leesniveau omhoog te krijgen en zijn strafwerk omlaag, dat ze overdag weinig tijd had om na te denken over vruchtbaarheid en 's nachts geen energie had voor iets anders dan slapen. Toen ze erachter kwamen dat de ivf-behandeling had gewerkt, was het eerste wat ze zei: 'Dit komt door Curtis.'

Haar dankbaarheid voor de afleidingstalenten van de jongen betekende echter niet dat ze hem langer bij zich wilde houden dan de afgesproken twaalf maanden. Scott nam haar dat helemaal niet kwalijk. Hij was degene die buiten zijn boekje was gegaan en zichzelf had toegestaan om de afgelopen maanden steeds dichter bij de Kleine Man te komen, zodat hij nu het bijna tijd was om afscheid te nemen die gedachte nauwelijks kon verdragen.

De afgelopen weken waren de rollen omgekeerd geweest en was Laurie degene geweest die geprobeerd had Scott te overtuigen elders afleiding te zoeken, om te beginnen bij het kind dat zij droeg.

'*Ons* kind,' benadrukte ze dan, op een toon die duidelijk maakte dat ze het niet prettig vond dat ze een aanstaande vader eraan moest herinneren dat hij dat was en dat die status (volgens haar) veel belangrijker was dan die van tijdelijk voogd van andermans zoon. Tot nu toe was Scott erin geslaagd zich te beheersen en had hij nog niet gezegd: 'Hoe kan ik blij zijn over een kind dat ik nog niet ken als ik zo verdrietig ben omdat ik het kind kwijtraak dat ik al heb?' De blikken die zijn vrouw hem de laatste weken toewierp, suggereerden dat zijn stemming de boodschap goed had overgebracht.

Scott had, net als zijn vrouw, gedroomd van een eigen gezin. Zijn hoofd zat vol beelden van vader-zoonspelletjes op de oprit en barbecues met het hele gezin in de tuin. Hij was dolblij geweest met de roze streepjes op de zwangerschapstest in oktober en hij had het gevoel gehad of zijn eigen hart uit zijn lijf zou barsten toen hij de eerste keer de hartslag van zijn baby hoorde en haar vage omtrek zag tijdens de eerste echo.

Hij was opgewonden. Meer dan dat. Wie zou dat niet zijn? Maar hij had gemerkt dat gevoelens betrekkelijk zijn en het was nu eenmaal een feit dat hij niet dezelfde voorpret had weten vast te houden als zijn vrouw. Hij had het geprobeerd, god, wat had hij zijn best gedaan. Vervolgens maakte hij zichzelf verwijten omdat iets wat zo gemakkelijk zou moeten zijn hem zo veel moeite kostte – en zijn vrouw deed dat ook.

Het zou nog meer dan drie maanden duren voor hun dochtertje er was. En er was een jongen die hem nu nodig had. Een jongen die zou terugkeren naar een wereld van overgeslagen maaltijden en vieze kleren en een niet altijd heldere moeder. Scott had geaccepteerd dat het beter voor Curtis was om bij zijn moeder te zijn, maar hij raakte nog steeds van slag als hij dacht aan het soort leven waarin hij zou terugkeren. Het was zo verschrikkelijk moeilijk om aan iets anders te denken.

Scott schrok op uit zijn dagdromen toen de bel ging voor het eerste uur. Na enkele seconden werden de gedempte stemmen op de gang harde stemmen in zijn lokaal toen een horde tweedeklassers hun plaatsen opzocht voor het eerste uur Engelse les van Mr Coffman.

Komende maandag. Het was te snel.

Niet aan denken, zei hij tegen zichzelf. Er is nog een heleboel tijd tussen nu en dan. Tijd om nog een heleboel herinneringen in te proppen. Spaghetti en koekjes en taart en hamburgers en filmavonden.

En Monster Trucks – die idiote voertuigen die waren gemaakt van gewone vrachtwagens met veel te grote en te zware banden waarmee wedstrijden werden gehouden om te zien wie er over de grootste berg aarde kon rijden of over de langste rij auto's kon springen, terwijl een hal vol met krankzinnige fans ze toejuichte. Curtis had Monster Trucks op tv gezien, had hij Scott verteld, en hij had er 'al zijn hele leven' van gedroomd om ze in het echt te zien. Kort nadat Curtis bij hen was komen wonen, speelden ze 'Wat wil je liever?' en Scott had hem gevraagd of hij liever het eerste kind op de maan wilde zijn of de eerste zevenjarige president.

'Nou, als we het hebben over wat ik het liefst zou willen,' had Curtis gezegd, 'dan geen van beide. Ik zie liever Monster Trucks.'

'Monster Trucks?' Scott had gelachen. 'Wil je het aller-allerliefste in de hele wereld Monster Trucks zien? Liever dan in de ruimte zijn of de baas zijn van het land of… Wat denk je van voor Michigan spelen in het team van Bray?'

'Nee. Monster Trucks.'

'In de NBA spelen met Bray?' probeerde Scott. 'Een leven lang gratis kauwgom? Of ijs? Levenslang geen huiswerk? Of –'

'Monster Trucks,' zei Curtis ferm. 'Monster Trucks zien is het beste in de hele wereld, van alle dingen die je opnoemde. Je kunt nog wel de hele dag doorgaan. Maar er is niets wat ik liever wil dan dat.'

Twee maanden geleden, tijdens het eten, had Scott de kaartjes nonchalant naar hem toe geschoven, en hij had gewacht totdat Curtis de woorden hardop had gelezen. 'Mon… ster… Truck. Nee, Trucks. Mon. Ster. Trucks. Monster. *Monster!* Monster Trucks! *Monster Trucks!*' Hij hield de kaartjes boven zijn hoofd, sprong van zijn stoel, die met een klap omviel, en rende rondjes door de kamer terwijl hij riep: 'Ik ga naar Monster Trucks! Ik ga naar Monster Trucks!'

Scott moest de kaartjes redden om te voorkomen dat hij ze in zijn vuisten verfrommelde. Hij hing ze in de bovenhoek van het prik-bord in de keuken, bang dat hij ze ergens zou leggen waar Curtis erbij kon. 'Je kunt er niet de hele dag boven zitten kwijlen. Straks is het een natte massa onleesbaar papier.' De kaartjes waren voor aan-staande zondag, hun laatste dag samen.

Het duurde een dag voordat Laurie besefte dat ze Curtis een Monster Trucks-aftelkalender moest geven, zodat hij haar niet gek maakte met de vraag: 'Hoelang nog, hoelang nog?' Vanaf dat mo-ment was het laatste wat hij elke avond deed voor hij ging slapen een groot rood kruis zetten door de datum van die dag en aankondigen hoeveel dagen het nog zou duren tot 'de allermooiste dag die ik *ooit* in mijn *hele* leven zal hebben, wat ik ook de komende honderd jaar zal doen.'

Sinds die avond had Curtis Scott vele malen gevraagd om hem op te tillen zodat hij de kaartjes, die buiten zijn bereik hingen, kon aan-raken. Elke keer ging hij langzaam met zijn vinger langs elk woord en sprak hij ze hardop uit op de fluistertoon waar Scott zo van hield. Een paar avonden geleden las hij de woorden tweemaal. Toen Scott hem neerzette, legde de jongen een klein, koel handje op zijn wang en zei, op dezelfde fluistertoon: 'Dit is het *allerbeste* wat iemand ooit voor mij zal doen.'

Scott wreef over zijn ogen toen hij naar voren liep in het klas-lokaal en wachtte tot het lawaai minder werd. Er was geen laat-ste-dag-viering die groot genoeg kon zijn om de jongen te laten zien hoeveel Scott van hem hield, hoe verschrikkelijk hij hem zou missen, hoezeer de jongen hem in het bloed was gaan zitten. Maar Monster Trucks kwam aardig in de buurt.

15

MARA

Laks en Tom stonden bij de voordeur, klaar om naar de bus te lopen, toen Mara zichzelf de woonkamer in sleepte. 'Ik kan gewoon niet geloven dat ik jullie bijna gemist had!' zei ze terwijl ze naar hen toe liep. 'Sorry dat ik zo lang bleef liggen.'

Ze gaf Laks een kus en legde een hand op Toms wang. 'Je had me moeten wakker maken, schat. Ik had de ochtendroutine kunnen doen.'

'Geen probleem, hoor. Ontbijt met een van mijn twee mooie meiden is geen straf.'

Ze kon zien aan de manier waarop hij dat zei, aan de manier waarop hij naar haar grijnsde, dat hij tevreden was over zichzelf. In gedachten zag ze voor zich hoe hij eerder over haar heen gebogen had gestaan, een lok haar uit haar gezicht had geveegd of haar wang had aangeraakt en vervolgens de wekker die zij had gezet uitzette, glimlachend omdat hij haar het 'plezier' deed dat ze mocht uitslapen.

Het lukte Mara nauwelijks om terug te lachen. Ze had nog maar zo weinig ochtenden met Laks en het deed pijn dat ze er een had verprutst. Ze zou eraan moeten denken dat ze morgen een tweede wekker zette, een waarvan hij niets wist. Ze vroeg zich af of ze haar hardloophorloge nog had. Had ze dat naar de Kringloop gebracht, met al haar andere hardloopspullen, of lag het nog ergens, in een la waar ze al een poos niet had gekeken? Ze hoopte dat ze eraan zou denken om ernaar te zoeken zodra Tom naar zijn werk was vertrokken.

'Loop je met ons mee?' vroeg Laks. Er verscheen een rimpel in haar neus toen ze naar haar moeder keek, in haar nachtjapon, met haar ochtendjas open. Een uiteinde van haar ceintuur sleepte over de grond. Mara boog zich om naar haar spiegelbeeld te kijken in het glas van een foto die naast de voordeur hing. Een pluk van haar korte zwarte haar stond rechtop en er liepen diepe lijnen over een wang. Ze probeerde het weerbarstige haar met een hand glad te strijken en wreef met de andere over haar wang. Het werkte niet.

Ze wendde zich tot haar dochter en trok een gek gezicht. Ze deed of het haar niets kon schelen hoe ontzet haar dochter keek. 'Natuurlijk niet! Alleen jij en pappa mogen mij zo zien! Ik zie er niet uit!' Ze liep naar het raam aan de voorkant en ging achter de gordijnen staan. Ze hield ze met een hand een stukje open zodat ze naar buiten kon gluren zonder dat iemand haar zag. 'Gaan jullie maar. De bus kan er elk moment zijn. Ik verstop me hier achter de gordijnen en zwaai. Niemand kan me zien. Alleen jij.'

Het meisje lachte opgelucht en huppelde de deur uit met haar vader. Ze riep over haar schouder: 'Dag mamma! Ik zie je na school!'

'Dag lieverd! Ik beloof je dat ik dan toonbaar ben!'

Mara stond bij het aanrecht te worstelen met het woensdagvakje van haar pillendoos toen Tom binnenkwam. 'Ze wilde je niet kwetsen.' Hij wilde de pillendoos pakken, maar zij deed of ze dat niet merkte en bleef ermee worstelen tot het dekseltje openschoot. Ze stopte haar dagelijkse stemmingsregelende pil in haar mond en pakte een glas water om hem weg te spoelen. Als er ooit een dag was waarop haar emoties haar zonder farmaceutische hulp de baas dreigden te worden, dan was het deze.

Tom wachtte tot ze de pil had doorgeslikt en streek toen met een vinger over haar wang. 'Je bent mooi, ook als je net uit bed komt.'

Ze hief haar hand op, duwde de zijne weg en bedekte haar wang om de lijnen te verbergen. 'Leugenaar.'

'Jij… bent… mooi.' Hij trok haar hand weg. 'Je hoefde je niet achter het gordijn te verstoppen. Ze was alleen maar –'

'Eerlijk,' zei ze. 'Ze was alleen maar eerlijk.' Ze keek omlaag naar haar ochtendjas die weer was opengevallen en schudde afkeurend haar hoofd. Ze trok de ceintuur zo strak aan dat het pijn deed.

'Ik wil niet dat je denkt...' begon Tom, en ze wist wat hij wilde zeggen. Dat hij niet wilde dat ze dacht dat er gebeurd was wat er zojuist gebeurd was: dat haar dochter zich voor haar schaamde.

'Natuurlijk denk ik dat, Tom. En als ze zich nu al voor me schaamt, nu ik nog loop en praat en zelf nog zie wanneer ik mij achter een gordijn moet verschuilen, hoe zal ze zich dan over een paar jaar voelen, of eerder, als die dingen ook verdwijnen?'

'Hou op.' Hij pakte haar bij haar kin en draaide haar gezicht naar het zijne. 'Hou op.'

'Waarmee? Moet ik ophouden het te laten gebeuren? Want dat kan niemand.'

'Hou op met denken hoe zij zich zal voelen op welk moment ook in dit proces,' zei hij streng. 'Je weet niet hoe –'

'Ik denk dat we vanochtend een tamelijk goed idee kregen van hoe ze zich zal voelen, vind je niet?'

Hij ademde langzaam uit, sloeg zijn armen om haar heen en drukte zijn lippen op haar kruin. Ze hadden dit gesprek eerder gehad. Mara maakte zich zorgen over Laks en dacht dat ze nooit onbeschadigd uit zo'n jeugd zou kunnen komen en Tom bleef erbij dat hun dochter veel sterker was dan Mara dacht, en best kon omgaan met zelfs de lelijkste kanten van Mara's ziekte.

Ze ontspande zich tegen zijn borst en hing tegen hem aan. Toen hij haar na een tijdje losliet, boog hij zich naar haar toe om haar te kussen. 'Ander gespreksonderwerp?'

Ze lachte dankbaar naar hem. 'Graag.'

'Gisteravond. Wat was er in je gevaren? En hoe kunnen we zorgen dat dat vaker gebeurt?'

Ze probeerde neutraal te kijken. 'Wat? Mag een vrouw niet eens meer van haar knappe man en zijn geweldige lichaam genieten?'

'Natuurlijk mag ze dat. Zo vaak als ze maar wil.' Met zijn arm nog steeds om haar heen schonk hij twee koppen koffie in. Hij vulde die van haar maar voor een kwart en zij knikte dat hij door moest schenken. Ze pakte de kop gretig aan.

'Misschien moet je wat minder cafeïne nemen,' zei hij toen hij haar de koffie aanreikte. 'Ik heb het idee dat je de laatste tijd slechter slaapt.'

Ze haalde haar schouders op.

'Je hebt meer rust nodig, liefje,' zei hij. 'Dat weet je. Moet Thiry je Temesta-dosis verhogen, denk je? Of vergeet je het soms in te nemen? Moet ik je eraan herinneren?'

Haar hart bonkte tegen haar ribbenkast toen ze hem voor zich zag met haar pillen in de ene hand en een glas water in de andere, lief lachend terwijl hij toekeek hoe ze slikte. Een onwetende gevangenbewaarder die tussen haar en de ontsnappingstunnel stond die ze met zo veel moeite had gegraven.

Of erger nog, dat hij met haar mee zou gaan naar de kliniek om om een sterkere dosis te vragen en erachter zou komen dat zij maanden geleden al hetzelfde verzoek had gedaan, zonder dat hij het wist. En dat de nieuwe dosis die aan haar was voorgeschreven de sterkste was die je kon bestellen voor iemand van haar formaat. Het was onmogelijk dat die niet werkte, zou dokter Thiry zeggen. Als ze niet sliep, dan nam ze hem niet in.

'Nee hoor,' zei ze en ze wuifde hem weg. 'Niet nodig. Ik heb een hele routine en ik sla nooit iets over dankzij al mijn Post-its. Tandenpoetsen, flossen, een Temesta nemen, een glas water drinken, in bed stappen. En mijn mooie echtgenoot een nachtkus geven. Daar heb ik gelukkig geen herinneringspapiertje voor nodig.'

Ze staarde in haar kopje. Ze kon hem niet aankijken als ze loog. Toen ze de Post-it met *Temesta!* maanden geleden op de badkamerspiegel plakte, was dat om er haar aan te herinneren dat ze haar geheime voorraad regelmatig moest aanvullen en ervoor moest zorgen dat de pillen goed waren verstopt, achter in de la, achter de handdoeken. Omdat Tom niet overtuigd leek, pakte ze zijn sleutels en drukte ze in zijn hand. Ze wees naar de klok op de oven. 'Kijk eens hoe laat het al is!'

Het werkte. Hij liep weg om zijn tas te pakken. Zijn gedachten waren nu bij zijn werk, zijn patiënten, en hij hield zich niet meer bezig met de slaappillen van zijn vrouw en de vraag waarom de dosis, waarvan hij dacht dat ze die braaf nam, zijn werk niet deed.

Even later keerde hij terug, met zijn tas in zijn hand en zijn jasje over zijn schouder. Zijn kus smaakte naar minttandpasta. Voor het eerst die ochtend viel het Mara op hoe zijn ogen glinsterden. Haar stapeltjesstrategie in de kast had gewerkt: hij droeg een blauw overhemd. Haar favoriet, een Italiaans merk met een subtiel visgraatpatroon. Haar ogen vielen op de trouwring aan zijn linkerhand en ze stelde zich de opwinding voor van de eerste vrouw die hem zag nadat hij die ring had afgedaan.

En weer vocht ze tegen het gloeiende gevoel van jaloezie dat haar wangen deed prikken. Het moeilijke van zelfmoord, dacht ze, is dat de prijs, in ieder geval door de dader, vooruit moet worden betaald. Er bestond geen 'later', waarover ze haar verlies kon verdelen. De gedachte aan Tom met een andere vrouw, de pijn over alles wat ze van Laks' leven zou missen, kwam allemaal samen in deze vier dagen.

Houd op met medelijden met jezelf te hebben, dacht ze. Voor jou zijn het vier dagen. Voor hen is het een leven lang.

'Plannen vandaag?' vroeg Tom. Ze was dankbaar dat hij haar gedachten onderbrak.

'Een paar boodschappen,' zei ze. 'Ik heb een taxi gebeld die me om halfdrie komt halen.'

'Goed zo,' zei hij. 'Luister, ik wil dat je de was laat liggen. Ik doe het vanavond, als ik thuiskom.'

'Tom Nichols,' zei ze streng. 'Ik ben heel goed in staat om de was te doen.'

'Maar een groot deel ervan zijn mijn hardloopspullen en die zijn echt vies –'

'Leuk geprobeerd,' zei ze. 'Maar ik weet wat je van plan bent, en je moet ermee ophouden. Ik heb je hardloopspullen al meer dan twintig jaar gewassen en ik heb er nog nooit iets van gekregen.'

'Oké,' zei hij en hij stak zijn handen als teken van overgave omhoog. 'Maar laat me dan tenminste eten halen onderweg naar huis. Dan hoef je niet te koken. Misschien kun je vanmiddag dan even slapen.'

Ze rolde met haar ogen. 'O alsjeblieft. Hoe zou ik ooit in staat kunnen zijn om eten te koken en te rusten, en dat alles in maar zeven uur?' Hij reageerde geschrokken en zij had meteen spijt van haar sarcasme. Ze lachte verontschuldigend en streelde hem over zijn wang. 'Je verwent me. Ik kan heus wel eten koken.'

'Laat me je verwennen. Alsjeblieft. Als ik geen eten mag halen, dan kan ik tenminste de boodschappen doen. Wat heb je nodig?'

Ze draaiden zich tegelijk om naar koelkastdeur met de roze Post-its erop. Het was een onderdeel van Gina's systeem en ze was zelf langsgekomen om het aan Mara en Tom uit te leggen: roze velletjes voor de boodschappen die ze nodig hadden, groene voor als er iets uit de vriezer moest worden gehaald, blauwe om haar eraan te herinneren dat ze 's avonds Laks' lunch moest klaarmaken. Tom liep naar de koelkast om de roze briefjes eraf te halen. 'Ik haal deze dingen onderweg naar huis.' Hij hield zijn hand voor zijn gezicht, met op elke vinger een velletje geplakt, en liep naar de garage. 'Ik hou van je,' riep hij over zijn schouder. 'Ga alsjeblieft even slapen.'

'Ja, dokter Nichols.'

Het lampje op de telefoon ging branden toen Mara haar kopje op het aanrecht zette. Een paar maanden geleden begon ze onrustig te worden van plotselinge geluiden en Tom had hun vaste keukentelefoon onmiddellijk ingeruild voor een met een lampje dat flitste als er gebeld werd. Het was niet iets wat voorkwam op een van de lijsten met Huntington-symptomen of bijwerkingen van haar medicijnen, maar ze had al heel wat dingen van het aanrecht of de tafel gestoten vanwege een rinkelende telefoon, een klop op de deur of Laks of Tom die haar naam riep.

Het leek niet uit te maken dat ze wist dat de geluiden zouden komen. Laks had een spelletje met kwakende eenden, dat Mara uiteindelijk maar niet meer met haar speelde. Zelfs als Laks haar moeder waarschuwde dat er een eend zou gaan kwaken, zorgde het geluid ervoor dat Mara's kaarten door de kamer vlogen of dat ze de pionnen van het bord gooide.

Mara boog zich naar de telefoon en zag op het schermpje wie er belde: *Thiry clinic*. Het lampje bleef flitsen en ze dacht aan de resultaten van haar wanhopige zoektocht op het internet vannacht. Er was geen nieuwe medische ontdekking gedaan die de neergang waaraan ze was begonnen met het incident in de supermarkt zou stoppen. De kliniek zou haar niets kunnen beloven, haar niet kunnen geruststellen. Ze zouden haar niet de garantie kunnen geven dat als ze de deadline van zondag zou laten passeren, ze nog altijd controle zou hebben over haar eigen einde.

Ze zouden alleen maar begripvolle en meelevende woorden kunnen spreken en ondertussen, aan de andere kant van de lijn, hun hoofd schudden en God danken dat ze er niet zo slecht aan toe waren als Mara Nichols. En ze zouden dokter Thiry kunnen waarschuwen dat hij haar echtgenoot moest zeggen dat hij extra waakzaam moest zijn, voor het geval ze iets van plan was, als reactie op deze vernedering.

Mara staarde naar de telefoon tot het lampje ophield met flitsen en het schermpje donker werd.

16

MARA

Mara keek op haar horloge. Kwart over een – nog tijd genoeg om even op het forum te kijken voor de taxi kwam. Ze zou nieuwe onderwerpen die SoNotWicked voor de discussie van vandaag had gepost overslaan en alleen kijken naar de mails van gisteren over MotorCity en zijn Kleine Man.

Ze scrolde snel door de mailtjes heen die sinds de laatste keer dat ze had gekeken waren toegevoegd, en stopte toen ze een bericht zag van MotorCity van eerder die ochtend. Zijn opmerking over uitbreiding van het lidmaatschap naar Azië bracht een glimlach op haar gezicht; ze kon hem dus toch iets bieden, meer dan het vage medeleven waarvan ze wist dat hij er niets aan had.

Woensdag 6 april @ 13.20 uur
MotorCity, ik heb zelf grondig onderzoek gedaan naar welke infomercials midden in de nacht het beste zijn (het antwoord is 'geen', al moet ik toegeven dat ik de sapmachine wel interessant vond) en welke kranten in mijn wijk het vroegst worden bezorgd (*Wall Street Journal* wint – 04.30 uur). Ik had geen idee dat jij al die tijd ook op was en beschikbaar voor een nachtelijke chatsessie. Zullen we vanavond online afspreken – om middernacht bijvoorbeeld? We kunnen persoonlijke berichten sturen, zodat de rest van de groep morgenochtend niet door ons gesprek hoeft te scrollen.

Zodra ze haar bericht had verzonden, bedacht ze hoe vervelend Tom het zou vinden dat ze zich had vastgelegd om tot laat in de nacht met iemand over zijn problemen te praten in plaats van haar benodigde slaap in te halen. Ze dacht aan de takenlijst die onder haar laptop verborgen zat en aan alles wat ze de komende vier dagen nog moest doen. Was ze gek om online met mensen contact te hebben die ze nog nooit had ontmoet terwijl ze nog maar zo weinig tijd overhad om haar vertrek bij de 'echte' mensen die het meest voor haar betekenden te organiseren?

Misschien was ze wel een beetje gek. Maar ze bedacht dat ze zonder het forum nog veel gekker zou zijn geweest. Haar 'echte' familie en vrienden waren natuurlijk het belangrijkst, maar haar virtuele vrienden hadden, door haar al die tijd als normaal mens te behandelen, voorkomen dat ze haar verstand verloor, zodat ze zo lang mogelijk van het leven had kunnen genieten.

En daarom, of misschien ook omdat ze sentimenteel was, had ze er geen zin in om deze week het forum los te laten, hoe krap ze ook in haar tijd zat. Ze zou een manier vinden om te chatten met haar haar online vrienden en toch alle taken op haar lijstje af te werken. Het was ook niet zo dat ze de komende vier nachten aan de lijst zou werken als ze niet achter haar laptop zat. Ze zou in ieder geval niet slapen. Dan kon ze maar beter een van haar vrienden uit de groep terzijde staan.

Mara logde uit, stapte in de slippers die ze onder tafel had geschopt en pakte haar tas. Ze organiseerde net de inhoud daarvan toen de bel ging. Ze schrok zo van het geluid dat ze haar portemonnee door de kamer gooide.

'Shit.'

Ze vloekte nog eens toen ze zag dat hij terecht was gekomen in de smalle spleet tussen de koelkast en de muur. Haar arm paste wel in de ruimte, maar ze was bang dat ze door haar slechte evenwicht uit balans zou raken als ze zo diep bukte. De taxi zou zo komen en dit was niet het moment om op de grond te vallen en niet meer overeind te kunnen komen. Misschien zou ze de portemonnee er met de bezem tussenuit kunnen schuiven. Maar die stond niet op zijn gewone plaats en ze had geen idee waar ze hem had neergezet.

'Verdomme.'

De bel ging weer.

'Laat verdomme je foldertje achter en vertrek.'

Nog een keer. Wie het ook was, het was een volhouder, en ze wilde niet dat er andere mensen bij waren als de taxi kwam. Ze had geen behoefte aan publiek dat zich afvroeg waarom die vrouw van in de veertig zich in een taxi liet rondrijden in plaats van zelf de auto te nemen.

'Ik kom!'

Geërgerd deed ze de deur op een kier open en wilde net iets onaardigs roepen om haar bezoeker weg te jagen toen ze het vlezige, rode gezicht van de taxichauffeur herkende. Hij was een soort verlopen Kerstman met zijn rode hemd dat strak om zijn buik spande, en vet grijs haar dat op zijn voorhoofd plakte. Hij rook naar mottenballen, mondspoeling en aftershave. Nee, eau de cologne, verbeterde ze zichzelf. Ze zag dat hij zich enkele dagen niet geschoren had.

'Goedemiddag, mevrouw. Ik dacht ik kom een beetje vroeg. Dat geeft u… dat geeft ons… tijd om…' Hij harkte zijn vingers door zijn haren en begon opnieuw. 'Ik weet dat u om twee uur precies wilt vertrekken.'

'O. Dank u, maar u hoefde niet naar de deur te komen. Jullie wachten toch meestal in de auto? Ik wilde naar buiten komen en bij de stoep op u wachten.'

'Geen probleem. Ik dacht dat u misschien…' Met een angstige blik in zijn ogen keek hij naar Mara, alsof hij bang was iets verkeerds te zeggen. 'Ik dacht dat ik…' begon hij opnieuw. 'Ik zag hoe lang de oprit is…'

'O.' Haar gezicht werd warm.

Nadat ze zichzelf maandagochtend in de supermarkt had vernederd, was Mara, nadat ze weer genoeg was hersteld om auto te rijden, met hoge snelheid van het parkeerterrein weggereden om zo snel mogelijk thuis te zijn. Ze snakte ernaar om haar natte, stinkende broek uit te trekken en onder een hete douche te gaan staan. Maar in haar opwinding had ze de verkeerde afslag genomen. Toen ze besefte dat ze de verkeerde kant op reed, had ze een ruk aan het stuur gegeven om haar auto, die naar het noorden reed, met zijn neus naar het zuiden te zetten. De plotselinge manoeuvre had een kakofonie van getoeter en piepende remmen tot gevolg, maar Mara's auto hobbelde over de middenberm en belandde op de weghelft naar het zuiden. Haar rechterhand reageerde op het plotselinge lawaai door aan het stuur te trekken waardoor ze half de volgende baan op schoot.

'Shit!'

Een vrachtwagen achter haar toeterde luid, waarna hij zijn gaspedaal intrapte en haar voorbij vloog, met opgestoken middelvinger en een woedend schreeuwend gezicht.

Mara was helemaal van de kaart. Verderop zag ze een zijstraat, voorbij een klein bankfiliaal dat op de hoek gevestigd was en in haar haast om van de autoweg af te komen draaide ze haar stuur te scherp naar rechts. Ze kon de auto niet meer corrigeren, en hij schoot over twee rijbanen voor hij over de stoeprand stuiterde, over de stoep schoot en tegen een groot metalen bord in de voortuin van de bank tot stilstand kwam.

Er klonk een krakend geluid toen de airbag tegen haar aan klapte en alle lucht uit haar longen sloeg. De motor siste en toen ze de airbag wegduwde, zag ze dat de hele rechterkant van de auto om de paal was gevouwen.

'Godverdomme!'

Langzaam en systematisch ging ze al haar ledematen na, bewoog haar vingers en tenen en draaide met haar enkels en polsen. Er leek niets gebroken, al zou ze door het gevoel in haar ribben durven zweren dat ze van het dak van het bankgebouw omlaag was gesprongen. Ze schrok van het geluid van steeds meer mensen om zich heen. Toen ze zag hoeveel mensen zich hadden verzameld, wilde ze dat ze in haar stoel kon wegzakken tot haar botten en huid smolten en ze door de vloer kon wegvloeien.

Er klonk een klopje in haar linkeroor en er verscheen een vrouw met te veel make-up op en een naamkaartje van de bank op haar kleding voor haar raampje. Mara probeerde het omlaag te draaien, maar dat ging niet. Ze duwde het portier open.

'Gaat het, wijfie?' vroeg de vrouw. 'Je hebt ons net allemaal een hartaanval bezorgd. Lang leve de airbag, hè? Het lijkt erop dat je geen schrammetje hebt opgelopen.' Ze keek over de auto heen naar de voorkant en boog zich toen weer voorover om iets te zeggen. 'Dat geldt niet voor je auto, ben ik bang. Die ziet er niet goed uit.'

Ze boog zich naar Mara, haar mond halfopen alsof ze nog iets wilde zeggen. Opeens drukte ze haar lippen op elkaar. Ze kwam iets dichterbij, vlak bij Mara's oor en fluisterde: 'Heb je iets om jezelf mee te bedekken?'

Mara keek omlaag en zag dat het deppen niet geholpen had: haar broek was nog altijd zichtbaar nat. Ze legde haar hand voor haar gezicht en wenste weer dat ze kon verdwijnen.

'Een seconde, wijfie,' zei de vrouwenstem in haar oor. Ze liep naar de passagierskant van de auto, pakte Mara's jasje en was even later weer terug. Ze hield het jasje bewonderend omhoog voor ze het aan haar gaf. 'Misschien is het wat te mooi, maar ja, in tijden van nood...' Ze klopte Mara op de schouder. Mara sloeg het jasje om haar middel en de vrouw zei: 'Goed zo, dat is beter. Ik ruik het niet, om eerlijk te zijn, dus zolang niemand iets ziet, hoeft niemand het te weten.'

Mara wierp een blik op de dennenboomvormige luchtverfrisser die in de bekerhouder naast haar lag. Op de parkeerplaats bij de supermarkt had ze hem van zijn touwtje aan haar achteruitkijkspiegel getrokken en ermee over haar broek gewreven. Het had kennelijk gewerkt. In stilte bedankte ze de vrouw, die vriendelijk naar haar knikte en plaatsmaakte voor het ambulancepersoneel en de chauffeur van de bergingsauto die waren gearriveerd. Mara klom uit haar de auto en wuifde alle hulp weg.

'Echt, ik ben oké,' zei ze.

'U had zeker haast,' riep de man van de sleepdienst die voor haar auto stond. 'Geen tijd om te parkeren en naar binnen te gaan, dus dacht u: ach dan maak ik toch mijn eigen drive-ingeldautomaat?' Hij grijnsde en zij lachte zwakjes terug.

Het lukte haar om niet te huilen tijdens het ritje in de bergingsauto naar de garage. Maar toen de automonteur door zijn tanden floot en zei dat het een wonder was dat haar niets mankeerde, had de gedachte dat ze iemand ernstig had kunnen verwonden, of zelfs doden, gevoeld als een stomp in haar maag. Wat als Laks in de auto had gezeten?

Haar kin zakte op haar borst en ze begon te snikken. Uit een ooghoek zag ze de monteur een stap achteruit doen. Hij wiebelde heen en weer op zijn voeten, schraapte zijn keel en zei, zonder overtuiging: 'U hoeft niet van streek te raken, mevrouw. Het komt goed.'

Ze zeiden in de garage dat het vrijdag zou worden voor ze haar auto terugkreeg en ze wisten niet of ze een leenauto hadden. Hij was nog aan het nadenken of hij een verhuurbedrijf voor haar zou bellen toen ze hem zei dat hij geen moeite hoefde te doen. Ze zou niet meer autorijden, zei ze rustig. Ze had geen leenauto of huurauto nodig. Als ze vrijdag klaar zouden zijn met haar auto, zou hij alleen maar in hun garage staan tot haar man hem weg zou doen.

De manager hield zijn hoofd schuin en wachtte op een uitleg. Maar die ene zin had haar al te veel gekost en ze stond daar maar, zwijgend, met tranen en snot die over haar bovenlip in haar mond liepen, tot de receptioniste uiteindelijk de manager opzij duwde, over de balie heen haar hand greep en zei: 'Kom, lieverd, ik bel een taxi voor je.'

Ze had voor de garage op de taxi gewacht, leunend tegen de glazen ruit. De taxi kwam voorrijden en ze stak haar hand op. De chauffeur zwaaide terug en wachtte tot ze zou instappen. Maar toen ze een paar stappen had gelopen, was de chauffeur opeens uit zijn auto gesprongen en met een paniekerige blik in zijn ogen naar haar toe gerend.

Hij bood haar zijn arm en ze ergerde zich aan zijn overdreven reactie. De man van de bergingsauto en de monteur waren ook geschrokken toen ze haar een paar passen hadden zien doen. Wat was er mis met die mannen? Ze had gegromd tegen de bergingsman en de monteur en nu siste ze tegen de taxichauffeur. Ze zei dat hij weer in zijn auto moest gaan zitten en wachten, net als bij iedereen. Ze had zijn hulp niet nodig. En zijn medelijden al helemaal niet. En ze kon lopen. Ze kon heel goed lopen. Helemaal zelf, zoals hij kon zien.

Hij liet zijn arm zakken, maar uit de blik op zijn gezicht bleek dat hij het niet helemaal met haar eens was, en hij bleef naast haar tot ze bij de auto waren. De hele weg bleef hij doelloos fluiten en nonchalant om zich heen kijken. Hij opende het portier voor haar en zei snel dat hij dat voor iedereen deed. Toen deed hij een stap achteruit en liet haar instappen. Hij deed alsof hij het prima vond om daar te staan en de deur open te houden terwijl zij instapte. Toen ze haar evenwicht verloor en voorover de taxi in dreigde te vallen, verontschuldigde hij zich echter en greep hij haar met beide handen vast.

Toen ze eenmaal zat, begon Mara weer boze blikken op hem te werpen, maar ze corrigeerde zichzelf. Misschien was hij buiten zijn boekje gegaan, maar hij had wel voorkomen dat ze met haar voorhoofd tegen het portier van de taxi was gevallen. Ze glimlachte verontschuldigend naar hem en zei tegen zichzelf dat ze niet zou reageren als ze de combinatie van medelijden en zelfgenoegzaamheid zag die ze op zijn gezicht verwachtte. De uitdrukking die zei: Nou nou, wat een man ben ik dat ik die arme zwakke vrouw help die niet eens in een auto kan stappen. Als ik er niet was geweest, had ze zichzelf bewusteloos geslagen.

Dat was alleen niet wat ze zag toen ze hem aankeek. Er was geen medelijden in zijn blik, geen zelfgenoegzaamheid. In zijn ogen zag ze het beste waar ze op had kunnen hopen: Ik heb mijn eigen problemen, dame. Ik ga geen tijd verspillen aan de uwe.

Ze vroeg om zijn kaartje.

Nu stond hij op haar drempel, met dezelfde emotieloze blik op zijn grote, verweerde gezicht. En nu stond zij naar hem te kijken alsof hij naar haar had gewezen en haar had uitgelachen. Ze dwong de kleur weer van haar wangen te verdwijnen.

'Het spijt me,' zei ze. 'Het was vriendelijk van u om aan me te denken. Ik stond op het punt om naar buiten te komen, maar ik heb mijn portemonnee in de keuken laten vallen en ik kan er niet bij. Zou u misschien...?'

De verbazing over de hulp die ze aan deze onbekende had gevraagd deed haar wangen weer gloeien en ze bedacht al hoe ze haar verzoek weer kon intrekken toen hij antwoordde.

'Natuurlijk.'

Ze had er spijt van dat ze het hem gevraagd had, maar wat moest ze zeggen? Dat ze eigenlijk helemaal niets had laten vallen? Dat ze zijn hulp niet nodig had? Ze zou hem niet kunnen betalen als ze haar portemonnee niet had. En ze moest naar de drogist.

'Dank u.'

Ze ging hem voor naar de keuken en wees naar haar portemonnee, die hij binnen een seconde te pakken had en aan haar overhandigde. Ze pakte hem aan en liet hem weer vallen. Ze schudde in afschuw haar hoofd. De keukenvloer leek wel een magneet die dingen naar zich toe trok.

Het gezicht van de taxichauffeur verraadde echter niets toen hij zich bukte om hem op te rapen. 'Hier,' zei hij. 'Wacht, ik doe hem wel…' Langzaam, een oog op haar gezicht gevestigd, alsof hij dacht dat ze hem elk moment kon bijten, opende hij haar tas en liet hij de portemonnee erin vallen.

'Dank u.'

'Geen dank,' zei hij. 'Zal ik weer naar buiten gaan en op u wachten bij de auto?'

'Ik denk dat we dat wel achter ons gelaten hebben, ehm…?'

'Harry.'

'Ik denk dat we dat achter ons gelaten hebben, Harry.'

Toen ze naar de voordeur liepen, bood hij haar zijn arm aan, waarna hij haar afwachtend aankeek. Ze hoorde hem uitademen toen zij haar hand op de zachte stof van zijn mouw legde. Ze glimlachte. Hij was duidelijk een heer, die het prettig vond als een dame hem haar arm gaf. En hij was zo galant geweest met de portemonnee dat het alleen maar juist leek om hem te belonen met een hand op zijn arm.

'Dank u, mijn naam is trouwens Mara Nichols.'

'Aangenaam kennis te maken, Mrs Nichols.'

Ze lachte. 'Dat kan ik me haast niet voorstellen. Tot nu toe heb ik alleen maar lelijk tegen u gedaan.'

Hij leidde haar het huis uit, de oprit over. 'Ik heb het gevoel dat er meer aan u is dan alleen maar lelijk doen,' zei hij. Hij zweeg even. Toen hij weer sprak, wendde hij zijn hoofd iets van haar af, alsof hij verwachtte dat ze hem een klap zou geven. 'Ik heb het gevoel dat u gewend bent de controle te hebben, en niet zit te wachten op...' Hij aarzelde weer en keek nerveus. 'Hulp,' zei hij eindelijk.

Mara gooide haar hoofd achterover en lachte luid. Door de plotselinge beweging wankelde ze naar achteren en Harry stapte snel naar rechts om haar op te vangen. Hij zette haar vriendelijk overeind en nam zijn plaats weer in aan haar zijde. Ondertussen richtte hij zijn aandacht op alles, behalve haar. Ze keek dankbaar naar zijn profiel, maar toen hij niet terugkeek, porde ze hem in zijn zij tot hij eindelijk zijn hoofd naar haar toe draaide. Ze lachte samenzweerderig naar hem en schaterde toen weer. Deze keer lachte hij mee, een laag, rommelend gegrinnik dat hij met opzet onderbrak.

Toen hij zich meldde bij de centrale, keek Mara om zich heen naar het interieur van de taxi. Ze was maandag te van streek geweest om het op te merken, maar ondanks de wat verlopen verschijning van de chauffeur, was de auto zelf onberispelijk. De stoelen en de vloer waren vlekkeloos en de stapels kaarten, kwitanties en visitekaartjes waren elk keurig bij elkaar gebonden en vastgezet. Voor de passagiersstoel stond een kleine koelbox – zijn lunch, dacht ze – en op de stoel lag een netjes opgevouwen colbertje.

De zonneklep was omlaag en in de rechterbenedenhoek zag ze een kleine, vergeelde, een beetje verkreukelde foto. Mara boog voorover om hem beter te kunnen zien. Het was een schoolfoto van een jong meisje, niet veel ouder dan Laks. Ze zat keurig rechtop, zoals kinderen dat doen op schoolfoto's, de schouders recht, de handen in haar schoot en glimlachte een beetje geforceerd.

'Kleindochter?' vroeg ze.

Maar terwijl ze het vroeg, wist ze dat het antwoord ontkennend zou zijn. De foto was te oud, het kapsel en de kleren van het meisje verouderd. De foto was minstens tien jaar oud en het meisje moest nu een tiener zijn, of ouder. Mara bestudeerde Harry's profiel en probeerde zijn leeftijd te schatten. Halverwege de vijftig, op zijn hoogst. Hij zag eruit als iemand die een zwaar leven achter de rug had, maar hij leek niet oud genoeg om een kleindochter te hebben die nu een tiener was.

Harry keek op van de aantekeningen die hij in zijn logboek aan het maken was. 'Pardon?'

'Ik vroeg naar die foto op de zonneklep. Is dat uw kleindochter of...?'

'O. Eh. Nee.' Hij klapte de zonneklep snel omhoog en verborg daarmee het meisje. Mara wilde zich bijna verontschuldigen, toen hij zich ineens omdraaide en glimlachte. 'Boodschappen, zei u aan de telefoon. Waarheen eerst?'

Hij startte de meter. Hij was niet van streek. Maar over die foto geen woord meer.

'De drogist,' zei Mara. 'En dan naar een kledingzaak, een paar blokken verder. Ik heb al gebeld en ze hebben een paar dingen voor me weggehangen. Ik moet ze wel even passen, maar het zal niet lang duren.'

Hij knikte en reed weg.

17

MARA

Mara had tegen zichzelf gezegd dat het helemaal niet erg was. Mensen kochten die dingen altijd. De kassière zou er niets van denken en de andere mensen in de winkel zou het niet eens opvallen. Het was niet beschamender dan het kopen van tampons, die ze altijd onder flessen lotion, shampoo en zonnebrandolie verstopte toen ze een tiener was, maar nu zonder problemen voor iedereen zichtbaar door de winkel droeg. Net zoals ze middelbare mannen open en bloot in de rij voor de kassa had zien staan met een tube aambeienzalf in hun hand. Geen centje pijn.

Harry had aangeboden om mee naar binnen te gaan. Het mandje te dragen terwijl zij haar boodschappen deed, de tassen naar de auto dragen, maar ze had hem gezegd dat hij die moeite niet hoefde te doen. Het zou helemaal geen moeite zijn, dat wist ze wel, maar hij drong niet aan. Hij moest gevoeld hebben dat ze alleen wilde zijn.

Binnen pakte ze een winkelmandje van de stapel bij de deur en liep zelfverzekerd af op de afdeling incontinentiemateriaal. Het was een mooi woord, dacht ze: incontinentiemateriaal. Zij zou het nooit anders kunnen noemen dan luiers.

Dat deed het: luiers.

Ze was tweeënveertig en ze kocht luiers.

Niet die schattige met gele eendjes erop die duidden op een volstrekt normale levensfase, maar grote, lelijke stukken stof die schreeuwden: ik kan mijn blaas niet beter beheersen dan een baby. En hoewel de informatie op het internet klanten ervan probeerde te overtuigen dat de nieuwe producten heel discreet waren, kon je aan de grote verpakking duidelijk zien dat de koper 'problemen had'. Incontinent, zou iedereen denken.

Bij de volgende stap was haar zelfvertrouwen helemaal weg. Het was geen snelle gang van deur naar afdeling naar kassa, maar een verraderlijke reis naar het einde van een plank en dan een duik in de gevaarlijke wateren van de zieken en de behoeftigen. Ze was een mislukking. Haar lichaam had haar in de steek gelaten en het feit dat dat gebeurde nu ze in de veertig was in plaats van in de tachtig maakte de mislukking nog groter. Ze voelde zich als een dertienjarige jongen die condooms kocht of een veertienjarig meisje met een zwangerschapstest.

Er was een leeftijd waarop bepaalde aankopen bij de drogist onschuldig waren, onopvallend. Daarbuiten werden dezelfde aankopen afgrijselijk, verdacht.

Vernederend.

Mara voelde hoe haar huid begon te gloeien van haar sleutelbeenderen tot haar kin toen ze aan haar schaamtevolle gang langs de schappen begon. Toen ze er was, liep ze langzaam een rondje om te zien of niemand haar volgde. Op haar lette. Conclusies trok. Aangezien er niemand was, haalde ze diep adem en zei ze tegen zichzelf dat ze nu moest handelen, nu ze een klein beetje privacy had. Snel langs de schappen lopen, hoorde ze een stem in haar hoofd zeggen. Grijp twee pakken, ren naar de kassa, betaal en zoek dekking in de taxi. Doe het snel, dan is het misschien niet zo erg. Drie... twee... een: ruk de pleister eraf.

Maar haar voeten wilden niet. En terwijl ze daar stond, met haar schoenen aan het linoleum geplakt, bedacht ze een nieuwe theorie: als ze de laatste stappen weigerde te zetten, weigerde de pakken aan te raken, dan zou het probleem misschien gewoon weggaan.

Ze was vanochtend aan die gedachtegang begonnen, maar had toen besloten dat het te riskant was. Ze stond in de badkamer, met een maandverband in haar hand, en overtuigde zichzelf ervan dat als ze het niet zou dragen, als ze er niet aan toegaf, dat er dan een reden was om op te passen voor een volgend incident en dat het dan niet meer zou gebeuren. Je erop voorbereiden was erom vragen. Ze had het maandverband weer teruggestopt in het pak en dat achter in de kast geduwd.

Maar minuten later, toen ze haar pas gewassen yogabroek weer aantrok, zag ze het jongetje in de supermarkt weer voor zich, de verbaasde 'O' die zijn mond had gevormd toen hij naar de vlekken in haar broek staarde en hoe zij had gestameld en gestotterd dat er een heel redelijke verklaring was waarom zij in een openbare ruimte stond, overdekt met pisvlekken en omringd door een vreselijke pislucht. Ze was de badkamer weer in gelopen, had het pak weer gepakt en een maandverband in haar onderbroek gelegd, hopend dat het de oplossing zou zijn tot ze bij de drogist was voor het echte werk.

Mara keek naar links en naar rechts, voor zich en achter zich om zich er weer van te overtuigen dat er geen andere mensen in de buurt waren. Er was een bak met Dallas Cowboys-strandlakens en hoewel ze in haar meer dan twintig jaar in Texas nooit iets om American football had gegeven, bedacht ze dat dit het moment was waarop ze wat merchandise van het plaatselijke team moest aanschaffen. Ze hield het ene na het andere strandlaken omhoog en vergeleek twee totaal verschillende met elkaar. Ze negeerde de stem in haar hoofd die zei dat ze voor $4,99 gewoon beide strandlakens moest kopen en vervolgens moest doen waar ze voor gekomen was.

Ze hoorde een mannenstem in het pad ernaast en dacht aan Harry. Als ze nog langer wachtte, zou hij naar binnen komen om haar te zoeken, om er zeker van te zijn dat ze in orde was. Ze legde twee badlakens in haar mandje en liet toen argwanend haar blik over de schappen gaan. Ze had gisteren op internet een merk gekozen en nu zocht ze de schappen af tot ze vond wat ze zocht.

Weer keek ze angstvallig om zich heen. Niemand te zien. Ze haalde diep adem, drukte haar lippen op elkaar en liep zo snel ze kon ernaartoe. Zonder een hapering in haar voorwaartse beweging en zonder adem te halen rukte ze twee pakken van de plank, duwde ze in haar mandje onder de badlakens en marcheerde naar het eind van het gangpad. Pas toen ze de hoek was omgeslagen en bij *huishoudelijke artikelen/papierwaren* was beland, opende ze haar mond en liet ze de ingehouden adem ontsnappen. Ze boog voorover en ademde diep in, toen nog eens, en nog eens.

Toen ze weer tot zichzelf kwam, rechtte ze haar rug en staarde naar de rechthoekige vormen onder de badlakens. Haar mondhoeken krulden iets omhoog. Klaar. Ze had het gedaan.

Ze wilde net voluit glimlachen toen opeens een vrouw uit het niets opdook. Snel draaide Mara zich van haar af en zwaaide het mandje naar de andere kant van haar lichaam. Ze deed of ze de wasmiddelen bestudeerde en wachtte tot de vrouw haar voorbij was gelopen. Langzaam verdween de vrouw uit het gangpad en Mara, breed lachend van opluchting, ging op weg naar de uitgang en de wachtende taxi.

Toen bedacht ze dat ze nog moest betalen.

Verdomme. Hoe kon ze dat nou vergeten? Ze liep met weerzin naar de kassa en bereidde zich voor op het tonen van de inhoud van haar mandje aan de twintigjarige kassière die vast en zeker ook vol afgrijzen zou reageren, net als het jongetje in de supermarkt.

Ze bekeek haar van top tot teen en zag de blauwe streep in haar haren, de wenkbrauwpiercing, de ring aan elke vinger, en besloot dat deze vrouw precies de goede leeftijd en persoonlijkheid had om het pak omhoog te houden en te zeggen: 'Ieieww, deze. Mijn oma draagt deze ook.'

Mara besloot dat als het haar zou lukken haar schouders op te halen en te zeggen 'O, ja, ze zijn voor mijn moeder', ze de winkel nog met enige waardigheid zou kunnen verlaten. Ze voelde echter de warmte in haar hals en op haar wangen en ze wist dat schaamte zich in dieprood aandiende. Haar handpalmen zweetten en haar keel was dik en als iemand een nonchalante opmerking kon maken om een kassière ervan te overtuigen dat 'die niet voor mij zijn', dan was het zeker niet Mara Nichols.

Er stond een rij bij de kassa en zij wachtte in de buurt, een oog op de rij gericht en het andere op de deur, voor het geval Harry verscheen. De kassière babbelde met elke klant en de litanie van Texaanse vriendelijkheid die Mara eerder altijd zo leuk had gevonden – Hoe maakt u het vandaag, mevrouw? Hebt u alles kunnen vinden? Ik wens u een fijne dag! Tot ziens! – voelde nu als scherpe nagels op haar ontstoken huid.

Toen de laatste klant verdwenen was, kwam Mara dichterbij. Ze voelde zich duizelig en schoof met het restje kracht dat nog in haar was haar mandje over de toonbank. Ze hield zichzelf met een hand staande en beloofde haar lichaam dat het in de taxi mocht instorten, als het nog maar een paar minuten overeind bleef. Toen het meisje haar wilde aankijken om haar te begroeten, greep Mara een van de roddelbladen die bij de kassa lagen en sloeg het open. Ze hield het blad voor haar gezicht, waardoor er een barricade ontstond tussen haar en het commentaar, dat Mara's ontbijt al op voorhand omhoog deed komen.

'Hoe maakt u het vandaag, mevrouw?'

'Goed.' Mara voelde haar lippen bewegen, maar hoorde geen woorden naar buiten komen. Ze probeerde het nog eens, maar weer kwam er niet meer uit haar mond dan een zacht gesputter.

Het was even stil en Mara dacht dat de kassière wachtte tot ze opkeek van het tijdschrift en beleefd zou antwoorden. Als een beschaafd mens, dacht ze, en schaamte sloeg in een nieuwe golf omhoog van haar sleutelbeenderen naar haar wangen.

'En hebt u alles kunnen vinden? O, wat is dit?'

De woorden knepen Mara's hart samen en het sloeg een paar slagen over, voor het weer op hoge snelheid op gang kwam en in haar keel klopte. Ze hield haar adem in, keek over het tijdschrift heen en zag dat het meisje een van de helwitte plastic verpakkingen vast had en met een fronsende blik ronddraaide in haar handen. Ze keek naar Mara, met een vragende blik, en Mara vroeg zich af of de menselijke huid van schaamte zo heet zou kunnen worden dat er blaren op verschenen. In paniek keek ze naar de deur en probeerde in te schatten hoelang het zou duren om naar buiten te komen en of de kassière, als ze zou wegrennen, achter haar aan zou komen, met het pak luiers in haar hand, zodat iedereen, ook Harry, het kon zien.

'O, ik heb het al! Die stomme barcodes zijn soms zo moeilijk te vinden.' Het meisje hield het pak omhoog en liet Mara de onvindbare code zien. Mara hief een hand op en bracht hem weer snel omlaag om aan te geven dat het meisje het pak moest neerleggen. Maar het meisje zat bewegingloos, blij dat ze de barcode had gevonden en blijkbaar in geen enkele haast om de koop af te ronden. Vanuit een ooghoek zag Mara een oudere man naderen.

'Ik heb verschrikkelijke haast,' zei ze met een stem die ze niet herkende.

Het meisje kwam in actie en haalde de scanner over de pakken en de badlakens. 'O, natuurlijk mevrouw, geen enkel probleem. Dat wordt $52,95. O wacht, volgens mij is het incontinentiemateriaal deze week in de aanbieding. Hebt u de bon? Uit het blad? Het ligt bij de ingang, bij de mandjes.' Ze wees, terwijl de oude man steeds naderbij kwam. 'Wilt u misschien –'

'Ik betaal gewoon de volle prijs,' zei Mara, haar ogen op de man gericht.

'Ik kan ook, als u wilt –'

'Sla het gewoon aan! Alstublieft, sla gewoon het hele bedrag aan. Ik moet echt gaan.' Mara gooide haar creditcard over de toonbank en begroef haar gezicht weer in het roddelblad.

'Natuurlijk. Als u thuiskomt, kunt u online de waarde van de korting terugvragen. Ga gewoon naar www–'

'Nee!' Mara smeet het blad op de toonbank en greep de pakken. 'Laat me gewoon gaan!'

De kassière keek geschrokken. Zonder iets te zeggen gaf ze de pakken en de bon aan Mara, die, te beschaamd over haar eigen gedrag om iets te zeggen, een dankjewel en een verontschuldiging in een knikje met haar hoofd probeerde samen te vatten.

'Nou, ik hoop dat u een fijne dag hebt,' zei de kassière mechanisch. 'Tot ziens,' voegde ze er zonder gevoel aan toe.

Mara dankte God dat ze hier nooit meer zou terugkomen.

18

SCOTT

Scott was net zijn leerlingen van het vierde uur huiswerk aan het opgeven toen de intercom in het klaslokaal kraakte en de hysterisch klinkende stem van Mrs Bevel, de secretaresse van de school, hem vroeg om onmiddellijk naar haar kantoor te komen. Ze had Miss Styles, de decaan, al gevraagd om zijn klas waar te nemen tot hij terugkwam. Scott keek van de intercom naar de klok en van de klok naar de hoopvol kijkende tweedeklassers die zich duidelijk afvroegen of hij eerst nog huiswerk zou opgeven.

'Jullie hebben geluk,' zei hij, en hij liep naar de deur. 'Maddie,' riep hij over zijn schouder naar een meisje dat vooraan zat, 'jij bent de baas tot Miss Styles er is.' Hij liep de gang uit en glimlachte toen hij gejuich hoorde opgaan. Hij glimlachte nog steeds toen hij bij het kantoor van Mrs Bevel aankwam, en zelfs toen Janice, de maatschappelijk werker van de familie Jackson, opstond uit haar stoel voor het bureau van Mrs Bevel.

'Hallo Scott,' zei Janice en als altijd was haar stem net zo stijf als haar lichaam. Ze keek naar haar tenen alsof ze niet wist wat ze nu moest doen. De charmes van menselijke interactie leken haar altijd te ontgaan. Voor een maatschappelijk werker, had Scott meermalen tegen Laurie gezegd, was Janice helemaal niet sociaal. Hij had haar altijd het voordeel van de twijfel gegeven, omdat hij dacht dat ze meer gaf om de kinderen en de gezinnen in haar portefeuille dan haar gedrag deed vermoeden.

Haar stijve manier van doen, de afwezige blik waarmee ze naar mensen keek, de dofheid in haar stem, gaven je echter het gevoel dat ze alleen maar deed alsof. Was ze anders geweest toen ze begon, vroeg hij zich af. Hadden tientallen jaren overwerk haar totaal uitge-put en alle gevoel doen verdwijnen? Of was ze net zo kil en afwezig aan deze baan begonnen? Misschien had ze hetzelfde advies gekre-gen als FosterFranny: hecht je niet te veel.

'Janice! Jou had ik hier niet verwacht.' Scott stak zijn hand uit en Janice de hare. Ze raakte hem nauwelijks aan voor ze haar hand weer terugtrok.

'Ik dacht dat Mrs Bevel me bij zich riep om mij de les te lezen omdat ik de lichten in mijn lokaal had laten branden of omdat ik laat was met mijn cijfers of zoiets,' zei hij. Hij wendde zich tot de decaan en grijnsde naar haar. 'Ik heb een lange lijst zonden, nietwaar?'

Mrs Bevel keek nerveus van Scott naar Janice, stond toen op, mompelde iets over een dossier wat ze moest nakijken en verdween op de gang. 'Nou,' zei Scott tegen Janice, nog altijd met een grijns op zijn gezicht, 'ik heb haar kennelijk weggejaagd.'

Toen pas zag hij de uitdrukking op Janice' gezicht. Haar lippen waren zo stevig op elkaar gedrukt dat ze eerder wit dan roze wa-ren en haar ogen leken een gat te willen boren in de zijkant van het bureau van Mrs Bevel. Hij kon haar emotie niet herkennen. Woe-de? Angst? Het was iets wat viel onder 'heel erg van streek', zoveel was duidelijk. Geen wonder dat de decaan de gang op gevlucht was. Scott zou dat ook wel willen.

'Ik ben bang dat ik vervelend nieuws heb,' zei Janice. Ze ging zitten en klopte afwezig op de zitting van de stoel naast haar. Scott vatte het gebaar op als een bevel en keek haar onderzoekend aan terwijl hij naast haar plaatsnam. Terwijl hij wachtte tot ze haar woorden nader verklaarde, schoten er allerlei mogelijkheden door zijn hoofd. Had Curtis weer problemen op school? Juf Keller had het nummer van zijn mobiele telefoon en ze had hem voorheen altijd zelf ge-sms't of gebeld. Iets met Bray? Maar ook Bray zou hem zelf gebeld hebben.

Tenzij hij dat niet kon.

'Is alles goed met Bray?' vroeg hij, en hij voelde zich opeens heel slecht.

Toen Janice niet meteen antwoordde schrok Scott. 'Janice, is Bray –'

'Het is LaDania. Ze kwam vanochtend langs op mijn kantoor. Ze vertelde me dat ze van plan was om Curtis vanmiddag van school te halen. En hem mee te nemen naar huis.'

'Wát?' Hij sprong op van zijn stoel alsof die in brand stond. 'Maar de hoorzitting is pas maandag!'

'Dat is alleen maar een formaliteit, dat weet je. Zij zegt dat ze er klaar voor is dat hij naar huis komt. Vandaag. En wettelijk heeft ze het recht om hem mee te nemen. Het voogdijschap geeft jou en Laurie rechten, maar haalt er geen bij haar weg. En natuurlijk verleent het voogdijschap je die rechten technisch gesproken alleen tot haar vrijlating, vorige week. Ze stemde ermee in dat Curtis nog een week bij jullie zou blijven omdat ik haar ervan overtuigde dat de extra tijd tussen haar vrijlating en de formele hoorzitting goed voor haar zou zijn. Ze is er niet meer van overtuigd dat zij voordeel heeft van deze afspraak. Ze zegt dat ze eenzaam is. Ze wil haar kind weer bij zich hebben.'

Scott legde zijn handen tegen zijn slapen en drukte hard, maar de woorden die hij had gehoord gingen niet weg. Curtis vertrok vandaag.

Geen spaghetti en geen eigengebakken koekjes vanavond. Geen voorlezen meer in bed. Geen laatste keer balletje schieten op de oprit. Nooit meer instoppen. Geen filmavond op vrijdag.

Geen Monster Trucks op zondag.

Geen afscheid.

Hij leunde tegen het bureau van Mrs Bevel en drukte zijn knokkels in zijn ogen. Hij legde een hand op zijn buik en dwong zichzelf niet over te geven.

Na een paar minuten zei hij zacht: 'Maar ik heb nog een paar dagen. *Wij,*' corrigeerde hij zichzelf. 'Wij hebben nog een paar dagen. We hebben van alles gepland. Elke avond extra voorlezen, speciale etentjes, een laatste spelletje basketbal. We hebben vrijdag een filmavond. En Monster Trucks op zondag. We rekenden op –'

'Ik weet het,' zei Janice, en de zachtheid in haar stem verraste Scott. 'Ik weet dat je erop rekende dat jullie deze laatste week samen hadden.' Ze glimlachte, maar het was een verdrietige glimlach. 'Ik ging er al van uit dat je iets speciaals had georganiseerd en dat heb ik ook tegen haar gezegd.'

De toon van Janice' stem veranderde en Scott kon de woede erin net zo goed voelen als horen. Hij haalde zijn vuisten uit zijn ogen en keek naar haar. Ze zat voorover geleund en haar ogen glinsterden van emotie. Hij zag de lange, pezige spieren in haar magere bovenarmen bewegen toen ze haar vingers in elkaar vlocht in haar schoot. 'Ik heb haar ook gezegd dat de jongen zijn tijd in jullie huis goed moet afsluiten. Hij heeft een goed afscheid nodig, net als jij en Laurie. En na alles wat jullie gedaan hebben, verdienen jullie dat dubbel en dwars. Dat heb ik allemaal tegen haar gezegd,' zei ze. 'Heel duidelijk en op tien verschillende manieren. Het maakte geen enkel verschil.'

Hij schrok van haar emotie. Ze was het afgelopen jaar verschillende malen bij hen thuis geweest, maar ze was na het tiende bezoek nog net zo afstandelijk en gereserveerd geweest als na het eerste. Ze had schijnbaar tegen haar wil steeds een kop koffie of een glas limonade geaccepteerd, maar raakte dat niet aan. Stijf rechtop had ze aan de keukentafel gezeten en aantekeningen gemaakt over Curtis' slaap- en eetgewoonten, zijn gedrag en zijn schoolwerk. Ze schreef pagina's vol in haar blocnote over de jongen, maar Scott en Laurie hadden altijd de indruk gehad dat het meer om de woorden op het papier ging dan over het leren van het kind, of zijn voogden.

Ze stelde soms ook vragen aan Curtis en als hij een gek antwoord gaf, lachte ze niet en gaf ze geen enkel teken dat ze het leuk vond, maar ze herhaalde de vraag gewoon tot ze een antwoord kreeg dat het waard was om vast te leggen. Andere keren had ze alleen in een hoekje van de kamer gezeten om te 'observeren' en vroeg ze hun om gewoon verder te gaan met waar ze mee bezig waren en te doen alsof ze er niet was.

Scott en Curtis konden dat heel goed, doorgaan met hun worstelpartij of schaakspel of wat ze ook aan het doen waren, maar Laurie bleef de hele tijd alert en veel te dicht in de buurt van Janice. Ze bood dan aan de kop of het glas bij te vullen waar Janice nog geen slok uit genomen had. 'Het is net of Magere Hein op de rand van je bed komt zitten en tegen je zegt dat je gewoon door moet slapen,' had Laurie tegen Scott gezegd na de eerste 'observatie'.

'Ik heb haar gezegd dat er geen enkele rechtvaardiging voor is om jullie een dag eerder dan afgesproken te scheiden, laat staan enkele dagen,' vervolgde Janice. 'Het zal moeilijk genoeg voor hem zijn, zei ik haar, om bij jullie weg te gaan. En voor jullie om hem te laten gaan. Ik heb haar gezegd dat ik nog nooit eerder...' Ze leunde achterover in haar stoel, alsof ze het opgaf, alsof de zwaarte van zo veel emotie haar had uitgeput. 'Ik heb haar gezegd dat het verkeerd was. Ze is zich heel erg bewust van mijn standpunt in deze, maar ik ben bang dat ze vasthoudt aan het hare.'

'Dus,' zei Scott, 'dat is het dan. Ze mag hem gewoon meenemen. Ze mag negeren waar wij allemaal op rekenden, omdat zij zich eenzaam voelt en van gedachten is veranderd. Dat is... ongelooflijk. Dat is gewoon...' Hij zweeg even en zocht naar het juiste woord. 'Het is gewoon klote. Ongelooflijk.' Janice keek even op van het scheldwoord en hij overwoog om zich te verontschuldigen, maar het enige wat hij kon opbrengen was zijn schouders ophalen.

'Kan ik het aanvechten?' vroeg hij.

'Voor de rechter, bedoel je?'

Hij knikte.

Janice keek bedenkelijk. 'Je hebt eigenlijk geen poot om op te staan. Ik weet niet of de rechtbank er iets mee kan. Je zou met een advocaat kunnen praten.'

Scott dacht na wie hij zou kunnen bellen. Pete's buurman was een advocaat, misschien kon hij helpen. Hij mocht dan geen wettelijke rechten hebben wat de jongen betrof, hij moest toch iets proberen. Het was belachelijk wat LaDania deed, en ongelooflijk egoïstisch. Had ze dan geen enkel respect voor hem en Laurie en voor wat ze het afgelopen jaar hadden gedaan voor haar zoon – voor allebei haar zonen – maar ook voor haar? Kwam het niet bij haar op dat ze deze laatste dagen nodig hadden om echt afscheid te kunnen nemen? Dacht ze eigenlijk wel aan hen?

Toen moest hij opeens denken aan wat FosterFranny had gezegd: *richt je op wat het beste is voor het kind.* Hij hief zijn handen in een gebaar dat hulpeloosheid uitdrukte. Hij had geen keus. Als hij hiertegen in verzet ging, zou dat voor hemzelf zijn, niet voor Curtis. 'Laat maar,' zei hij tegen Janice. 'Ze is zijn moeder. Ik wil niet tussen hem en zijn moeder komen, hoezeer ik het er ook niet mee eens ben. Ik wil ons jaar samen niet eindigen met ruziemaken over hem. Dat zou niet veel beter voor hem zijn dat wat zij doet.'

Janice knikte. 'Ik moet zeggen dat het verfrissend is om vandaag met een volwassene zaken te doen die bereid is de belangen van het kind voor die van hemzelf te stellen.'

'Goed, wat nu?' vroeg Scott. 'Dus ze gaat vanmiddag gewoon naar Logan, roept *verrassing!* en neemt hem mee?'

'Ja,' zei Janice, 'al heb ik haar er wel van kunnen overtuigen dat ik met haar meega, zodat ik ervoor kan zorgen dat Curtis wat uitleg krijgt over wat er gebeurt. Ik hoop dat mijn aanwezigheid de plotselinge overgang iets gemakkelijker voor hem zal maken.'

'En zijn spullen?' vroeg Scott. 'Hij heeft zijn kleren bij ons. Speelgoed. Boeken.' Hij dacht aan *Stuart Little* en voelde zijn keel dichtknijpen.

'Ze vroeg me om die dingen later vanavond naar haar toe te brengen. Ik overwoog haar te melden dat jij ze zelf zou afgeven om jou een kans te geven hem nog te zien, maar ik denk dat dat moeilijker is voor Curtis als hij je zo snel weer ziet, voordat hij de kans heeft gehad om zich aan te passen aan de nieuwe... situatie.'

'Dus ik mag niet eens afscheid nemen?' fluisterde Scott. Hij slikte moeilijk en had moeite om adem te halen, zo groot was het brok in zijn keel.

'Zoals ik al zei, vermoedde ik dat jullie plannen hadden gemaakt voor jullie laatste weekend,' zei Janice. 'Ik heb haar gevraagd om te overwegen het goed te vinden dat jullie in ieder geval iets van die plannen kunnen laten doorgaan. Ze zei dat ze erover zou denken.' Janice klonk bitter.

'We zouden zondag naar Monster Trucks gaan,' zei Scott. 'Curtis zou het vreselijk vinden als hij dat zou missen. Hij heeft het er al maanden over. Hij streept de dagen af op de kalender. Hij...'

Hij kon niet verder. Hij liep langzaam naar de stoel van de decaan en ging zitten, waarna hij zijn armen op het bureau legde en zijn hoofd, dat opeens heel zwaar voelde, erop liet vallen. De tranen die hij had tegengehouden stroomden opeens over zijn wangen en het kon hem niet eens schelen.

Janice maakte een onduidelijk geluid en seconden later voelde hij haar naast zich, haar armen zo stevig om hem heen dat hij naar lucht moest happen. Eerst wilde hij zich losmaken uit haar greep, maar hij had er de kracht niet voor. Dat zei hij tenminste tegen zichzelf toen hij zich ontspande in haar armen en haar toestond hem tegen zich aan te drukken, haar stem zacht en troostend in zijn oor. 'Nou nou,' fluisterde ze.

Na een poosje werd haar greep iets losser en hij voelde hoe haar hand kleine cirkels maakte op zijn rug, troostend. 'Als ik haar later vandaag zie op Logan, zal ik haar zeggen dat je met Curtis een dag naar Monster Trucks hebt gepland.' Ze klopte hem zachtjes op zijn rug. 'En ik zal haar *heel dringend* vragen daar toestemming voor te geven.'

19

MARA

Harry bood aan om de tas van de drogist in de kofferbak te zetten, maar Mara wilde dat niet. Tijdens het rijden stak zij haar hand erin en haalde heel voorzichtig een van de 'incontinentiematerialen' uit de verpakking en liet het in haar handtas glijden. Elk geknisper van het plastic klonk haar als trompetgeschal in de oren en zij bereidde zich voor op zijn nieuwsgierige blik in de achteruitkijkspiegel of over zijn schouder. Maar Harry lette op de weg voor zich. Of deed alsof.

De kledingwinkel was een van die modieuze, nonchalant-chique zaken waar Steph haar al tijden mee naartoe wilde nemen. 'Je kunt je niet kleden als een dure advocaat als je op school helpt bij de tekenles,' had Steph gezegd. 'En ook niet zó.' Ze wees naar Mara's yogabroek en haar wijde T-shirt. 'Je moet er...' Ze wachtte even. 'Hipper uitzien.'

Steph zou trots op haar zijn als ze hoorde dat ze eindelijk de winkel binnen was gegaan, dacht Mara. Toch zou Steph het niet leuk vinden als ze hoorde dat haar vriendin online had gewinkeld en dingen had laten weghangen in plaats van in de rekken te zoeken, kleuren en stijlen te vergelijken, en urenlang te passen, iets wat Steph graag deed. Ze hadden drie zwarte katoenen rokken voor haar weggehangen bij de kassa, en drie topjes – verschillende kleuren, maar hetzelfde merk en dezelfde stijl.

'Als ze passen,' zei Mara tegen de verkoopster, 'kan ik er dan meteen een aanhouden? Ik ga straks helpen bij mijn dochter op school en mijn vriendin zei dat ik daarvoor iets mooiers moest aantrekken dat sportkleren.' Ze lachte verontschuldigend toen ze gebaarde naar haar zwarte yogabroek, die twee keer zo duur was als de drie rokken en blouses bij elkaar.

'Geen probleem. Er komen hier veel moeders die dit soort kleding zoeken.' De verkoopster was niet ouder dan twintig. Ze overhandigde haar een rok en een blouse. 'U hebt drie dezelfde artikelen besteld, dus hoeft u maar één setje te passen.'

Mara hoorde de afkeuring in haar stem. Wie keek er nu twee minuten online, belde dan de winkel en vroeg om drie precies dezelfde kledingstukken weg te hangen?

'Dat weet ik,' zei Mara. 'Ik verdien het niet om een vrouw te zijn. Mijn vriendin zegt dat ook altijd. Maar ik geef toe dat ik een hekel heb aan winkelen. De tops zijn tenminste verschillend van kleur, toch?'

Het meisje bekeek Mara alsof ze een zeldzaam dier was en schudde op overdreven manier haar hoofd. 'We krijgen wel meer mensen als u,' zei ze lachend. 'Ik begrijp er niets van. Ik leef om te winkelen.' Ze boog zich naar haar toe en zei zachtjes: 'Maar het passen, daar hou ik ook niet van. Ik snap dus wel dat u van alles drie stuks hebt genomen om minder tijd in het pashokje door te brengen. Al die manshoge spiegels! En dat licht! Ik haat het.'

'Precies,' knikte Mara en ze deed alsof dat de reden was waarom ze van alles hetzelfde had besteld. Toen ze naar de pashokjes liep, met de rok en de blouse over haar arm, draaide ze zich even om naar de verkoopster en zag dat het meisje haar niet-begrijpend nakeek. Ze lachte beschaamd, alsof ze betrapt was, en draaide zich snel om alsof ze net iemand hoorde binnenkomen. Mara fronste haar voorhoofd, maar zei tegen zichzelf dat ze niet zo negatief over het meisje moest denken. Het was raar van haar geweest om allemaal dezelfde kledingstukken te bestellen, en het meisje had er minder raar over gedaan dan van haar leeftijdscategorie verwacht zou kunnen worden. Er was niets aan de hand.

In het krappe hokje trok ze haar yogabroek uit en stapte ze uit haar dure zijden slipje. Ze hield het incontinentiemateriaal keurend omhoog en zag tot haar opluchting dat het veel dunner was dan ze verwacht had, maar toen ze het aandeed en ze de koude, ruwe stof tegen haar huid voelde, trok ze haar neus op en voelde ze haar keel dik worden. Dunnere stof en fraaie opdruk of niet, ze droeg een luier.

Ze stond onder het onflatteuze felle licht van de pashokjes en staarde in de spiegel naar de rechthoek van wegwerpmateriaal en de twee bleke, krachteloze benen die uit de witte stof staken. Ze keek van boven naar beneden en was blij dat ze thuis nooit een passpiegel had opgehangen. Ze was altijd zo trots geweest op haar lichaam. Jaren van toegewijde training en gezond eten hadden haar de perfecte combinatie van stevige spieren en vrouwelijke lijnen opgeleverd. Tom had wel een miljoen keer zijn waardering uitgesproken en Mara's vriendinnen hadden hun afgunst toegegeven.

Maar de afgelopen vier jaar had de ziekte, die calorieën vrat door voortdurend bewegende ledematen, haar beroofd van elk onsje spier, elke laatste herinnering aan vrouwelijke vormen. Ze had gedaan of ze het niet zag als haar handen over uitstekende heupbotten gleden in de douche, of als een onverwacht spiegelbeeld van haarzelf een benige schouder onder een T-shirt liet zien of een uitstekend sleutelbeen dat de aandacht van haar halsketting afleidde. Langzaam was haar lichaam vervallen van gebronsd en gespierd naar... dit.

De spiegel in het pashokje bracht een rauwe boodschap over: het feit dat Mara had geweigerd toe te kijken terwijl haar lichaam veranderde van dat van een gezonde vrouw in het lichaam van een vrouw met anorexia, had niet voorkomen dat het gebeurd was. Ze verkleedde zich nooit meer waar Tom bij was, maar allemachtig, zelfs in het donker, tussen de lakens...

Ze keek omhoog en zag in de spiegel hoe een paar donkere ogen haar aanstaarden. Er vormden zich kleine plasjes vocht in haar ooghoeken, die haar verraadden. Ze duwde haar vingertoppen tegen haar oogleden en telde langzaam tot vijf en zei tegen zichzelf dat ze zich moest vermannen. Ze wilde niet dat de verkoopster of wellicht Harry zag dat ze huilde als ze naar buiten liep.

Ze had er dertig tellen voor nodig, maar het lukte haar zichzelf te kalmeren. Ze trok de rok aan, streek hem glad en draaide langzaam heen en weer, goed kijkend, uit alle hoeken, of niemand haar geheim daaronder kon zien. Toen ze tevreden was, deed ze de blouse aan. Het zag er niet slecht uit en ze begreep waarom de jonge moeders op school dit liever zagen dan een yogabroek en een T-shirt.

'Mooi!' zei het meisje toen Mara de paskamer uit liep en Mara was blij dat ze zich daarnet niet druk had gemaakt over haar starende blik. 'Draai eens rond?'

Mara hield haar adem in toen ze langzaam en nerveus een rondje draaide en wachtte op een schrikreactie als de verkoopster de omtrekken van de luier zou ontwaren. Of als ze, net als ze van de kassière bij de drogist had verwacht, zou uitroepen: 'Iewww, u draagt een papieren luier, net als mijn oma!'

Maar de spiegel had niet gelogen. 'Fantastisch!' zei het meisje en ze klapte in haar handen. Ze voegde eraan toe: 'Om eerlijk te zijn, dit maakt u een stuk jonger.'

Van alle reacties die Mara gevreesd had, was deze meer dan uitstekend.

'Dank u wel,' zei ze.

In de achteruitkijkspiegel zag ze dat Harry een wenkbrauw optrok. 'Ik kan niet helpen dat het mij opvalt dat u zich verkleed hebt. Heel mooi. Gaan we naar een speciale gelegenheid?'

'Eigenlijk ben ik nu klaar met mijn boodschappen. Maar zou u het erg vinden om nog een omweg te maken onderweg naar huis? De klas van mijn dochter is nu aan het buitenspelen en ik dacht dat we misschien even konden gaan kijken.'

'Is ze iets vergeten?'

'Nee. Ik wil gewoon…' Mara wachtte even. 'Ik wil haar gewoon even zien. Het is vlakbij, maar een paar straten verderop. Maar als u haast hebt –'

'Alle tijd van de wereld.'

Ze vertelde hem hoe hij naar de school moest rijden en onderweg viel haar op, niet voor de eerste keer, hoe nieuw en kleurrijk Plano was, vergeleken bij de grijze wereld in het noorden, waar zij en Tom waren opgegroeid. De aangeharkte gazons die langs haar raampje schoten leken wel kunstgras, zo groen en onberispelijk waren ze. De huizen waren belachelijk groot, het ene nog nieuwer en groter dan het andere. Zelfs de openbare ruimten waren hier mooi, de midden-bermen kleurig en vol bloemen.

'Het lijkt wel een decor van een Disney-film,' had Tom de eerste keer toen ze erdoorheen reden gezegd. Ze waren op zoek geweest naar een huis in een van de noordelijke voorsteden van Dallas; de brief waarin hem een baan in de dermatologiepraktijk werd aan-geboden lag keurig opgevouwen tussen hen in. Mara was toen een derdejaars advocaat en haar man was binnen vierentwintig uur op-geklommen van een onderbetaalde arts-assistent tot een vorstelijk beloonde dermatoloog die veel meer verdiende dan zij.

'Ik heb het gevoel dat de winkeliers elk moment naar buiten kun-nen komen en losbarsten in een lied,' had hij lachend gezegd. 'En ligt het aan mij, of schijnt de zon hier feller en is de lucht blauwer? Ik denk dat de stad Plano grote ventilatoren heeft die de wolken naar het zuiden, naar Dallas, blazen.'

Harry en Mara kwamen aan bij de school op het moment dat een groep kinderen de deur uit rende en zich als een gillende golf over het speelplein verspreidde.

'Ziet u haar?' Harry ging heel langzaam rijden en ze zochten alle-bei het schoolplein af.

'Nog niet... O! Daar! Dat meisje met dat zwarte haar? Met de roze broek en het roze-witte shirt? Die de glijbaan op klimt? Dat is ze!'

'Ah. Lijkt precies op u.'

Ze glimlachte. Hij was niet de eerste die dat zei. Indiase men-sen lijken allemaal op elkaar, tenslotte. Het maakte niet uit dat zij en Laks geen DNA gemeenschappelijk hadden, net zomin als zij en haar ouders. Iedereen had ook altijd gevonden dat zij precies op hen leek. Tom was de enige die genetisch buiten de groep viel, in de ogen – en opmerkingen – van vreemden die hen samen zagen. Hij was die knappe Amerikaanse gids die het oudere Indiase echtpaar, hun dochter en kleindochter rondleidde.

'Wilt u dat we hier parkeren en een tijdje blijven kijken,' vroeg Harry, 'of moet u naar huis?'

'Ik hoef eigenlijk helemaal nergens meer heen,' zei Mara.

Harry knikte, parkeerde de taxi en zette de motor uit. Hij verschoof in zijn stoel, draaide zich naar het schoolplein en keek, met een tevreden blik op zijn gezicht, alsof hij ook nergens meer heen hoefde. Het moest fijn zijn om zo ontspannen te zijn, dacht Mara, en ze haalde afwezig haar telefoon uit haar tas om te kijken of er nog mails van haar werk waren.

Er waren er geen. Natuurlijk niet. Sterker nog, het icoontje waar ze op klikte om de inbox van haar werk te openen was al weken geleden van haar scherm verdwenen. Het kantoor had haar haar telefoon laten houden, maar had haar direct uit het netwerk verwijderd. Ze vloekte zachtjes omdat ze dat vergeten was. Haar persoonlijke account was er nog wel, maar ze was niet in de stemming om dat nu te openen.

Mara leunde met haar hoofd tegen het getinte glas van de auto en sloot haar ogen, zich realiserend dat ze niet langer een machtige advocaat was met een steeds langer wordende lijst e-mails in haar inbox. Ze had net zo weinig te doen als Harry – waarschijnlijk nog minder, want hij had een baan.

Nog steeds met haar hoofd tegen het raam klikte ze op het sms-icoontje. De sms'jes waren gescheiden van het e-mailsysteem en al haar sms'jes waren er nog. Ze scrolde door verschillende gesprekken met Gina over de logistiek van het opbergen van haar dossiers en het opruimen van haar kantoor, maar ze zocht iets anders. Een bericht dat haar vernielde ego zou herstellen, al was het maar voor een minuut, door haar eraan te herinneren wie ze was geweest, nog niet zo lang geleden, iemand met belangrijke, dringende afspraken.

En daar had ze het, eindelijk. Een bericht van Steph: *Moet je spreken over het Baker-beroep – onderzoek naar bewijslast.* Mara sloot haar ogen weer en glimlachte. Ze stond zich even toe te vergeten hoelang het geleden was dat ze aan het Baker-beroep had gewerkt, en hoe dat was afgelopen.

Het was begonnen als de Baker-zaak. Mara's cliënt, Mara's zaak. Vierenhalve week in de rechtszaal: 22 getuigen, 209 bewijsstukken. Een juridisch medewerker zeulde de stukken elke ochtend naar de verdedigingstafel en hield de documenten bij. Maar Mara vroeg alle getuigen, bracht de bewijsstukken in en beargumenteerde de bewijslast. En zij won de zaak.

Dat was bijna vijf jaar geleden, toen de wereld nog helemaal in orde was. Toen Tom vond dat zijn vrouw hard werkte, maar niets anders vermoedde. Dat de enige reden waarom ze soms het woord 'Huntington' uitspraken was omdat het de naam was van een straat, waar ze soms keerden als het verkeer op de doorgaande weg vastzat.

De aanklager was in beroep gegaan en de zaak had zich de jaren die volgden door het systeem gesleept, ongeveer met dezelfde snelheid als de ziekte bij Mara naar binnen sloop, en eerst haar kortetermijngeheugen vernietigde, toen haar concentratie en beoordelingsvermogen.

Ze had het vreselijk gevonden om het te moeten doen, maar ze had voor het hoger beroep Steph erbij gehaald. 'Alleen als back-up,' had Steph haar vriendin verzekerd. Maar tegen het eind van de beroepszaak had de back-up de leiding genomen, omdat Mara niet meer in staat bleek te onthouden welk bewijsstuk bij welke getuige hoorde en welk argument bij welke motie.

Gina was in een weekend gekomen om Mara de aanblik te besparen van een gehele dossierkast die van zijn inhoud werd ontdaan. Geleidelijk aan, naarmate Mara's toestand bij meer mensen bekend werd in het kantoor, werden ook de andere dossierkasten leger en leger, omdat de dossiers werden verdeeld over de andere partners. Alles gebeurde onder het wakend oog van Gina op momenten dat ze wist dat Mara niet aanwezig was. Zeventien jaar van haar leven weggereden op een postkarretje. Dat ze het niet had hoeven zien had het niet gemakkelijker gemaakt.

Gina. Als zij er niet geweest was, zou Mara er veel eerder mee zijn opgehouden. Gina had vanaf het begin van haar ziekte over haar gewaakt en overuren gemaakt om de effecten van elk symptoom, zodra het zich voordeed, te beperken. Daarmee had ze de onvermijdelijke dag waarop Mara uiteindelijk aan zichzelf had moeten toegeven dat ze haar cliënten niet langer kon vertegenwoordigen, uitgesteld. Gina werd Mara's externe geheugen toen haar interne geheugen op zijn slechtst was – een wandelende agenda die haar niet alleen herinnerde aan deadlines en hoorzittingen, maar ook aan de trouwdag van Neerja en Pori en aan de verjaardagen van Stephs kinderen.

Later, toen de ziekte zijn pijlen ook op Mara's emoties begon te richten en haar van de ene op de andere dag veranderde van onverstoorbaar in hysterisch, hield Gina de wacht bij de deur van Mara's kantoor. Ze slaagde erin iedereen bij haar weg te houden, behalve Steph, zodat niemand anders zag wat er aan de hand was met de ooit briljante advocaat die nu niet langer meer de controle had over haar zaken of haar humeur.

Mara dacht aan de honderden Post-it-velletjes en lijstjes die Gina zorgvuldig voor haar bijhield. Ze sloeg regelmatig de lunch over om de dossiers in de juiste volgorde te houden, nu haar baas niet meer in staat was om de status van een zaak te onthouden. De extra werkdruk moet enorm zijn geweest, zou Mara veel later tegen Steph en Tom zeggen.

Toen Mara zieker werd en de gewoonste taken haar vijf keer zo veel tijd kostten, bracht Gina steeds meer tijd door in haar kantoor om haar te helpen, en zat ze steeds minder achter haar eigen bureau. Als resultaat daarvan moest ze langer doorwerken om de gewone administratieve taken te verrichten waarvoor ze verantwoordelijk was, maar waar ze overdag geen tijd meer voor had. Mara's verzoek dat Gina zou vragen om een tijdelijke kracht naast haar werd niet gehonoreerd. Gina wilde niet dat anderen te weten kwamen dat ze achter raakte met haar werk omdat haar baas ze niet meer allemaal op een rijtje had.

Rond deze tijd afgelopen jaar was Mara, op aandringen van dokter Thiry, begonnen meer rustdagen in haar agenda op te nemen. Ze ging terug naar vier werkdagen per week. Ze had het zo vreselijk gevonden om de reden ervan mee te delen aan Kent, haar partner, dat ze het bijna niet had gedaan. Het was zo verleidelijk en het zou zo gemakkelijk zijn geweest om als reden voor haar verzoek het schuldgevoel van een werkende moeder op te geven en de waarheid zo lang mogelijk voor hem verborgen te houden. Het voelde echter niet goed en dus had ze hem verteld over haar ziekte en dat haar dokter had gezegd dat ze productiever zou zijn als ze minder zou werken, zodat haar geest en lichaam zich konden opladen.

Kent had opvallend meevoelend gereageerd en haar gezegd dat als ze nog vier dagen zou kunnen werken het kantoor haar dolgraag vier dagen wilde hebben. Hij wuifde haar aanbod om Gina's over-werk uit eigen zak te betalen, omdat de reden daarvoor haar ziekte was, weg. Hij weigerde haar verzoek in te willigen om haar naam als partner te schrappen en had gezegd dat ze in zijn ogen, en in de ogen van iedereen bij Katon Locke, altijd een volwaardig partner zou zijn. Met Kents steun en Gina's hulp, had Mara die avond tegen Tom opgeschept, zou ze het schema van vier dagen eindeloos kun-nen volhouden.

En toen, van de ene op de andere dag, was ze opeens zo uitgeput van vier dagen werken, dat de dokter haar opdroeg verder terug te gaan. Het werden drie dagen, drie korte dagen welteverstaan, 'baby-dagen' zoals zij ze noemde, van acht tot vier uur, een schijntje verge-leken bij de werkdagen van 's ochtends vroeg tot 's avonds laat die ze daarvoor gedraaid had. Het was niet verrassend dat Tom niet eens wilde dat ze die drie dagen werkte. 'Stop gewoon helemaal,' drong hij aan. Maar hij wist wel dat ze niet zo gemakkelijk op zou geven. Ze praatte weer met Kent en beloofde dat ze het driedagenschema net zo lang zou volhouden als haar ziekte toestond.

En dat was zes maanden, tot februari van dit jaar. Op dat moment kon de vrouw die op zaterdag- en zondagochtend altijd hele einden ging hardlopen met haar man, bij yoga niet eens meer een eenvou-dige omlaagkijkende hond-houding doen zonder om te vallen. Ook kon ze nauwelijks meer een kop koffie vasthouden zonder te morsen en had ze al een tiental borden op de keukenvloer stuk laten vallen. De vrouw die in staat was drie goede dagen op kantoor te draaien was, zonder waarschuwing, een vage herinnering geworden.

Het kwam door de hoge CAG-score, had Mara Die Vrouwen ver-teld. Maar ze zei het niet tegen Tom; Tom vond het niet prettig om haar erover te horen praten. 'Het zijn maar cijfertjes, toch?' had ze op een avond tegen Steph gezegd. 'En wat denk je... ik ben degene met de hoogste cijfers. Ik zou voor één keertje in mijn leven weleens willen weten hoe het is om dingen langzaamaan te doen.'

Aan het begin van februari, nog maar twee maanden geleden, kostte het haar de grootste moeite om één productieve dag per week te maken. Dat was het moment waarop Kent aan de noodrem trok. Hij liep op een middag haar kantoor binnen, sloot de deur achter zich en zei: 'Mara, we moeten praten.'

Het was meer dan indrukwekkend hoelang ze het had volgehouden om te werken, zei hij. Hij zou haar voor eeuwig beschouwen als de moedigste mens die hij ooit was tegengekomen. 'Maar ik moet aan het hele kantoor denken,' had hij gezegd, met opgeheven armen. Hij smeekte haar om zijn positie te begrijpen. Hij smeekte haar hem te vergeven. 'Ik moet aan onze cliënten denken.'

Hij kon niet riskeren dat haar ziekte, die opeens een veel sneller tempo leek te hebben aangenomen, de reden zou zijn dat zij een belangrijke deadline in een zaak over het hoofd zag of een onmisbaar argument zou vergeten te vermelden. 'En ik weet dat jij ook niet wilt dat dat gebeurt,' zei hij. Ze zag aan zijn gezicht dat hij ook aan haar dacht en niet alleen aan de zaak. 'Ik weet dat je jezelf zoiets nooit zou vergeven.' Als ze een ander soort werk deden, zei hij, waarbij niet zo veel scherpzinnigheid kwam kijken...

En Mara had erbij gestaan, knikkend en geforceerd glimlachend. Ze wilde hem doen geloven dat ze het begreep, dat ze echt begreep dat hij ook aan háár dacht naast de cijfers van het bedrijf, dat ze hem vergaf. Ondertussen duwde ze hem zachtjes haar kantoor uit. 'Ik zal met Gina regelen dat mijn kantoor wordt leeggeruimd,' zei ze, voor ze de deur achter hem sloot, de deur op slot draaide, op de grond zakte, zich oprolde in de foetushouding en in snikken uitbarstte.

Dat was het dan. Haar carrière was voorbij. Het leven waarvan ze als kind gedroomd had, waar ze jarenlang keihard voor gewerkt had, was piepend tot stilstand gekomen. De titels – meester, advocaat, partner – waar ze altijd bescheiden over was geweest, maar stiekem heel erg trots op was, waren niet langer op haar van toepassing.

Het kostte haar twee uur om van de grond op te staan, naar haar bureau te lopen en Tom te bellen om te vragen of hij haar kon komen halen. Het kostte een week om de emotionele kracht bij elkaar te schrapen om Kent te bellen en alles te regelen. Ze spraken af dat ze één werkdag per week zouden aanhouden tot ze klaar was met het inpakken van haar spullen, de oude dossiers naar het archief waren gebracht en de nog lopende zaken aan Steph en de andere partners waren overgedragen.

Eind februari pakte ze haar laatste persoonlijke spullen in en nam ze afscheid: van haar collega's, van haar kantoor, van haar carrière waaraan ze met zo veel liefde bijna twintig jaar van haar leven had gewijd en waaraan ze nog minstens zoveel jaren had willen geven. Op haar laatste dag had ze uit haar raam op de drieëndertigste verdieping over Dallas staan kijken. Voor het laatst bewonderde ze het uitzicht dat haar tijdens eindeloze uren voorbereiding van processen en onderzoek gezelschap had gehouden. Ze had het dikke metalen raamkozijn bestudeerd. Ze zou het in minder dan een minuut open krijgen en door de opening kunnen verdwijnen, maar ze herinnerde zichzelf aan haar belofte en zei tegen zichzelf dat ze nog tijd had.

Ze beheerste zich toen ze de deur van haar kantoor voor het laatst achter zich dichttrok. Ze lachte tijdens het afscheidsdiner dat ze haar aanboden in een chic restaurant in het centrum. Ze knikte vriendelijk bij de speeches die Kent en de andere partners over haar hielden en waarin ze het hadden over het treurige en veel te vroege eind van een briljante carrière. Pas thuis stortte ze in, eerst in Toms armen, en de weken daarna, toen hij er duidelijk last van had dat ze nog steeds overstuur was, onder de douche, waar de klaterende straal zelfs de luidste snikken overstemde.

20

SCOTT

Later kon Scott zich niet meer herinneren wat hij zijn leerlingen de rest van die dag had geleerd, of welk huiswerk hij had opgegeven. Hij kon zich nog vaag herinneren dat Pete in de pauze zijn lokaal was binnen gelopen, zoals hij altijd deed, en een regen van vragen op hem had afgevuurd om erachter te komen waarom Scott onbeweeglijk naar de grond staarde.

Hij herinnerde zich ook Pete's lange reeks vloeken, dus moest hij hem de inhoud van het gesprek met Janice wel hebben meegedeeld, maar hij herinnerde zich niet dat hij hardop had gezegd: 'Curtis is weg.'

Na school liep hij op de automatische piloot naar zijn auto en reed, zoals zijn gewoonte was, naar Logan Elementary. Pas toen hij de hoek om reed en de school zag en de massa kinderen die over het schoolplein stroomde, in de rij ging staan voor de schoolbussen en ouders begroette, wist hij weer dat hij Curtis vandaag niet zou ophalen. Dat hij dat nooit meer zou doen.

Hij parkeerde de auto en keek toe hoe de kinderen de deur uit renden naar wachtende auto's, bussen en schommels, en zocht tussen al die kleine lijfjes naar Curtis en tussen de volwassenen naar LaDania of Janice. Hij zag ze niet en hij wachtte nog wat langer tot ze naar buiten zouden komen, misschien met het schoolhoofd of met juf Keller, om Curtis in bedwang te houden. De speeltoestellen vervaagden toen het tot hem doordrong dat hij ze had gemist. Niet dat het wat had goedgemaakt als hij de jongen van een afstand had gezien, maar het zou iets zijn geweest.

Hij zette de radio aan en er klonk een Motown-song. Hij was

geen huilebalk, maar Smokey alweer zo snel te horen was te veel. Hij drukte weer op de knop en reed in stilte naar huis.

Laurie wachtte op hem in de gang en zij wierp zich in zijn armen. 'Janice belde me. Ze heeft me alles verteld. Ik ben zo boos op LaDania. Ik zou wel...' Ze schudde haar hoofd, niet in staat om uit te spreken wat ze Curtis' moeder zou willen aandoen. 'Ze zei dat ze zijn spullen later zou komen ophalen en ik heb gezegd dat ze maar meteen moest komen. Zodat jij er niet bij hoefde te zijn. Ze zijn net weg. Wat kan ik voor je doen?'

Hem terugbrengen, wilde Scott zeggen. Maar tussen wat hij wilde dat ze deed en wat zij wilde dat hij zei zat een groot verschil. 'Misschien iets drinken?'

'Een biertje, of iets sterkers?' Ze keek hem onderzoekend aan. 'Iets sterkers. Het komt eraan,' zei ze. 'Ga even binnen zitten en ik breng het.'

Even later zat ze naast hem op de bank. Met haar ene hand reikte ze hem het glas aan en met de andere klopte ze hem op zijn knie. 'Een klein beetje goed nieuws. Janice zei dat LaDania het goedvond van Monster Trucks. Je mag hem zondagochtend halen en terugbrengen wanneer je wilt. Jullie hebben in ieder geval jullie grote dag nog samen.'

Hij schonk haar het lachje waar ze op wachtte en nam een slok.

'Ik dacht dat we maar eten moesten bestellen,' zei ze. 'Thais? Ik denk dat het laatste waar je nu zin in hebt die spaghetti is die we –'

'Thais is prima. Dank je. Wil je dat ik bel, dan kan jij even zitten.'

'Ik heb al gebeld. Het is hier over een uur. Zal ik de tv aanzetten?'

'Ik denk dat ik even boven ga liggen, als je het niet erg vindt.'

'Natuurlijk niet.'

'Kom je ook?'

Ze schudde haar hoofd en pakte een boek van de salontafel. Het was er een van de hoge stapel babyboeken in de hoek. 'Ik wil even wat lezen. Ik roep je wel als het eten er is.'

Boven deed hij zijn uiterste best, maar hij verloor de weddenschap met zichzelf dat hij langs Curtis' kamer kon lopen zonder naar binnen te kijken. De kamer had er nog nooit zo opgeruimd uitgezien sinds Curtis bij hen was komen wonen en ondanks de vele keren dat Scott op hem gemopperd had dat hij zijn kleren en zijn speelgoed moest opruimen, maakte het ontbreken van de rommel hem misselijk. De kastdeur was gesloten. Dat had Laurie vast met opzet gedaan om hem de aanblik van de lege planken en hangertjes te besparen. Ze had Janice weggestuurd met twee propvolle vuilniszakken, had ze gezegd. Ze had eerst zijn kleren ingepakt en de ruimte die overbleef opgevuld met zo veel speelgoed als maar kon.

Hij plofte neer op het bed, leunde achterover en keek langzaam de kamer rond. Sla het op in je geheugen, dacht hij, voor Laurie binnen komt stormen met potten verf en stoffen voor gordijnen die passen bij een babymeisje. Kijk er nog eens goed naar. Zo zag de kamer eruit toen je nog een zoon had.

Aan elk voorwerp in de kamer zat een herinnering vast. Aan *Stuart Little*, die tot zijn verbazing niet in een zak was geprebt, maar hem aankeek vanaf de boekenplank, zaten er wel duizend. Een deel van de plank was leeg, dus had Laurie wel een paar boeken meegegeven. Had ze dit boek met opzet gehouden, omdat het zo veel voor hem betekende? Dat was lief van haar, vond hij, maar de Kleine Man moest het boek hebben, en de foto die erin lag. Hij zou het morgen opsturen naar LaDania's adres.

Op de vensterbank boven de boekenplank zag hij een paar groene soldaatjes liggen, die waarschijnlijk vanochtend ontbraken bij de rest van de infanterie die op een hoop op het kleed had gelegen. Hij zou ze ook opsturen. Misschien moest hij de kamer grondiger doorzoeken en een groot pakket naar de jongen sturen.

Hij zou hem een lange, emotionele brief over hoe hij hem miste besparen, maar hij zou een briefje aan de soldaatjes plakken, iets om Curtis te laten weten dat Scott aan hem dacht. Glimlachend dacht hij aan wat hij zou schrijven: *Wat zou je liever doen, deze soldaatjes in je neus stoppen of ze smelten en opdrinken?*

Hij keek naar de groene plastic speelgoedmannetjes en hoorde Curtis' stem, die hun volgende missie aankondigde. Elke keer weer moest de stad op het kleed gered worden omdat er een invasie was geweest van speelgoeddinosaurussen of Lego-monsters die hij speciaal had gebouwd, of de meest gevreesde vijand van allemaal: Scott, bijgenaamd de Reuzenschoenen. 'Luister goed, mannen, ik heb slecht nieuws, ik weet dat jullie dachten dat jullie het vanavond kalmer aan konden doen, maar de Reuzenschoenen zijn zojuist verschenen en er is een groot alarm afgegeven. Jullie weten dat ik een plan heb, zoals altijd. En laten we eerlijk zijn, de Reuzenschoenen zijn niet de slimste vijand op deze aardbol.'

De commandant had zich die avond echter snel gewonnen gegeven, herinnerde Scott zich. Hij had zich teruggetrokken op het bed, waar de Reuzenhanden, een gevaarlijke bondgenoot van de Reuzenschoenen, overgingen op de kietelaanval tot de commandant zich gillend had overgegeven en beloofde te gaan slapen.

Scott stond op en liep naar het raam. Hij nam de drie soldaatjes in zijn hand en hoorde Curtis bevelen geven, rapporteren van het 'front' en plannen maken om aan te vallen of terug te trekken. Aan de andere kant, dacht hij terwijl hij de mannetjes in zijn zak stak, hoeveel van die soldaatjes heeft die jongen eigenlijk nodig? Drie zou hij niet missen. Maar voor het geval hij ernaar zou vragen, zou Scott ze in de la van zijn nachtkastje bewaren. Hij kon ze altijd later nog opsturen, en anders zou commandant Jackson het vast wel goedvinden dat een kleine eenheid achterbleef om zijn horloge en kleingeld te bewaken.

En wat dat aangaat, dacht hij toen hij *Stuart Little* van de plank pakte, zou het eigenlijk wel zin hebben om het boek op te sturen? Wat als de jongen geen belangstelling meer had voor de muis? Wat als het ongelezen in een kast verdween bij LaDania en op een dag gewoon werd weggegooid, door een moeder die de betekenis ervan niet kende, of door een jongen die zichzelf opeens te cool vond voor een kinderboek? Wat als het net zo zou gaan met de foto?

Hij haalde de foto eruit en ging, net zoals Curtis dat gisteravond had gedaan, met zijn vinger langs de omtrekken van beide figuren. Het was meer één tweekoppige figuur; ze zaten zo dicht tegen elkaar aan in hun dagelijkse instophouding dat niet goed te zien was waar de een ophield en de ander begon. Hij dacht aan het sombere gezicht van Curtis toen hij de foto gisteravond had bekeken en stelde zich toen de schaamtevolle blik voor die de jongen een jaar later zou hebben als hij zag hoe hij 's avonds bij het naar bed gaan knuffelde met een man die niet eens familie van hem was. Natuurlijk zou de foto in de vuilnisbak eindigen als hij hem naar hem opstuurde.

De gedachte gaf Scott een wee gevoel in zijn maag, maar hij riep zichzelf tot de orde. Hoelang herinnerde een kind zich zijn negende jaar? Hij sloot zijn ogen en probeerde zich te herinneren waar hij mee bezig was geweest toen híj zo oud was. Dat was de periode waarin hij met Kerstmis een sweater van de Detroit Lions kreeg, die hij per se over het pak dat hij van zijn moeder naar de kerk aan moest wilde dragen. Was hij toen negen of tien? Hij dacht aan de school waar hij als kind op had gezeten en probeerde zich te herinneren waar zijn klas was geweest. Bovenste verdieping, vooraan – of was dat het jaar waarin ze beneden zaten, bij het kantoor? Hij begon er maar niet aan om te proberen zich zijn juf te herinneren of de naam van een van zijn vriendjes.

Dit jaar was onvergetelijk geweest voor Scott, maar dat betekende nog niet dat dat ook zo was voor de jongen. Het was waarschijnlijker dat er van dit jaar niet veel bij Curtis zou blijven hangen. Zeker, Scott was nu een held voor hem, maar over vijf jaar? Hij zou dan de jongen nog altijd missen, maar zou de naam Scott Coffman dan bij Curtis nog een warm gevoel oproepen of zou hij alleen een vage herinnering zijn?

Hij stopte het boek in zijn achterzak. Het zou de legereenheid in de la van zijn nachtkastje gezelschap gaan houden.

Hij besloot dat het beter was om niet te veel tegelijk te willen en liet de kastdeur dicht. Hij bekeek de rest van de kamer. Laurie wilde de schommelstoel hier laten staan voor als de baby er was en hij vond dat prima. Daarin had hij zijn verzorgende kwaliteiten geoefend toen op een avond een pijnlijke oorontsteking Curtis uit zijn slaap hield. 'Ik ben te oud om in slaap gewiegd te worden,' had het kind zachtjes gemopperd voor hij zijn hoofd op Curtis' schouder legde en aan zijn arm trok, zodat hij die om hem heen sloeg en het kind tegen zich aan trok.

'Ik zal het tegen niemand zeggen,' had Scott gefluisterd.

Hij had geen idee hoeveel uur hij de afgelopen twaalf maanden in die stoel had doorgebracht, met spellingslijstjes, terwijl Curtis op zijn speelkleed stond en probeerde de juiste letters in de juiste volgorde te zeggen, of luisterend naar de wilde verhalen die de jongen over school vertelde. Meestal moesten de verhalen worden nagespeeld, op het bed, op de vloer ervoor, in de kast en op de schoot van Scott. Een paar keer was Curtis ziek geweest, had hij heimwee gehad naar zijn moeder, of was hij onverklaarbaar verdrietig en had hij Scott gevraagd 'gewoon bij me te zijn tot ik in slaap val'. Op zulke avonden had Scott met zijn nakijkwerk op schoot gezeten of had hij met LaksMom en anderen van het forum zitten chatten. Vaak beschreef hij dan de aanblik en de geluiden van de jongen die vlak naast hem in slaap viel.

'Je bent een geboren vader,' had 2boys een keer gezegd, in een plotselinge opwelling van oprechtheid. Het was voordat Scott en Laurie de positieve uitslag van de zwangerschapstest hadden gezien. 'Ik weet zeker dat het een keer gaat gebeuren,' schreef 2boys. 'Een kerel als jij wordt door het universum niet overgeslagen.'

Dat was de avond waarop Scott aan Laurie had voorgesteld om een ouder kind te adopteren. LaksMom had hem gewaarschuwd dat de kosten van het adopteren van een baby ongeveer net zo hoog waren als die van een Europese sportauto. Ze hadden dat geld al uitgegeven aan ivf en moesten zelfs nog een termijn afbetalen. Als het deze keer niet lukte, zouden ze niet eens meer een baby kúnnen adopteren.

Maar afgezien van het geld was het toch al een goed idee om een kind te adopteren dat al wat ouder was, vond Scott. Een jongen of een meisje uit de plaatselijke pleegzorg. Een kind redden dat anders in het systeem zou verzuipen, en in ruil daarvoor direct een eigen gezin hebben. Een win-winsituatie. Het ging er toch om dat ze zo graag ouders wilden zijn? Het ging er niet om hoe het kind bij hen terechtkwam.

Het bleek dat dat anders lag voor Laurie. Zij wilde de ouder zijn van haar eigen kind. Adoptie was geen plan B voor haar, zei ze – het was plan Z. Alles moest geprobeerd zijn, en nog eens geprobeerd

voor ze adoptie zou overwegen. Adoptie van een baby, welteverstaan. Een baby die jong genoeg was om geen emotionele bagage te
hebben. Als een kind ouder was dan een jaar of twee, was het te laat,
in haar ogen – de emotionele tassen waren gepakt en vaak stonden
ze op barsten.

'Die kinderen komen niet uit een gelukkig gezin, weet je,' zei ze
tegen hem. Ze had gruwelverhalen gehoord over pleegkinderen met
hechtingsproblemen, emotionele blokkades, nachtmerries. Over
liegen en stelen. Kinderen die de regels voortdurend op de proef
stelden en grenzen opzochten.

Bovendien had ze altijd van baby's gedroomd. Ze had zich voorgesteld hoe hun baby eruitzag, had plannen gemaakt, en in haar
hoofd had ze al een babykamer voor het kind ontworpen. De ene
baby na de andere in het kleine kamertje boven tot ze groot genoeg
waren voor een peuterbed in een van de andere kamers. En daar had
zij haar zinnen op gezet – op mollige, roze baby's.

Hij had het daarbij moeten laten. Dat zei Pete tegen hem toen
Scott hem vertelde over de huilbuien, de deuren die werden dicht-
geslagen, de weken die hij slapend op de bank had doorgebracht. De
dingen die waren gezegd en nooit meer konden worden teruggeno-
men.

Pete vond dat hij eens moest denken aan alle teleurstellingen die
ze te verwerken had gehad, en hoe goed ze die allemaal gedragen
had. Wist Scott eigenlijk wel hoeveel geluk hij had? Had hij niet gehoord over het onvruchtbaarheidsrisico – vrouwen die hun man de
schuld gaven, sekslevens die volledig tot stilstand kwamen, huwelij-
ken die stukliepen? Waarom, vroeg Pete, zou Scott zijn geluk op het
spel zetten door haar voortdurend onder druk te zetten hierover?

Maar hij kon er niets aan doen. Hij zag kinderen in zijn hoofd,
van vijf en tien jaar oud, die niet wisten wat het was om gewenst
te zijn, om ergens bij te horen. En hij zag wat er van deze kinderen
terechtkwam – hij reed elke dag langs ze onderweg naar zijn werk.
Ruwe kinderen met een lege blik in hun ogen die bij het stoplicht
naar hem keken, de straat afzochten naar een politieagent en bere-
kenden of ze tijd hadden om hem neer te slaan voor wat geld, hem

een zakje wiet aan te bieden, zijn kop tegen het stuur te slaan en zijn portefeuille te grijpen, of zijn auto. Kinderen met wie het zo anders had kunnen lopen.

Dus was hij blijven aandringen, ook toen hij al had moeten stoppen. Ook als ze deze keer geluk hadden met ivf, redeneerde hij, zouden ze misschien toch een ouder kind moeten adopteren, of beginnen met pleegkinderen in huis nemen. Zij zou haar baby hebben en ze zouden ook andere kinderen kunnen helpen die niemand hadden.

Het had tot niets goeds geleid. Hij voelde zich verantwoordelijk voor het redden van elk verwaarloosd kind in Detroit, had ze gezegd. Zij niet. En ze haatte de implicatie dat ze eigenlijk hetzelfde zou moeten voelen. Dat zij slecht was, egoïstisch, omdat ze wilde wat ze wilde. Omdat ze zijn redderscomplex niet deelde. 'Je verdomde redderscomplex,' noemde ze het.

Ze offerde haar man al op aan de kinderen van Detroit, had ze geroepen, en haar bitterheid was niet gespeeld. Hij bracht meer tijd door op school dan thuis en was meer bezig met zijn trainingen dan met haar. Ze had genoeg opgeofferd. Het was haar goed recht om haar eigen droom te hebben.

Nadat ze hem weer in hun bed had toegelaten, duurde het nog twee volle weken voor hij haar weer mocht aanraken.

21

MARA

Mara veegde met haar hand over haar ogen, stopte haar telefoon weer in haar tas en keek naar buiten, naar het schoolplein. Er klonk een zoemend geluid en het getinte raam aan haar kant zakte langzaam omlaag. 'Nee!' Ze dook voorover, met haar hoofd op haar knieën. 'Ik bedoel, nee, dank u wel. Ik wil niet dat ze me ziet.'

Ze hoorde Harry zich omdraaien in zijn stoel en ze stelde zich voor dat hij naar haar staarde en zich afvroeg wat er in godsnaam met haar aan de hand was. Al dat rondkijken en sissen en nu dit, ze leek wel krankzinnig. Maar hij zei niets. Ze hoorde zijn stoel kraken toen hij zich weer naar het stuur draaide en daarna dat zoemgeluid, toen haar raampje zich weer sloot.

Een kwartier lang zaten ze zwijgend naar de spelende kinderen te kijken.

Het spelende kind.

Laks klom de glijbaan op, gleed omlaag, klom weer omhoog, en nog eens en nog eens. De achterkant van haar roze broek zag bruin tegen de tijd dat zij en Susan hun spel verplaatsten naar de hoge paal met de bal eraan. Ze gilden toen ze de bal probeerden te pakken en steeds net misgrepen. Vervolgens renden ze om het hardst van de paal naar het klimrek aan de andere kant van het plein.

Mara wilde roepen: 'Niet rennen op je slippers!' Opmerkelijk genoeg slaagde Laks erin niet voorover te vallen. Mara schudde haar hoofd. Zelf was ze vandaag al enkele malen gestruikeld, terwijl ze langzaam liep.

Minuten later waren de meisjes weer bij de glijbaan. Toen renden ze naar de rekstokken. En naar de schommels, waar ze op hun buik

op gingen liggen en deden of ze superman waren. Nu zou de voorkant van haar T-shirt wel net zo vies zijn als de achterkant van haar
broek, dacht Mara. Ze moest er niet aan denken hoe de voetzolen
van het kind eruitzagen. Gisteren had ze Laks haar laten overtuigen
dat ze niet in bad hoefde en in de afgelopen tijd was dat veel te vaak
gebeurd, omdat het voor Mara steeds moeilijker werd om te knielen
en weer op te staan zonder haar evenwicht te verliezen. En dat had
ze niet tegen Tom willen zeggen. Ze zou een excuus moeten verzinnen om hem vanavond Laks in bad te laten doen; die voeten konden
geen dag langer zonder warm water en zeep. Eigenlijk viel er als het
eenmaal april was niet meer over een bad te onderhandelen, vond
ze. Moest ze dat misschien opschrijven voor Tom?

Ze had al een lange brief aan hem gedicteerd. En een aan Laks.
Ze waren opgeborgen in een gesloten drive op haar laptop, klaar om
zaterdag geprint te worden en op Toms kussen te leggen, waar hij
ze later zou vinden. Ze had overwogen om een aantal brieven na te
laten, een voor elke verjaardag bijvoorbeeld. Maar toen hoorde ze
een programma op de radio over een moeder die precies dat had
gedaan: haar dochter voor elk jaar een brief nalaten, vol met moe-
derlijk advies, en het was voor de dochter meer een last geweest dan
een geschenk. Elk jaar las de dochter wat voor leven haar moeder
haar had toegedacht, welke scholen ze zou bezoeken, wat ze zou studeren, welke carrière ze zou hebben, hoe haar echtgenoot zou zijn.
Als de vooruitzichten van de moeder verschilden van de realiteit,
stortte het meisje zich wekenlang in een depressie vol schuldgevoelens, omdat ze haar moeder had teleurgesteld. Of erger nog, boos
omdat haar moeder haar had belast met verwachtingen gebaseerd
op het verleden van haar kind en niet op wie ze was geworden. Er
was in die brieven geen ruimte geweest voor de dochter om haar
eigen keuzes te maken.

Mara wilde dat haar dochter niet aandoen. En haar man ook niet.
Ze zou ze elk een brief nalaten om ze te vertellen hoeveel ze van hen
hield, hoe blij ze was dat ze een korte, heerlijke periode een deel van
hun leven was geweest, hoe ze hen in alles wat ze hierna zouden
doen steunde. Ze zou niet te veel instructies voor Tom opschrijven,

besloot ze nu, terwijl Laks en Susan op theatrale wijze van de schommels sprongen, met rode gezichten, hun haren nat van het zweet, hun kleren en huid onder het zand. Ze zou een paar tips geven, net als ze deed als ze voor haar werk een paar dagen wegging – kleine logistieke dingetjes die het leven veel gemakkelijker maakten. Maar de grote dingen, de verzorging en voeding van Lakshmi, zou ze aan hem overlaten. Hij moest zelf weten of hij toegaf bij de badonderhandelingen. Hij zou het wel leren, als het meisjeslichaam de volgende ochtend naar zweet stonk en haar vieze voeten sporen op de lakens achterlieten.

Het zou wel goed gaan, zei Mara tegen zichzelf. Hij zou dezelfde fouten maken die zij gemaakt had, en misschien nog een paar andere. Maar het zou wel goed komen.

Er klonk een schril fluitje en het geluid maakte dat Mara's hand hard tegen het autoportier aan sloeg. Ze vloekte binnensmonds toen de zwerm kinderen van de speeltoestellen naar de deur van de school rende, waar een juf ze opwachtte en in de rij dirigeerde. Ze wreef over haar hand en vloekte nog eens op haar zenuwstelsel dat geen harde geluiden verdroeg.

'Dat is snel,' zei Harry. 'De pauze was een halfuur toen ik klein was.'

'Ja, toen ik klein was ook,' zei ze en ze rekte zich uit om de klok op het dashboard te zien. 'Hmm, de meter is gestopt toen u de motor uitzette. Kunt u die vijftien minuten erbij optellen?'

'Ja, zou kunnen.' Maar hij deed het niet.

'Harry, verdient u niet uw brood op de taxi?'

'Ja, dat is zo.'

'Luister dan eens goed, beste vriend. Taxichauffeurs verdienen geld door hun meter te laten lopen.'

'Huh.' Hij deed alsof hij daar eens over nadacht. 'Goede tip. Maar van deze kleine onderbreking zal ik niet failliet gaan.'

'En als ik nou een keer rechtstreeks hierheen wil? Niet als omweg, maar als bestemming? Laat u de meter dan wel lopen? Of moet ik dan iemand anders bellen, die me wel laat betalen?'

'Zou u een ander bellen?' Hij deed alsof hij gekwetst was.

'Niet als het niet anders kan. Ik wil niet dat u me gratis hierheen rijdt.'

'Wanneer?'

'Morgen.'

'Afgesproken.'

'Zet u dan de meter aan?' Ze wees naar het apparaat.

'U belt alleen mij?'

'Afgesproken.' Ze glimlachte en stak haar hand naar hem uit.

'Afgesproken.' Ze schudden elkaar de hand. Harry startte de auto, stak zijn duim op en lachte breed naar haar via de achteruitkijkspiegel. Ze reden weg.

Harry wees naar haar huis, toen ze arriveerden. 'U hebt bezoek.'

Mara gaf hem het geld voor de rit en keek toen naar buiten, waar haar ouders bij de voordeur stonden te wachten. Neerja met een ovenschotel in haar handen en Pori met een plastic tas waarop het logo van Agarwal's Indian Grocery duidelijk zichtbaar was.

'Een feestje vanavond? Het lijkt of uw bezoek eten heeft meegebracht.'

'Nee, geen feestje. Het zijn mijn ouders. Het gebeurt vaak dat ze opeens te veel eten hebben gemaakt. Altijd net genoeg voor mijn gezin. Ik denk dat ze ook per ongeluk precies te veel boodschappen hebben gedaan.'

Hij schudde zijn hoofd en grinnikte. 'Nou, dan hebben ze de verkeerde dochter, nietwaar? Ze hebben in ieder geval niet het soort dochter gekregen dat graag haar eten krijgt aangereikt.'

Mara lachte. 'Dat klopt. Alleen hebben ze in tweeënveertig jaar nog niet ontdekt waar u in vierentwintig uur achter bent.'

'Zal ik doorrijden?' Hij legde zijn hand op de versnellingspook, klaar om weer op te trekken.

'Nee! En ik mag niet zo onaardig zijn. Ze zijn geweldig en ze bedoelen het goed. Maar ik zou vanavond koken. Daar ben ik heel goed.' Ze sloeg hard met haar hand op de zitting van haar stoel. 'Toe in staat.' Ze wierp een vastberaden blik door het raam en maakte in stilte duidelijk aan haar ouders dat ze niet hulpeloos was. Ze moesten ophouden haar zo te behandelen.

Ze moeten ook ophouden haar te behandelen of ze van glas was gemaakt, dacht Mara, en ze dacht terug aan wat er was voorgevallen tijdens hun laatste bezoek. Het was een paar dagen geleden, in het weekend. Pori en Neerja waren komen lunchen – het eten hadden ze zelf meegenomen – en later gingen ze met Laks een eindje wandelen en een ijsje eten. Een uurtje nadat ze hun kleindochter weer thuis hadden afgezet, vroeg Mara haar of ze haar barbiepoppen wilde opruimen en het meisje had vrolijk gezegd: 'Natuurlijk, mamma.'

Mara had met haar ogen gerold en was naar Tom gelopen om te klagen. Hij keek haar verwonderd aan en zij herinnerde hem eraan dat als Laks zou antwoorden zoals ze gewoon was, ze zou hebben gezegd: 'Mag ik dat niet later doen, mamma?' of 'Maar ik ga zo weer met ze spelen!' Antwoorden die volstrekt normaal waren en pasten bij een kind van haar leeftijd, en bij dit kind in het bijzonder. 'Natuurlijk, mamma' was niet normaal.

Ze speelde weer het perfecte kind, zei Mara tegen Tom, en ze wist wie erachter zat. Toevallig deed ze dat altijd als ze net tijd met haar grootouders had doorgebracht. Het meisje hield het natuurlijk nooit vol en daar was Mara blij om. Het lukte Laks niet langer dan een halve dag om in de 'ja mamma'-modus te blijven. Daarna viel ze uit haar rol en gedroeg ze zich weer als zichzelf. Ze maakte weer ruzie met haar moeder over de kleinste dingetjes.

Die halve dagen met het perfecte kind waren om gek van te worden. Mara herkende haar dochter nauwelijks terug in het brave kind dat voor haar stond en vroeg of er iets was waarmee ze kon helpen, of ze misschien iets voor haar kon dragen of kon pakken. Tom had zijn schouders opgehaald. Hij had niet willen toegeven dat er iets aan de hand was. Laks werd groot, zei hij. Kinderen spreken je niet hun hele leven tegen. Maar Mara zou hem in de gaten houden, zei ze. En haar ouders ook. Laks was heus niet binnen een paar maanden vijftien jaar ouder geworden en dat wisten ze allemaal. Het kwam alleen doordat haar grootouders haar, met medeweten van haar vader, opdracht hadden gegeven om haar zieke moeder niet tegen te spreken. En dat was een opdracht die onmiddellijk moest worden herroepen.

Mara was niet hulpeloos en ze was niet van glas. Ze hoefde niet met de benen omhoog op de bank te zitten terwijl haar ouders haar huishouden draaiende hielden, en ze zou niet breken als er iemand ruzie met haar maakte. En Pori en Neerja moesten dat begrijpen, of ze wilden of niet.

Mara schrok op uit de zwijgende preek die ze tegen haar ouders aan het houden was door het geluid van Harry's veiligheidsriem die werd losgemaakt.

Toen hij zijn portier wilde openen, zei ze: 'Help me niet uit de auto, Harry. Alstublieft.'

'O, maar anders wil uw vader het wel doen.'

'Dat is zo, maar hij weet inmiddels wel beter.'

Ze deed haar riem los, maar maakte nog geen aanstalten uit te stappen. 'U denkt vast dat ik krankzinnig ben. U mag me helpen als er niemand bij is, en niet als er wel anderen bij zijn. Misschien ben ik wel egoïstisch, dat ik me op een maandag door een vreemde naar huis laat helpen, maar het niet goedvind als mijn vader het doet.'

Harry schraapte zijn keel en keek haar via de achteruitkijkspiegel aan.

'Ik ben niet altijd taxichauffeur geweest,' zei hij. 'Vroeger was ik...' Hij aarzelde even. 'Iets meer. Jaren geleden, in Tulsa.' Hij wendde zich af en keek even voor zich uit, door de voorruit. Mara dacht dat ze melancholie op zijn gezicht zag en ze vroeg zich af of hij terugdacht aan hoe het toen was, toen hij 'iets meer' was. Hij keek haar weer aan in de spiegel en ging verder: 'Toen ik een paar sporten op de ladder moest afdalen en deze baan moest nemen, wilde ik dat niet daar doen, waar de mensen mij kenden als... iemand anders. Een beter iemand. Dus kwam ik hierheen, waar de mensen mij helemaal niet kenden. Niemand hier kijkt mij aan met zo'n blik waaruit blijkt dat ze me herkennen als de persoon die ik vroeger was, toen ik... veel meer was. Ze zijn niet verdrietig dat ik zo diep ben afgezakt.' Hij fronste zijn voorhoofd alsof hij de medelijdende blikken voor zich zag. 'Ze weten het gewoon niet. Als ik dit in Tulsa moest doen, kunt u zich de blikken van de mensen voorstellen.'

Hij schudde zijn hoofd. 'Dus, nee. Ik denk niet dat u gek bent. Of egoïstisch. Ik denk dat u liever te maken hebt met iemand uit Tulsa, die u niet eerder kende en niet weet hoe u vroeger was.'

'Jezus,' zei Mara ongelovig. 'Was u een psychiater, vroeger, in Tulsa? Barman? Priester? Gedachtelezer?'

'Ha.' Hij lachte. 'Neuh...'

'Harry?'

'Ja?'

'Ik vind het heel erg voor u, wat u van Tulsa hierheen heeft gebracht.'

'Huh,' zei hij en hij wendde zijn blik weer even weg van de spiegel voor hij antwoord gaf. 'Geen probleem.'

'O, maak mij alstublieft niets wijs. Daar weet ik toevallig alles van.' Ze gaf hem een knipoog, en schoof toen haar portier open en worstelde zichzelf de auto uit.

Ze tikte vanbuiten op zijn raampje en hij schoof het omlaag. 'Weet u,' zei ze, 'ik neem deze week nogal wat risico's. U hebt gezien hoe ik maandag was, de eerste keer dat u mij probeerde te helpen. Meestal houd ik niet op met schelden, zoals die keer. Dus het is niet zo dat ik mij altijd wel door vreemden laat helpen maar niet door mijn ouders.'

Hij glimlachte. 'Dus ik ben de uitverkorene.'

'Ha,' zei ze lachend. 'Zo kun je het ook bekijken.'

'Nou ja, zo zie ik het in ieder geval.' Hij pakte zijn logboek en een pen en zat klaar om te schrijven. 'Morgen zelfde tijd?'

'Kan het ook om kwart voor elf? Het speelkwartier 's ochtends is om elf uur.'

Hij knikte en schreef het op. 'Ik bel wel aan. Maak gebruik van de kans op hulp als u toch bezig bent risico's te nemen.'

'Ik weet dat u mij zult helpen.'

'Misschien ben ik wel net zo koppig als u.'

'Dat is heel waarschijnlijk.' Ze glimlachte. 'Maar dat verklaart misschien waarom wij zo...' Ze haalde haar schouders op en keek over de taxi heen, onzeker of ze haar gevoelens zou uitspreken of niet. Het was misschien wel heel brutaal van haar om zich zo verwant te voelen aan iemand die ze nauwelijks kende. Nog brutaler om het hardop te zeggen.

'Ja,' zei hij. 'Dat denk ik ook.'

'Marabeti!' riep Neerja bij de voordeur.

Mara draaide zich om en zwaaide naar ze. Neerja hield Pori tegen toen hij een instinctieve beweging maakte om naar zijn dochter toe te lopen.

'Hallo dochter!' riep hij. 'Je moeder en ik hoopten dat je wat eten van ons kon overnemen voor het bederft.'

Mara draaide zich om naar Harry, die veelbetekenend naar haar lachte. Toen stak hij als groet zijn arm uit het raam en reed hij weg.

22

MARA

Haar ouders waren een fraai stel. Ze waren precies even groot en ze waren, zoals gebruikelijk, gekleed alsof ze op weg waren naar een feestje in plaats van dat ze eten kwamen brengen. Pori droeg een geperste kakibroek, sandalen en een zijden hemd, en Neerja een linnen jurk. Haar jurk had dezelfde lila kleur als zijn hemd; het was iets waar ze jaren geleden mee was begonnen en ze was er niet van af te brengen. Ze droeg nog net geen lila lint in haar haren, tenminste, nu niet. Hun haardracht was dan ook het enige waarin ze verschilden. Pori's overgebleven rand haar was nu helemaal wit, maar de lange vlecht van zijn vrouw was nog altijd grotendeels gitzwart.

'We komen maar even, hoor,' zei Neerja. 'Om je wat *moorgh* en rijst te brengen en wat van de extra samosa's die we bij Agarwal's hebben gekocht.' Ze hield de tas met de boodschappen omhoog. 'We blijven niet lang. Al sta ik wel te trappelen om wat aan die tuin te doen. Ik zie hier en daar wat onkruid wat ik er graag uit zou halen…' De zin stierf weg en ze bekeek de tuin, zonder twijfel zinnend op een plan van aanval.

Mara fronste haar voorhoofd. Dat was niet hoe ze hun oude dag hadden willen doorbrengen. Zolang ze zich kon herinneren hadden ze het over reizen gehad. Ze brachten altijd brochures mee om aan haar en Tom te laten zien: van de Aztekentempels die ze wilden bekijken, de gondeltocht in Venetië waar ze altijd van hadden gedroomd, de Noorse fjorden die ze zo graag wilden fotograferen. Ze hadden reisgidsen uit de bibliotheek doorgewerkt, lijsten gemaakt van hun twintig favoriete bestemmingen, waarvan de volgorde steeds weer werd veranderd en verfijnd.

Toen hoorde Mara van haar CAG-score van 48 en brachten ze geen folders meer mee. Vanaf dat moment waren ze begonnen pannen eten en boodschappen mee te nemen, tuingereedschap en schoonmaakmiddelen voor de badkamer. Mara had sinds haar basisschooltijd koppig alle hulp van haar ouders van de hand gewezen en had er altijd op gestaan alles 'zelf te doen', wat het ook was. Ze verzette zich niet alleen tegen het feit dat ze weer als een klein kind werd behandeld, maar wilde ook voorkomen dat zij hun gouden jaren aan haar opofferden. Dus had ze voorzichtig gezegd dat ze heus niet steeds voor haar hoefden te koken of haar huis schoonmaken of haar tuin onderhouden, dat ze het echt wel zelf kon. Toen dat niet hielp, had ze meer aangedrongen en toen dat ook niets uithaalde, had ze uiteindelijk niets anders geweten dan bot tegen ze te zeggen dat ze moesten stoppen met haar als een kind te behandelen dat niet in staat was haar eigen huishouden te doen.

Ze hadden beloofd dat ze zouden stoppen, maar het enige wat veranderd was, was hun benadering. Het was niet dat ze dachten dat ze het niet kon, hadden ze gezegd; ze misten het gewoon om af en toe eens een echt huis te stofzuigen, nu ze in een kleine flat woonden na hun pensionering. Het was zo heerlijk om met die machine over de kleden in haar huis te gaan, zeiden ze, net als vroeger. Het was ook goed voor ze om op hun leeftijd in beweging te blijven, en wat was nou een betere oefening dan bukken om onkruid uit haar tuin te wieden? En wat het eten betreft, iedereen wist hoe moeilijk het was om maar voor twee mensen te koken – het was veel gemakkelijker om een grotere maaltijd klaar te maken en die te delen.

En zo zou het voortaan gaan, wist Mara. Omdat ze hun zieke dochter nooit, al was het maar voor een week, in de steek zouden laten. En tegen de tijd dat zij dood zou zijn, zouden de Aztekentempels al van hun lijst moeten worden geschrapt, omdat ze te oud zouden zijn om zo hoog te klimmen. De gondeltocht in Venetië zou ook niet meer kunnen, want ze zouden te wiebelig zijn om nog in zo'n boot te kunnen stappen. Als er een graad te behalen viel in je-opofferen-voor-mensen-van-wie-je-houdt-zonder-te-klagen, zouden de twee mensen die nu op haar stoep stonden hoge ogen gooien.

Mara hoopte dat het later niet bij hen zou opkomen dat dit zichzelf wegcijferen hun dochter misschien wel had geïnspireerd tot de belofte die ze vier jaar geleden aan zichzelf had gedaan. Ze hoopte dat ze haar daad egoïstisch, laf zouden vinden. Ze hoopte dat ze nooit zouden beseffen dat zij net zo weinig met Huntington wilde leven als dat ze wilde dat de ziekte ook hun leven zou beheersen.

Doorgaan tot het bittere eind, wat zij natuurlijk van haar verwachtten, zou niets aan het feit veranderen dat zij hun kind zouden overleven. Het enige wat doorgaan zou teweegbrengen was dat zij geen elke kans meer hadden hun leven te leven zoals zij gedroomd hadden. En zoals zij het verdienden na alles wat ze voor haar hadden gedaan.

Geen denken aan dat zij dat van hen zou afnemen.

Voor haar deur gaf ze ze allebei een kus voordat ze haar sleutels uit haar tas viste. De sleutel wilde niet lang genoeg stil blijven om in het sleutelgat te glijden en voor ze iets kon zeggen, had haar vader zich uit de greep van zijn vrouw losgemaakt en hielp hij Mara om hem in het slot te steken. Hij ging als eerste naar binnen en stak toen zijn hand uit om eerst Mara, en daarna haar moeder over de drempel te helpen.

'Houd daarmee op, Pori,' siste Neerja en ze rolde met haar ogen naar Mara, in een overdreven en totaal mislukte poging om haar misprijzen over het gedrag van haar man te tonen. Ze hield de pan met eten voor hem en dwong hem zo Mara los te laten. 'Hier, pak dit en breng het naar de keuken. Laat die vrouw haar eigen huis in lopen. Laat die tas staan, ik breng hem zo naar binnen.' Haar moeder deed haar best om haar stem boos te laten klinken, maar Mara zag de genegenheid in haar ogen en voor Pori zich omdraaide, lachte Neerja naar hem. 'Dank je wel, Puppa.'

Neerja wendde zich tot Mara, sloeg haar handen ineen en legde ze onder haar kin terwijl ze de woonkamer inspecteerde. 'Het huis ziet er fantastisch uit, zoals gewoonlijk, Beti.' Dat was natuurlijk een leugen, en Mara wist dat zodra ze de kamer zou verlaten, haar moeder er snel even doorheen zou gaan met een stofdoek terwijl ze ondertussen de deur in het oog hield om te voorkomen dat ze betrapt werd.

'Wat zit er in die zak, mam?' vroeg Mara met een bedenkelijk gezicht. Ze had haar moeder gezegd dat ze moest ophouden met haar middag te besteden aan het koken voor haar dochters gezin.

'O, alleen maar wat samosa's,' zei Neerja. Ze keek schuldig en voegde er snel aan toe: 'Uit de winkel, hoor. Ik heb alleen gemaakt wat in de pan zit.' Mara trok een wenkbrauw op en haar moeder zei: 'Het spijt me, maar het is Laks' lievelingseten en je vader stond erop dat we –'

'Het is al goed,' zuchtte Mara. Samosa's uit de winkel waren in ieder geval een compromis. 'Kom, we brengen ze naar de keuken en dan schenk ik pap en jou een glas wijn in.'

Voordat Neerja kon voorstellen dat Pori de wijn beter kon inschenken om een ramp te voorkomen als Mara met de zware fles moest manoeuvreren, schalde de stem van Steph door de deuropening. 'Hoorde ik daar iemand een drankje aanbieden?' Ze keek schuin naar Neerja. 'En werd daar niet instemmend op geantwoord?'

Gina kwam achter Steph aan, een kop kleiner en veel dikker dan de lange, slanke Steph. Ze leken wel weggelopen uit een stripverhaal, vond Mara: de lange, blonde Steph en haar vierkante, donkerharige, verlegen sidekick.

Ze kende Steph al bijna twintig jaar, vanaf de eerste dag van de introductie op de universiteit, toen ze toevallig naast elkaar zaten in het auditorium waar de deken zijn welkomstrede zou houden. Vanaf dat moment waren ze vrijwel onafscheidelijk geweest, tot vermaak, maar soms ook tot ergernis van hun mannen. Ze hadden uren samen doorgebracht in de bibliotheek, gebogen over hun studieboeken. Ze hadden samen voor hun examens gestudeerd. Samen feestgevierd toen ze geslaagd waren. Samen geshopt voor geschikte kleren om te solliciteren, toen het tijd werd om hun sweaters en rugzakken in te ruilen voor hoge hakken en aktetassen.

Ze hadden na hun studie samen op Katon Locke de zomercursus

gevolgd en zaten die augustus samen op Stephs balkon met een kan Long Island-ijsthee de reacties van het advocatenkantoor te lezen. Ze 'consulteerden' hun mannen pas toen ze samen al hadden besloten dat ze de baan zouden accepteren. In hun bijna twintigjarige samenwerking op het kantoor hadden ze talloze 'vergaderingen' in de damestoiletten of in elkaars kantoor belegd om moeilijke zaken of cliënten te bespreken. Of om te klagen over slecht presterende secretaresses. Mara probeerde er altijd nog iets van te maken voor ze ze wegstuurde, Steph trok meestal snel haar conclusies en stuurde ze meteen de laan uit.

Ze hadden samen zaken behandeld. Ze hadden gezichten naar elkaar getrokken tijdens saaie vergaderingen van de balie en studiedagen. Ze waren peetmoeder van elkaars kinderen. Mara was erbij in de verloskamer toen Steph Christopher kreeg en, twee jaar later, Sheila. Steph zat om drie uur in de ochtend in het huis van Tom en Mara te wachten, met verse koffie, en een koelkast vol eten en een tafel die vol stond met babyspullen, toen ze uit India terugkwamen met baby Laks.

'Hallo, Mrs Sahay,' zei Gina beleefd en ze stak een hand uit naar Neerja. Steph daarentegen greep haar stevig vast, kuste haar op de wang en zei: 'Mammie! Waar is die knappe man van je?'

'Hallo beiden!' riep Neerja uit. Ze sloeg haar handen ineen en hield ze onder haar kin terwijl ze toekeek hoe ze allebei Mara omhelsden en kusten. 'Ik vind het altijd heerlijk om Die Vrouwen samen te zien.' Ze draaide zich bezorgd om naar Mara. 'Ik vergeet steeds dat ik dat niet meer mag zeggen. Lakshmi is toch nog niet thuis?'

Mara schudde haar hoofd. 'Tom haalt haar van school en is nieuwe balletschoentjes met haar gaan kopen. Ze werd afgelopen zaterdag bijna weggestuurd – tenminste, dat zei ze – omdat haar schoenen "uit elkaar vielen". Maar je mag best Die Vrouwen zeggen, hoor. Ze maakte bezwaar tegen Die Vjouwen.'

'O ja,' zei haar moeder. 'Zo was het. Nou, ik ga je vader halen en dan maken we ons uit de voeten. Dan heb jij tijd voor je vriendinnen.'

'Blijf nou,' zei Mara. Ze wees naar Steph en Gina. 'Zij zien jullie net zo graag als mij. Ik denk dat Steph op de geur van de samosa's afkwam.'

'Samosa's' vroeg Steph. 'Waar?'

Neerja hield de zak trots omhoog en Mara's hart brak toen ze zag hoe blij haar moeder was om iemand dankbaar te zien voor haar eten, en niet geërgerd om wat ze had meegebracht.

23

SCOTT

Na de hoorzitting, vorig jaar april, was Scott met Bray en Curtis naar LaDania's flat gegaan om Curtis' spullen te halen. De muren van het complex waren vrijwel geheel met graffiti overdekt, net als een groot deel van de deuren en ramen. Er stond maar één auto op het parkeerterrein die het leek te doen, de rest miste een wiel, of twee, en leunde met de kale assen op een stapel stenen.

Een parkeerplaats was ingenomen door een paar roestige boodschappenkarretjes en op de andere stond een picknicktafel, waarop drie jongens zaten, hun voeten op de bank en met een in een bruine papieren zak gewikkelde fles in hun hand. Ze riepen 'hé!' naar Bray toen hij met Scott en Curtis uit de auto stapte. Bray riep 'hé!' terug en fluisterde tegen Scott: 'Doe de auto op slot.'

De stank in de hal deed Scott kokhalzen: een combinatie van zweet, braaksel en urine. De graffiti ging binnen op de muren en in het trappenhuis verder. De stank zette zich ook voort in het trappenhuis en de kleinere ruimte versterkte de geur nog eens. Hij was blij dat Laurie niet was meegegaan. Hij had in de loop der jaren Bray vaak voor de deur afgezet, maar hij was nooit binnen geweest. Hij had vaak aangeboden om met hem mee te lopen, maar Bray had dat altijd haastig afgeslagen. Scott had een vermoeden gehad waarom, maar hij wist niet dat het zo erg was.

Toen Bray de deur van zijn moeders flat opendeed, sloeg hun als eerste de stank van bedorven melk in het gezicht. Het was nog erger dan het braaksel en de urine in de hal. Toen Bray het licht aandeed, zag Scott een tiental kakkerlakken over het aanrecht en de vloer wegschieten.

'We hebben bezoek,' zei Curtis nonchalant, en hij stapte voorzichtig over ze heen.

'Hij wil nooit iets doodmaken,' zei Bray tegen Scott. 'Maar ze kunnen niet blijven, Curtis. Waar zijn die vallen die ik je heb gegeven?'

De jongen haalde zijn schouders op. Bray veegde de kakkerlakken van het aanrecht en trapte er zo veel mogelijk dood. Sommige ontsnapten in de ruimte tussen het aanrecht en het met vuil overdekte fornuis. Curtis keek ernaar en leek tevreden dat ze aan het stampen waren ontsnapt. Scott keek naar de rest van de keuken, die vol stond met vuile borden. Er lag een omgevallen doos cornflakes op het aanrecht, waarvan de inhoud er half uit lag. Een zwarte, verrotte banaan lag ernaast en daar weer naast de bron van de stank: een halfvol pak melk.

Bray schudde vol afschuw zijn hoofd, maar legde een hand op het hoofd van zijn broer. 'Curtis, je moet de boel opruimen. Weet je nog dat ik je dat heb laten zien?'

Hij pakte het melkpak, schoof wat vieze borden opzij in de gootsteen en schonk de bedorven melk in het afvoerputje. Maar toen hij de kraan opendraaide, klonk er alleen een stampend geluid. Hij draaide zich om naar zijn broer, met een vragende blik op zijn gezicht.

'Daarom kon ik de afwas niet doen,' zei Curtis. 'We hebben al een tijdje geen water.'

Bray zuchtte en wendde zich tot Scott. 'Daarom heb ik voor Michigan gekozen en niet voor die andere scholen. Zodat ik in de buurt kon blijven. En nog steeds was ik niet dichtbij genoeg. Ik wist niet dat ze geen water hadden.' Hij vroeg aan Curtis: 'En hoe zit het met het geld dat ma opzij zou leggen voor water en verwarming en elektriciteit?'

Curtis keek naar de grond. Hij voelde zich er kennelijk niet prettig bij om te klikken over zijn eigen moeder. 'Ik denk dat ze dat voor iets anders heeft gebruikt.'

'Waar heb je gedoucht?' vroeg Bray.

'Bij de Johnsons.'

'Hebben ze je ook te eten gegeven?'

Curtis haalde zijn schouders op. 'Soms. Ze hebben zelf ook niet zo veel. Dus zeg ik meestal tegen ze dat ik al heb gegeten.'

Scott probeerde niet te laten zien hoe geschokt hij was, maar Bray zag het aan zijn gezicht. 'Als je hier woont, word je tenminste niet dik,' zei hij. Hij lachte kort en klopte op zijn platte buik. 'Die rijke kinderen uit de voorsteden zijn allemaal te zwaar en kunnen je niet bijhouden op het veld. Een *eight mile*-dieet, dat zou elke atleet moeten volgen.'

'Misschien moet Pete hier komen wonen, als je moeder terug is,' zei Scott. Hij en Bray hadden Pete met zijn gewicht geplaagd sinds Scott en Pete Bray waren gaan coachen op het Franklin.

Bray lachte en Scott gaf Curtis de tas die ze van huis hadden meegenomen. 'Kleine Man, waarom ga jij niet even je spullen pakken? Je broer moet zo weer terug naar school.'

'Kleine Man,' giechelde Curtis. 'Dat vind ik leuk.' Hij pakte de tas en verdween. Scott en Bray stapten de woonkamer binnen. Scott zag dat er maar één deur uit deze ruimte leidde en vermoedde dat het huis slechts één slaapkamer had. Een blik op de bank bevestigde dat; er lag een kussen aan de ene kant en een verkreukeld laken aan de andere.

Bray volgde Scotts blik. 'Mijn moeder slaapt hier,' zei hij. 'Eerst sliep ze in de slaapkamer, en Curtis hier. Maar ik heb ervoor gezorgd dat ze met hem ruilde. Ze komt veel te laat thuis, zei ik tegen haar. Ze moet hem in de slaapkamer laten slapen, dan wordt hij niet wakker als ze binnenkomt.'

Scott kon zijn verbazing niet verbergen.

'Ze gaat weg als hij slaapt,' zei Bray. Hij was duidelijk ook niet blij met de situatie. 'Ik heb het haar wel honderd keer gezegd: je kunt een kind van die leeftijd niet alleen laten, maar zij zegt dat de Johnsons vlakbij zijn als hij ze nodig heeft. Alleen gaat Mr Johnson al om acht uur naar bed en Mrs Johnson kan de trap niet meer op. Die details interesseren mijn moeder niet. Daarom heb ik een vriend verderop gevraagd of hij elke avond even komt kijken om te zien of Curtis op tijd naar bed gaat.' Hij haalde zijn schouders op. 'Het enige wat ik kon doen. Ik had hem moeten vragen of hij ook op het water lette, denk ik.'

Hij keek weer naar de bank en schudde zijn hoofd, alsof zijn moeder daar zat. 'Ik bedacht gisteravond dat het misschien wel het beste is wat hem kan overkomen dat zij naar de gevangenis gaat. Ik weet dat het zwaar is voor jou en voor Laurie. Maar voor hem is het veel beter. Als ze vrijkomt, is hij weer een jaar ouder en kan hij beter voor zichzelf zorgen. Ik verzin wel een manier om hem zijn eigen mobiel te geven. Dan kan hij me bellen als er problemen zijn.' Hij gebaarde naar de gootsteen in de keuken en schudde zijn hoofd weer. 'Ik kan niet wachten om hem hier voorgoed weg te halen. Hij zou zo niet moeten leven.'

Scott wilde iets zeggen toen Curtis de kamer binnen rende. 'Klaar!' zei hij en hij hield een tas omhoog die wel leeg leek te zijn. Scott gebaarde dat hij de tas aan hem moest geven, en hij keek erin. Er zat een T-shirt en een paar sokken in. Scott hield de tas open voor Bray zodat hij erin kon kijken. 'Heb je niet meer kleren dan dit?' vroeg Bray.

'Nee.'

'En die spullen die ik in de kerstvakantie voor je heb gekocht dan?'

'Die heeft mamma aan een mevrouw verkocht.'

Bray knielde voor hem neer en legde een grote hand op elk van de smalle schouders van de kleine jongen. Hij liet zijn hoofd hangen en schudde het langzaam heen en weer. Scott wist dat Bray zichzelf de schuld gaf voor de omstandigheden waarin zijn kleine broertje had geleefd. Bray boog zich voorover tot zijn voorhoofd dat van zijn broertje raakte. 'Waarom heb je mij dat niet verteld?' fluisterde hij.

'Dat mocht ik niet van mamma.'

De spieren in Brays kaken bewogen en hij keek weer naar de bank. Hij haalde een paar maal diep adem om zich te beheersen. Toen stond hij op, pakte de tas en liep naar de deur, een hand op Curtis' schouder. 'Kom, we gaan kleren voor je kopen voor ik terugga naar Ann Arbor.'

'Alsjeblieft niet,' zei Scott. 'Laurie is gek op kinderkleren. Ze zal teleurgesteld zijn als je haar de kans ontneemt om te gaan shoppen.'

Bray keek hem sceptisch aan.

'Echt, dat vindt ze heerlijk. Neem haar dat niet af.'

'Sorry, coach,' zei Bray. 'Het is een grotere rotzooi dan ik dacht.'

Scott had een paar weken geleden zijn online vrienden verteld over de flat, toen hij alle redenen waarom hij er moeite mee had om Curtis naar huis te laten gaan voor hen opsomde. *man, had 2boys geschreven, je moet dat kind daar weghalen. voorgoed.* En dat was precies wat Scott talloze malen tegen zichzelf had gezegd vanaf die dag, een jaar geleden, toen hij met Curtis van Detroit naar Royal Oak reed en erover nadacht hoeveel beter de jongen het zou hebben als hij in het grote, schone huis van de Coffmans zou wonen, met stromend water en schone kleren en al het eten wat hij maar wilde en alle zorg, liefde en sturing die hij nodig had.

Maar zo eenvoudig was het niet. Scott had toen al een vermoeden maar na een jaar lang discussiëren over dit onderwerp met Janice, persoonlijke berichten uitwisselen met FosterFranny en elk boek en artikel dat hij maar te pakken kon krijgen erover gelezen te hebben, wist hij het zeker: kinderen waren beter af bij hun ouders – daar kwam het op neer.

Er waren natuurlijk uitzonderingen, zoals mishandeling of verwaarlozing. LaDania was de laatste weken voor haar hechtenis wel heel zorgeloos met haar zoontje omgegaan, maar dat was niet altijd zo geweest. Volgens Bray had ze zich altijd tot het 'lichte spul' beperkt en het steeds onder controle gehad. Ze had er altijd zonder problemen mee kunnen stoppen. Het afgelopen jaar had ze een aantal tegenslagen moeten verwerken – ze was haar baan en haar relatie kwijtgeraakt – en omdat ze zich eenzaam voelde zonder de troostende aanwezigheid van haar oudste zoon, was ze met 'sterker spul' begonnen.

Het was een slechte beslissing geweest, maar Bray was ervan overtuigd dat ze haar lesje had geleerd en dat het niet weer zou gebeuren. Dat had ze hem met zoveel woorden beloofd. En ondanks zijn woede dat ze zichzelf achter de tralies had laten zetten en het leven van haar zoons een jaar lang op zijn kop zette, moest hij aan Scott en Laurie toegeven dat LaDania meestal haar best deed om een goede moeder te zijn. Goed genoeg, in ieder geval – hij dacht nu ook weer niet dat ze er een prijs mee wilde verdienen. Ze was soms een beetje egoïstisch en wilde liever uitslapen dan vroeg opstaan om haar kinderen naar school te helpen en er zeker van te zijn dat ze ontbeten voor ze weggingen en geld bij zich hadden voor de lunch.

Ze was wat zorgeloos met geld, en de regelmatige aanblik van een lege koelkast de laatste dagen van de maand, met twee hongerige jongens ervoor, had haar niet aan het denken gezet. Ze had er weinig moeite mee om de jongens langere perioden achter elkaar aan hun lot over te laten om uit te gaan met haar twijfelachtige vrienden. Ze was geen held in het vasthouden van een baan, kookte niet bijzonder gezond en was er nooit erg mee bezig geweest haar flat schoon te houden. En wat het stellen van regels betreft en erop letten dat de kinderen zich eraan hielden, daar zag ze de zin niet van in; ze wisten het snel genoeg als ze te ver gingen.

Maar een slecht beoordelingsvermogen maakte iemand nog niet ongeschikt om zijn eigen kind op te voeden. Als dat zo was, had Janice tegen Scott gezegd, dan waren veel ouders ongeschikt. En als kakkerlakken in de keuken, het feit dat ze haar kinderen geen regels bijbracht en dat ze af en toe tot laat wegbleef en haar kind achterliet onder toezicht van de buren, betekenden dat LaDania niet het recht had haar zoon terug te krijgen, dan zouden er een heleboel mensen in Michigan en daarbuiten zijn die maar beter hun kinderen konden afstaan.

FosterFranny had hem hetzelfde gezegd in een reeks chatgesprekken op de late avond, de afgelopen herfst, en erbij gezegd dat het verhaal van de Kleine Man niet zo veel verschilde van dat van veel kinderen in Detroit, Cleveland, Houston en honderden andere steden in het land. Er waren een heleboel ouders die het beter zouden kunnen doen, een heleboel kinderen die meer te eten, meer aandacht, meer hulp bij hun huiswerk zouden krijgen als ze bij een ander gezin zouden worden ondergebracht. Maar dat betekende nog niet dat het het beste was om ze uit huis te plaatsen. Er was geen kinderpsycholoog in Amerika die zou beweren dat een mooier huis, beter voedsel en een betere opvoeding beter voor een kind waren dan de liefde van zijn eigen ouders.

'De staat heeft het recht niet om perfectie van ouders te eisen,' had Janice tegen Scott gezegd. 'We hopen altijd dat mensen ernaar streven om te doen wat in hun vermogen ligt voor hun kinderen, maar als ze van ze houden, en ze gewenst zijn, en ze niet in gevaar brengen, dan moeten we dat genoeg vinden en ons gaan bezighouden met de volgende zaak.'

Scott wilde dat het ook voor hem genoeg kon zijn, om te weten dat Curtis bij een ouder was die van hem hield en bij wie hij gewenst was. Hij zei tegen zichzelf dat dat zo was – hij herhaalde het elke dag in de woorden die hij de vorige dag tegen Laurie had uitgesproken. Maar desondanks kon hij niet helpen dat hij pijn in zijn buik kreeg als hij dacht aan hoe Curtis in zijn oude flat moest leven, als hij dacht aan wat het kind in zijn mars had en hoe dat verloren zou gaan als hij zijn oude leventje weer oppakte. Het huiswerk dat weer niet gemaakt zou worden, het leesniveau dat net zo hard omlaag zou gaan als de bezoeken aan het kantoor van de directeur zouden toenemen.

Het middelbareschooldiploma dat nooit gehaald zou worden. En een studie zat er helemaal niet in. Hij zou de arme buurt die zo velen, ook LaDania, in een neerwaartse spiraal van drugs en drank en armoede had gebracht, niet kunnen verlaten. Bray had zich eruit kunnen vechten, maar Bray was uniek, een kind waar er maar een op een miljoen van was, met een ongebruikelijke combinatie van talent, lengte, werklust en intelligentie, die niet aangeboren was en die Curtis in ieder geval niet volledig met hem deelde. Scott hoopte dat acht te jong was om er iets over te zeggen, maar tot nog toe leek het er niet op dat Curtis dezelfde gedrevenheid bezat als zijn broer, noch dezelfde fysieke kracht of aanleg voor lengte. Als hij bij de Coffmans zou blijven wonen, zou hij iets kunnen bereiken en een goed leven kunnen opbouwen. Daar zouden Scott en Laurie voor hebben gezorgd. Zonder hen? Scott kreeg pijn in zijn buik als hij eraan dacht waar de jongen dan terecht zou komen.

Hij liet zich in de schommelstoel zakken en liet zijn ogen nog eens door Curtis' verlaten kamer gaan. 'Het komt goed,' zei hij en hij dacht aan zijn mantra, maar het klonk zwak en dun en niet overtuigend. 'Het komt goed met hem,' probeerde hij nog eens. Maar het klonk niet veel beter en terwijl hij de woorden uitsprak, waar hij niet in geloofde, leek het of het speelkleed met de stadsplattegrond, de boekenplank en de basketbalposters allemaal verbleekten, alsof hun zeggingskracht, hun nut, hun kleuren vervlogen nu de jongen niet meer zou terugkomen.

24

MARA

Mara bekeek het gezelschap in haar woonkamer en bedacht dat de vier mensen die, op Tom en Laks na, het allerbelangrijkst voor haar waren, op een paar meter afstand van haar zaten. Steph lachte luid en Mara draaide zich om om het profiel van haar vriendin te bestuderen. Stephs gezicht was een combinatie van snel bewegende lippen en rustige, intense ogen. Zij was de eerste die Tom gebeld had, na Mara's ouders, nadat ze Mara's CAG-score hadden gekregen. Ze had thuis naast de telefoon zitten wachten; ze had die dag vrij genomen, had ze tegen Tom gezegd, omdat ze wist dat haar reactie op de uitslag, hoe die ook zou luiden, luid en obsceen zou zijn.

Hij had de telefoon inderdaad op een afstand van zijn oor moeten houden toen zij uitriep: 'God-gloeiende-godverdomme! Ik ben er over tien minuten.' Ze had die uitroep nog vele malen op luide toon herhaald in de week die volgde, tot Pori hem herhaalde, tot groot ongenoegen van zijn vrouw. En tot ongenoegen van Gina, dacht Mara. Haar blik ging van haar ene vriendin naar de andere. Gina was een en al zuidelijke zachtheid en gedroeg zich ook zo. Steph moest daar niets van hebben.

Vroeger had alleen Mara's voortdurende ingrijpen voorkomen dat de twee vrouwen botsten. Of dat Steph botste, liever gezegd. Gina zou zich nooit met zulk onvrouwelijk gedrag hebben ingelaten. Na het slechte nieuws was de relatie tussen hen echter veranderd en waren de verschillen waarover ze zich eerst geërgerd hadden, veranderd in een bron van vriendelijke plagerijen.

Het was een van de weinige positieve punten op de lijst plussen en minnen van haar ziekte, dacht Mara. Ze grijnsde toen ze zag hoe

Gina een hand op Stephs arm legde in een poging haar zover te krijgen dat ze haar grove taalgebruik waar Mara's ouders bij waren minderde. Steph schudde Gina's hand van zich af en zei, in antwoord op een opmerking die Mara niet had gehoord: 'Dat weet ik, dat dacht ik al! Ik bedoel, *what the fuck*, nietwaar, Pori?'

Mara onderdrukte een glimlach toen Gina huiverde en Neerja haar lippen op elkaar perste. Maar Gina las haar niet de les, zoals ze dat voor Mara's diagnose wel zou hebben gedaan. Ze zou het vloeken nooit goedkeuren, maar de afgelopen vier jaar had Gina wel geleerd om Stephs directheid te waarderen, vanwege de duidelijke opluchting die Mara voelde omdat ze tenminste één vriendin had die de dingen gewoon bij hun naam noemde.

'Ja,' had Steph een keer tegen Mara gezegd, nadat Mara erover geklaagd had dat de ziekte haar gezicht hoekig leek te maken, 'ik snap dat je het gevoel hebt dat je eruitziet als Magere Hein. Het grijs in je haar helpt ook niet. Maar met een beetje kleur en foundation is dat zo verholpen, hoor. Ik maak een afspraak voor ons allebei bij de kapper. En daarna laten we onze make-up doen bij Saks.'

En Steph zag ook in dat Gina meer was dan een wandelende vingerwijzing voor hoe je je moest gedragen. Ze was net zo loyaal als vriendin als ze als secretaresse was geweest en werkte de stapels post op het aanrecht in de keuken onvermoeibaar door, waarna ze er stickers met een M of een T op plakte en Mara hielp haar stapel door te nemen. Ze besteedde een weekend aan het opnieuw inrichten van hun wasruimte en kasten, zodat het gemakkelijker was voor Mara om dingen op een bepaalde plaats te bewaren – gemakkelijker om zich te herinneren waar ze ze had gelaten.

'Jij bent de meest georganiseerde persoon die ik ooit heb ontmoet,' had Steph tegen Gina gezegd. 'Je bent beter dan alle secretaresses op kantoor bij elkaar.' Mara en Die Vrouwen zaten in tuinstoelen in Stephs achtertuin. Ze dronken wijn en bespraken hun beste eigenschappen en grootste tekortkomingen.

'En jij bent de meest directe persoon die ik ooit heb ontmoet,' zei Gina, en ze voegde er snel aan toe dat dat als compliment was bedoeld. 'Ik zou graag meer mensen willen vertellen wat ik echt van ze denk.' Toen had Steph gesuggereerd dat zij tweeën, Die Vrouwen, Laks altijd zouden kunnen helpen bij welk probleem ze ook zou tegenkomen. 'Helemaal waar,' had Gina lachend gezegd. 'Ik kan schoolspullen regelen en roosters maken, haar manieren leren en hoe je een keurig bedankbriefje schrijft, al die dingen. En Steph is er voor alles waar andere mensen zich niet mee zouden willen bemoeien: menstruatie, masturberen, orale seks, geboortebeperking.' Mara had met Gina mee gelachen en naar Steph gekeken, verwachtend dat ze ook zou lachen om de grap die zij begonnen was.

Maar Stephs mondhoeken wezen omlaag, niet omhoog, en Mara zag tranen op de wangen van haar vriendin. 'Steph?' vroeg Mara. 'Wat is er?'

Ze zaten in een kring. Steph had haar stoel gepakt en die naar die van haar vriendin toe geschoven. Toen had ze haar hand in de hare genomen. 'Ik weet dat je je zorgen maakt over hoe het met haar zal gaan als jij...' Ze schoot vol en kon niet verder praten. Mara kneep haar vriendin in de hand en Gina schoof haar stoel ook dichterbij en legde een hand op Stephs knie. '...als jij er niet meer bent,' besloot Steph. Ze kwam nauwelijks uit haar woorden. 'Maar ik wil dat je weet' – ze keek naar Gina – '*wij* willen dat je weet...' Weer kon ze niet verder.

Gina klopte Steph op haar knie en maakte de zin af waaraan Steph was begonnen. 'Wij willen dat je weet,' zei Gina, terwijl de tranen over haar wangen stroomden, 'dat wij er voor Laks zullen zijn. Voor alles wat ze nodig heeft. Waar ze ook maar mee zit, waar ze hulp bij nodig heeft of waar ze over wil praten. Altijd.' Ze pakte de hand van haar vriendinnen. En toen huilde Mara ook, en zaten ze met z'n drieën bij elkaar, hand in hand, snikkend, tot Gina eindelijk haar tranen wegveegde en snufte en Steph vroeg: 'Wat mankeert ons dat we daar nu over beginnen? Zo vroeg al, bedoel ik? Laks heeft ons nog jarenlang niet nodig, hoor –'

'Helemaal niet te vroeg,' onderbrak Mara haar. 'Precies op tijd. Ik maak me voortdurend zorgen over hoe ze zal zijn zonder een moeder om haar te helpen. Ze heeft jullie nu misschien nog niet nodig, maar ik had het nodig om dit te horen. Tom is geweldig, dat weten jullie. Maar kunnen jullie je voorstellen dat hij met haar praat over haar eerste beha, of als ze voor het eerst ongesteld wordt, of als haar hart is gebroken? Van die dingen lig ik 's nachts wakker. En al heb ik altijd geweten dat jullie haar zullen blijven zien en tijd met haar zullen doorbrengen, zou ik jullie nooit hebben durven vragen om deze taak op je te nemen.'

Ze keek hen allebei om beurten aan. Uit haar donkere ogen sprak dankbaarheid. 'Het voelt alsof jullie me hebben verlost van de grootste last die ik met me meedroeg. Ze zal niet één moeder meer hebben, maar –'

'Twee,' zeiden ze allebei.

Mara's ogen liepen weer vol en alsof ze één waren, bogen Die Vrouwen zich voorover en sloegen ze hun armen om haar heen. Ze waren een berg snikkende vrouwen geworden. Mara's vriendinnen hadden net een belofte gedaan die ze nooit aan ze had durven vragen. Nu leek het het belangrijkste wat ze voor haar dochter had kunnen doen. Ze had lijsten en plannen gemaakt, maar het belangrijkste weggelaten. Ze had het aan Die Vrouwen overgelaten om het bij een half glas merlot te benoemen en op te lossen.

Steph hief haar wijnglas en de anderen klonken met haar. 'Op Die Vrouwen. Wij tweeën kunnen nog niet half de moeder worden die Mara is, maar we zullen het zeker proberen.'

Sinds die avond had Mara met elk van hen gesproken over hun lijst van verantwoordelijkheden. Op een avond na yoga had ze tegen Steph gezegd: 'Jij gaat over voeding, gezondheid, eetproblemen, dat soort dingen, dat weet je toch?' Gina had openlijk toegegeven dat zij een haat-liefdeverhouding had met eten en een haat-haatverhouding met sport. Tom zou alleen maar preken over aminozuren en proteïnen die ze nodig had, maar wat wist hij nu van de druk onder tienermeisjes om jezelf uit te hongeren? Steph hield haar hoofd scheef alsof ze wilde zeggen dat er geen andere keuze mogelijk was.

Op een ander moment was Gina bezig de verschillende Post-its te vernieuwen in Mara's keuken, terwijl ze ondertussen de dingen op hun juiste plaats terugzette. Mara keek in de voorraadkast om te zien wat ze voor het avondeten zou maken en zei: 'Jij praat met haar over dingen zoals dat ze moet uitvinden wat het lievelingskostje is van haar man en dat ze dat vaak voor hem moet maken, hè? Ik ben bang dat Steph haar indoctrineert met feministische onzin, zodat ze denkt dat iets liefs doen voor je man slecht is voor de vrouwenbeweging. Ik wil dat ze zich vrij voelt in het uitdrukken van haar liefde, of het nu politiek correct is of niet. En niet alleen met haar man, maar met iedereen. Bij haar grootouders langsgaan om te kijken hoe het met ze gaat, in plaats van te wachten tot ze bellen. Ik wil dat ze aan al die kleine dingen denkt. Al die dingen die zo veel mensen vergeten, maar die zo belangrijk kunnen zijn. Tom bellen op zijn verjaardag is gemakkelijk, maar –'

'Ze zou hem op jullie trouwdag moeten bellen,' zei Gina zacht.

'Precies.'

'Genoteerd,' zei Gina en ze tikte op haar slaap. 'Alles.'

25

MARA

Laks stormde de woonkamer in, gillend van blijdschap toen ze haar liefste mensen van de hele wereld zag zitten – haar oma en opa, haar moeder en Die Vrouwen. Ze omhelsde haar grootouders eerst, toen Mara, Steph en Gina. Ze kroop bij Gina op schoot en Mara hoorde ze met z'n tweeën fluisteren over de nieuwe balletschoenen. Even later kwam Tom binnen. Hij kuste drie vrouwen op de wang en de vierde op de lippen. Hij gaf Pori een hand en hield een tasje omhoog naar Laks.

'Direct in je kast, alsjeblieft, juffrouw Sloddervos, zoals we hebben afgesproken.'

'Pa-h-aaaap!' zei Laks, met een blik op de anderen. 'Noem me niet zo waar Die Vrouwen bij zijn.'

'Sorry,' zei hij, 'Lakshmibeti.'

Gina keek verbaasd op en Tom haalde zijn schouders op. 'Ik ken alleen maar bijnamen. De rest heb ik nog niet onder de knie. Geef me nog tweeëntwintig jaar.' Neerja klopte haar schoonzoon liefdevol op de arm en glimlachte begrijpend naar Mara. Het ging er bij Tom niet om dat hij een tweede taal moest leren, wisten Mara en haar moeder, maar meer om het gevoel dat hij in een familie thuishoorde. Er waren geen bijnamen in zijn jeugd, als je 'klootzak, kutkind, net als je vader' niet meerekende.

Laks pakte de tas en rende naar haar kamer. 'Taak volbracht,' zei Tom tegen zijn vrouw toen het meisje de kamer uit was. 'Volgens mij is ze zaterdag tijdens de balletles ternauwernood aan de dood ontsnapt. Ik weet alleen niet of ze het redt tijdens de uitvoering, want ik kon geen goede roze maillot vinden. Ze waren of "te benauwd" of "te strak" of "te" iets anders wat ik vergeten ben, maar in ieder geval was er iets wat haar bloedsomloop zodanig afsloot dat we voor een amputatie moesten vrezen.'

'Nou,' zei Steph, 'dan was het maar goed dat jij mee was. Je had de amputatie ter plaatse kunnen uitvoeren.'

'Huidarts, Steph, geen chirurg. Acne had ik in de winkel kunnen behandelen, maar met een beenamputatie zou ik problemen hebben gehad.'

'Wat is acne?' vroeg Laks, die terugkwam van haar kamer. 'En wat is een beenamputatie?'

'Heb je de schoenen opgeruimd?' vroeg Mara.

'Ik heb de tas aan mijn deur gehangen –'

'Wil je ze alsjeblieft opbergen waar ze thuishoren, en waar je vader je gezegd heeft ze op te bergen, op de balletplank in je kast?'

'Maar ma-h-aaaam, ik wil Die Vrouwen nog zien voor ze weer weg zijn.'

'Ze zijn hier over twee minuten heus nog wel. En langer heb je niet nodig om je ouders te gehoorzamen.'

Het meisje stampte zo luidruchtig als ze kon de kamer uit. De zes volwassenen moesten hun best doen niet te lachen. Dertig seconden later was ze terug en liep ze onderweg naar de keuken langs Stephs stoel. Steph trok het kind op haar schoot en schudde met haar vinger. 'Lakshmi Nichols. Wat heb ik gezegd dat er zou gebeuren als je weer brutaal was tegen je moeder in plaats van braaf te doen wat ze zegt als het meest perfecte vijfjarige meisje ter wereld?'

Laks kneep haar ogen dicht om na te denken. Toen stak ze lachend een vinger in de lucht. Ze wist het weer. 'Geld!'

'Dat klopt.' Steph haalde een dollar uit haar portemonnee. 'Denk eraan, er is veel meer waar die vandaan komt. Ga nu maar in de keuken kijken of er nog samosa's zijn voor tante Steph.' Ze zette het meisje op de grond en gaf haar een klap op haar bips. 'Weg met jou!' Laks rende giechelend de keuken in, zwaaiend met haar geld.

'Steph!' zeiden Gina en Mara tegelijkertijd, op strenge toon.

'Wat?' zei Steph en ze haalde onschuldig haar schouders op. 'Je had toch een probleem met het perfecte kind dat deed alsof je te kwetsbaar was om ruzie mee te maken of tegen te mokken? Ik heb gewoon een manier gevonden om het probleem op te lossen. Daar betalen ze mij voor.'

Toen Steph en Gina vertrokken waren, drong Mara er bij haar ouders op aan dat ze bleven eten. Ze stemden toe, maar alleen als Mara hen de ovenschotel liet opwarmen en de tafel liet dekken, terwijl zij in de kamer bleef zitten met Tom. Met tegenzin legde ze zich neer bij hun voorwaarden en een halfuur later zaten ze allemaal aan de eettafel. Pori had gedekt met het mooie servies en het tafelzilver en Laks sloeg haar handen in bewondering ineen. Als ze ze iets dichter bij haar kin zou houden, dacht Mara, zou ze een kleine Neerja zijn.

'Mooi!' zei Laks.

'O,' zei Pori en hij keek naar zijn dochter. 'Had ik dit moeten bewaren voor een speciale gelegenheid?'

Mara schaamde zich ervoor dat hij zo bezorgd was dat hij misschien een van haar regels overtrad.

'Dit is een speciale gelegenheid,' zei ze. 'Mijn vier favoriete mensen bij elkaar aan tafel.'

Laks giechelde. 'We zijn altijd bij elkaar, mamma. Maar nu het toch speciaal is, mogen we dan bidden? Bij Susan doen ze dat elke avond.'

Mara keek haar dochter verbaasd aan: 'Bidden?'

Het meisje knikte: 'Dat is iets wat je zegt voor je –'

'Ik weet wel wat het is,' zei Mara lachend. 'Ik ben alleen verbaasd dat je erom vraagt. Maar natuurlijk. Waarom niet? Laten we bidden.'

'O, leuk!' Laks klapte weer in haar handen en keek om zich heen. Ze wachtte tot een van de volwassenen zou beginnen. Maar drie van hen waren niet christelijk en de enige die dat wel was, Tom, leek in de war.

'Even denken, hoor,' zei hij. 'Dat is een tijdje geleden.'

'Wat zeggen ze bij Susan thuis als ze bidden, Lakshmibeti?' vroeg Neerja aan haar kleindochter.

'Gewoon iets over dat ze blij en dankbaar zijn dat ze samen zijn.'

'Er is niets "gewoons" aan samen zijn,' zei Pori. 'Vind je ook niet, mammie?' Hij keek naar Neerja. Zijn mond lachte, maar Mara zag het verdriet in zijn donkere ogen. Neerja knikte en veegde toen even over haar eigen ogen.

De reden van hun verdriet trof Mara zo hard dat ze haar lichaam ineen voelde zakken onder het gewicht ervan. Hun dochter ging dood.

Hoe vaak had ze daar eigenlijk aan gedacht – er echt, diepgaand, aan gedacht? Ze wilde niet aan zichzelf toegeven hoe weinig. En als ze eraan dacht, deed ze dat meestal in een context waarin zij het slachtoffer was, niet haar ouders.

'Het kan me niet schelen dat zij de ongeneeslijke ziekte van hun dochter willen verwerken door het nieuws met een bezem en een stofzuiger en een pan curry te lijf te gaan,' had ze vele malen tegen Tom gezegd. 'Ik ben die dochter en ik wil niet dat ze mij behandelen alsof ik mijn eigen huis niet meer kan onderhouden en mijn eigen gezin niet meer kan verzorgen.'

Wanneer zou ze inzien dat ook zij slachtoffers waren?

Hun dochter ging dood.

Mara keek naar haar eigen dochter en voelde de bekende stekende pijn van onbevattelijk verlies door haar lichaam trekken, van haar binnenste tot in de toppen van haar vingers en tenen. Hoe had ze de laatste paar dagen alleen maar kunnen denken aan de pijn van de laatste momenten met haar eigen kind zonder er ook maar een seconde bij stil te staan dat haar ouders gebukt gingen onder dezelfde pijn? Zij was niet de enige ouder aan deze tafel die haar kind kwijtraakte.

Mara greep haar moeders hand en Neerja, die dacht dat het gebaar van haar dochter het begin was van het gebed, pakte plichtmatig die van haar kleindochter.

'Bij Susan houden ze elkaars hand niet vast,' zei Laks, maar toch pakte ze haar vaders hand, en hij weer die van Pori.

Pori pakte Mara's hand en glimlachte naar zijn kleindochter. 'We zullen het niet doorvertellen.'

De anderen bogen hun hoofd en Pori sprak enkele woorden over liefde en familie en nieuwe balletschoentjes, maar Mara liet haar blik langzaam rond de tafel gaan en liet haar ogen steeds een paar seconden rusten op elk gebogen hoofd.

Toen sloot ze haar ogen, boog haar hoofd ook en wenste in stilte dat ze een god had om in te geloven, net als Susans familie. Het zou troostrijk zijn om te denken dat er ergens nog iets was, hierna. Dat er een reden was voor haar ziekte, dat die niet gewoon het resultaat was van een willekeurige loterijtrekking die ze bij haar geboorte verloren had. Dat Laks er iets van zou kunnen leren.

En, dacht ze, als geloven haar geen troost kon brengen, dan zou het in ieder geval prettig zijn om iemand de schuld te kunnen geven.

26

SCOTT

Woensdag 6 april @ 23.47 uur
MotorCity stuurde een persoonlijk bericht:
Geweldig, LaksMama. Bedankt dat je bent opgebleven om mij een
bericht te sturen.
Ik probeerde me te herinneren wanneer we dit voor het laatst gedaan
hadden. Zeven maanden geleden? We hadden juist een slechte
uitslag gekregen van de ivf en ik had het onderwerp van adoptie bij
mijn vrouw ter sprake gebracht. Ze leek een heel klein beetje bereid
om over het adopteren van een baby te willen nadenken en jij was
de beste bron die we er toen over hadden. Ze krijgt nog altijd een
glimlach op haar gezicht als ik het over jou heb. Het verbaast me dat
ze niet heeft voorgesteld de baby LaksMom te noemen. ;) Ze wilde dat
je er een boek over schreef, weet je nog?

Woensdag 6 april @ 23.49 uur
LaksMom stuurde een persoonlijk bericht:
Ik weet het nog. Ik heb er zelfs even serieus over nagedacht. Maar toen
kwam, zoals ze dat zeggen, het leven ertussen...

Woensdag 6 april @ 23.50 uur
MotorCity stuurde een persoonlijk bericht:
Dat doet het altijd.
Welnu, we hebben het te lang over mij gehad. Ik weet niet hoe het met
jou zit, maar ik heb mijn buik vol van mij. Jouw beurt. Waar lig jij op dit
moment van wakker?

Woensdag 6 april @ 23.51 uur

LaksMom stuurde een persoonlijk bericht:

Eerlijk gezegd zit ik tegenwoordig zo in mijn eigen hoofd, dat ik blij was er even uit te mogen. Kunnen we het op het conto schrijven van leeftijdsgebonden slapeloosheid en het er verder niet meer over hebben?

Ik heb helemaal mijn buik niet vol van jou. Ik heb zo veel aan je gedacht en voelde zo met je mee. Ik kan je lang niet zo veel helpen als ik zou willen. Ik wilde dat ik meer kon doen. Iets waar je meer aan hebt dan aan pb's.

Woensdag 6 april @ 23.54 uur

MotorCity stuurde een persoonlijk bericht:

Geloof me, dit afgelopen uur was precies wat ik nodig had. Soms blijken dingen die klein lijken uiteindelijk het meest te betekenen, begrijp je?

Donderdag 7 april @ 00.01 uur

LaksMom stuurde een persoonlijk bericht:

Dat begrijp ik heel goed.

Donderdag 7 april @ 00.03 uur

MotorCity stuurde een persoonlijk bericht:

Hé, er is iets waar we vanavond een beetje omheen gedraaid hebben, maar niet met name hebben genoemd: ik lig wakker en pieker voortdurend over de reactie van de Kleine Man op de plotselinge veranderingen, maar het is misschien heel goed mogelijk dat hij helemaal niet zo van streek is als ik ben, omdat hij, hoe goed we ook met elkaar waren, toch die onzichtbare, maar onbreekbare band voelt die hem naar zijn moeder toe trekt.

Wat denk je, overwint de biologische band alles?

Ik hoop dat dit een eerlijke vraag is om aan een adoptiemoeder te stellen, en niet een 2boys-achtige vraag. Als dat niet zo is, zeg me dan dat ik mijn mond moet houden, en we veranderen van onderwerp.

Donderdag 7 april @ 00.05 uur

LaksMom stuurde een persoonlijk bericht:

LOL. Jij zou nooit een 2boys-achtige vraag kunnen stellen, want jij hebt tact. Hij niet ;)

Het is een heel redelijke vraag – voor mij, tenminste. Ik weet niet hoe andere adoptieouders erover denken, maar dit is iets waar ik voortdurend mee bezig ben.

Ik weet niet of je mijn laatste conclusies toejuicht of verafschuwt, maar ik denk dat hoewel volwassenen in staat zijn van andermans kind te houden alsof het hun eigen was, kinderen dat vermogen niet bezitten. Ze voelen zich altijd het sterkst tot hun biologische ouders aangetrokken.

In het begin had ik daar moeite mee. Wie wil er nu denken dat onze eigen kinderen niet zo aan ons gehecht zijn als wij aan hen? Ik wilde geloven wat veel voorvechters van adoptie beweren en wat in zo veel boeken te lezen staat: een adoptieverhouding kan net zo compleet zijn als een biologische. Het was hartverscheurend voor mij, als ik eerlijk ben, om te bedenken dat, nadat ik mijn dochter vanaf dat ze een baby was vijf jaar lang had opgevoed en haar elk grammetje liefde in mijn lichaam had gegeven, zij nog een restje affectie in zich overhad dat niet voor mij bedoeld was.

Ik weet zeker dat de adoptievoorvechters het mij kwalijk nemen dat ik tot deze conclusie ben gekomen. Maar, zoals mijn vriendin Steph zou zeggen: *'fuck 'em.'* ;) Bovendien hebben jullie ook net als ik die afleveringen van Oprah gezien: kind wordt een dag na de geboorte afgestaan ter adoptie. Kind leeft achttien jaar bij zijn adoptieouders en zij doen er alles voor. Kind wordt achttien en bingo! Kind gaat op zoek naar zijn biologische moeder. Niemand kan zijn ogen sluiten voor de werkelijkheid – de biologische aantrekkingskracht is net zo sterk als die krachtige magneten die ze bij NASA gebruiken.

Maar ik ben van die werkelijkheid gaan houden, in plaats van me ertegen te verzetten. Het betekent dat het voor mijn dochter minder moeilijk zal zijn om mij kwijt te raken dan het voor mij zal zijn om haar kwijt te raken. Ze zal mij niet zo vreselijk missen, en niet zo lang, als wanneer ik haar biologische moeder was geweest. Het betekent dat als mijn man zou hertrouwen, ze zijn nieuwe vrouw eerder als moeder zal accepteren en zich sneller aan haar zal hechten, omdat zij niet een niet-biologische moeder zal zijn die een echte moeder probeert te vervangen, maar slechts een nieuwe, waarschijnlijk jongere versie van de niet-biologische mij.

Ik hoop dat die gedachte jou ook troost geeft. Hoe kapot je ook bent omdat je je Kleine Man mist, het kan misschien helpen als je bedenkt dat hij het hele jaar verdriet heeft gehad omdat hij zijn biologische moeder miste. Hij heeft al die tijd naar haar verlangd. Nu hij weer bij haar is, is hij weer compleet.

Natuurlijk mist hij jou ook. Maar niemand wil toch dat zijn kinderen verdrietig zijn? Het feit dat hij misschien veel minder verdriet heeft dan jij, vanwege de afwezigheid van gedeeld DNA, maakt het misschien gemakkelijker voor je om in slaap te vallen. Toch?

Donderdag 7 april @ 00.06 uur
MotorCity stuurde een persoonlijk bericht:
Wacht eens even! Wat bedoel je met 'jou kwijtraken'?! Waarom raakt jouw dochter jou kwijt?

Donderdag 7 april @ 00.13 uur
LaksMom stuurde een persoonlijk bericht:
O, dat bedoelde ik hypothetisch, natuurlijk. Ik ben er heel goed in om mij de zwartste scenario's voor te stellen. Hoe wordt mijn cliënt opgelicht in dit contract? Hoe zal mijn cliënt dit proces verliezen? Hoe overleven mijn man en mijn dochter het als ik onderweg van kantoor naar huis met mijn auto verongeluk? Daar zijn advocaten en moeders heel goed in. We maken ons niet alleen zorgen om de dingen die er nu zijn en die er zullen komen, maar ook over dingen die misschien, mogelijkerwijze, zouden kunnen gebeuren, hoe onwaarschijnlijk ook, hoe klein de kans ook... Je begrijpt wat ik bedoel. Sorry dat ik je liet schrikken.

Donderdag 7 april @ 00.16 uur
MotorCity stuurde een persoonlijk bericht:

Je moet me niet zo laten schrikken, hoor! Goed, nu mijn hart weer wat rustiger klopt, ga ik nog eens lezen wat je schreef.

...

Oké, ik snap het. En ja, ik voel me er iets beter door, en ik begrijp dat dat voor jou ook kan gelden, in het geval van je puur hypothetische, zeer onwaarschijnlijke auto-ongeluk.

Wij zijn net zo aan ze gehecht, emotioneel, alsof ze van onszelf waren, maar hoe open ze ook staan voor het ontvangen van onze liefde, er blijft een deel van hen dat ze niet helemaal aan ons willen geven. Dat bewaren ze voor hun echte ouders. Dus als er iets verschrikkelijks gebeurt – als ze een paar dagen te vroeg uit ons huis worden gesleurd, of als we in ons krankzinnige hoofd een verzonnen ongeluk krijgen in een verzonnen auto ;) – dan rouwen ze niet zo om ons als wij om hen.

Het helpt. Je hebt gelijk, ik wil niet dat het joch ook maar een fractie van het verdriet voelt wat ik nu voel.

Mag ik je iets vragen? Ik weet dat je zelf ook bent geadopteerd, en misschien overschrijdt deze vraag de grens en kom ik op 2boys-territorium, maar betekent wat je nu zegt, dat je jouw eigen adoptiemoeder niet als een 'echte' moeder beschouwt? Dat je al die tijd iets hebt achtergehouden en hoopte dat je je biologische moeder vond?

Donderdag 7 april @ 00.18 uur
LaksMom stuurde een persoonlijk bericht:
Ik heb mezelf wijsgemaakt dat ik meer gehecht ben aan mijn adoptiemoeder dan mijn dochter aan mij, omdat die van mij de hele dag met mij thuis was. Zolang mijn dochter bij ons is, heeft ze net zo veel tijd doorgebracht bij mijn ouders als bij mij. Ik had hier vroeger wel last van – het schuldgevoel van een werkende ouder en zo – maar nu (als ik mijn auto-ongelukscenario afspeel) voel ik het als een opluchting. Zelfs als ze net zo gehecht zou kunnen raken aan mij als ik aan mijn moeder, dan stond de logistiek van ons gezinsleven dat gewoon niet toe.

Dus, hetzelfde gaat hier op: ze zal lang niet zo veel verdriet voelen als ze mij kwijtraakt dan ik als ik haar kwijtraak.

Donderdag 7 april @ 00.19 uur
MotorCity stuurde een persoonlijk bericht:
Alleen raakt jouw kind je NIET kwijt, godzijdank. Alleen in de duistere hoekjes van jouw geest, die waarschijnlijk rationeler zou nadenken als je zielige vriend zou ophouden met zijn zelfmedelijden en je naar bed zou laten gaan.
Welterusten, LMama. En bedankt.

Deel drie

DONDERDAG 7 APRIL

Nog drie dagen

27

MARA

Mara werd wakker van het piepen van haar horloge, dat ze onder haar kussen had verstopt. Een blik op haar nachtkastje vertelde haar dat de wekker was uitgezet. Tom. In de badkamer verwijderde ze haar papieren ondergoed en stopte het in een plastic boodschappentasje, dat ze in nog een tasje stopte en dat weer in een derde, wat ze diep onder in de vuilnisbak verstopte. Ze trok een grimas naar het nieuwe exemplaar en deed het snel aan, waarna ze snel een handdoek om haar middel sloeg, voor het geval Tom zou binnenkomen.

Ze trok een rok aan en een topje, licht fuchsia deze keer en net zo ver buiten haar comfortzone als het paarse shirt dat ze gisteren had gedragen. Steph zou ook onder de indruk zijn van dit shirt, weer een stap in de richting van wat volgens haar Mara's langverwachte entree in de wereld van stijlvolle kleding was. Ze haalde een hand door haar haren, gooide wat water in haar gezicht en vergeleek haar spiegelbeeld met dat van gisterochtend, toen haar dochter haar bovenlip had opgetrokken en zich zorgen had gemaakt over wat de kinderen in de bus wel niet zouden denken. 'Beter,' zei ze zacht voordat ze op het geluid van pratende stemmen in de keuken af ging. Tom stond tegen het aanrecht geleund en luisterde aandachtig naar Laks, die zittend op een hoge kruk met een kom cornflakes voor zich, honderduit tegen hem praatte.

'Goedemorgen!' zei Mara.

'Mamma!' Laks klom van haar kruk en kwam met haar melkhandjes op haar af rennen. Hoe had Tom nou niet kunnen zien dat het meisje haar cornflakes met haar handen at?

'Nog drie dagen!' zei Laks en ze sloeg haar armen om de benen van haar moeder.

IJs vulde Mara's aderen en ze struikelde naar achteren, uit de greep van het kind. Hadden ze de Post-it onder haar laptop gevonden? Ze wierp een snelle blik op Tom, maar zijn rug was naar hen toe gekeerd terwijl hij de melk terugzette in de koelkast. Maar als ze het briefje hadden gevonden, hoe kon Laks dan zo vrolijk zijn?

'Waar heb je het over?' vroeg Mara. Ze probeerde geen paniek in haar stem te laten doorklinken.

'Dan ben je jarig!' zei Laks en ze klapte in haar handen. 'Nog maar drie dagen en dan ben je jarig!'

'O dat!' zei Mara. Haar lichaam werd warm van opluchting. 'Ja, natuurlijk.'

En voor haar opluchting kon omslaan in schuldgevoel voor wat ze zich die dag had voorgenomen te doen, sprak Laks alweer. 'Loop je vandaag mee naar de bus?'

'Jazeker!' zei Mara, blij dat ze het over iets anders had.

'Jee! En kom je later naar de bibliotheekles? Het is vandaag jouw beurt om te helpen, weet je nog?'

Ze had zich weken geleden opgegeven, op verzoek van Laks, maar ze had aangenomen dat het meisje haar daar niet wilde zien, na de reactie die ze gisterochtend had opgeroepen. Maar nu keek het kleine gezichtje haar verwachtingsvol aan. 'Wil je dat ik kom?' vroeg Mara.

Het kind reageerde alsof ze de vraag niet eens snapte.

'Wat een verwennerij dat mamma dit soort dingen kan doen, hè?' Tom stond naar hen te kijken. Zijn vraag was gericht aan zijn dochter, maar hij keek zijn vrouw aan. Hij herinnerde haar in stilte aan wat hij haar de avond na haar afscheidsdiner had gezegd, toen ze had gesnikt dat haar leven zonder haar werk zo veel minder betekende. Dat ze minder waarde zou hebben voor de wereld, voor haar gezin.

'Daar ben ik het volstrekt niet mee eens,' had hij gezegd. 'Je zult juist een heleboel meer kunnen betekenen voor je gezin. Bedenk eens wat het voor Laks zal betekenen als je overdag beschikbaar bent. Je kunt mee op schoolreisjes, helpen bij klassenfeestjes, helpen in de bibliotheek. Die dingen zijn veel belangrijker voor een gezin dan een tweede inkomen. En veel belangrijker voor onze kleine meid dan dat ze een belangrijke advocaat als moeder heeft. Het afscheid hoeft voor jou nu niet goed te voelen – ik zeg niet dat dat zou moeten – maar verlies voor de een kan winst zijn voor de ander en ik kan geen beter voorbeeld bedenken dan dat Lakshmi Nichols haar moeder de hele dag thuis heeft.'

Mara kuste haar dochter en streek een sliert haren van het kleine gezichtje. 'Ja,' zei ze. 'Natuurlijk kom ik vandaag naar de bibliotheekles.'

Laks klom weer op haar kruk. 'Geluk is een bibliotheekmamma!'

Mara en Tom lachten. Mara had Laks een paar weken eerder voor het slapengaan *Geluk is een warm jong hondje* voorgelezen en het meisje had sindsdien de dingen die haar gelukkig maakten op deze manier benoemd. Geluk is als mamma nog een boekje voorleest! Geluk is pasta met tomatensaus eten!

Mara liep naar het koffieapparaat en Tom sloeg zijn armen om haar heen toen ze achter zijn rug om een mok wilde pakken. 'Zie je hoe blij ze is dat je haar naar de bus brengt?' fluisterde hij. 'Gisterochtend was alleen maar –'

'Ik weet het. Ik reageerde te sterk. Sorry, lieveling.' Ze stak haar mok naar hem uit. Hij schonk hem halfvol en ze hield hem nog eens aan hem voor.

'Je wordt steeds zuiniger.' Hij schonk er wat bij en gebaarde dat ze aan tafel moest gaan zitten, waar hij de koffie voor haar neerzette. 'Hoe laat ben je gisteravond opgebleven?'

'Niet zo laat, relatief.'

'Op het forum? Of heb je nog naar die sapmachine gekeken?'

Ze lachte. 'Forum. Ik heb besloten dat die sapmachine toch niets voor ons is.'

Ze keken allebei weer naar Laks, die bezig was stukjes cornflakes tussen haar duim en wijsvinger fijn te knijpen. Tom greep zijn dochter bij de pols. 'Goed, juffrouw Sloddervos, genoeg geknoeid. Nog twee happen, met een lepel, en dan is het tijd om die smerige handen te wassen, je tanden te poetsen en naar de stoeprand te lopen met de superspeciale bibliotheekmamma van vandaag.'

Zodra Mara de garagedeur omlaag hoorde gaan nadat Tom was weggereden, tilde ze haar laptop op en haalde haar todolijstje eronder vandaan. Ze besteedde twee uur aan het dicteren van e-mails aan nog een paar vrienden van voor haar studietijd en het bellen van nog drie studiegenoten. Ze zette een streep door elke naam die ze gehad had. Toen bekeek ze de rest van haar steeds korter wordende lijstje en glimlachte. Nog drie dagen en ze had het grotendeels afgewerkt.

Toen Harry een uur later arriveerde, stond Mara bij het raam op hem te wachten. Ze opende de deur al voor hij kon aanbellen.

'Môge, Mrs Nichols.'

'Harry, alsjeblieft, noem me Mara.'

'Een vrouw die op tijd klaar is. Ik weet niet of ik zoiets ooit eerder heb meegemaakt.' Hij gaf haar zijn arm en ze liepen samen langzaam naar de auto.

Ze zeiden geen woord, en Mara vroeg zich af hoe het mogelijk was dat ze, nadat ze een leven lang iedereen die haar hulp geboden had praktisch de kop had ingeslagen, nu zo vanzelfsprekend de arm aanvaardde van deze man. Hem bedankte in plaats van tegen hem te blaffen, als hij haar zijn arm bood, de deur voor haar openhield, een hand uitstak om te voorkomen dat ze haar hoofd stootte als ze instapte. Ze kende hem nog geen week en toch had deze in spijkerbroek en geruit hemd geklede man haar al laten inzien dat het niet zo vreselijk was om je af en toe te laten helpen.

Ze had nooit geweten wat ze moest geloven als het ging om een hogere macht. Haar ouders waren niet religieus, wat gisteren weer eens duidelijk was gebleken uit hun aarzeling over wat te zeggen als je voor het eten bad, en Tom was weliswaar katholiek opgevoed maar door een alcholist, hetgeen hem de kerk voorgoed tegen had gemaakt. Het idee van een hoger wezen, of het nu een god was of een groter plan van het universum, had haar echter altijd aangesproken.

Meer dan twintig jaar lang had ze het ontmoeten van Tom beschreven als iets wat was ingegeven door een of andere alwetende macht, en ze had nooit willen toegeven dat iets wat zo belangrijk was uitsluitend het resultaat van toeval was geweest: ze schuilde voor de regen in de hal van een gebouw waar ze geen colleges liep; hij was op weg naar een sollicitatie voor een vrijwilligersbaan bij het gezondheidscentrum en stapte verstrooid de verkeerde deur binnen. Iemand, of iets, had gewild dat ze elkaar ontmoetten. Daar was ze zeker van.

Toen Harry zich boog om het portier van zijn taxi voor haar te openen, vroeg ze zich af of diezelfde alwetende macht die Tom op haar pad had gebracht, haar nu Harry had gestuurd. In de afgelopen paar dagen was er een idee bij haar opgekomen. Het bleef knagen tot ze geen keus meer had en erover na moest denken voor het zich weer in de schaduw terugtrok: als ze een vreemde kon toestaan een autoportier voor haar te openen, was het dan zo'n grote stap om zich door Tom te laten helpen? Of door haar ouders?

Kijk eens naar de vooruitgang die ze alleen al de vorige avond had geboekt door haar moeder toe te staan het avondeten te verzorgen, en haar vader de tafel te laten dekken. Misschien zou het haar zelfs lukken te glimlachen in plaats van te mopperen als ze weer eens aanboden om te tuin van onkruid te ontdoen. Was het dan een heel grote stap naar een thuiszorgmedewerker die haar haren kamde en haar hielp met aankleden? Vorige week zou ze hebben gezegd dat het onmogelijk was om zoiets maar te overwegen. Nu was ze daar niet meer zo zeker van.

Maar, aan de andere kant, alles was gemakkelijk als je het maar een paar dagen hoefde te doen. Als ze wist dat ze nog jarenlang Harry's arm zou moeten aanvaarden en haar ouders het avondeten zou moeten laten bereiden, zou het dan nog zo gemakkelijk zijn? Zou ze een thuiszorger toestaan haar haren te kammen, haar tanden te poetsen, haar naakte lichaam te wassen, als ze wist dat dat nog duizend dagen zou gebeuren, in plaats van slechts enkele?

Ze liet zichzelf voorzichtig in de autostoel zakken terwijl Harry een beschermende hand tussen haar hoofd en het deurframe hield.

Binnen was hij even bezig met zijn administratie en vermeed hij opzettelijk de achteruitkijkspiegel.

'Dank je wel,' zei ze zachtjes.

Hij knikte en startte de auto, maar hij keek niet op. 'Oké dan. Daar gaan we.'

Hij klapte de zonneklep omlaag en ze zag de foto van het kleine meisje weer. Vroeger zou ze hebben aangedrongen. Kom, vertel eens iets over haar. Hoe oud is ze? Wie is ze? Waarom wil je het niet over haar hebben? Je zult je beter voelen als je je hart eens hebt gelucht.

Maar vroeger was lang geleden. Toen ze nog niet wist hoe gelukkig ze was dat er niets in haar leven was dat ze niet met iedereen kon delen. Geen duistere, verwrongen waarheden die niet geschikt waren voor anderen. Ze keek naar buiten en zag de Disney Channel-straten van Plano aan zich voorbijflitsen.

Mara keek naar de lange gang die naar de schoolbibliotheek leidde, wierp een blik op haar horloge en perste haar lippen opeen. Het was twee minuten voor halftwaalf en de bibliotheekles begon om halftwaalf. Het had haar meer tijd gekost om de school in te lopen dan ze had ingeschat toen ze tegen Harry had gezegd hoe laat hij haar moest komen halen. En nu had ze te weinig tijd. De bel zou over twee minuten gaan. Ze versnelde haar pas en hoopte dat ze de veilige omgeving van de lege bibliotheek zou halen voor het lawaai een reactie in haar ledematen zou ontketenen.

Tegelijkertijd probeerde ze zichzelf te kalmeren. Stress had een nog veel uitgesprokener effect op haar lichaam dan lawaai – dat hoorde in ieder geval bij de ziekte van Huntington. Ze had erover gelezen in een stapel artikelen. Vermijd stressvolle situaties, zeker in het openbaar. Bekeken worden door vreemde ogen maakte het allemaal nog veel erger, zelfs als je niet zo'n idioot hoge CAG-score had.

Denk aan leuke dingen, beval ze zichzelf. Denk eraan hoe verrukt je dochter is dat je hier vandaag bent, hoe blij ze was toen ze hoorde dat je zou komen. Denk aan wat Tom zei, over dat stoppen met werken voor jou misschien slecht nieuws was, maar voor haar het beste wat kon gebeuren. Denk eraan hoeveel meer tijd ze de afgelopen maanden met haar moeder heeft gehad – tijd voor samen iets lekkers eten 's middags, tijd voor knutselprojecten en theepartijtjes met de speelgoedbeesten in de achtertuin. Tijd die ze daarvoor nooit had. Het grootste verlies dat de moeder had moeten lijden – gedwongen stoppen met werken – was voor de dochter de grootste winst geweest.

Zo zag je maar weer eens hoe een verschillend uitgangspunt een heel andere interpretatie van dezelfde situatie opleverde. Mara wilde er zo snel mogelijk een einde aan maken om Laks een moeder te besparen die zoveel minder was dan wat Mara voor haar dochter wilde zijn. Maar was het niet mogelijk dat het meisje alleen maar nodig had dat ze er was – hier op school, hier thuis, hier in plaats van op kantoor of in de rechtbank? Als het aankwam op ouderschap, was het dan niet veel beter om er te zijn dan er niet te zijn?

Zelfs als dat inhield dat ze uiteindelijk als een windzak door de gang sjokte en er vervolgens doorheen reed in een rolstoel? Ook als het betekende dat ze op het laatst helemaal niet meer naar de bibliotheekles kon komen, maar in bed lag als Laks thuiskwam en daar luisterde naar haar verhalen over school? Was het nodig om verfijnde bewegingen te kunnen maken om een goede moeder te zijn? Of had je alleen liefde nodig – zo veel liefde dat je de kans op ontsnapping voorbij liet gaan om bij je kind te zijn, in wat voor toestand ook?

Er verscheen een zweem van een glimlach op Mara's lippen en die werd breder toen ze haar pas door de gang versnelde. Had ze zichzelf er zojuist van overtuigd dat het beter voor Laks was als ze nog een tijdje bleef? Dat was nog eens een win-winsituatie.

Ze was halverwege de gang toen de deuren van de twee lokalen die het dichtst bij haar waren op hetzelfde moment opengingen. De dichtstbijzijnde was de deur van klaslokaal 112, de klas van Laks. Ze hoorde een jonge stem die de leerlingen van haar klas instructies gaf. Er stond vandaag zeker een invaller voor de klas; Laks' onderwijzeres was een oudere vrouw. Toen ze dichterbij kwam, hoorde ze de invaller roepen dat ze in een rij moesten gaan staan in de klas, zodat de rijleider van vandaag, Samantha, iedereen voor kon gaan naar de bibliotheek. Iets verder in de gang leunde een vrouw die Mara herkende als de onderwijzeres van groep 6, in de deuropening van haar lokaal. Ze gaf opdrachten die Mara niet helemaal kon verstaan.

Ze liep snel voorbij lokaal 112, maar toen ze het lokaal van groep 6 naderde, verdween de onderwijzeres naar binnen en rolde er een kluwen tienjarigen het lokaal uit. Ze stoeiden met elkaar en vulden de hele gang. Ze kon er niet langs. Van de andere kant klonk een stem: 'Goed, Samantha, ga jij iedereen maar voor de gang in. Wel even wachten tot de bel gaat.'

Mara hoorde de kleuters achter zich. Als ze de grotere kinderen niet bruut opzij zou duwen, kon ze er niet voorbij. Ze keek even om en zag dat Samantha's rij al uit elkaar was gevallen: de vijfjarigen verspreidden zich over de hele gang. Ze hoorde het luide kloppen van haar hart terwijl ze daar stond, gevangen, met aan haar ene kant een groep ruwe tienjarigen en aan haar andere kant een groep kleuters, onder wie haar dochter.

En toen ging de bel.

Het rinkelen rolde langs Mara's oren in korte, trage golven en in een tijdspanne van zestig seconden speelde alles zich in schokkerige bewegingen voor haar ogen af.

Haar bovenlijf zwaaide opzij toen het geluid haar uit haar evenwicht bracht. Haar reactiesnelheid was door haar ziekte vertraagd en ze kon niet snel genoeg haar balans hervinden. Het momentum trok de rest van haar lichaam mee. Ze deed twee snelle stappen naar voren en viel toen met veel geraas tegen een kast aan.

De leerlingen van groep 6 draaiden zich om en staarden haar aan, net als de meeste kleuters.

De monden van de kinderen die het dichtst bij waren, onder wie Laks, openden zich geschokt toen Mara haar best deed om overeind te komen, maar haar greep op de kast kwijtraakte en op de grond viel. Toen ze het nog eens probeerde, leken de luide kreten van de tienjarigen recht in haar spieren te schieten en haar te verlammen. Ze viel weer.

Een van de jongens uit groep 6 schreeuwde: 'Hé, moet je kijken, die vrouw is dronken!' Waarop een tiental klasgenoten luid begonnen te lachen, gevolgd door net zo veel kleuters.

Een meisje gilde: 'Laat iemand 911 bellen! Wat doet een dronkaard in de school?'

Een andere stem zei: 'Niet lachen, jongens! Niet lachen! Jullie zijn gemeen!'

Een paar kinderen stopten met lachen. Anderen lachten alleen maar harder.

De invalkracht stond met haar hand voor haar mond en sommeerde haar klas om zo snel mogelijk weer hun lokaal in te gaan. De kleuters stonden echter als aan de grond genageld en staarden naar Mara.

'Ik zei, ga onmiddellijk weer naar jullie klas!' zei de onderwijzeres. 'Samantha! Ga iedereen voor de klas in, onmiddellijk! Samantha! Kinderen! Iedereen! Snel!'

Ze gehoorzaamden allemaal, behalve een, en Mara hoorde de stemmen in lokaal 112 roezemoezen. De woorden 'gek' en 'eng' klonken in haar oren, samen met de echo van de bel en het gepraat en gelach van de oudere kinderen.

'Jij!' siste de invalkracht tegen de enige kleuter die Samantha niet gevolgd was naar het lokaal. 'Jij!' riep de onderwijzeres weer. 'Ik zei dat je onmiddellijk naar binnen moest gaan!'

Op handen en knieën hief Mara haar hoofd op. Ze staarde recht in de ogen van het kind dat bewegingloos en met wijd opengesperde ogen voor haar stond.

'Mamma!' riep Laks beschuldigend uit met een lage fluisterstem, terwijl ze heen en weer keek van haar moeder naar haar onderwijzeres en vervolgens van de onderwijzeres naar de kinderen van groep 6 en weer naar haar moeder. 'Sta op! Je moet onmiddellijk opstaan!'

De vernedering op het gezicht van haar dochter, de beschuldiging in haar stem, deden hete tranen in Mara's ogen opwellen. Ze dwong zichzelf de andere kinderen die haar stonden uit te lachen uit te schakelen, dwong haar armen tot gehoorzaamheid en drukte zichzelf omhoog van de grond. Het lukte en ze stond overeind, een trotse lach op haar gezicht, tot ze besefte hoe zielig het was om zich daar trots over te voelen en de lach van haar gezicht verdween.

'Het spijt me zo,' fluisterde ze. 'De bel ging, en het lawaai… en om de een of andere reden is het vandaag veel erger. Ik verloor mijn evenwicht, en toen… Ik zou niet gekomen zijn als ik had geweten dat het zo erg was. Ik wist het niet. Het spijt me zo.'

Ze zette een paar aarzelende stappen in de richting van Laks en toen ze dat deed, riep een van de oudere jongens: 'Ze is echt dronken! Moet je zien hoe ze loopt!'

Mara fronste haar voorhoofd, verward en geërgerd over die overdreven reactie. Waar had die jongen het over? De show van de gevallen vrouw was voorbij en ze liep prima. Waarom ging hij niet iets anders overdrijven?

Toen haar moeder naderbij kwam, deed Laks een stap achteruit. 'Mamma, ze lachen je uit! De grote kinderen lachen je uit! En de kinderen in mijn klas schelden je uit!'

Mara's hele lichaam brandde van schaamte. Dit was zo veel erger dan wat er in de supermarkt gebeurd was. 'Het spijt me zo,' zei ze moeilijk. Het brok in haar keel liet weinig ruimte voor woorden. 'Het spijt mamma zo. Ik weet niet waarom mijn lichaam zich vandaag zo slecht houdt.'

'Je kunt niet naar de bibliotheek! Ga alsjeblieft niet naar de bibliotheek!' Tranen stroomden over de wangen van het meisje en ze veegde ze kwaad weg.

'Natuurlijk niet. Ik ga naar huis.'

Laks knikte, nog altijd over haar wangen vegend. De leerlingen van groep 6 zwegen toen hun onderwijzeres eindelijk verscheen. Mara hoorde een van de jongens vertellen wat er gebeurd was, maar de vrouw onderbrak hem, zei dat ze laat waren en dat ze naar gymnastiek moesten.

'Moet ik met je naar buiten lopen, mamma?' Je kon aan de toon van het meisje horen op welk antwoord ze hoopte.

'Nee, liefje, dat hoeft niet. Het gaat weer, zie je wel?'

Ze stak haar hand uit om haar dochters haren aan te raken, maar Laks deinsde achteruit. 'Ik moet gaan,' fluisterde ze, en ze wierp nog een snelle blik de gang in. 'De juf zei het.' Ze deed een stap in de richting van haar klas en keek ongeduldig naar haar moeder, wachtend op verlossing.

'Natuurlijk,' zei Mara. 'Ga maar. Het lukt wel. De taxi komt er zo aan. Ik wacht buiten –'

'Kun je daar wachten, achter die boom? Zodat ze je niet kunnen zien uit het raam?'

Mara knikte snel en wendde zich af.

Ze zat ineengedoken tegen de boom geleund, met haar hoofd in haar armen, toen ze de taxi hoorde aankomen. Harry sprong eruit en rende naar haar toe. Hij had de deur open laten staan en de motor draaide.

'Wat is er gebeurd? Je ziet eruit alsof je van de aardbodem wilt verdwijnen.'

Ze hief haar opgezwollen, rode gezicht op en opende haar mond om iets te zeggen. Er kwam geen geluid uit en ze schudde langzaam haar hoofd, haar blik op de taxi gericht.

'Natuurlijk,' zei hij zacht. 'We gaan naar huis.' Zonder een woord te spreken ondersteunde hij haar naar de auto. Hij hielp haar instappen en maakte haar veiligheidsriem vast.

Toen hij wegreed, staarde Mara uit het raam. Ze zag niet de vrolijke kleuren van Plano, maar alleen de donkere, boze, betraande ogen van haar dochter toen het meisje beschaamd haar eigen moeder smeekte om zich voor de blikken van de andere kinderen te verbergen. Ze veegde de tranen die over haar wangen stroomden niet meer weg, hield geen tissue meer tegen haar neus en drukte haar vingers niet meer tegen haar opgezwollen ogen om ze weer normaal te krijgen. Ze had het goedgevonden dat Harry haar zo zag, als hij via de spiegel naar haar had gekeken. Hij mocht haar lelijke, vlekkerige, opgezette, snotterige gezicht zien als hij haar de auto uit hielp wanneer ze weer thuis waren. Ze verdiende het. Ze verdiende die vernedering, en nog veel meer, na wat ze haar dochter had aangedaan.

Ze gromde van afschuw over haar idiote gedrag in de gang, toen ze zichzelf er bijna van had overtuigd dat er zijn, onder alle omstandigheden, beter voor Laks was dan er niet zijn. Ze had haar ogen gesloten, maar ze voelde dat Harry verschoof in zijn stoel toen hij haar stem hoorde. Ze zag voor zich hoe hij bezorgd achteromkeek, benieuwd naar een verklaring. Ze draaide zich naar het raampje, drukte haar voorhoofd tegen het koele glas en liet zijn vragen onbeantwoord terwijl ze zichzelf strafte voor haar stommiteit.

Natuurlijk zou het meisje niet beter af zijn met een moeder in deze conditie. Ze kon Laks niet langer blootstellen aan dit soort situaties.

Mara kon zich het gelach voorstellen dat opklonk in de bus als de wiebelige figuur van een moeder op de stoep stond te wankelen, wachtend op de schoolbus. Het gestaar, als ze later zagen dat de moeder van het meisje in een rolstoel zat. Het gefluister als het gerucht rondging dat de vrouw nu niet meer haar bed uit kwam. Als je met Lakshmi Nichols mee naar huis ging om te spelen, stond er niet meer een moeder bij het aanrecht met versgebakken brownies, maar zag je alleen een dichte slaapkamerdeur. Of erger nog, een open slaapkamerdeur, waarachter een ziekelijke vrouw je met holle ogen lag aan te staren.

Laks was vijf jaar en te jong om haar afkeer te verbergen. Ze was van nature te open om haar gevoelens niet te uiten. Ze kon niet doen of alles in orde was en ze zich niet voor het gedrag van haar moeder schaamde. Later zou ze leren haar emoties te filteren. Ze zou leren dat het haar moeder en haar vader van streek maakte als ze iets negatiefs over Mara zei. Ze zou leren haar gevoelens voor zich te houden en ze zouden in haar woekeren, een giftig mengsel van schaamte en afkeer, bitterheid en woede. Hoe kon iemand beweren dat dat beter was voor een kind dan dat haar moeder gewoon doodging?

Mara had het gezien, een glimp van wat er zou komen, toen ze voor het eerst haar diagnose kreeg. Ze hoorde een van de verpleegkundigen bij dokter Thiry de naam noemen van een verpleeghuis waar een van hun patiënten verbleef en ze was erheen gereden. Ze had een leugen verteld over een zieke moeder en zo een rondleiding gekregen. Het duurde niet lang voor ze de patiënt had ontdekt: de vrouw zat in de hoek van de 'activiteitenzaal'; een dunne deken lag in een hoopje op de voetsteunen van haar rolstoel en ze draaide met haar bovenlijf eindeloos rondjes, naar voren, opzij en dan weer voorover, met een starre grimas op haar gezicht.

Er stond een man naast haar, en twee tieners, een jongen en een meisje, zaten onderuitgezakt op plastic stoeltjes. De blik van de vrouw was gericht op een lege stoel voor haar, en hoewel de mond van de man voortdurend bewoog, gaf de vrouw geen teken dat ze hem hoorde of zelfs besefte dat hij er was. De kinderen hadden net zo goed op een trein kunnen staan wachten, dacht Mara, zo weinig waren ze met hun moeder bezig. Ze keken op het schermpje van hun telefoon en droegen allebei een koptelefoon. Ze bewogen hun hoofd op het ritme van de muziek die alleen zij hoorden.

Je kon het ze niet kwalijk nemen, want hun moeder had ook geen oog voor hen. Je kon je gemakkelijk voorstellen hoe de kinderen bij eerdere bezoeken hadden geprobeerd om met haar te praten, haar te vertellen wat ze allemaal hadden meegemaakt sinds hun laatste bezoek: wat ze op school hadden gedaan, op het sportveld, met hun vrienden. En hoe ze alleen die lege blik hadden teruggekregen. Mara keek naar het gezicht van de vrouw. Starende ogen die zeiden dat ze hen niet echt gehoord had. Ze kende ze niet eens meer. De persoon die Mara rondleidde ging maar door over activiteitenavonden en uitstapjes en diëten, maar Mara keek toe hoe de man de gevallen deken oppakte, hem over de knieën van de vrouw uitspreidde en hem instopte bij haar heupen. Een paar seconden later lag hij weer bij haar voeten en hij glimlachte geduldig terwijl hij zich bukte om hem weer op te rapen. Hij klopte de vrouw op de schouder en babbelde verder.

De vrouw liet de deken weer op de grond vallen en toen de man zich weer vooroverboog om hem op te rapen, zag Mara de jongen zijn zusje even met de voet aanstoten. Het meisje keek op van haar telefoon en haar broer wees haar met een hoofdgebaar op het opraapspelletje dat hun ouders speelden. Hij keek kort naar zijn vader en rolde toen met zijn ogen. Zij deed hetzelfde en schudde haar hoofd, een blik van walging op haar gezicht. Hun vader kwam weer overeind, waardoor hij hen weer kon zien, en snel richtten ze zich weer op hun telefoon en hervatten ze hun ritmische hoofdknikken. Ze deden alsof ze niets hadden gezien.

Mara had nooit tegen iemand gezegd dat ze naar het verpleeghuis was geweest, maar had wel aan Tom laten merken dat ze wist hoe de laatste stadia van de ziekte van Huntington eruitzagen en hoe moeilijk die voor Laks zouden zijn. En voor hem. Tom beweerde dat het allemaal wel mee zou vallen. Niet ideaal, natuurlijk, maar ze zouden wel een manier vinden om ermee om te gaan, en ze zouden zich wel redden. Maar hij sprak alleen maar uit wat hij hoopte, wist Mara. Zij had de werkelijkheid gezien. Zij had een glimp van hun toekomst opgevangen.

Ze wierp een blik op Harry en overwoog weer of ze om meer tijd met Laks te hebben in staat zou zijn haar onafhankelijkheid los te laten en zich te laten helpen door Tom en haar ouders, thuiszorgmedewerkers, en uiteindelijk verpleegkundigen die haar thuis zouden verzorgen. Nu besefte ze dat dat alleen maar tot meer dagen als vandaag zou leiden. Meer gegiechel, meer gestaar, meer gefluister. Meer vernedering voor Laks. Tot Mara in een rolstoel zat, in de hoek van een of andere activiteitenzaal en haar deken voor de tiende keer op de grond liet vallen terwijl haar dochter deed of het haar niet opviel hoe zielig haar moeder was geworden.

Toen ze bij haar huis waren, haastte Harry zich naar Mara's portier om haar uit de taxi te helpen, maar ze wuifde zijn hulp weg en stapte zelf uit. Ze stond toe dat hij met haar meeliep naar de deur, maar toen hij zijn hand uitstak om haar de trede bij de voordeur op te helpen, schudde ze haar hoofd en liet hij zijn hand zakken. Bij de deur gaf ze hem het geld voor de rit en begon ze met haar sleutel te hannesen.

Hij stak zijn handen in zijn zakken en wachtte zwijgend tot ze uiteindelijk zuchtte en hem de sleutel overhandigde. Hij deed de deur van het slot en duwde hem open. Ze opende haar mond om hem te bedanken, maar hij legde een vinger op zijn lippen en schudde zijn hoofd. Hij draaide zich om en liep naar zijn taxi, een hand als groet opgeheven.

28

SCOTT

Scott had zich gedoucht en verkleed en stond op Laurie te wachten toen ze thuiskwam.

'Wow,' zei ze. 'Colbertje en mooi overhemd. En die schoenen waar ik zo gek op ben. Valt er iets te vieren?'

'Ik neem mijn vrouw mee uit eten. Sommigen zouden het een afspraakje noemen.'

'Twee keer achter elkaar?'

'Pff. Afhaaleten is geen afspraakje. En zelfs als dat wel zo was, wat dan nog? Je hebt een verzetje nodig. Heb je nog iets nodig voor we gaan? Ik heb om zes uur gereserveerd.'

'Nee, hoor,' zei ze. Ze draaide zich om en liep de deur weer uit. Ze leek te huppelen over de oprit en naar zijn auto. 'O wat leuk! Ik kan me de laatste keer niet herinneren dat we iets spontaans als dit deden! Geweldig! Dat is minstens...' Ze wachtte even. 'Laat maar.'

'Je kunt het wel hardop zeggen, Laur.'

'Nee. Het is ongevoelig. Je bent nog zo –'

'Laur, het is goed. Je kunt het hardop zeggen.' Hij wachtte even, maar ze zei niets meer. 'Goed, dan doe ik het wel,' zei hij. 'Het is minstens een jaar geleden. Sinds Curtis bij ons kwam wonen. We hebben vanaf dat moment niet meer zoiets spontaans kunnen doen. Je mag er best opgewonden over zijn.' Hij kuste haar en startte de auto. 'Je mag me gewoon zeggen hoe je je voelt. Je hoeft niet te doen alsof je niet opgelucht bent dat we ons leven weer voor onszelf hebben. We weten allebei dat je daar naar uitkeek. En dat heb ik ook gedaan. Het is niet zo dat als we weigeren de goede kanten van de situatie te zien, die zal veranderen, toch? Hij is weg. Daar kunnen we verdrietig over zijn, of we kunnen een manier vinden om de goede kant ervan te ontdekken. Hoe dan ook, hij blijft weg.'

Ze knikte, maar ze voegde niets toe aan wat hij had gezegd. Ze hielden elkaars hand vast en zongen mee met de radio. Toen hij naar haar keek, zag hij een nieuwe gloed die hem nog niet eerder was opgevallen. Of het de slotfase van de zwangerschap was, of het feit dat hij de moeite had genomen om een etentje te organiseren, of de rust dat ze tijd met elkaar doorbrachten zonder het kleine vijfde wiel aan de wagen die de afgelopen twaalf maanden onafgebroken bij hen was geweest, hij wist het niet, maar ze zag er schitterend uit.

'Je ziet er schitterend uit,' zei hij en hij bracht haar hand naar zijn lippen. 'Je lijkt... tevreden.'

'Zo voel ik me ook.' Ze deed haar ogen dicht en hield ze minstens tien minuten lang gesloten. Hand in hand keek Scott af en toe zijdelings naar zijn vrouw, terwijl ze zachtjes meezongen met Elton Johns 'Daniel'.

Halverwege het eten legde ze haar mes en vork neer. 'Oké, ik geef het toe. Ik ben opgelucht.'

Hij keek op van zijn steak en zag dat ze onzeker naar hem keek, alsof ze zich afvroeg of ze een fout had gemaakt toen ze hem op zijn woord geloofde. Hij gebaarde dat ze rustig verder kon gaan. Niet zozeer omdat hij wilde horen wat ze te zeggen had, maar omdat hij het gevoel had dat hij het aan haar verschuldigd was. Ze was niet heel enthousiast geweest over het idee de jongen in huis te nemen, maar ze had het toch gedaan, een heel jaar lang, voor hem. Het minste wat hij kon doen was haar laten vertellen wat haar gevoelens waren.

'Echt,' zei ze. 'Opgelucht. Tevreden, zoals je in de auto zei. Voor het eerst sinds lange tijd weer eens volledig ontspannen. Ik bedoel, o mijn god, Scott. Weet je nog hoe gemakkelijk alles gisteravond ging? Eten op de bank, met onze voeten omhoog. Weet je nog hoe rustig het was? Geen discussies over tafelmanieren of brutaal zijn? En na het eten, terwijl jij huiswerk nakeek, las ik zes hoofdstukken in het ene boek en begon ik aan het andere, alles in een verrukkelijke, ononderbroken stilte. Geen onderbrekingen om te onderhandelen over huiswerk of douches of bedtijd. Geen discussie over wel of niet een tweede portie van het nagerecht terwijl het bord nog niet leeg is. Het was hemels.'

Ze keek hem onderzoekend aan. Hij wist dat ze op een reactie van hem wachtte. Hij voelde een steek van ontrouw aan Curtis toen hij luisterde naar haar opsomming van alle concessies die ze hadden moeten doen en waar ze nu van 'verlost' waren. Bijna had hij zijn hand opgeheven om haar het zwijgen op te leggen. Maar haar hardop haar mening laten verkondigen, betekende nog niet dat hij het met haar eens was. Hij zwaaide met zijn vork en liet haar doorpraten.

'Oké,' zei ze. 'Toen ik naar bed was gegaan, waar was jij toen eigenlijk? Beneden, denk ik? Was je weer op dat forum? Nou ja, ik lag te denken dat de komende drie maanden elke avond zo zou zijn. Alleen jij en ik en genoeg rust om onze eigen gedachten te kunnen horen.'

Ze wachtte weer even en hij knikte. 'Het was zeker heel rustig,' zei hij.

'Ja hè?' zei ze. Ze miste of negeerde bewust het feit dat zijn toon eerder treurig was dan dankbaar. 'Zo rustig, ik wist gewoon niet wat me overkwam. En dan nog iets.' Hij trok zijn wenkbrauwen op en nodigde haar uit door te praten. 'De gedachte aan al die tijd,' zei ze. 'Ongelooflijk gewoon. Tijd met elkaar, tijd alleen. Tijd om een middagdutje te doen! Of om in het weekend uit te slapen zonder te worden gewekt door een luid gefluister: "TROEPEN, TEN AANVAL! MAAR BLIJF IN DE GANG! VERBODEN DE KAMER VAN DE GROTE MENSEN IN TE GAAN EN ZE WAKKER TE MAKEN!"'

Scott lachte. De jongen had het nooit begrepen. Of misschien juist wel, want na het harde fluisteren porde Laurie Scott altijd net zo lang tot hij zichzelf het bed uit sleepte en naar beneden ging met de bron van het lawaai zodat Laurie nog even kon slapen.

Laurie lachte ook, haar opluchting bleek uit de lichtheid van haar stem. Ze pakte zijn hand, streelde met haar duim over zijn knokkels en zond hem een van haar betoverende glimlachjes, het soort waarvan hij zich eerder vloeibaar voelde dan bestaand uit een vaste substantie. 'We hebben… niet de gemakkelijkste jaren achter de rug, jij en ik, dat is toch zo?' zei ze. Hij knikte en zij wreef haar duim de andere richting op.

'En ik zeg niet dat we de spanningen die we in zo veel jaren hebben opgebouwd nu in drie maanden kunnen goedmaken,' vervolgde ze. 'Maar we kunnen wel een groot deel goedmaken, denk je niet? Al die tijd die we nog met z'n tweeën hebben voordat de baby komt. Denk eens aan alle filmavonden, etentjes en avonden op de bank zonder een kleine jongen tussen ons in die ons ervan weerhoudt elkaar aan te raken. Al die luie ochtenden in bed.' Ze keek hem verleidelijk aan en nu was hij meer verdampt dan vloeibaar.

'Drie maanden. Genoeg om weer in het ritme te komen voor we weer een kleintje in huis hebben. Genoeg om weer een stevige band op te bouwen, zoals het vroeger was, voor onze kleine komt en weer voor slapeloze nachten en angsten zorgt en alle andere dingen die mensen uit elkaar drijven. En hoewel ik woedend ben op LaDania en ik het vreselijk vind dat we geen afscheid hebben kunnen nemen van onze Kleine Man, zie ik die extra dagen als een geschenk, omdat we nu nog meer tijd samen hebben.' Ze keek hem nerveus aan. 'Vind je dat... erg?'

'Natuurlijk niet,' zei hij.

Wees nou eerlijk, wat moest hij anders zeggen?

Na het eten vroeg ze of ze nog even langs haar favoriete babywinkel Bundles of Joy konden gaan om een paar dingen uit te zoeken voor de uitzet. Hij zette de meest enthousiaste stem op die hij kon vinden en ook al klonk die hol in zijn oren, zij trapte erin, ofwel vanwege haar eigen enthousiasme over hun missie of omdat ze hem nog even liet profiteren van de voorsprong die hij met het etentje had genomen.

Toen ze hem echter jurkjes voor 0 tot 3 maanden wilde laten zien en hij de andere kant op keek naar kleine honkbalhandschoentjes en Tigers-pakjes die duidelijk voor jongetjes bedoeld waren, trapte ze er niet meer in.

Ze greep hem bij zijn arm en trok hem mee naar de jurkjes. 'Je moet echt hier even naar kijken,' zei ze. Ze pakte er een uit het rek – roze katoen met een vlinder op de buik – en hield het voor hem omhoog, terwijl haar ogen hem vroegen te zeggen hoe schattig het was.

Hij lachte schaapachtig en zij schudde haar hoofd.

'Niet goed genoeg,' zei ze. 'Je moet hier enthousiast over zijn.' Ze schudde het jurkje voor zijn ogen heen en weer. 'Je moet de lieve vlinder op dit jurkje aanwijzen. En' – ze pakte een geel jurkje met een grote madelief op de voorkant – 'de schattige bloem op dit jurkje.' Ze hield de jurkjes allebei voor zijn neus.

Ze hing ze terug aan het rek en legde haar handen op zijn schouders.

'Ik wil dat je helemaal in de wolken bent over het feit dat wij een dochter krijgen. Je moet mij overtuigen dat het belangrijkste in je leven niet het gezin is dat in een flatje in Detroit woont, maar het gezin dat jij en ik stichten in Royal Oak. Ik wil het in je ogen zien en in je stem horen en in je kus voelen dat dit gezin, ons gezinnetje, op nummer 1 staat. Ik denk niet dat dat te veel gevraagd is. Ik denk niet dat dat te veel is voor jou om te geven. Maar als ik me daarin vergis, is dit het moment om me dat te zeggen.'

Ze liet zijn schouders los en draaide zich om naar de jurkjes. Scott keek naar de grond. Kon hij echt, hier en nu, beloven dat hij zich over het verlies van zijn Kleine Man heen kon zetten en gewoon verder kon gaan met zijn leven? Zomaar, opgewonden zijn over de komst van de baby en geen verdriet meer tonen over het verlies van de jongen?

Hij keek naar zijn vrouw, haar benen, haar zwangere buik, haar gezicht. Zelfs nu ze boos was, straalde ze nog. God, wat was ze mooi. En er was iets aan haar, aan hun tweeën samen, dat niets minder dan elektrisch was. Hoe vaak had ze hem alleen vanavond al tot vloeibare materie gemaakt, alleen door met haar haren te zwaaien of hem een blik toe te werpen? Voor hem was zij het helemaal. De enige vrouw van wie hij ooit zou houden.

Wat ze nu van hem vroeg was alleen maar redelijk. En niets, vergeleken bij wat hij van haar had gevraagd, afgelopen april toen Bray op hun stoep stond, met zijn kleine broertje aan de hand. Hij kon zich voorstellen wat Pete zou zeggen – of 2boys, wat dat aangaat – als ze getuige zouden zijn van zijn inwendige discussie over of hij de liefde van zijn leven moest beloven dat hij zich vanaf dit moment zou gedragen alsof ze dat inderdaad was: 'Huh? Waar heb je het in vredesnaam over?'

'Je hebt geen ongelijk,' zei hij en hij pakte het roze jurkje met de vlinder en hield het keurend omhoog. 'Maken ze echt minikleerhangers voor dit soort kleertjes? Dit past met geen mogelijkheid op de hangers bij ons in de kast.' Hij hield de scanner bij het prijskaartje en wachtte op haar goedkeuring voor hij het jurkje aan hun lijst toevoegde.

'Dank je wel,' zei ze zacht.

29

MARA

Mara wachtte bij de deur op de schoolbus. Ze zou niet meer op de stoep staan wachten.

'Laks, lieverd,' zei ze toen het meisje bij haar was. Ze boog zich wiebelig voorover en bracht haar gezicht op de hoogte van dat van haar dochter zodat ze haar kon aankijken. 'Ik kan je niet zeggen hoeveel het me spijt wat er vandaag gebeurd is.'

'Het geeft niet, mamma.' Het meisje keek naar haar schoenen. 'Mag ik wat lekkers?'

Voor het eerst sinds uren ademde Mara door. 'Natuurlijk.'

'Ik zei het toch,' zei Tom, toen hij thuiskwam en Mara hem over Laks' reactie na school vertelde. Mara had hem direct nadat Harry was vertrokken snikkend gebeld en had hem gezegd dat ze er zeker van was dat Laks nooit meer met haar zou willen praten na wat er gebeurd was. 'Onzin,' zei hij, 'ze kan veel meer hebben dan je denkt.'

Later droeg Mara schone badhanddoeken naar de kast in Laks kamer – slechts twee per keer, want een stapel wasgoed dragen was te moeilijk voor haar geworden – en zat Tom, dacht ze, op de bank een tijdschrift te lezen. Maar toen ze Laks kamerdeur naderde, hoorde ze zijn stem. Hij vroeg: 'Laks? Wat is er?'

Mara keek voorzichtig door de kier van de deur naar binnen. Het kind lag voorover op haar bed te snikken. Haar vader zat naast haar en streelde haar haren.

'Laks, praat met me,' zei hij.

Het antwoord was nog meer gesnik, en Mara zag hoe hij de vouw in zijn broek bestudeerde. Na een poosje vroeg hij: 'Is dit om wat er vandaag op school gebeurd is?'

Mara hield haar adem in toen het donkere hoofd op het kussen ja knikte.

'Oké. Ik wil dat je er met mij over praat. Als je grote gevoelens hebt, kun je ze het beste uiten. En ze niet opkroppen.'

Laks draaide zich om. Haar gezicht was verkreukeld en rood van woede. 'Lisa is mijn vriendin niet meer,' snikte ze. 'Ik wil nooit meer met haar praten.'

'O!' zei hij en Mara deelde de opluchting die ze in zijn stem hoorde. 'Is het om Lisa? Wat is er met Lisa gebeurd?'

'Ze zei' – Laks moest even ademhalen – 'gemene dingen.' Toen begon ze weer hevig te snikken.

'Wat voor gemene dingen?'

Het kleine gezichtje draaide naar de muur.

'Lakshmi. Geef antwoord. Wat voor gemene dingen?'

Nog altijd met het gezicht naar de muur, zei ze zachtjes: 'Ze noemde mamma een "dronken vrouw".'

'Een dronken vrouw?' zei Tom, en Mara hoorde aan zijn stem hoe hij zijn best deed het licht te laten klinken. Hij lachte er zelfs bij. Er kwam een gevoel van angst bij haar omhoog. 'Dat is een raar scheldwoord,' zei hij, 'vooral in een kleuterklas, en ik weet niet of ze het gemeen bedoeld heeft...'

Laks keek haar vader scherp aan. 'Ze had het van de kinderen van groep 6. En ze bedoelde het gemeen.' Van het ene op het andere moment veranderde haar boze blik in een verdrietige en stroomden er verse tranen over haar wangen. Haar schoudertjes begonnen te schokken en haar stem kreeg het verstikte geluid van iemand die door zijn snikken heen probeert te praten. 'Ze zeiden het allemaal,' hijgde ze. 'Alleen Susan niet.'

Ze haalde weer diep adem. 'Ze is de enige die nog mijn vriendinnetje is.' Ze wachtte weer even om nog meer te snikken. 'Ze waren allemaal gemeen... de grote kinderen ook.' Ze nam weer een hap adem en haalde haar neus op. 'Ze begonnen haar allemaal "dronken" te noemen. Omdat ze heel raar liep,' hijgde ze. 'En de grote kinderen zeiden... dat ze dronken was. En ik vroeg de juf wat "dronken" betekent. En zij zei... dat het slecht was.' Het kleine lichaam schokte en ze sloeg haar armen om het middel van haar vader en begroef haar gezicht in zijn schoot.

Dronken. Mara keek omlaag; de handdoeken die ze droeg bewogen heen en weer, omhoog en omlaag. Ze had niet gemerkt dat haar armen bewogen.

Anosognosie. Het volledige gebrek aan inzicht dat sommige Huntington-patiënten hebben in de manier waarop hun lichaam beweegt. Ze herinnerde zich dat dokter Misner het haar had uitgelegd. En later Tom. En later dokter Thiry.

Ze had gehoord dat Huntington-patiënten waren gearresteerd wegens openbare dronkenschap vanwege hun onhandige, slepende, voorovergebogen gang, terwijl ze zelf beweerden prima te lopen – wat hun bij de politie nooit veel krediet gaf. En nu had Mara hetzelfde gedaan. Alleen had zij niet zichzelf vernederd tegenover de politie, maar ze had haar dochter in verlegenheid gebracht ten overstaan van een gang vol kinderen. Was het vandaag pas begonnen, op school, vroeg ze zich af, of liep ze al langer raar?

Opeens drong het tot haar door: het jongetje en zijn moeder in de supermarkt hadden naar haar gekeken of er iets mis met haar was – naast het feit dat ze in haar broek had geplast. Harry was uit de auto gesprongen en naar haar toe komen rennen nadat hij haar een paar passen had zien zetten bij de garage. En het meisje in de kledingwinkel had haar ook aangestaard. Ze had er toen niet veel bij gedacht – ze gedroeg zich al die keren toch al vreemd – en had aangenomen dat de verwonderde blikken van de mensen een reactie daarop waren.

Nu wist ze waar ze naar gestaard hadden. Ze had al de hele week gelopen als een dronkaard.

Alleen haar familie en vrienden hadden gedaan of er niets aan de hand was. Ze wist dat ze hen daar dankbaar voor moest zijn, maar het geluid en de aanblik van haar brullende dochter maakten het moeilijk om niet het tegenovergestelde te voelen.

'Het spijt me zo,' zei Tom tegen Laks. 'En het spijt mamma ook heel erg. Maar ze kan het niet helpen. Weet je nog dat mamma en ik je vertelden dat ze ziek was? Dat ze iets heeft wat de ziekte van

223

Huntington heet en dat ze daarom is gestopt met werken? Daarom was ze soms zo boos, tot ze daar een medicijn voor kreeg. Weet je dat nog? Weet je nog dat we je vertelden dat als mensen ziek zijn, ze daar niets aan kunnen doen? Dat als de ziekte maakt dat ze zich gedragen op een manier die we niet prettig vinden, we erg ons best moeten doen om niet boos op ze te zijn, omdat het de schuld van de ziekte is en niet van degene die de ziekte heeft? Weet je dat nog?'

Ze hadden Laks niet veel verteld over Mara's ziekte. Het zou gezien haar leeftijd zelfs niet ongebruikelijk zijn als ze er helemaal over zouden zwijgen, had de maatschappelijk werker in de kliniek van dokter Thiry tegen hen gezegd. Maar zo deden ze het niet in hun familie, had Mara gezegd. Zij waren rechtdoorzee types die zeiden waar het op stond. Het soort ouders dat lichaamsdelen bij hun echte naam noemden. En dus, toen Laks, destijds vier jaar oud, afgelopen zomer aan haar moeder had gevraagd: 'Waarom neem je elke ochtend al die pillen?' waren ze bij elkaar gaan zitten en hadden ze haar verteld waarom.

Tegen de wil van Mara had Tom eraan toegevoegd dat ze begripvol moest zijn, en niet boos, als Mara tegen haar uitviel, dingen liet vallen of struikelde. Mara wilde dat het meisje in staat zou zijn om haar woede en frustratie tegen haar moeder te uiten, als ze die voelde. Ze inslikken, omdat ze een belofte aan haar vader had gedaan was het tegenovergestelde van wat Mara voor haar dochter wilde. Het was maar goed dat Tom er vandaag niet bij was geweest op school, dacht ze; Laks had zich dan misschien gedwongen gevoeld om met Mara mee te lopen naar buiten, ook al wilde ze eigenlijk alleen maar doen of ze haar niet kende.

Laks knikte. 'Ik weet het nog.'

'Goed,' zei Tom, en hij streelde haar over haar hoofd. 'En weet je ook nog dat we niet boos moeten zijn op mamma voor wat er gebeurd is, omdat zij het niet kan helpen?' Laks antwoordde niet. 'Lakshmi?' zei Tom, nu streng. Zijn stem zei haar dat ze moest toestemmen.

Maar het meisje knikte niet en Mara gaf haar geen ongelijk.

Tom drong niet aan. Zwijgend zat hij daar met zijn huilende dochter op zijn schoot, terwijl hij haar schokkende schouders masseerde.

En nu zag Mara het glinsterende spoor op de wang van haar man. Ze sloeg een hand voor haar mond om haar eigen snik te verbergen en deed een stap opzij. Ze leunde tegen de muur en de handdoeken gleden uit haar handen op de grond.

Ze had er urenlang over gepiekerd dat haar dochter zich op een dag voor haar ziekte zou schamen. Dat het omgaan met de gevolgen van haar ziekte en het helpen van hun dochter om ermee om te gaan, haar man ooit te veel zou worden. Maar ze had in al die uren nooit kunnen bedenken hoe zij zich zou voelen als het zo ver was.

Ze hoorde Laks' stem, luid en scherp nu. 'Ik wil niet dat ze weer naar school komt, pappa!'

Mara was even trots op haar dochter, omdat ze haar gevoelens uitdrukte, maar toen voelde ze een stevige schroef haar borst vastklemmen. Ze voelde de pijn in de stem van het kind, kon haar gezichtje voor zich zien, verwrongen van afkeer. 'Ik wil ook niet meer dat ze buiten staat te wachten, zelfs niet bij de deur! Ik wil niet dat de kinderen haar uitlachen! Of mij.'

'Wacht eens even,' zei Tom. 'Ik wil je niet horen zeggen–'

'Ik wil dat ze altijd binnenblijft en nooit meer naar buiten gaat!'

Mara leunde tegen de muur. Het was pijnlijk om te denken dat Laks haar ware gevoelens over de ziekte van haar moeder moest verbergen, maar het was nog veel erger om ze ze hardop te horen uitspreken. Een verschroeiende pijn ging van Mara's oren naar haar tenen. Toen voelde ze zich hol. Haar benen dreigden het te begeven en ze rechtte haar schouders in een poging om overeind te blijven. Ze ademde diep en langzaam en smeekte haar lichaam om haar deze ene keer niet in de steek te laten.

'Nou, nou...' zei Tom. 'Nou, nou...' zei hij nog eens. En toen zei hij iets zachts, streng, maar vriendelijk.

'Je begrijpt me niet, pappa,' hoorde ze het kleine stemmetje zeggen en hij antwoordde weer zacht en streng en vriendelijk.

Mara hoorde Laks' woorden niet meer, noch die van Tom, maar was zich vaag bewust van zijn zachte mompelen, haar luide protesten, tot hun stemmen uiteindelijk in het niets verdwenen en ze niets meer hoorde en zag, alleen dit:

Tom en Laks zitten in de auto. Zij is stuurs en hij probeert dat te negeren. Ze parkeren de auto en gaan een gebouw binnen, melden zich. Laks legt haar handen over haar oren als de zoemer gaat en de binnendeur opengaat. Het is een naar, lelijk geluid en ze heeft er een hekel aan. Ze lopen naar het eind van een gang, de gemeenschappelijke ruimte in. De verpleegkundigen noemen het de woonkamer, maar Laks weet niet wie ze daarmee voor de gek willen houden.

Mara zit bij het raam. Ze staart voor zich uit, maar ziet niets. Er ligt een oude, versleten deken over haar knieën, ook al is het buiten warm.

Laks trekt haar neus op. De stank maakt haar misselijk, maar ze heeft geleerd dat erover klagen bij haar vader haar huisarrest oplevert. Als haar vader niet kijkt, bedekt ze haar neus met haar hand.

Tom loopt naar Mara en pakt haar hand. Hij kust haar op haar hoofd. Haar haren zijn dof, niet geborsteld. Haar hoofdhuid is droog. Hij let er niet op, kust haar toch. Laks walgt ervan haar vader haar moeder te zien kussen. Ze kokhalst, maar zorgt ervoor er geen geluid bij te maken. Ze ploft neer op een stoel, slaat haar armen over elkaar en mokt. Dit is stom. Ze wil hier helemaal niet zijn. Ze wil op het internet zijn, chatten met haar vrienden, of op haar telefoon. Jezus, zelfs huiswerk maken is leuker.

Ze heeft niets met deze vrouw. Ze heeft in haar hoofd reeds lang geleden afscheid genomen van haar moeder. De moeder die ze ooit had. De moeder die haar voorlas, haar duwde op de schommel, elke dag briefjes in haar broodtrommel deed met Ik zal altijd van je houden, xxx, mamma. De moeder tegen wie ze opkeek en tegen haar vrienden over opschepte. Waar ze zich op verheugde, elke dag als ze in de bus naar huis reed.

Ze bestudeert het profiel van haar vader en haar mondhoeken gaan vol walging omlaag. Hij was vroeger zo knap en levendig. Nu is zijn haar helemaal grijs. Zijn gezicht is mager en strak. Het blauw van zijn ogen is verbleekt – ze had niet gedacht dat het mogelijk was, maar het is echt zo. Zijn mond staat altijd nors en ernstig. Alleen hier, als hij geforceerd lacht en doet of hij nergens liever is dan hier. Dat er niets is wat hij liever doet dan een beetje onzinnig babbelen met die vrouw die niet eens luistert, die niet eens begrijpt wat hij zegt.

Vroeger bewonderde ze hem erom. Om zijn trouw.
Nu vindt ze hem zielig.

Ze haat zichzelf erom dat ze zo over haar ouders denkt. Maar wat moet ze dan denken? Ze wil een leven. Ze wil een vader wiens ogen niet gedoofd zijn.

Waarom gaat die vrouw niet gewoon dood?

Mara was heel snel in de wc naast de keuken en knielde voor het toilet, waar al haar eten eruit kwam. Ze kotste nog enkele malen tot er niets meer over was. Ze spatte koud water in haar gezicht en keek streng naar haar beeltenis in de spiegel. Toen liep ze resoluut naar de keuken, pakte de telefoon en toetste de sneltoets in van het kantoor van dokter Thiry. Toen het antwoordapparaat klonk, sprak ze haar naam in en liet een boodschap achter voor de dokter.

'Ik kan niet slapen.'

30

MARA

Tom zat in de woonkamer, op een hoek van de bank, met zijn laptop opengeklapt op zijn knie en een intense blik op zijn gezicht. Mara schraapte haar keel en hij klapte de computer dicht en legde hem op tafel. 'Ah, daar ben je,' zei hij en hij klopte op de ruimte naast zich.

'Er is geen nieuw onderzoek,' zei ze toen ze ging zitten. 'Ik heb gisteravond nog gekeken. En vanochtend weer.'

'Waar heb je het over?'

Ze keek hem uitdagend aan en pakte zijn laptop. Zoals ze verwachtte, greep hij haar hand voor ze hem kon openklappen en kon zien waar hij mee bezig was geweest. Ze lachte triomfantelijk. 'Dacht je dat ik niet wist van die obsessie van je?'

Hij keek haar onschuldig aan, alsof hij haar nog steeds niet begreep. Ze zou erop terugkomen, besloot ze. 'Waarom heb je me niet gezegd dat het lijkt of ik dronken ben als ik loop?'

'Wat? O, heb je ons afgeluisterd?'

'Moeilijk om het niet te horen als het kind brult: "Mamma mag nooit meer buiten komen!"'

Tom trok een grimas. 'Het spijt me.'

'Dat hoeft niet. Je wordt er vast ziek van om dat te moeten zeggen. Ik word er ziek van het te moeten horen. Het is je honderdste "het spijt me" op een avond. Waarom heb je me het huis uit laten gaan als ik zo loop? Heb je tegen Laks gezegd dat ze er niets van mocht zeggen? Normaal gesproken is ze niet zo zachtzinnig.'

'Laks besefte het waarschijnlijk niet eens,' zei hij. 'Jij bent mamma. Zo loopt mamma nu eenmaal. Het was pas toen –'

'Pas toen zij het mikpunt werd van Plano Parkway Elementary

drong het tot haar door dat mamma loopt alsof ze dronken is?' Hij schudde zijn hoofd, maar ze gaf hem geen tijd om iets te zeggen. 'Waarom heb je het me niet gezegd?' vroeg ze weer, luider nu.

Hij fronste zijn voorhoofd. 'Jij had gezegd dat ik dat niet moest doen.'

Ze begon tegenwerpingen te maken en toen wist ze het weer: de windzakvrouw. De dag waarop dokter Thiry uitlegde wat anosognosie was, had ze Tom gevraagd het haar niet te zeggen als ze zich raar bewoog. Ze had het niet willen weten. 'O.'

Ze wees naar de laptop die hij zo haastig had dichtgeklapt. 'Zeg eens eerlijk,' zei ze. 'Word je er niet strontziek van?'

'Waarvan?'

Het was geen verrassing dat hij deed alsof hij traag van begrip was; ze verwachtte allang niets anders meer van hem.

'Strontziek van het zoeken op internet naar nieuws,' zei ze. 'Strontziek van hopen op een nieuw medicijn, een nieuw onderzoek, dat er gisteren nog niet was. Strontziek van hopen op een ander einde aan dit verhaal, hopen op die vermeende remedie die altijd zogenaamd vlakbij is, maar eigenlijk nog ver weg. Ergens in een ander land, een ander continent. De meest briljante specialisten kunnen nog niet eens verklaren hoe de ziekte eigenlijk werkt en ze zijn er helemaal niet *vlakbij* om hem te stoppen. Ben je er niet strontziek van steeds je adem in te houden, je laptop open te klappen en te denken: misschien deze keer?'

Hij trok een schouder op. 'Ik maak me niet zo'n zorgen over het onderzoek. Ze boeken vooruitgang. En wij hebben de tijd.'

'Tijd? Ik ben in twee maanden tijd veranderd van supermamma in "mamma mag het huis niet meer uit".' Ze knipte met haar vingers. 'Misschien hebben de bofkonten met lage CAG-scores tijd. Maar ik niet.'

'Niet weer, Mara,' zei hij. Zijn stem klonk gespannen. Ze zag dat hij zijn frustratie onder controle probeerde te houden. 'Ik heb het je gezegd, dokter Thiry heeft het je gezegd, elk lid van zijn staf heeft het je inmiddels gezegd, er is geen bewijs dat er een samenhang is tussen de CAG-score en de snelheid van de progressie.'

'Nou, ik heb anders een heleboel online gelezen over mensen met hoge CAG's die veel sneller achteruitgingen dan –'

Hij stak zijn hand op. 'Alsjeblieft. Houd op je te laten meeslepen door willekeurige verhalen op het internet. Ik vind dat we ons moeten verlaten op de medische professie –'

'Ha!' snoof ze. 'Moet ik me verlaten op de medische professie? Je bedoelt de professie die nog geen enkel nieuw feit over deze ziekte heeft ontdekt sinds mijn diagnose is gesteld? Ik kan beter vertrouwen op de Magic-8-Ball van Laks!'

Hij antwoordde niet en ze zaten zwijgend naast elkaar. Hij dacht aan manieren om haar te kalmeren, dat wist ze, en voor die wetenschap haar kwaad kon maken, haalde ze diep adem en telde ze tot drie voor ze iets zei. Het zou prettiger zijn om geen ruzie te maken. 'Zeg nou eens eerlijk, Tom,' zei ze zacht. 'Word je er niet strontziek van steeds te doen alsof je je hebt neergelegd bij die rottoekomst die je te wachten staat?'

'Maar ik héb me erbij neergelegd,' zei hij zacht en hij nam haar hand in de zijne. 'Ik bedoel, natuurlijk, ik zou willen dat het anders was voor jou, maar –'

'O, kom op, zeg,' zei ze, op overredende toon. Ze probeerde hem het te laten toegeven. 'Begin nou niet weer met die onzin. Je zou het ook voor jezelf anders willen.'

'Nee.'

'Natuurlijk wel,' zei ze. Ze knikte langzaam en gaf daarmee aan dat hij instemmend mee moest knikken. 'Je wilde dat je je niet zo gruwelijk had vergist toen je een vrouw uitkoos.'

Hij reageerde geschokt en kwaad, alsof ze hem geslagen had. 'Mara! Natuurlijk wil ik dat niet!'

'Jawel. Ik weet het. Je wilde dat je niet voortdurend al dat puin hoefde te ruimen. Je wilde dat je niet was opgezadeld met die zielige –'

Hij sprong op, rukte zijn hand uit de hare, en stond voor haar, zijn benen gespreid, zijn gebalde vuisten in zijn zij. 'Vertel me niet wat ik wil; denk niet dat jij weet wat ik wil, wat ik denk, hoe ik me voel –'

'Nou, ik kan het wel raden,' zei ze, 'omdat ik hetzelfde doormaak. En ik weet dat ik liever zou hebben dat er nu al een eind aan komt dan dat ik nog jaren door moet sukkelen. Ik weet hoeveel beter Laks het zou hebben als ik in een urn op de schoorsteenmantel stond en niet langer een bron van vermaak zou zijn in de gang van de school. Ik weet dat jij een veel beter leven zou hebben als ik er niet meer zou zijn en er ruimte was voor een jonge, gezonde seksbom die mijn plaats kan innemen. Iemand naar wie je trots kunt kijken in plaats van meewarig. En als ik die dingen weet, dan weet jij ze ook –'

'Godverdomme, Mara!' Ze dook ineen. Hij vloekte of schreeuwde nooit. Zij was degene binnen het gezin die raasde en tierde. 'Wat zei ik nou net? Jij weet niet wat ik weet! Jij weet niet wat Laks weet! Houd op met proberen te –'

'Goed. Ik weet wat ík weet. En wat ík weet is dat jij beter af zou zijn –'

'In hemelsnaam!' Hij beende nu heen en weer. Zijn gezicht was rood en hij opende en sloot zijn vuisten in een poging zijn woede onder controle te houden. Het lukte hem niet. 'Je hebt het mis. Wanneer dringt dat nu eens tot je door? Je hebt het zo verschrikkelijk mis. We zouden níét beter af zijn –'

'Nou, vergeef me als ik dat wat moeilijk kan geloven.' Ze wuifde met haar hand in de richting van zijn rode gezicht en zijn gebalde vuisten. 'Je ziet er niet uit alsof je je erbij hebt neergelegd.'

'Ik raak overstuur, Mara, net als jij. Ik word boos. Over wat de ziekte van Huntington met mijn vrouw doet, met mijn dochter, met mijn gezin. Ik haat het net zo erg als jij. Laks ook. Soms loop ik heen en weer en vloek ik en krijg ik een rood hoofd en schreeuw ik net zo veel als ik wil. Dat doen we allemaal. Laks en ik hebben het tot nu toe nog niet zo veel gedaan, en vanavond is daar misschien verandering in gekomen. Of misschien is het iets eenmaligs. Ik weet het niet en het kan me niet schelen ook. Want boos worden is alleen maar normaal als de dingen zo lopen! En ik wil dat zij dat weet. Maar dat we af en toe boos zijn betekent niet dat we er niet mee kunnen omgaan of er niet mee willen omgaan.'

Hij ging weer zitten en pakte haar hand. 'Denk nou eens na, lieveling,' zei hij zacht, smekend. Alle boosheid was uit zijn stem verdwenen. 'Ik ben arts. Als ik niets te maken zou willen hebben met zieke mensen, had ik een ander vak moeten kiezen.'

'Je bent dermatoloog,' zei ze zuur. 'Dat is geen oncologie.'

Hij begon antwoord te geven, maar onderbrak zichzelf. Hij ademde gecontroleerd in, hief toen zijn hand op naar zijn mond en hield hem daar. Het maakte haar woedend, hoe hij in staat was zichzelf zo snel weer in de hand te hebben, hoe hij zichzelf kon wegtrekken bij de emotionele afgrond, haar belediging kon negeren en iets nieuws kon proberen om hen weer op het goede pad te brengen. Het was iets waartoe zij niet meer in staat was.

Maar, zei ze tegen zichzelf, hij was ook niet degene die werd aangevallen. Wie kon zich nu niet beheersen als hij alleen maar getuige was van de verwoesting? Je zag geen mensen die het in hun broek deden als ze naar oorlogsverslagen in het nieuws op tv keken. De enigen die dat deden waren de mensen die er zelf bij betrokken waren.

'Zeg alsjeblieft niet dat wij beter af zouden zijn zonder jou,' zei hij zacht. 'Het is gewoon niet waar. En het doet me pijn dat je dat denkt. Het zou Laks ook pijn doen, denk ik –'

'Goed.' Ze haalde haar schouders op. 'Ik laat jullie erbuiten. Maar ík zou beter af zijn als het nu voorbij was. Ik zou beter af zijn als ik niet langer erbij hoef te zijn en weet dat ik mijn kind belachelijk maak op school, en dat ik een blok aan het been van mijn man ben.'

Deze keer sprong hij niet op, maar hij liet haar hand los, gromde geërgerd en stond op. Hij liep naar de andere kant van de salontafel en plofte in een van de leunstoelen tegenover de bank. Aan de uitdrukking op zijn gezicht te zien was de korte poging zijn woede te beheersen nu echt voorbij. Ze kon er niets aan doen dat ze daar toch een klein beetje genoegdoening over voelde.

'Wat?' zei ze. 'Waarom ben je nou boos? Ik had het niet over wat het beste was voor jullie. Ik zei alleen wat ík zou willen –'

'Omdat dit niet alleen over jou gaat! Het gaat niet alleen om wat jij wil, of hoe jij je voelt!' Hij boog zich voorover. 'Heb je daar ooit over nagedacht? Is dat ooit bij je opgekomen in de afgelopen vier jaar?' Hij spreidde zijn handen uit. 'Je hebt de websites gelezen, de

brochures die Thiry ons gaf. Dertigduizend mensen in de Verenigde Staten hebben de ziekte van Huntington. Een veel groter aantal
mensen heeft te maken met de ziekte van Huntington. Jij hebt dan
misschien het gen, maar dat betekent nog niet dat je die verdomde
ziekte helemaal kunt opeisen. Zeker, de ziekte zit in jouw lichaam.
Maar hij zit ook in dit gezin. En jij bent een van de drie mensen
waaruit dit gezin bestaat. Een van de twee mensen die dit echtpaar
vormen. En ja, jij bent degene met de ziekte van Huntington en ik
zal nooit beweren dat ik weet hoe het voelt om degene te zijn die de
ziekte heeft. Maar ik ben degene die getrouwd is met een vrouw met
de ziekte van Huntington. En dat kleine meisje' – hij wees met zijn
arm in de richting van Laks' kamer – 'is de dóchter van de vrouw
met de ziekte van Huntington. En wij houden van die vrouw. Meer
dan van wie of wat ook.

'Ik weet dat deze ziekte je onderuit heeft gehaald, maar je lijkt te
vergeten dat hij ons ook onderuit heeft gehaald. Je lijkt te vergeten
dat net zo goed als jij ons nodig hebt om ermee om te gaan, wij jou
nodig hebben om verder te leven. Ik heb de liefde en de troost van
mijn vrouw nodig. Laks heeft haar moeder nodig. We hebben jou
nodig, hier, bij ons. We zouden nooit beter af zijn met jou in een
verdomde urn op de verdomde schoorsteenmantel. Zeg dat nooit
meer!'

'Natuurlijk,' zei Mara en ze rolde met haar ogen. 'Dat is wat je
moet zeggen. Maar in je hart –'

'In godsnaam, Mara!' Hij stond weer op. 'Hou op!'

Ze keek met open mond toe hoe hij naar hun slaapkamer liep,
naar binnen ging en na een paar seconden terugkwam met haar
kussen, nachtpon en de plaid die op hun bed lag. 'Je wilt dat ik ophoud je met handschoenen aan te pakken?' vroeg hij. 'Je wilt dat ik
ophoud medelijden met je te hebben, rekening met je te houden en
je te verwennen?' zei hij verstikt.

Hij gooide de spullen op de bank. 'Dit is wat ik zou doen als je
geen Huntington had en je het afgelopen kwartier bezig was geweest
mij te vertellen dat ik niet genoeg van je hou om elke minuut die ons
nog rest bij je te willen zijn, ongeacht wat dat betekent. Dit is wat ik

zou doen als je gezond zou zijn en mij ervan beschuldigde de gemakkelijke weg te prefereren boven de zorg voor de liefde van mijn leven. Dit is wat ik zou doen als je nooit die diagnose had gekregen, als we het woord *Huntington* nooit in dit huis hadden laten vallen en jij aan mij opbiechtte dat je ermee wilt ophouden, omdat er blijkbaar nadelen zijn die zwaarder wegen dan de voordelen van een leven met mij.'

Hij draaide zich om, liep terug naar de slaapkamer en sloeg de deur met een klap achter zich dicht.

Mara keek met stomheid geslagen van het kussen en de plaid op de grond naar de gesloten slaapkamerdeur en weer terug.

Uitstekende strategie, zei ze bitter tegen zichzelf – maak hem zo kwaad dat hij uiteindelijk blij is als je er niet meer bent.

Ze sloeg haar armen over elkaar en probeerde te snuiven, maar het geluid klonk meer als een jammerklacht en tranen hulden de aanblik van de gesloten deur in een mist.

Ze zat meer dan een uur lang in het donker en probeerde moed te verzamelen om naar hem toe te gaan. Ze kon niet op de bank in de kamer slapen, niet nu ze nog maar zo weinig nachten samen hadden. Hij zou het zichzelf nooit vergeven, naderhand, als zij op de bank bleef, omdat hij dat gezegd had. Eindelijk stond ze op en pakte ze de spullen die hij naar de bank had gegooid bij elkaar. Ze bleef even bij hun deur staan en duwde hem toen voorzichtig een stukje open, toen iets verder, tot ze erdoorheen kon. Ze kon zijn vorm in het donker maar net onderscheiden. Hij lag op zijn rug, met zijn armen onder zijn hoofd, zijn ogen geopend, en op haar gericht.

'Ik wil graag hier slapen, als je dat goedvindt,' zei ze zacht.

Hij reageerde niet.

Het was beter dan een weigering, bedacht ze, en ze klom naast hem in bed. Ze schoof naar hem toe en legde aarzelend een hand op zijn dij. Hij bleef op zijn rug liggen en staarde naar het plafond, reageerde niet op haar.

'Het spijt me,' fluisterde ze.

Nog altijd geen reactie. Ze draaide zich naar hem toe en bestudeerde de harde lijn van zijn mond, de manier waarop zijn kaak op elkaar geklemd was, alsof hij zichzelf dwong niet te spreken. Of niet te huilen? Ze hield haar adem in toen ze zijn tranen zag. Ze had hem pijn gedaan.

Die gedachte bracht de tranen ook bij haar omhoog en voor het eerst stond ze zichzelf toe te overwegen dat het zogenaamde 'ik heb me neergelegd bij jouw ziekte'-spelletje dat hij zojuist had laten zien in de woonkamer en dat hij zo vaak gespeeld had sinds haar diagnose was gesteld, misschien weleens helemaal geen spelletje was, maar gewoon de waarheid. Misschien wilde hij echt wel voor haar zorgen. Misschien deed het hem echt wel pijn te denken dat zij hem niet geloofde. Misschien wilde hij haar echt wel bij zich houden. Misschien, voor de tweede keer in twee dagen, had ze wel een fout gemaakt toen ze de boodschap insprak voor dokter Thiry.

'Het spijt me,' zei ze weer. 'Tom, alsjeblieft, zeg iets.'

'Het breekt mijn hart als je zo praat,' fluisterde hij, zijn ogen nog altijd op het plafond gericht, 'alsof je me niet gelooft als ik zeg dat ik tot het bittere einde bij je wil blijven.'

'O, Tom.' Ze pakte zachtjes zijn kin en draaide zijn gezicht naar zich toe. Zijn ogen stonden vol tranen en hij haalde zijn schouders op. Mara ging met haar duim over zijn ogen en drukte hem toen tegen haar lippen.

'Ik zal niet meer kunnen autorijden,' fluisterde ze. 'Je zult alles alleen moeten doen.'

'Dat vind ik niet erg,' fluisterde hij terug. Hij keek haar doordringend aan, alsof hij haar uitdaagde te zeggen dat hij dat niet meende.

'Ik word lelijk en bleek en mager en overdekt met kwijl, eerder dan je verwacht. Je zult me moeten voortduwen in een rolstoel.'

'Dat vind ik niet erg.'

'Als je me mee wilt nemen ergens naartoe, tenminste. Je zult je zo voor me schamen, het zal zo'n gedoe zijn om me mee te nemen dat je me in huis zult willen verstoppen.'

'Nee, dat zal ik niet.'

'Ik zal vergeten wie je bent. Wie Laks is. Ik houd op met praten. Ik zal naar een verpleeghuis moeten en je zult me daar niet willen opzoeken. Je komt wel, uit plichtsbesef. Je verplicht Laks om mee te gaan. En ze zal me erom haten.'

'Nee, dat zal ze niet,' zei hij, haar nog steeds aankijkend.

'Je zult niet kunnen stoppen met werken. Verpleeghuizen kosten een vermogen. Je zult moeten doorwerken tot je zeventigste. Laks kan misschien niet studeren.'

Hij lachte zachtjes. 'Kijk je weleens naar de investeringsoverzichten die ik je laat zien? Ik zou morgen kunnen stoppen met werken en we zouden het nog gemakkelijk redden.'

Ze trok een gezicht en hij lachte weer. Deze keer was hij degene die zich vooroverboog en haar kuste. 'Ik kan en ik wil je komen opzoeken. Natuurlijk. En Laks ook. Het zal voor geen van ons beiden een verplichting zijn. En ze zou je nooit kunnen haten.'

'Dat zal ze wel doen. En jij ook. Je zult eenzaam en ellendig eindigen en een of ander oud vel dat je niet eens herkent in een verpleeghuis moeten bezoeken. Terwijl het ook anders had gekund. Je had iemand anders kunnen ontmoeten. Je had met een nieuw en gezond iemand kunnen trouwen en een nieuw leven beginnen.'

Hij schudde zijn hoofd. 'Ik wil geen nieuw leven. Ik wil dit leven. Met jou.'

'Maar ik zal –'

'Je zal de liefde van mijn leven zijn. De rest van mijn leven.'

Ze zuchtte en sloot haar ogen. Ze voelde hem naast zich bewegen tot hij op zijn zij lag, met zijn gezicht naar haar toe. Hij sloeg zijn armen om haar heen en trok haar tegen zich aan. Al snel hoorde ze zijn ademhaling langzamer worden en zijn greep verslappen. Voorzichtig maakte ze zich los uit zijn armen en keek toe hoe hij sliep. Hij was echt een prachtige man.

Zachtjes streelde ze zijn haren en liet ze haar vingers dwalen langs zijn bakkebaarden en langs zijn kaak. Het was onvergeeflijk om deze mooie man zijn leven te laten verspillen als verzorger van een vrouw wier schoonheid en lichaam en aantrekkelijkheid als een wervelwind vervlogen, terwijl die van hem alleen maar toenamen.

Ze volgde de lachrimpels bij zijn ogen. Hij was zo'n lieve man. Natuurlijk zou hij tot het eind voor haar zorgen. Het was waar wat hij eerder in de woonkamer tegen haar had gezegd: hij was hiervoor opgeleid. Hij was professioneel verzorger. Hij zou beter voor haar zorgen dan er ooit voor een patiënt gezorgd was, als ze hem dat zou laten doen.

Ze zou veel meer jaren thuis hebben, dankzij hem, dan Huntington doorgaans toestond. Ze kon zich voorstellen hoe hij steeds als zij opperde dat het nu tijd werd om verpleeghuizen te gaan bekijken, zou zeggen: 'Nog niet, schat.' Ze zag voor zich hoe hij haar rolstoel duwde, haar van de bank naar haar bed droeg, haar eten pureerde. Haar haren borstelde. Haar in het bad tilde en voorzichtig waste, waarbij hij heel goed lette op de temperatuur van het water, de druk van de washand op haar huid en of er geen shampoo in haar ogen kwam.

Hij zou haar meer tijd met Laks kunnen geven, met haar ouders, met Die Vrouwen.

Maar ook iets anders wat hij eerder in de woonkamer had gezegd was waar: er waren twee mensen die een echtpaar vormen, niet slechts een.

Twee mensen die van elkaar hielden tot de uiterste grenzen van het universum en terug.

Ze boog zich voorover en snoof zijn mannelijke, opwindende, verslavende geur op. Ze drukte haar lippen zacht op zijn wang en op de sexy ruwheid van zijn avondbaard. Ze proefde met haar tong het zout op zijn huid.

Twee mensen die elkaar zo sterk motiveerden met hun liefde dat ze allebei het uiterste zouden doen voor de ander.

Ze duwde haar gezicht in zijn hals en liet haar tranen stromen toen ze bedacht hoeveel ze opgaf door te weigeren dat hij zolang hij kon voor haar zou zorgen.

En alles wat hij zou opgeven als ze dat niet zou weigeren.

Deel vier

VRIJDAG 8 APRIL

Nog twee dagen

31

SCOTT

Scott wist heus wel dat zijn les over bijwoorden en bijvoeglijk naam-
woorden niet bijzonder boeiend was, maar toen iedereen in de klas
zijn hoofd naar de deur draaide, begreep hij dat er meer aan de hand
moest zijn dan ongeïnspireerd onderwijs van zijn kant. Hij volgde
hun blik en was verbaasd toen hij zijn vrouw in de deuropening zag
staan. Haar ogen waren dik en rood, alsof ze gehuild had, en haar
lippen trilden alsof ze zo weer zou beginnen.

O mijn god, dacht hij: de baby. Hij wendde zich tot de klas en zei:
'Even, jongens. Ik stuur Mr Conner.' Het lokaal van Pete was naast
het zijne.

Hij stapte de gang in, sloot de deur achter zich en legde zijn trillende handen op Lauries schouders. 'Is er iets met de baby?'

De vraag leek haar te verrassen en ze schudde haar hoofd terwijl
ze met een beschermende hand over haar buik streelde. 'Het is La-
Dania,' zei ze. 'Ze is dood.'

'Wat?' Hij stapte achteruit en botste haast tegen de deur van het
klaslokaal. 'Dóód? Hoe?'

'Een overdosis. Afgelopen nacht, denken ze. Janice belde me op
mijn werk. De politie heeft haar om vier uur vanochtend gevonden.
Ik probeerde je te bellen, maar er werd niet opgenomen in het kantoor. En ik dacht dat we Bray moesten gaan halen, dus ben ik maar
meteen hierheen gereden, zodat ik je het zelf kon vertellen. En toen
ik hier aankwam en me meldde op het kantoor, had Mrs Bevel aan
een blik genoeg. Ze zei meteen dat ik door kon lopen. Ik denk dat
ze geen zin had om met mij in haar kantoor op jou te wachten. Nou
goed, ik sta te bazelen. Kun je weg?'

'Ja, ja, natuurlijk. Wacht hier even.'

Hij liep naar het lokaal van Pete en stak zijn hoofd om de deur. De bankjes van de leerlingen waren leeg en Pete zat achter zijn bureau proefwerken na te kijken, met een rode pen in zijn hand. Scott schraapte zijn keel en hij keek op. Toen hij de uitdrukking op het gezicht van zijn beste vriend zag, liet hij zijn pen vallen. Voor Scott iets kon zeggen, was Pete al opgestaan en liep hij met een bleek gezicht naar de deur.

'Wat is er gebeurd?' vroeg Pete, nog voor hij Laurie zag. 'O! Laurie, ik zag je niet. Heb je gehuild? Wat is er aan de hand? Is er iets met de baby?'

'LaDania,' zei Scott. 'Ze is dood. Een overdosis...' Hij keek naar Laurie. 'Vannacht, zei je?'

Ze knikte. 'Ja. Nou ja, eigenlijk vanochtend vroeg. Of gisteravond laat, afhankelijk van hoe je het bekijkt.' Ze haalde haar schouders op en wapperde met haar hand voor haar gezicht. 'Ik bazel weer.'

'Sodemieter!' zei Pete. 'Shit!' Hij legde een arm om Lauries schouders. 'Ik bedoel shit. Ik bedoel sorry. Ik bedoel – ik bazel ook, denk ik. Ik weet niet wat ik moet zeggen. Ik ben geschokt. Het ging zo goed! Weer thuis, met de Kleine Man bij haar? Ze had deze week toch gesprekken voor werk? Ze had toch aan Janice verteld dat ze het ging redden?'

'Ja,' zei Scott.

Ze stonden even bij elkaar. Geen van hen wist iets te zeggen.

Toen wendde Scott zich tot Laurie. 'We moeten gaan. Bray opzoeken voordat Janice hem belt. En, o nee...' Hij sloeg met zijn hand tegen zijn voorhoofd. 'Waar is Curtis?'

'Nog op school,' zei Laurie. 'We halen hem op als we terugkomen uit Ann Arbor. Hij weet het nog niet. Alleen Bray weet het. Janice heeft hem gebeld voor ze ons belde. Ik zei haar dat wij het hem zouden zeggen, maar ze zei dat omdat hij naaste familie is, ze het hem als eerste had moeten vertellen. Ik heb hem onderweg hierheen gebeld en hem gezegd dat we hem komen halen en met hem Curtis van school gaan halen, zodat hij het hem kan vertellen. Hij leek daar wel blij mee te zijn. Dus dat kunnen we tenminste voor hem doen.'

Scott keek naar Pete. 'Ik vertel je later meer, als we meer weten.' Hij wees naar zijn lokaal. 'Kun jij?'

'Natuurlijk,' zei Pete. 'Geen zorgen.'

Brays ogen waren bloeddoorlopen en dik en hij hing op de achterbank, terwijl Scott reed, met Laurie naast zich. Janice had eerder gebeld en aangeboden hem te komen ophalen en hem naar zijn broertje te brengen. 'Maar ik heb haar gezegd dat ik zeker wist dat ik iets van jullie zou horen en dat jullie me zouden komen halen.'

Scott en Laurie keken elkaar even aan en hij vormde geluidloos het woord 'dank je'. Het was duidelijk wie het best functioneerde tijdens een crisis.

Als om dit nog eens te bevestigen draaide Laurie zich om naar Bray en zei: 'Ik hoop dat je het goedvindt, maar ik heb onderweg naar Franklin pastor John gebeld.' Pastor John diende in een kerk, waar LaDania regelmatig kwam. Hij was met haar in contact gebleven toen ze in de gevangenis zat en had de Coffmans verschillende malen gebeld om naar Curtis te informeren.

'Ja, dat is goed,' zei Bray. 'Dank je wel. Ik denk dat ik met hem moet praten. Afspraken maken voor een dienst.' Zijn stem brak en hij bedekte zijn gezicht met zijn hand.

'Dat heb ik al gedaan,' zei Laurie. Ze legde haar hand op zijn knie. 'Hij kan het morgenochtend om tien uur doen, zei hij. Het is wel erg snel, maar hij dacht dat dat beter zou zijn voor jou en Curtis. Maar als je nog even wilt wachten –'

'Nee,' zei Bray snel. 'Beter zo snel mogelijk.' Hij maakte een grommend geluid en wendde zijn blik af. Scott had het gevoel dat de jongen zichzelf haatte omdat hij de uitvaart van zijn moeder zo snel mogelijk achter de rug wilde hebben.

'Dat begrijp ik helemaal,' zei Laurie zacht. Blijkbaar voelde ze Brays schuldgevoel ook. 'Pastor John zei dat hij haar vrienden van de kerk zou proberen te bereiken. Hij zou de Johnsons vragen om het nieuws in de flat te verspreiden. En verder denk ik dat alleen wij er zullen zijn, toch? Geen andere familie? Hij kende er tenminste geen.'

'Nee, behalve mijn oma was er niemand. Niemand die ik kende, tenminste.'

'Goed,' zei ze. 'Dan is dat geregeld. We bellen hem later nog over de details, als je dat wilt. Muziek, toespraken, dat soort dingen. Ik kan dat ook doen, als je wilt.'

'Dank je wel,' zei Bray zacht.

'Ja, Laur, dank je wel,' zei Scott. Hij legde een hand op haar knie en probeerde iets te bedenken wat hij nog kon doen om te helpen. Zij legde haar hand op de zijne. Zij regelde alles, terwijl hij er verloren achteraan hobbelde. 'Je kunt het weekend bij ons blijven, natuurlijk,' zei hij tegen Bray. 'En ik kan je zondag terugbrengen naar Ann Arbor.'

Bray schraapte zijn keel. 'Eh, ik hoopte dat ik zondagnacht ook nog kon blijven, als dat niet uitmaakt. Ik moet maandag toch in Detroit zijn, voor de hoorzitting.'

'Wat?' vroeg Scott. 'Waarom? Wat heeft het voor zin om onze voogdij te beëindigen als er niemand is die hem kan overnemen?'

Op dat moment besefte hij dat hij dat niet hardop had mogen zeggen zonder er eerst met zijn vrouw over te praten. Ze trok haar hand uit de zijne. Hij probeerde oogcontact te maken, maar ze schoof van hem weg en staarde uit het raam, haar schouders stijf.

'Ik heb het er met Janice over gehad,' zei Bray. 'Ik zou hem kunnen uitstellen. Maar ik denk dat het beter is voor Curtis als hij zo snel mogelijk weet wat er met hem gaat gebeuren. Daarom heb ik gezegd dat ik die zitting gewoon wil laten doorgaan. Ik wil de rechter vertellen wat ik besloten heb en het allemaal wettelijk regelen.'

'Wat heb je besloten?' vroeg Scott.

'Ze zei dat ik kan kiezen om zelf voogd te zijn of hem over te dragen aan jeugdzorg.'

'Wat?' zei Scott. 'Zei ze tegen een student dat hij voogd kan worden over een achtjarige?' Hij kon zijn oren niet geloven. 'Stelde ze dat echt voor? Waar denkt ze dat hij moet slapen? Op de vloer van je kamer? Gaat hij huiswerk maken in de kleedkamer als jij aan het trainen bent? Slaapt hij in de bus als jij onderweg bent naar een wedstrijd?' Hij sloeg op het stuur terwijl hij sprak en hij voelde zijn borst, hals en gezicht warm worden. Hij hoefde niet in de spiegel te kijken om te weten dat zijn aderen opzwollen.

Laurie begon te praten zonder haar blik van het raampje af te wenden. 'Rustig. Bray is niet degene die dit voorstelt. Hij vertelt je alleen wat Janice zei.'

'Sorry,' zei Scott en hij keek haar verontschuldigend aan. Haar blik was echter nog steeds naar buiten gericht en ze zag het niet. Hij wierp via de achteruitkijkspiegel een schaapachtige blik op Bray.

'Geeft niet, hoor,' zei Bray en hij wuifde Scotts verontschuldiging weg met een zwaai van zijn enorme hand. 'Ik was zelf eerst ook verbijsterd. Maar ik heb er de hele ochtend over nagedacht. En ik heb er met een paar van de jongens over gesproken. En het klopt wel, als je erover nadenkt. Ik ben zijn enige familielid. Ik ben degene die voogd zou moeten zijn. En waarom wachten? Jullie moeten je voorbereiden op de komst van jullie eigen kind. Ik kan hem niet nog langer bij jullie laten –'

'Dus je gaat ermee stoppen? Zomaar, van het ene op het andere moment?' Scott knipte met zijn vingers. 'Je studie? Je toekomst?'

Hij staarde naar zijn vrouw terwijl hij sprak. Hij wilde dat zij tegen Bray zou zeggen dat hij moest wachten, dat zij Curtis nog wel een poosje in huis zouden nemen, zodat Bray meer tijd had voor zo'n grote beslissing. Deze keer keek ze terug, maar haar ogen stonden duister. 'Scott,' siste ze. 'Laat… hem… uitspreken.'

Scott haalde diep adem. 'Sorry, Bray. Ik… ik… Ga verder.'

Laurie wierp hem nog een duistere blik toe en keek toen weer naar buiten.

Bray wapperde weer met zijn hand. 'Het is prima. Nou ja, niet prima natuurlijk. Het is krankzinnig. Maar ik wil het niet uitstellen en hem laten wachten, zich afvragend hoe zijn leven eruit zal zien terwijl ik lekker de tijd neem om te beslissen wat ik doe. Hij heeft een antwoord nodig. Dat verdient hij.' Bray ademde diep in en langzaam weer uit en vond Scotts blik in de achteruitkijkspiegel. 'En mijn antwoord is: ik word zijn voogd. Ik stop met mijn studie en kom naar huis. Mijn moeder had een beetje geld, een levensverzekering van een baantje dat ze ooit heeft gehad. Ik hoorde het van Janice. Het is niet veel, maar genoeg om van rond te komen tot ik werk vind.'

Hij hief zijn hand op naar Scott die weer begon tegen te sputteren. 'Ik weet alles wat je denkt,' zei Bray. 'Alles wat je wilt gaan zeggen. Maar ik heb er echt over nagedacht. En ja, het is jammer om te stoppen. Mijn studie, basketbal, alles.' Hij staarde uit het raam en schudde zijn hoofd alsof hij de mislukking van zijn toekomstige carrière, het afscheid van zijn dromen, voor zich zag. Toen wendde hij zich weer tot Scott en zei: 'Maar ik wilde die carrière bij de NBA, dat diploma, vooral om mijn familie een beter leven te bezorgen. Dat weet je. En Curtis is mijn familie. Wat ben ik voor een vent als ik hem overdraag aan jeugdzorg en alleen mijzelf een beter leven bezorg?'

Scott opende zijn mond om te antwoorden, maar Bray schudde zijn hoofd en Scott liet hem verder praten. 'Ik begrijp het als je boos bent,' zei Bray, 'als je denkt dat je al die tijd, al die jaren, hebt verspild om mij op een niveau te brengen waarop ik naar de universiteit kon en het zelfs bij de profs kon proberen. Misschien ben je boos omdat ik dat allemaal weggooi. Ik ben ook boos omdat ik dat moet doen.'

Hij keek weer naar buiten en Scott hoorde de bitterheid in zijn stem. 'Ik ben woedend op mijn moeder, omdat ze mij in deze positie heeft gebracht. Omdat ze Curtis heeft achtergelaten zonder ouders.' Bray staarde nog even uit het raam voor hij diep inademde en zich weer tot Scott wendde. 'Maar het is wat het is,' zei hij. Hij haalde zijn schouders op, nu met een passieve uitdrukking op zijn gezicht, rustig. 'En ik zie geen andere manier. Dus dat ga ik doen.

'Ik kan later naar de avondschool gaan, als ik wat geld heb gespaard. Een diploma halen, een betere baan. Geen Michigan, geen NBA. Ik heb me erbij neergelegd.'

Scott begon weer tegenwerpingen te maken, maar Bray legde zijn hand op zijn schouder en vroeg hem zwijgend nog even niet te protesteren. 'Wat ik nu van je vraag is om je erbij neer te leggen, coach. En me te steunen. Vertel me niet wat ik al weet, dat dit een schande is en niet eerlijk en zo. Dat weet ik. Maar ik kan daar nu niet aan denken, en ik wil het ook niet horen. Alsjeblieft.'

Scott dwong zichzelf zijn mond te houden. Hij volgde Brays voorbeeld en ademde diep in. Toen nog eens. En nog eens. Hij dwong de kleur om zijn wangen te verlaten en de aderen in zijn hals om hun normale vorm aan te nemen. Hij reed vele kilometers lang terwijl hij rustig ademde, tot hij er zeker van was dat hij rustig kon spreken.

Hij vond de ogen van Bray weer in de achteruitkijkspiegel en zei: 'Ik zal je steunen. Als je het zeker weet. Als je er absoluut, honderd procent zeker van bent dat dit is wat je wilt. Maar... en ik wil je niet tegenspreken, alleen je erdoorheen praten. En ik wil je zeggen dat niemand het je kwalijk zou nemen als je twijfelt of je dit wel op je wilt nemen. Iedereen zou het begrijpen als je zei dat je nog even zou willen wachten, de hoorzitting zou willen uitstellen, zodat je meer tijd hebt om na te denken. Beslissen of dit het juiste antwoord is. Kijken of er misschien een alternatief is. En iedereen zou het begrijpen als je uiteindelijk zou beslissen dat het te veel voor je is en dat je er nog niet klaar voor bent.'

Scott keek weer opzij naar zijn vrouw. Haar schouders verstrakten en hij wist dat ze voelde dat hij naar haar keek. Toch keek ze hem niet aan. Ze bleef doen alsof ze naar het voorbijschietende landschap keek. Ze zweeg. Scott zuchtte en richtte zijn aandacht weer op de weg.

'Dat waardeer ik, coach,' zei Bray. 'Maar ik ben er honderd procent zeker van. Het komt erop neer dat ik het mijzelf elke dag zou verwijten als ik mijn broertje bij jeugdzorg zou onderbrengen, waar hij bij vreemden zou moeten wonen, omdat het "te veel" is. Zo ben ik niet. Ik loop niet weg voor dingen omdat ze te veel zijn.'

'Nee,' zei Scott. 'Dat doe je niet. Dat heb je nooit gedaan.'

32

MARA

Mara stond op het punt haar todolijst na te kijken, die ze van onder haar laptop had gehaald, toen de telefoon ging. Het was de kliniek van dokter Thiry, en deze keer nam ze wel op. Ze wist dat ze belden naar aanleiding van haar bericht van gisteravond over haar behoefte aan meer slaappillen.

Ze hadden de datum van haar laatste vervolgrecept gecontroleerd en het was goed dat ze een nieuw recept kreeg, zei de receptioniste. Mara kon de pillen wanneer ze maar wilde ophalen bij de apotheek. Mara trok een gezicht bij de gedachte dat ze daar nog eens naar binnen zou gaan. Misschien kon ze Harry een plezier doen en hem vragen ze voor haar op te halen.

'Nu ik u toch aan de lijn heb,' zei de receptioniste, 'kunnen we misschien meteen een afspraak maken voor uw volgende controle. Ik zie hier nog geen afspraak staan.'

'O, ja, een prima idee,' zei Mara. Ze voelde haar wangen gloeien om die leugen. 'Maar ik heb mijn agenda niet hier. Kan ik later terugbellen?'

'Natuurlijk. Maar wacht er niet te lang mee – u weet hoe druk de dokter het heeft. Hoewel het vergeleken met de kinderarts nog meevalt. Ik weet niet hoe het met u zit, maar ik moet afspraken voor mijn kinderen altijd weken van tevoren maken. Met de tandarts ook. Iedereen heeft het tegenwoordig zo druk. Het duurt niet lang of je moet een maand van tevoren een afspraak maken met de kapper.' Ze lachte en Mara lachte maar mee. Ze pakte haar lijstje en voegde eraan toe: *Afspraken maken voor L.*

Ze legde de telefoon neer en belde onmiddellijk Laks' kinderarts.

'Alleen voor de vijfjaarlijkse inentingen?' vroeg de receptioniste. 'Of wilt u meteen een check-up? Dat brengt ons al in december en met dit systeem kan ik twaalf maanden vooruit boeken. Dan kan ik de zesjaarlijkse inentingen ook meteen inplannen, als u wilt.'

'Perfect,' zei Mara. 'En u stuurt een herinneringskaartje, hè? Om ze, ik bedoel, mij, eraan te herinneren?'

'Dat doen we altijd.'

Vervolgens belde ze de tandarts. 'Ik dacht, ik maak vast afspraken voor drie halfjaarlijkse controles, nu ik er toch aan denk,' zei ze. 'Ik krijg het binnenkort erg druk op mijn werk en ik dacht, laat ik het nu maar vast doen, nu ik wat meer tijd heb.'

'Neem me niet kwalijk,' zei de receptioniste, 'maar ik kan maar één controle tegelijk plannen. Misschien kunt u een herinnering in uw agenda plakken om me over zes maanden weer te bellen? Een moeder heeft het toch nooit te druk voor een snel belletje?'

Nee, wilde Mara zeggen, sommige moeders zijn gewoon dood.

Mara zag de telefoon uit haar hand vallen. Hij raakte het aanrecht, stuiterde een keer en kletterde toen op de grond. Het rechthoekige plaatje dat de batterij afdekte vloog eraf. Ze hoorde een klein stemmetje van de grond opklinken en hoewel ze de woorden niet kon onderscheiden, kon ze zich wel voorstellen wat het stemmetje zei. Ze staarde ernaar, verlamd, tot het kleine stemmetje overging in een beltoon.

Ze hief haar hoofd op en keek de keuken en de woonkamer rond. Ze zag voor zich hoe Laks en Tom stijfjes, treurig door het huis bewogen. Laks die aan het aanrecht zat, gebogen achter haar cornflakes, maar niet van plan om de lepel naar haar mond te brengen. Te zeer van streek om het met haar handen op te pakken en fijn te knijpen. Tom aan de andere kant van het aanrecht, nauwelijks van zijn koffie drinkend terwijl hij het meisje aanmoedigde om te eten. Tom en Laks die samen naar de stoeprand liepen, het kind hangend aan zijn arm, smekend of ze thuis mocht blijven.

En 's avonds zou het net zo gaan. Ze zouden samen achter hun bord zitten en nauwelijks eten tot Tom het eindelijk zou opgeven en genoegen nam met maar een paar happen. En dan, het plichtmatige bad, geen van beiden in de stemming om piratenschip te spelen of een van Laks' andere zelfbedachte spelletjes. En ten slotte, bedtijd, het pijnlijkste moment van de dag als je iemand mist. Mara kon zich voorstellen hoe ze zich aan elkaar vastklampten op het meisjesbed: Tom die probeerde zich groot te houden terwijl Laks huilde, een stapel boeken naast hen, onaangeraakt.

En dat allemaal om haar. Om wat zij aan het doen was. De toon die uit de telefoon kwam, klonk in Mara's oren als de pieptoon van een ecg-monitor die aangeeft dat iemand overleden is. Welk geluid veroorzaakte er meer verdriet? Hoe kon ze vrijwillig meezingen in dat koor?

Hoe kon ze? Mara stelde zich die zin voor die voortdurend zou worden uitgeroepen, door de moeders op school, de advocaten van haar kantoor, de buren. Steph, Gina, haar ouders, en Tom, het hardst van allemaal. Hoe kon ze ons dit aandoen?

Ze gebruikte een kruk om op te leunen en raapte de telefoon op. Ze zette hem uit. Het geluid moest ophouden en daarmee de beelden die het opriep. Hoe zouden deze kamers eruitzien als haar eigen pieptoon zich aansloot bij die van anderen die haar waren voorgegaan en levens verwoestte met zijn geluid?

Het is voor hen, zei ze tegen zichzelf. Ze deed het voor hen. Daar moest ze zich op concentreren. Ze ging aan de keukentafel zitten en bekeek het lijstje. Als ze zich liet afleiden door de pijn die ze zou veroorzaken en het zicht verloor op de pijn die ze probeerde te voorkomen, zou ze haar taken niet kunnen afronden. En dan zou ze nooit aan het laatste punt op de lijst toekomen.

'Het is voor hen,' fluisterde ze, en daarna zei ze het nog eens, luider. 'Het is voor hen.' Ze pakte een pen en schreef *Voor hen* boven aan haar Post-it. Ze zei het nog eens, nog luider deze keer: 'Het is voor hen.'

Ze schraapte haar keel, rechtte haar schouders en streepte de taak door die ze net aan haar lijst had toegevoegd: *Afspraken maken voor L.* Ze bekeek de rest van het lijstje en knikte vastberaden. Ze had nog twee dagen en ze was bijna klaar met haar telefoontjes en e-mails, maar er waren nog twee belangrijke dingen die ze moest afmaken.

Tom – advies stond boven aan het lijstje en was nog niet afgevinkt. Ze plakte de Post-it aan de tafel en wendde zich tot haar laptop.

Ze opende het document waar ze weken geleden al aan was begonnen: een schematische lijst met adviezen die ze voor Tom had samengesteld naarmate nieuwe ideeën bij haar opkwamen. Ze typte de informatie over het maanden van tevoren maken van afspraken onder haar waarschuwing schoenen voor Laks een maat te groot te kopen, zodat ze ruimte had om erin te groeien.

Boven deze adviezen had ze al op haar lijst staan: *Koop broeken met een verborgen elastiek en knoopjes in de taille, zodat ze lang genoeg zijn voor haar benen, maar niet van haar heupen zakken. Speel gewoon de weduwnaarkaart als ze in december op school beginnen te lobbyen voor hulp bij hun activiteiten – die dingen vreten tijd. Speel ook de weduwnaarkaart om Laks bij haar favoriete onderwijzeres in de klas te krijgen – de schoolleiding zal zeggen dat ze geen verzoeken in overweging nemen, maar ze laten zich wel door de ouderraad adviseren en die kan vast geen nee zeggen tegen de weduwnaar/dokter. Vraag bij de kapper altijd, altijd naar Elizabeth – Marian haalt haar kam veel te ruw door Laks' haar en ze zal de hele haarknipbeurt lang en de hele weg naar huis moord en brand schreeuwen.*

Een uur later zette Mara een streep door *Tom – advies* op haar lijst en zuchtte. Wat nu? Ze had iedereen die ze had opgeschreven een e-mail gestuurd en een frustrerend, passief-agressief telefoongesprek gevoerd met Toms moeder, die om kwart over negen 's ochtends al zo dronken was dat ze nooit met Tom over het gesprek zou beginnen. Ze had op het forum gekeken of er een bericht was van MotorCity. Dat was er niet. Ze had geen zin om het onderwerp dat SoNotWicked vandaag had gepost door te werken en had zich weer afgemeld. Ze keek naar de stapel tijdschriften naast haar laptop, pakte er een op en bekeek het omslag, maar gooide het toen terug op de stapel.

Het was pas halftien. Harry zou er pas om elf uur zijn en ze had al gedoucht en zich aangekleed. Ze stak haar onderlip naar voren en blies even waardoor haar korte pony opwaaide van haar voorhoofd. Ze keek naar de resterende zaken op haar lijst. Haar brieven aan

Tom en Laks waren klaar. Ze zou er morgen nog een keer naar kijken voor ze ze printte, maar veel zou ze er niet meer in veranderen. Ze pakte een pen en streepte ook die taak door. Ook de volgende kon ze wegstrepen want afgelopen nacht had ze de twee plastic dozen die onder het logeerbed stonden doorgenomen. De een zat vol kaarten die Tom haar door de jaren heen gegeven had – voor haar verjaardag, hun trouwdag, op Valentijnsdag – en in de ander bewaarde ze de knutselwerkjes die Laks van school mee naar huis had genomen: een tekening van een dikke kalkoen met Kerstmis, met zeven ogen en drie poten maar slechts één staartveer, een sneeuwpop met op het hoofd, dat groter was dan het lichaam, een honkbalpet, net als Tom droeg als hij hardliep, een roze hart, links veel groter dan rechts ('medisch gezien correct, maar niet zo artistiek,' had Tom gezegd).

Het was riskant geweest, dat wist ze, om Toms liefdesbrieven te lezen en met haar hand langs zijn overhemden in zijn kast te gaan. Of om Laks' tekeningen te bekijken, haar eerste geschreven woorden. Haar neus te begraven tussen haar knuffelbeesten. Seks met Tom. Het was alsof ze haar weg zocht tussen landmijnen door. Elk moment kon er een in haar gezicht ontploffen en haar beslissing op losse schroeven zetten. Het zou echter laf zijn om het niet te doen. Alsof je je in het donker verontschuldigde.

Er was ook een zelfzuchtige reden. Ze wilde het allemaal opslurpen, het door de lagen van haar huid laten sijpelen en tot in haar botten laten doordringen. Het allemaal meenemen.

Ze keek weer naar haar lijst en besefte dat ze een ding vergeten was: naar alle schilderijen en andere kunstwerken kijken die ze in de loop der jaren hadden aangeschaft. Ze begon in de woonkamer en ging met haar hand langs de schoorsteenmantel en het kostbare aardewerk dat hun veel te dure binnenhuisarchitecte hun had geadviseerd te kopen, nadat ze in dit huis waren getrokken. Het waren vier grillige objecten die op het werk van Chihuly leken, waarvan de felle kleuren goed pasten bij de tegels van de open haard. Tom had gezegd dat de objecten prachtige vazen konden zijn en de binnenhuisarchitecte had hem bijna geslagen. Er mocht geen druppel water in, had ze geroepen; ze hadden meer gekost dan de meeste mensen aan hun eerste auto uitgaven. Ze waren alleen om naar te kijken.

Op dat moment was Tom al heel dicht bij het ontslaan van de binnenhuisarchitecte. Ze hadden het al heftig aan de stok gekregen over Toms beslissing om de haard te veranderen van een gaskachel in een houtkachel. Een eigenaardig, ouderwets idee om een echt vuur te willen hebben, had de binnenhuisarchitecte gezegd met haar bekakte accent, maar het huis moest wel verkoopbaar blijven. Niemand die zich een dergelijk huis zou kunnen veroorloven zou zin hebben om op zijn knieën voor de haard met houtblokken en as te rommelen. Mara moest Tom tegenhouden, anders had hij de keramiek gevuld met water en bloemen voor het volgende, tevens laatste bezoek van de vrouw. Ze glimlachte nu en bedacht hoe trots hij zou zijn als hij zag dat ze een van die pretentieuze objecten in haar bibberige handen hield en riskeerde dat het stukviel op de tegelvloer. Ze zette het naast de andere en liep verder. Nu streelde ze de randen van een glazen fotolijstje. Hier zou ze voorzichtiger mee zijn.

Het was een foto van haar en Laks, die afgelopen Thanksgiving was genomen. Mara zat op de grond van de woonkamer, haar benen gespreid, en het meisje leunde tegen haar aan. Laks keek omhoog naar haar moeder, haar mond open, lachend. Mara keek met een schuin hoofd omlaag en lachte net zo breed als haar dochter. Haar armen lagen rond de kleine schouders en het meisje greep haar moeders elleboog vast in haar kleine handjes. Ze hadden zo een uur lang gezeten, kletsend en knuffelend, en Tom had het vastgelegd.

Mara's ogen begonnen te prikken.

'Nee.' Ze zei het vastberaden, drukte haar vingers op haar oogleden en keek weg van de foto. 'Nee.'

Voor hen, herinnerde ze zichzelf. Ze deed het voor Laks. En voor Tom. En ze was er bijna. Dit was niet het moment om haar plan in twijfel te trekken.

Of juist wel?

Mara dwong zichzelf weer naar de foto te kijken. Moeder en kind, knuffelend en kletsend. Bestond er iets mooiers? Op winterse dagen in Montreal liep Mara in de vrieskou terug naar huis, waar Neerja in de keuken wachtte met warme chocolademelk en koekjes. Mara klom bij haar op schoot en voelde haar warme armen om zich heen, terwijl ze kletsten over wat ze had geleerd of wie de klas uit was gestuurd en welke spelletjes ze in de pauze hadden gedaan.

Toen ze ouder werd, zat ze in de stoel tegenover haar moeder aan tafel, maar ze werd nooit te oud om met Neerja over haar dag te praten. Ze vertelde haar moeder nu niet alles meer, maar ze nam haar nog steeds in vertrouwen. Niet omdat Neerja altijd het beste advies voor haar had, want hun generaties en opvoeding verschilden zo veel van elkaar dat Mara soms haar lachen had moeten inhouden om de oplossingen die haar moeder aandroeg voor problemen met jongens en vriendinnen.

Maar Neerja luisterde altijd alsof wat Mara te zeggen had het allerbelangrijkste in de hele wereld was. Ze had altijd geknikt en Mara had zich altijd begrepen gevoeld en geweten dat haar moeder aan haar kant stond, ook al vertelde ze haar hoe ze op school in de problemen was geraakt of een slecht cijfer had gekregen of vergeten had om haar huiswerk in te leveren.

Aan het eind van de middelbare school, toen Mara een vakantiebaantje had genomen, verplaatsten ze hun dagelijkse gesprekken naar de avond, voor het naar bed gaan. Tijdens haar studie, toen Mara niet meer huis woonde, konden ze elkaar niet meer elke dag zien, maar belden ze elkaar. En nog altijd gingen ze enkele malen per week bij elkaar langs, al was het de laatste tijd vooral Neerja die bij Mara kwam. Mara vertelde haar moeder nog altijd niet alles, en ze moest nog altijd af en toe een glimlach onderdrukken over het advies dat haar moeder haar gaf, maar ze praatten nog altijd met elkaar. Mara nam haar nog steeds in vertrouwen en Neerja luisterde altijd alsof wat haar dochter te zeggen had belangrijker was dan al het andere.

Mara luisterde op dezelfde manier naar Laks als Neerja naar haar had geluisterd. Het was het grootste geschenk dat ze het meisje kon geven, de duidelijkste uitdrukking van haar liefde. En al zou ze het niet zo lang kunnen volhouden als haar eigen moeder had gedaan, ze kon er wel langer mee doorgaan dan tot zondag. Ze zou misschien niet meer in staat zijn om Laks op te vangen met koekjes en thee na school of feestjes aan te richten in de achtertuin, ze zou nog altijd kunnen luisteren.

En misschien zouden de tientallen, of zelfs honderden dingen die Mara niet meer voor Laks zou kunnen doen, wel minder zwaar wegen, zolang ze dat kon blijven doen. Want als ze terugkeek, waren het niet de warme chocolademelk en de koekjes of zelfs niet Neerja die Mara op haar schoot tilde en haar stevig vasthield, die zo veel voor Mara betekenden, het was het luisteren.

Mara raakte met een vinger de glazen lijst aan en tikte op Laks' borst. Wat had Laks haar die dag verteld? Ze probeerde het zich te herinneren. Iets over een droom, of een reis, of was het…

Opeens voelde ze een enorme aandrang om naar de wc te gaan. Ze besefte dat ze vergeten was een luier aan te doen toen ze onder de douche vandaan kwam. Ze haalde snel haar hand van het fotolijstje en draaide zich om.

Te laat.

Ze sloeg beide handen voor haar mond.

'Nee.'

Ze had die verdomde dingen gisteravond achter in de kast verborgen en had het zichzelf op die manier moeilijker gemaakt om eraan te denken. Godzijdank was ze thuis en niet op de achterbank van de taxi. Ze wachtte tot het ophield, maar het leek wel of elke druppel die ze de afgelopen twaalf uur gedronken had naar buiten kwam en een afschuwelijk geel spoor trok langs de binnenzijde van haar benen, over haar blote enkels en op het witte tapijt in de woonkamer, waar een vlek ontstond die vele malen feller was dan hij er op haar huid uitzag.

De kring van stinkende urine kroop onder haar voeten vandaan en zonder na te denken bukte ze zich snel om hem met haar rechterhand tegen te houden. De beweging verstoorde haar evenwicht en ze viel voorover. Haar reactiesnelheid was veel te traag. Haar armen konden haar val niet meer breken en ze viel met haar gezicht in de plas.

'Nee!'

Ze had er direct spijt van dat ze haar mond had geopend. Haar lippen drongen in het tapijt en nu vond het warme, afschuwelijk smakende vocht zijn weg naar binnen, op haar tong en op haar tanden. Ze kokhalsde en een deel van haar ontbijt belandde op het tapijt, naast de urine.

'Godverdomme!'

Langzaam, en met geen andere keus dan haar handen in de troep te planten om zichzelf omhoog te drukken, slaagde ze erin overeind te komen. Stijfjes, haar ondergoed en rok kletsnat, zocht ze haar weg naar de badkamer, elke stap een kleverige, stinkende aanklacht. Ze stapte uit haar rok, toen uit haar slipje en stopte ze in de wasmand. Toen trok ze haar shirt en haar beha uit en gooide ze erachteraan.

Naakt, en vloekend, stommelde ze naar de keuken voor een emmer en reinigingsmiddelen. Ze knielde naast de plas en depte en sprayde en depte en sprayde tot ze er zeker van was dat de vlek niet meer herkenbaar was.

Toen ze weer in de badkamer was, wist ze dat ze niet in de spiegel moest kijken, maar ze deed het toch en zag het brok overgeefsel op haar wang en nog een groter stuk in haar haren, boven haar oor. Ze voelde haar maag samentrekken en de rest van haar ontbijt dreigde ook naar buiten te komen. Ze ging snel op de wc zitten en bleef daar tot ze er zeker van was dat er niets meer in haar darmen was achtergebleven.

Ze trok meters papier van de rol en probeerde zichzelf ermee schoon te maken, maar haar armen waren door de schrik in een uiterst oncoöperatieve staat beland en het resultaat was een stuitende bruine vlek op de binnenkant van haar dijen, op haar onderbuik en onder haar nagels. Ze pakte een stuk wc-papier om haar neus af te vegen, maar de stank aan haar handen deed haar weer kokhalzen, dus liet ze het vocht uit haar neus lopen, over haar wang en langs haar hals.

Ze herinnerde zich de blik vol walging op het gezicht van het jongetje in de supermarkt. De manier waarop de monteur in de garage achteruit was gedeinsd. Hoe de stem van haar dochter had geklonken toen ze Mara vroeg om zich bij school achter de boom te verstoppen, zodat niemand haar kon zien en later, toen ze haar vader smeekte om haar moeder nooit meer naar buiten te laten gaan. En ze besefte dat hoe mooi ze zich de toekomst ook kon voorstellen, met Laks die na school snel naar huis kwam, bij haar moeder ging zitten en haar alles over school vertelde, die werkelijkheid nooit zou bestaan.

De werkelijkheid was dat als Mara langer bij hen zou blijven, deze ziekte haar steeds weer in zulke smerige situaties zou brengen en het was slechts een kwestie van tijd of het zou gebeuren waar haar dochter bij was. Daarna zou Laks niet meer naar Mara's bed rennen om te praten – ze zou langs de deur van haar moeders kamer sluipen, het huis uit, waar ze bevrijd was van de walgelijke vrouw die op haar best liep als een dronkeman en op haar slechtst zichzelf bevuilde met pies en poep.

En na een tijdje, zelfs op de schaarse dagen waarop Laks met tegenzin bij haar kwam zitten – in opdracht van haar vader en haar grootouders – deed ze dat niet om wijze raad te vragen aan een moeder die luisterde naar al haar verhalen, maar alleen om zwijgend in de lege ogen te kijken van de vrouw die niet eens meer wist dat ze bestond.

Toen ze zich zo goed als mogelijk was had schoongemaakt op de wc, gleed ze eraf, op de grond. Knielend kneep ze haar lippen opeen en probeerde geen adem te halen terwijl ze met natte handdoeken het toilet en de vloer schoonveegde. Toen gooide ze de handdoeken in de vuilnisbak.

Ze zette de douche aan en terwijl ze wachtte tot het water warm werd, waste ze haar handen in de wastafel, steeds weer. Ze schrobde ze tot haar huid rood zag en brandde. Toen er geen zeep meer over was, draaide ze de kraan dicht en stapte ze onder de douche. Ze bedekte zich met douchegel en waste elke centimeter van haar huid die ze kon bereiken. Ze krabde en schraapte meer dan ze waste. Ze strafte zichzelf.

Toen haar dure zeep op was, nam ze haar nog duurdere shampoo. Toen haar conditioner, en ten slotte nog Toms douchegel. Toen elk flesje in de douche leeg was, stond ze met haar rug tegen de kraan geleund, haar lichaam tintelend van het hete water op haar rauwe huid.

Haar huid schreeuwde, maar ze wilde niet onder de straal vandaan stappen. Dit verdiende ze. Voor wat ze dacht dat ze hun aandeed. Ze stak haar armen uit, met haar handpalmen naar binnen en bestudeerde haar handen. Zelfs na alle zeep, douchegel en shampoo rook ze het nog steeds. Ze zou het altijd blijven ruiken. Ze draaide haar handen om en zag het dunne bruine lijntje onder haar nagels. Ze stootte een kakelende lach uit. Was er een beter symbool van haar mislukking dan dit?

Ze richtte haar gezicht op, in de straal water. 'Alsjeblieft,' zei ze tegen het stromende water. 'Alsjeblieft. Ga weg. Je wint. Ik verlies. Laat me nu met rust. Alsjeblieft, ik smeek het je. Niet voor mij – voor Laks. Ze heeft me nodig. Alsjeblieft.'

De enige reactie was het ruisen van de douche, het holle geluid van het water tegen de douchewanden. En dan dit: een beweging in haar linkerarm. Ze zou hem niet eens hebben opgemerkt als ze niet in deze besloten ruimte had gestaan, maar nu haar pols tegen het harde plastic van de douchecel sloeg, kon ze het niet negeren. Het deed pijn; door de stress bewoog haar arm met veel meer snelheid en kracht dan ooit. Béng! Béng!

'Alsjeblieft, hou op. Alsjeblieft.'

Béng!

'Alsje–'

Béng!

'Verdomme!'

Ruw greep ze haar linkerpols met haar rechterarm vast en rukte hem tegen haar lichaam aan. Ze hield hem stevig vast. Het was alsof ze een vis probeerde vast te houden. Haar arm kwam los uit de glibberige greep en sloeg weer tegen de muur.

'Hou op! Stop! Dat verdomde... bewegen!'

De douchekop hing voor haar als een microfoon. Ze pakte hem beet om zich in balans te houden en gilde er zo hard ze kon in: 'Klootzak! Ellendeling! Verdomde smeerlap! Godverdomme! Smerige ziekte! Ik haat je! Met elke verdomde... zieke cel in mijn lichaam! Is het nou nog niet genoeg? Heb je het nog niet erg genoeg gemaakt? Voor mij? Voor Laks? Ze is nog maar een kleuter! Moet je nou echt een kleuter kapotmaken? Moet je hier echt mee doorgaan?'

Ze was buiten adem en liet het metaal los. Ze legde haar arm tegen de muur om zich staande te houden. Hijgend liet ze haar hoofd hangen en ze concentreerde zich op het regelen van haar ademhaling. Ze keek op en wilde haar arm weer omhoog brengen, maar hij was te moe. Ze liet hem langs haar zij vallen en liet haar hoofd nog dieper hangen.

Ze zette het water heter, stapte weg van de kraan tot ze de muur van de douchecel achter zich voelde. Langzaam gleed ze langs de muur omlaag tot ze op de grond zat. Het te hete water teisterde haar benen. Ze ademde zwaar en liet de stoom haar longen vullen. Even respijt van…

Béng!

Er maakte zich een snik los in haar borst en daarna nog een. Ze probeerde haar benen te buigen, haar ellebogen op haar knieën te leggen en haar hoofd op haar armen te laten rusten, maar haar linkerarm weigerde te gehoorzamen en haar rechterbeen wilde niet gebogen blijven.

'Verdomme!'

Met haar rechterhand in haar schoot liet ze het hete water op haar hoofd en haar schouders neerkomen terwijl haar linkerpols zich steeds tegen de douchewand bleef slingeren. Béng! Béng! Béng!

'Ik… geef… het… op.'

Het doffe geluid van het water dat op de douchevloer roffelde, werd begeleid door het slaan van haar pols tegen de muur, het schokkerige geluid van haar ademhaling tussen haar snikken door en het ritme van twee woorden die ze steeds herhaalde terwijl het water langzaam afkoelde.

'Vergeef me.'

33

MARA

Om halfelf was Mara weer aangekleed en deze keer was ze haar speciale ondergoed niet vergeten. In de keuken trok ze een zuur gezicht bij het zien van het halve kopje koffie dat ze had ingeschonken. Ze gooide het leeg in de gootsteen en begon de vaatwasser uit te laden. Ze pakte een glas uit het bovenste rek van de machine en toen ze het in de kast wilde zetten, gleed het uit haar hand, stuiterde van het aanrecht en raakte de vloer, waar het brak. Kleine stukjes glas vlogen alle kanten op.

Ze bukte zich om de stukken die het dichtst bij haar lagen op te rapen, maar bedacht zich en kwam weer overeind. Langzaam en weloverwogen pakte ze een porseleinen kopje uit het rek, hield het bewonderend omhoog en tilde het toen hoog boven haar hoofd. Ze strekte haar arm zo ver mogelijk uit en bracht hem toen in één snelle beweging, alsof ze een autorace afvlagde, omlaag en liet het kopje los. Ze keek gefascineerd toe hoe het kopje op de tegels uiteenspatte.

Toen ze naar de scherven porselein en de glassplinters op de grond keek, krulden haar lippen zich tot een tevreden glimlach.

Ze pakte weer een kopje uit het rek en hield het weer omhoog waarna ze ook dat kopje stukgooide. Ze pakte nog een glas. En nog een. Nog een kopje, nog een glas, tot het bovenste rek leeg was. Ze stond midden tussen de scherven en splinters toen de voordeur openging en Harry's stem klonk.

'Mara! Ben je in orde? Ik hoorde lawaai. Ben je gevallen?'

Hij rondde de hoek naar de keuken en stond abrupt stil toen hij de vloer zag. Hij keek haar verbijsterd aan. Ze hield enkele seconden zijn blik vast, draaide zich toen om, zag dat het rek van de vaatwasser leeg was en deed toen een greep in de kast.

Toen het volgende kopje naar de grond zeilde, deed Harry snel een stap opzij om het projectiel te ontwijken. Hij opende zijn mond om iets te zeggen, maar sloot hem weer. Toen plaatste hij zijn voeten uiteen, stak zijn handen in zijn zakken en keek, zonder een woord te zeggen, met een mengeling van bewondering en bezorgdheid op zijn gezicht, hoe Mara nog een kopje, nog een glas en toen nog een en nog een stukgooide. Toen ze alle glazen en kopjes in de kast had gehad, keek ze naar een stapel borden.

Harry volgde haar blik. 'Borden maken barsten in de tegels.'

Ze knikte en keek naar de zee van scherven om haar heen. Voorzichtig stapte Harry de keuken in, waar hij de bezem pakte die tegen de muur stond. Hij veegde de brokstukken op een grote berg bijeen in het midden van de keuken en toen hij klaar was, wees zij naar de bijkeuken. Daar vond hij een stoffer en blik en vuilniszakken.

Toen hij twee zakken had gevuld, gebaarde ze met haar hoofd naar de deur die toegang gaf tot de garage en luisterde naar de luide knal toen hij vijf kilo gebroken kopjes en glazen in de afvalcontainer gooide. Vervolgens maakte hij keukenpapier nat en haalde dat, op handen en knieën, langzaam over de vloer om kleine scherfjes die de bezem had gemist te verzamelen.

'We kunnen niet hebben dat die kleine straks haar voetjes openhaalt,' zei hij.

Ze deed haar mond open om hem te bedanken, maar er kwamen geen woorden, en hij boog zich weer voorover om verder te werken. Ze legde even een hand op zijn schouder en hij hield even stil, zijn manier om haar te laten weten dat het genoeg was. Dat wist ze inmiddels. Toen hij klaar was, bracht hij het keukenpapier ook naar de garage.

In de deuropening vroeg hij: 'Moeten we kopjes en glazen gaan kopen?'

Ze schudde haar hoofd. Tom had een doos met reserveservies in de garage gezet. Ze wees de doos aan en leunde tegen het aanrecht terwijl hij de kopjes en glazen stuk voor stuk uit de doos haalde, afspoelde, afdroogde en in de kast zette. Hij bracht de lege doos naar de garage, stapte de keuken in en glimlachte alsof hij net bij het huis was aangekomen.

'Klaar om naar het speelkwartier te kijken?' vroeg hij.

Ze knikte.

'Oké dan.' Hij bood haar zijn arm. 'Laten we gaan.'

Halverwege de oprit, vroeg hij: 'Wil je me vertellen wat daarachter zat?'

'Niet de moeite waard om jou mee lastig te vallen,' zei ze zacht.

'Misschien is dat aan mij om te beoordelen.'

Ze keek hem even kort aan. 'Echt, Harry, als ik je de helft zou vertellen van wat er in mij omgaat, zou je nooit meer aan mijn deur verschijnen.'

'Jammer,' zei hij. 'Het is een krachtige emotie.'

'Inderdaad.'

'Die is mij ook niet vreemd. Ik denk niet dat er veel mensen zijn die hem niet kennen.'

Ze keek hem nadenkend aan en dacht terug aan wat hij had gezegd over de man die hij vroeger was geweest, in Tulsa. 'Je hebt gelijk. Maar toch, hoewel het me een opluchting lijkt om het allemaal in je schoot te dumpen, of op de achterbank van je taxi, denk ik toch dat ik oversla.'

'Begrepen.'

Hij hielp haar de taxi in, zette de meter aan en reed weg. 'Ik heb me erop verheugd om die kleine weer op de glijbaan te zien vandaag, moet ik zeggen.'

Ze glimlachte. 'Je bent me er een, Harry. Ik weet zeker dat je je best doet om al je klanten een speciaal gevoel te geven. En ik moet het niet zo serieus nemen. Maar op de een of andere manier heb ik het gevoel dat je het echt meent.'

'Er is maar één reden om het te geloven, denk ik.'

'Ja, je hebt gelijk.'

'Dezelfde reden waarom ik het gevoel heb dat jij echt om mij geeft.'

Ze keek naar hem in de spiegel. 'Nou, dat is ook zo.'

'Dat weet ik,' zei hij en hij glimlachte naar haar spiegelbeeld. 'En als ik iemand ooit mijn treurige levensverhaal zou vertellen, dan ben jij het. Inclusief de lelijke kant ervan.'

Ze glimlachte terug. 'Zover hoef je niet te gaan.'

Hij parkeerde bij de school, midden tussen de auto's van de onderwijzers. Terwijl hij zich meldde bij de centrale, ontdekte Mara Laks, die deze keer een roze broekje en een wit T-shirt droeg. Ze zaten enkele minuten zwijgend te kijken. Toen schraapte Harry zijn keel.

'Ik ben alcoholist,' zei hij. 'Sta nu dertien jaar droog. Maar daarvoor was ik vijfentwintig jaar dronken en in die tijd heb ik veel schade aangericht.'

'Waardoor ben je...?'

Hij stak zijn hand op. 'Geen vragen. Geen commentaar. Geen medeleven. Geen oordeel. Afgesproken?'

Ze trok een wenkbrauw op. Het was een redelijk verzoek. God wist dat zij genoeg had van medeleven. En aan iemands oordeel had ook zij geen enkele behoefte. 'Afgesproken.'

Ze wachtte tot hij weer begon te spreken, maar hij staarde naar het dashboard en wachtte. Ze haalde diep adem en concentreerde zich op haar dochter toen ze fluisterend zei: 'Het is de ziekte van Huntington. Het enige wat mijn biologische moeder mij naliet toen ze mij twee weken na mijn geboorte achterliet in het weeshuis: een dodelijke, genetische, ongeneeslijke, monsterlijke ziekte.'

Harry keek weer naar de speelplaats en naar het kleine meisje van wie hij op afstand was gaan houden. Zijn lippen hield hij stijf op elkaar geklemd en zijn wangen stonden strak, alsof hij zijn adem inhield.

'Nee,' zei ze toen ze begreep waar hij aan dacht. 'Maak je over haar geen zorgen. Zij is ook geadopteerd. En, godzijdank, had zij wel een medisch dossier bij zich. Geen geschiedenis van Huntington, bij geen van de ouders. Zij is oké.'

Er ontsnapte een zucht van opluchting aan zijn lippen.

'Bizar genoeg was mijn man opgelucht dat ik wilde adopteren, omdat hij' – ze wachtte even – 'bepaalde genen in zijn familie heeft die hij niet aan een kind wilde doorgeven. En al die tijd was het mijn DNA waarin de tikkende tijdbom verstopt zat. Als ze echt van ons was, en wij dat risico op haar hadden overgedragen... maar die zorg hebben we tenminste niet. Die schuld hoef ik niet te dragen. Mijn grootste tekortkoming is dat ik haar veel te vroeg ook van haar tweede moeder beroof.'

Harry draaide zijn hoofd snel naar haar toe en ze zag honderd vragen in zijn ogen en allerlei emoties op zijn gezicht, terwijl hij zijn best deed zich aan de regels te houden. Hij richtte zich weer op zijn dashboard en zweeg zo lang dat ze even dacht dat hij in slaap was gevallen. Toen ze beter keek, zag ze dat zijn lippen zachtjes bewogen, en ze besefte dat hij aan het bidden was. Ze vond het jammer dat ze hem nu pas had ontmoet. Ze vroeg zich af of zijn bekentenis al voorbij was en slaakte een zucht van verlichting omdat zij misschien ook niet meer hoefde te vertellen.

'Ik heb een dochter,' zei hij uiteindelijk. 'Caroline. Ik heb haar zeventien jaar niet gezien. En dat is niemands schuld, alleen de mijne.' Hij klapte zijn zonneklep omlaag om de foto te laten zien van het meisje waarover Mara al had zitten nadenken. Caroline.

'Ik had mijn eigen restaurant in Tulsa,' vervolgde hij. 'Harry's Hash. Misschien niet de beste naam voor iemand die een verslaving bleek te hebben.' Hij grinnikte even. 'In de weekenden kwam iedereen daar. Iedereen kende me, ik kende iedereen. Caroline zei altijd dat ze er ook zou gaan werken, samen met haar ouwe pappa. Zij zou serveren en ik zou koken. Maar ik ben het kwijtgeraakt, dat restaurant. Bijna al mijn geld aan de drank uitgegeven, en de rest aan drugs. Ik betaalde mijn leveranciers niet meer, zodat ik drank en coke kon kopen en de hypotheek van het restaurant kon blijven afbetalen.

'Ik verkocht het huis eerst. Daarna verhuisde ik met mijn vrouw, Lucy, en Caroline naar een klein armzalig flatje. Alles om mijn restaurant maar te kunnen houden en de schijn op te houden. En door te kunnen gaan met de drank en de drugs. Het ging alleen maar om mij.' Hij liet zijn hoofd hangen en snoof, balde toen zijn vuist en liet die hard op zijn been neerkomen. 'Ik was zo'n klootzak. Een egoïstische klootzak.'

Het kostte haar de grootste moeite om niet haar hand uit te steken en zijn schouder aan te raken. Maar regels waren regels. En nu was zij weer aan de beurt.

'Het was vreselijk voor mijn man,' zei ze. 'Toen de symptomen begonnen en voor we wisten wat er aan de hand was. Mijn hele persoonlijkheid veranderde. Ik werd van het ene op het andere moment een bitch. Volledig irrationeel. Paranoïde, humeurig. Je kunt het je nauwelijks voorstellen. Het hoort bij de ziekte. Net als ontkenning. Het is niet de beste combinatie voor een huwelijk.'

Ze zag Harry's gezicht in de spiegel. 'Geloof me,' zei ze. 'Het was erger dan je je kunt voorstellen. Weet je nog toen wij elkaar voor het eerst ontmoetten? Die starende en fluisterende mensen? Dat was niets vergeleken bij waar ik het nu over heb. Het was afschuwelijk voor hem en het duurde langer dan een jaar. Ik duwde hem van me af. Zei dingen tegen hem waarvan ik zou willen dat ik ze me niet meer kon herinneren. Maar jammer genoeg tast de ziekte het langetermijngeheugen niet aan. Of dat van je man. Na alles wat ik hem heb aangedaan, is er niets wat ik niet zou doen om hem meer pijn te besparen.'

Ze vouwde haar handen in haar schoot en wachtte. Harry had gezegd 'geen oordeel', maar het was moeilijk te geloven dat hij nu geen oordeel over haar zou uitspreken.

Hij zuchtte. 'Lucy was zo lief, toen ze al haar vrienden in onze buurt moest achterlaten, en ons mooie huis, en naar die kleine flat moest verhuizen. Dat kan iedereen overkomen, zei ze. Want natuurlijk loog ik tegen haar. Ik had haar gezegd dat de zaken slecht liepen en dat ik daarom niet voor het huis kon betalen. Nooit vertelde ik haar dat ik de problemen over onszelf had afgeroepen door al ons spaargeld erdoor te jagen aan drank en coke.

'Zo'n twee weken voor ik wist dat ze de zaak van me af zouden nemen, ben ik vertrokken. Ik kon haar niet onder ogen komen toen ze de waarheid kende over wat ik gedaan had. Ik kon er niet mee omgaan. Dus zei ik dat ik even wat melk ging halen. En ik ben nooit teruggekomen. Ik heb ze achtergelaten. Mijn eigen vrouw en dochter. Ik heb Lucy achtergelaten met alle sores rond de zaak en de rotzooi die ik van ons gezin gemaakt had.

'Een paar jaar geleden heb ik haar gebeld. Lucy. Ik heb bijna een halfuur lang als een kind zitten huilen, terwijl zij aan de andere kant van de lijn wachtte tot ik uitgesnikt was en ik haar kon vertellen hoe het mij speet. Ik vroeg haar mij te vergeven en zij zei dat ze dat al lang gedaan had. Kun je dat geloven? Ik heb die vrouw nooit verdiend. Caroline was toen al het huis uit, en Lucy zei dat ze het eerst aan haar zou vragen voor ze mij haar nummer gaf. Als Caroline het goedvond, zou ze mij terugbellen.'

Hij staarde naar zijn dikke handen die in zijn schoot lagen. 'Ik heb nooit meer iets van haar gehoord. Mijn dochter wil niets meer van mij weten. Ik zou alles geven om met haar te kunnen praten, haar om vergeving te kunnen vragen, te zien of ze misschien toch nog iets met mij te maken zou willen hebben. Maar ik kan me niet voorstellen dat ze dat nog wil. Ze is nu volwassen. Drieëntwintig. Ze heeft niets meer van mij nodig.' Hij gebaarde naar haar foto. 'Dit is de enige foto die ik van haar heb. Hij zat in mijn portefeuille toen ik wegliep.'

Mara beet op haar lip.

Harry ging verder. 'Het idee dat ik haar nooit meer zie, nooit een kans krijg om te zeggen hoe het mij spijt, maakt dat ik weer zo dronken zou willen worden dat ik mijn eigen naam niet meer ken.' Hij snoof weer en ze zag een traan over zijn wang rollen. Tot haar verbazing haalde hij een keurig opgevouwen zakdoek uit zijn zak, waarmee hij zijn wangen en zijn ooghoeken droog depte. Hij wierp een lange blik op Caroline's foto en klapte toen de zonneklep omhoog.

Mara voelde zelf ook tranen prikken en richtte haar blik snel naar buiten. Ze vond Laks weer en ademde diep in en uit terwijl ze haar over het speelplein zag lopen. 'Gisteren was mijn laatste dag als hulpmoeder in de bibliotheek,' zei ze. Ze legde haar hand op het glas en wilde dat ze Laks door het raam heen kon aanraken. Haar haren strelen. Haar weer zeggen hoe het haar speet. 'Ze schaamt zich voor me. Tom denkt dat ze er wel mee leert leven,' zei ze. 'Ik vind dat ze dat niet hoeft.'

Ze spreidde haar vingers tegen het glas. Vaarwel.

Bij de voordeur zocht Mara in haar tas naar haar sleutels en Harry draaide zich om om de planten te bekijken. Hij deed alsof de bloemen hem zo intrigeerden dat de moeite die zij had om haar sleutels te vinden hem niet eens opviel. Pas na een minuut, toen ze nog steeds probeerde om de sleutel in het slot te krijgen, nam hij het over.

'Hoelang?' vroeg hij.

'Niet lang genoeg.' Ze keek naar haar linkerarm, die een beetje bewoog en dacht terug aan wat er in de douche was voorgevallen. 'Of te lang. Het hangt ervan af hoe je ernaar kijkt.'

'En hoe kijk jij ernaar?'

Ze zuchtte diep. 'Ik ben tweeënveertig jaar oud en ik moet al stoppen met werken. Ik dacht dat ik tot mijn zeventigste zou doorgaan. Ik kan niet meer autorijden. Ik vergeet alles, tenzij ik het heb opgeschreven. En als ik mijn dochter met haar vriendinnen wil zien spelen, moet ik dat stiekem doen, vanachter de getinte ramen van een taxi, zodat ik haar niet in verlegenheid breng. Over een jaar zit ik misschien in een rolstoel.'

'Dan moet ik zo'n invalidenbusje nemen om haar te bespioneren op school. Als ik me dan tenminste nog kan herinneren hoe laat de pauze is. Of dat ik een dochter heb. Misschien woon ik dan niet eens meer hier.' Ze keek naar het huis. 'Misschien zit ik dan in een verpleeghuis, in een hoekje, naar het plafond te staren, en weet ik niets meer van dit huis, mijn gezin of dit gesprek.'

'Ik kom je opzoeken.'

Ze legde haar hand op zijn wang. 'Dat zou ik niet willen.'

'Ja, dat wist ik wel. Je wilt niet dat iemand je... zo... ziet.'

'Ik wil niet zo zijn. Al die mensen die al die dingen doen die ik zelf zou moeten doen? Mij voeren? Mijn haren borstelen? Mij wassen?' Ze huiverde. 'Ik wil daar niet eens aan denken.'

'Niet om het een of ander, maar ik moet zeggen dat je je wel bent gaan ontspannen bij mij, vind je ook niet? En dat in maar enkele dagen tijd. Je laat me je helpen bij het instappen, je liet me laatst je portemonnee uit je tas halen. En vandaag, met die... nou ja... dat servies. Vind je niet dat je dat moet volhouden, steeds iets meer, totdat je het niet zo erg meer vindt als andere mensen iets voor je doen? Je ouders? Je man? Mensen in een… verpleeghuis?'

'Eerlijk gezegd, Harry, denk ik dat jij over een soort supermacht beschikt. Ik heb aan precies hetzelfde zitten denken. Deze week met jou… het heeft mij veranderd. Maar ik weet niet of het genoeg is. Ik ben bang dat wat jij gezien hebt het maximum is van wat ik kan toelaten.'

'Te oud om nieuwe trucs te leren?' vroeg hij.

Ze glimlachte. 'Zoiets.'

'Oké.'

'Mag ik je iets vragen,' zei ze. 'Om de stand weer gelijk te trekken.'

Hij lachte. 'Prima.'

'Waarom schrijf je Caroline geen brief, om haar te laten weten hoe je je voelt? Hoeveel spijt je hebt, hoe je ernaar verlangt om het goed te maken met haar. Ik denk niet dat iemand in haar positie snel de eerste stap zet, maar dat betekent nog niet dat ze niets van jou zou willen horen. Misschien wacht ze tot jij iets doet.'

'Ja, daar heb ik aan gedacht. Ik heb zelfs een paar keer geprobeerd om een brief te schrijven, maar uiteindelijk heb ik het papier verscheurd. Ik ben niet zo goed met taal als jij, dat heb je vast wel gemerkt. Mijn hart weet wat ik wil zeggen, maar ik krijg de woorden niet op papier.'

'Ik begrijp het. Als je een brief zou schrijven, zou je dan iets meer tegen haar zeggen dan wat je mij in de auto hebt verteld?'

Hij dacht even na. 'Nee. Ik denk dat wat ik tegen jou gezegd hebt het wel ongeveer is. Ik heb niet veel meer te zeggen dan dat ik er een rotzooi van gemaakt heb en dat het mij spijt en dat ik haar graag zou zien, als zij dat goedvindt. Dat ik het graag goed wil maken, als ze mij nog een kans geeft. Ik bedoel, ik zou het op een betere manier zeggen als ik dat kon. Maar daar komt het wel op neer.'

Ze stonden even zwijgend bij elkaar, tot Harry zei: 'Toen je mij dinsdag belde, zei je dat je deze week iemand nodig had om boodschappen te doen. En nu is de week voorbij. Maar je belt me toch wel, als je me nog nodig hebt.' Hij zei het laatste meer als een opdracht dan als een vraag.

'Dat doe ik,' zei ze. 'Ik moet morgen nog een paar dingen doen, en ik heb 's middags een lunchafspraak met mijn vriendinnen, als Tom met Laks naar balletles gaat. Ik ga meestal met haar, maar –'

'En dus doe je maar boodschappen,' zei hij. 'Met mij. En dan breng ik je naar je lunch.'

Hij boog zich voorover en kuste haar wang. Voor ze kon reageren, had hij zich omgedraaid en liep hij over de oprit naar de auto. Hij stak zijn arm in een groet omhoog.

34

SCOTT

Dat Scott, Laurie en Bray midden op de dag naar school kwamen, kon weinig goeds betekenen. Curtis' lippen trilden al voor hij iets kon zeggen.

'Wat is er?'

Hij zakte op de vloer van de gang in elkaar toen hij het nieuws hoorde.

LaDania was geen geweldige moeder geweest. Ze had Curtis vaker bij Bray achtergelaten dan ze had moeten doen. Ze had hem hongerig en vies alleen gelaten. Ze had de helft van hun huisraad verkocht om haar verslaving te bekostigen. Ze had maar op een fractie van de brieven en tekeningen die hij naar de gevangenis had gestuurd gereageerd en haar antwoorden waren doorgaans niet langer dan een of twee zinnen. Maar ze was wel zijn moeder. En hij had erop gerekend dat ze zichzelf staande hield, om hem.

Toen hij eindelijk lang genoeg kon stoppen met huilen, stak Bray zijn armen naar hem uit. Curtis ging echter naar Scott, die hem optilde en hem vasthield. Hij klemde zijn armen om Scotts hals alsof hij aan het verdrinken was en Scott een reddingsboei was. Scott keek verontschuldigend naar Bray en wilde Curtis aan hem overdragen, maar Bray schudde zijn hoofd. 'Hij rekent meer op jou dan op wie ook,' zei Bray zacht. 'Daar moet je juist blij om zijn.'

Thuis ging Curtis in de foetushouding op de bank liggen, met een kussen tegen zich aan gedrukt. Bray zat naast hem, praatte zacht tegen hem en streelde zijn hoofd. Na een tijdje schoof de kleine jongen steeds dichterbij, tot zijn hoofd op de knieën van zijn grote broer lag. Toen Scott binnenkwam om te zeggen dat het eten klaar was, lag de jongen helemaal bij Bray op schoot. Hij keek omhoog naar Bray en had zijn armen om zijn middel geslagen.

'Wil je eten?' vroeg Bray.

Het hoofdje kwam omhoog, bewoog heen en weer, en zakte toen weer.

Bray keek hulpeloos naar Scott en haalde zijn schouders op. 'Ik denk dat we hier nog even blijven zitten, coach, als dat mag.'

'Geen probleem.'

Een uur later, toen Scott en Laurie hadden gegeten en de tafel hadden afgeruimd, zaten ze nog net zo.

'Je moet uitgehongerd zijn,' zei Scott tegen Bray.

Bray knikte, gebaarde naar zijn schoot en haalde zijn schouders op.

'Curtis,' zei Scott, 'wat denk je ervan? Zal ik je naar bed brengen? Ik breng je naar boven. Tenzij je wilt dat je broer dat doet.'

Zonder een woord te zeggen gleed Curtis van de bank en liep hij met uitgestoken hand naar Scott. 'Geen *Stuart* vanavond,' zei hij.

'Nee,' zei Scott en hij kneep in het kleine handje. 'Dit is geen avond voor *Stuart*, hè?' Hij keek naar Bray en zei: 'Laurie heeft een bord voor je in de koelkast gezet.'

'Zal ik straks naar boven komen? Om even te kijken?'

Scott keek naar Curtis, die nauwelijks op zijn benen kon staan. Zijn ogen waren half gesloten van uitputting. Hij tilde de jongen op. 'Ik denk niet dat hij dan nog wakker is.'

Boven pakte Scott een oud T-shirt dat Curtis in bed kon dragen en installeerde hem onder de dekens. Te worden ingestopt leek de jongen weer te prikkelen en hij begon weer te snikken. Scott voelde ook bij zichzelf de tranen komen en hij ging naast de jongen op bed liggen, met zijn armen stevig om het schokkende lijfje heen. Hij had zich het weerzien met de jongen anders voorgesteld. 'Ik weet het, Kleine Man,' fluisterde hij. 'Ik weet het. Het is heel verdrietig. Het spijt me zo.'

Hij bleef nog lang bij de jongen liggen, ook nadat het gesnik was overgegaan in een ritmische ademhaling en de hemel van het blauwgrijs van de vroege avond was veranderd in donkergrijs en uiteindelijk in het diepe zwart van de nacht. Iets na tienen keek Laurie om de hoek van de deur. Ze zei dat ze Brays bed had opgemaakt op de bank in de woonkamer. 'Ik zou willen dat we een van de andere extra kamers voor hem in orde hadden kunnen maken. Hij is zowat een halve meter langer dan de bank.'

Ze hadden het inrichten van de andere kamers boven uitgesteld om geld over te houden voor de kamers die ze regelmatig gebruikten.

'Hij redt het wel,' zei Scott. 'Ik heb wel honderd keer aangeboden om zo'n opblaasmatras voor hem te kopen, en hij zegt altijd dat hij liever op de bank ligt. Ik denk dat hij graag dicht bij de mensen is.'

Na twaalf eenzame jaren met een moeder die meer niet dan wel thuis was, gevolgd door nog eens zes met een broer die meer verzorging nodig had dan hij kon bieden, leek Bray naar mensen te trekken. Hij had gelachen toen Scott en Pete voorstelden dat hij een kamer voor zichzelf zou nemen in Michigan, zodat hij zich op zijn schoolwerk kon concentreren als hij niet op het basketbalveld was. 'Ik voel me beter in een groep,' had hij gezegd. De uitnodiging om met een aantal teamgenoten in een krappe behuizing te wonen, had hij dan ook meteen geaccepteerd.

Het leven in de oude flat van LaDania, met alleen maar een kind als gezelschap, zou hem de das omdoen. Scott voelde zijn gemoed zwaar worden als hij eraan dacht.

'Kom naar bed,' zei zijn vrouw zacht.

Hij ging overeind zitten en keek nog even naar de slapende jongen. Hij ging net opstaan toen de jongen bewoog en zachtjes jammerde.

'Hij droomt,' zei Laurie.

Maar Scott was alweer gaan liggen, vouwde zijn lichaam om dat van de jongen en legde zijn arm om hem heen. 'Weet ik. Maar ik blijf nog even. Voor het geval dat.'

Later kroop Scott voorzichtig in bed naast zijn slapende vrouw. Hij ging op zijn buik liggen, met zijn hoofd in zijn armen. Hij lag bewegingloos in de stille duisternis en werd zich er scherp bewust van dat de harde knoop van spanning in zijn maag die zich eerder die dag had gevormd, niet was weggegaan. Evenmin was het doffe bonken onder zijn schedeldak verdwenen. Hij had na het eten iets tegen de hoofdpijn genomen, maar het had niet geholpen. Ook de whisky die Laurie voor hem had ingeschonken, had de knoop niet ontward.

Hij probeerde diep door te ademen, maar het hielp niet en hij vroeg zich af of de knoop in zijn maag en het kloppen in zijn hoofd ooit zouden verdwijnen. Hij voelde Laurie naast zich bewegen en even later lag haar warme hand op zijn nek en masseerden haar duim en wijsvinger precies de goede plek onder zijn schedel. Hij sloot zijn ogen en probeerde zich door de zachte druk in slaap te laten wiegen, of in ieder geval de druk in zijn nek te laten afnemen.

Geen van beide lukte en uiteindelijk draaide hij zich om om haar aan te kijken. 'Ik kan hier niet tegen.'

Ze bracht haar hoofd dichter bij het zijne, tot ze samen op zijn kussen lagen, hun voorhoofden bijna tegen elkaar. Ze streelde zijn wang. 'Ik weet het.' Haar stem was laag, bezwerend.

'Hij heeft geen idee waar hij aan begint.'

'Ik zou iets meer vertrouwen in hem hebben.' Ze wreef met haar duim over zijn slaap. 'Je hebt beloofd hem te steunen.'

'Maar dit is waanzin. Hoe kan ik toekijken en hem dit laten doen terwijl het waanzin is?'

'Ik denk niet dat je een keus hebt. Niet als je ze in ons leven wilt houden. Als je van plan bent hem elke keer als je hem ziet te vertellen dat wat hij doet waanzin is, zal hij niet vaak langskomen.'

'Dat bedoelde ik niet,' zei hij. Hij ademde in en vroeg zich af of hij verder moest gaan. Maar als hij het nu niet deed, wanneer dan wel? 'Ik bedoelde… wat als… we er een stokje voor steken?'

Ze trok haar hand weg. 'Wat bedoel je?'

Hij hoorde de spanning in haar stem en haar ogen schoten alle kanten op.

'Ik bedoel, misschien moeten we aanbieden dat hij hier kan blijven?'

Ze rolde op haar rug, zuchtte diep en staarde naar het plafond. Hij probeerde haar hand te pakken, maar zij sloeg haar armen over elkaar en stopte haar handen weg, buiten zijn bereik. 'Aanbieden dat Curtis kan blijven?'

Hij leunde op een elleboog en probeerde haar blik te vangen, maar zij zuchtte weer diep en draaide haar gezicht van hem af, in de richting van de badkamerdeur. De huid rond haar mond stond strak; dat was geen goed teken, wist hij, en hij bereidde zich voor op een preek over alle redenen waarom het verkeerd was om dit van haar te vragen, na alles. Maar toen ze zich omdraaide en hem weer aankeek, was haar mond zacht. Even dacht hij dat ze ja zou zeggen.

'Vind je niet dat het een beetje, ik weet niet, neerbuigend is?' vroeg ze. 'Alsof je suggereert dat hij het niet kan, zodat wij het voor hem moeten doen?'

'Het gaat er niet om of hij het kan of niet. Het gaat niet om hem. Ik zou hetzelfde gezegd hebben tegen een ander van zijn leeftijd. Hij is twintig. Hoe kan hij nou een kind opvoeden? Hij is zelf nog een kind.'

'Nee, dat is hij niet. Hij is een man van twintig. Mensen krijgen wel vaker kinderen op die leeftijd. Jongens die jij kent, vrienden van hem, hebben al kinderen. Wil jij hem vertellen dat hij niet aankan wat zíj doen? Nadat hij je gevraagd heeft om op te houden hem uit te dagen en achter hem te staan?'

Ze had een punt. Hij kon niet met een wapperende cape aan komen vliegen en iemand redden die niet gered wilde worden. Hij draaide zich weer op zijn rug en deze keer was het zijn vrouw die omhoogkwam op haar elleboog en zich over hem heen boog. Ze kuste zijn slaap. 'Ik zeg niet dat het gemakkelijk zal zijn. Ik zeg alleen dat je beloofd hebt dat je het zou doen.'

'En zijn toekomst dan?' zei hij. 'Zijn studie? Zijn sport? Alles.'

'Dit is zijn toekomst,' zei ze. 'Dit is wat hij wil.'

'Maar –'

'Hij vroeg om je steun, Scott. Je beloofde hem die te geven.'

Hij voelde haar naast zich bewegen. Ze schoof naar hem toe en drukte zich tegen hem aan. Ze legde een hand op zijn borst en bewoog hem langzaam in cirkels. Haar aanraking kalmeerde hem een beetje, maar na een tijdje werd de beweging trager en hield toen op. Haar ademhaling werd diep en regelmatig. Hij lag nog een paar minuten stil en zei tegen zichzelf dat hij moest gaan slapen. Het lukte niet en hij kroop uit bed, sloop de gang in en trok de slaapkamerdeur zachtjes achter zich dicht.

35

MARA

Mara's ouders stonden een paar minuten voordat Laks' schoolbus zou arriveren voor de deur. Haar moeder droeg die dag een lichtgele zijden jurk en haar vader een lichtgroen hemd met lichtgele strepen. Mara was aan de telefoon. Ze lachte naar ze en gebaarde dat ze moesten binnenkomen. Door het opsteken van een wijsvinger maakte ze duidelijk dat ze zo klaar zou zijn. Ze was net bezig om de tweede van haar twee beste vriendinnen ervan te overtuigen dat ze geen lift naar het restaurant nodig had, morgen.

'Ja, Gina, ik weet het zeker. Ik zei het ook al tegen Steph, ik heb een paar boodschappen te doen in het centrum en ik doe ze liever meteen, zodat ik er niet nog eens uit hoef. Ik heb de taxi al geregeld. Hij zet me af bij het restaurant en komt me later weer ophalen... Ja, het is dezelfde... Ja, inderdaad, een hevige affaire achter in de auto. Mijn ouders zijn hier. Zullen we morgen praten?... Goed, dan zie ik je dan. Dag!'

Pas toen ze had neergelegd en zich bij haar ouders wilde verontschuldigen, besefte ze dat alleen haar moeder was binnengekomen. Ze stak haar hoofd naar buiten. 'Pap? Kom je ook?'

'Waarom laten we je vader niet op Lakshmi wachten. Dan kunnen jij en ik deze spullen opbergen.' Neerja hield alweer een tas van Agarwal omhoog.

'Heeft Tom jullie gevraagd te komen?' Mara richtte haar vraag tot haar vader, want ze wist dat haar moeder dat nooit zou toegeven.

'Ik ga even in de tuin wieden terwijl ik wacht,' zei hij en hij liep weg. 'Je weet dat ik er niet tegen kan om te wachten zonder iets omhanden te hebben.'

'Ik draai zijn nek om als hij thuiskomt,' zei Mara. 'Ik wil niet dat hij dingen voor me regelt. Zich ermee bemoeit. Me beschermt.'

Toen drong het tot haar door dat zij niet degene was die hij wilde beschermen. Het was Laks, die gezegd had dat ze haar moeder niet meer buiten wilde hebben.

'Wat zeg je?' vroeg Neerja.

'Niets, het is al goed. Het is een misverstand.' Haar moeder zou het zeker niet begrijpen, dacht ze en ze fronste haar voorhoofd. En toen betrapte ze zichzelf erop dat ze niet meer dan achtenveertig uur geleden zichzelf op de vingers had getikt omdat ze onterecht op haar ouders mopperde en het nu alweer deed. Ze draaide zich om naar haar moeder en legde een hand op haar arm. 'Blijven jullie eten?'

Neerja sloeg haar handen ineen en hield ze onder haar kin. 'Graag!'

Laks kwam thuis en kreeg haar grootvader zover dat hij haar duwde in de schommel die in de achtertuin stond. 'Mamma geeft altijd een grote duw voor elk jaar dat ik ben,' vertelde ze hem terwijl ze hem aan de hand meenam de achterdeur uit. 'Dat zijn vijf grote duwen. Ik heb geluk, want Susans moeder doet dat niet. Ze zegt dat het te veel werk is en soms botst Susan tegen haar aan als de schommel terugzwaait en dat vindt haar moeder niet leuk.' Mara hoorde hoe haar vader meeleefde met de pech van Susan dat ze zo'n moeder had en dat hij haar beloofde dat hij zijn kleindochter zulk onrecht nooit zou aandoen.

Ze bleef een paar minuten door de glazen schuifpui naar ze kijken en toen ze zich omdraaide, zag ze haar moeder in de woonkamer staan. Ze keek naar een foto aan de muur. De foto was afgelopen Halloween genomen en ze stonden er alle vijf op. Laks was verkleed als Tin Man en Tom had het kostuum gemaakt. Het idee was ontstaan toen Tom op een dag in de garage bezig was geweest om door een trechter benzine in de grasmaaier bij te vullen en Laks hem op dat moment had gevraagd als wat ze zich zou verkleden. Hij had de trechter zilver gespoten met een spuitbus verf en hij en Pori waren uren bezig geweest om het meisje op de avond van Halloween in zilverpapier te wikkelen. Elke keer als ze een ledemaat boog moesten ze opnieuw beginnen omdat hun handwerk scheurde. Eindelijk vonden ze haar kostuum goed genoeg om naar buiten te gaan. Ze lieten de vrouwen vooroplopen en volgden het kind met ieder een rol folie in de hand, met als gevolg dat Laks meer tijd doorbracht met gerepareerd worden dan dat ze om snoep kon vragen.

Toen Neerja merkte dat er naar haar werd gekeken, wendde ze zich snel van de foto af en probeerde ze ongezien haar ogen droog te deppen. 'Let maar niet op mij,' zei ze. 'Ik ben gewoon een sentimentele oude vrouw.' Ze lachte. 'Dat lieve kind in dat pak –'

'Dat is het niet, en dat weten we allebei.' Mara liep naar haar moeder en omhelsde haar. 'Soms ben je verdrietig, mam. En soms ben je verdrietig waar ik bij ben.'

Haar moeder reageerde niet en Mara leidde haar naar de bank. Toen ze allebei zaten, nam ze de gerimpelde hand van haar moeder in de hare, draaide hem om en ging met haar vinger langs de levenslijnen van de oude vrouw, net zoals ze dat als kind had gedaan. 'Ik weet wat we moeten doen. Kom.' Ze ging met Neerja naar de gastenkamer en wees naar de smalle boekenplank in de kast, waarop de familiefotoalbums stonden. Neerja sloeg haar handen ineen en pakte de vijf dikke albums van de bovenste plank. Ze droeg er vier terug naar de woonkamer. Mara volgde met het laatste.

Ze gingen op de bank zitten en Mara wees naar de stapel albums die nu op de salontafel voor hen lagen. 'Het complete leven van Mara Nichols, deel 1 tot en met 5, van 3 maanden oud tot 42 jaar.'

'Weet je zeker dat je dit wilt doen?' vroeg Neerja, met een hand op Mara's knie.

Laks had laatst gevraagd of ze de albums mocht bekijken en Mara had geweigerd. Toen Laks had aangedrongen, had Neerja haar mee de kamer uit genomen en haar in haar eigen kamer met haar speelgoed afgeleid. 'Ik begrijp het wel, Beti,' had Neerja later tegen Mara gezegd. Mara had geknikt en ze hadden er niet meer over gesproken.

Het was te pijnlijk om zichzelf op foto's te zien opgroeien, wetende wat het meisje dat daar zo vrolijk de kaarsjes uitblies, cadeautjes openmaakte, afstudeerde, trouwde en partner werd, te wachten stond. Ze zou nooit bij al die mijlpalen in haar leven zo hebben genoten als ze beseft had hoe definitief die taarten en ceremonies en vieringen zouden zijn. In plaats daarvan had ze zich verheugd op het volgende grote doel en zichzelf wijsgemaakt dat ze steeds een stapje dichterbij was, dat ze niet te veel moest stilstaan bij het moment, maar harder haar best moest doen. Had ze maar een waarschuwing gehad...

Mara schudde de gedachte van zich af, legde haar hand op die van haar moeder en knikte naar de stapel: 'In volgorde, of willekeurig?' vroeg ze. 'In volgorde, denk ik.' Ze pakte deel 1 van de stapel en Neerja lachte. Mara lachte mee. Alsof willekeurig een denkbare optie voor Mara was geweest.

Ze waren op het galafeest van de middelbare school aangeland toen Tom thuiskwam. Hij wierp een blik op het betraande stel vrouwen op de bank en zei: 'Ik weet niet of het veilig is voor een man in deze kamer.' Hij bukte zich om ze allebei te kussen, zag zijn schoonvader en dochter in de achtertuin, pakte twee biertjes uit de koelkast en vluchtte naar buiten.

Tegen de tijd dat ze bij haar jaren op McGill waren, kwam hij weer binnen en vroeg hij wat ze zouden eten. 'Laks zei dat je ouders hier eten, wat ik heel gezellig vind. Wil je dat ik gewoon iets in elkaar flans of hebben jullie een plan?'

Mara en Neerja keken hem uitdrukkingloos aan, waarna Neerja haar neus snoot en Mara haar ogen afveegde.

'Goed,' zei hij. 'Ik gril wel een kippetje.' Nadat hij even in de vriezer en de koelkast had gerommeld, vertrok hij weer, met een armvol witte zakjes van de slager en flessen marinade. 'Ik stel voor dat jullie de tijd nemen,' hoorde Mara hem nog zeggen voor de glazen deur zijn stem dempte.

'Zo veel herinneringen,' zei Neerja en ze lachte door haar tranen heen. Ze pakte een schone tissue en snoot haar neus weer.

Mara dacht aan alles wat ze gezien hadden: reisjes naar de Rockies, de Maritimes, de Grand Canyon. Verjaardagstaarten in de vorm van een kasteel, een draak, een boek. Nieuwe fietsen, rolschaatsen, platenspelers. Slaapfeestjes met tien of meer giechelende meisjes in hun kleine woonkamer in Montreal.

'Deden jij en pap eigenlijk wel een oog dicht zo'n nacht?' vroeg ze aan haar moeder.

'Nee,' bekende haar moeder. Toch vonden ze het steeds weer goed.

'Jullie hebben zo veel voor me gedaan, jij en pap,' zei Mara en ze pakte haar moeders hand weer. 'Zonder een moment aan jezelf te denken. Jullie hebben me op de eerste plaats gezet, vanaf de dag dat jullie mij mee naar huis namen. Eigenlijk al eerder. Vanaf de dag dat jullie besloten mij te adopteren.'

'Het is niets, voor iemand van wie je houdt.'

'Het is alles, mamma. Ik heb een geweldig leven gehad dankzij jullie. Hoe kan ik jullie ooit bedanken voor alles wat jullie mij hebben gegeven? Alles wat jullie voor mij hebben gedaan? En nu ook weer voor Tom en Laks?'

'Dat heb je zojuist gedaan.'

'Nee. Ik bedoel écht bedanken. Hoe kan ik écht laten zien hoeveel jullie voor mij betekenen, hoeveel ik van jullie houd, hoe blij ik ben dat ik jullie dochter ben?'

'Dat hoeft niet. Dit is genoeg.' Neerja klopte Mara op haar been en knikte toen naar de albums. 'Alleen dit.' Ze legde haar hoofd op Mara's schouder en op dat moment had Mara het gevoel dat er tussen hen iets openbrak. Haar hele leven had haar moeder voor haar gezorgd. Nog meer sinds haar diagnose. Nooit had haar moeder enige onzekerheid of angst getoond over het ouderschap.

Neerja had gehuild na de diagnose, natuurlijk, maar verder had ze nooit angst of kwetsbaarheid laten zien wat haar dochter betrof. Ze was altijd Mara's sterke, zelfverzekerde moeder geweest. Ze had altijd alles onder controle gehad, ook haar emoties, omdat ze niet wilde dat haar dochter zich zorgen om haar maakte. En nu zat ze met haar hoofd op haar dochters troostende schouder en stond ze zichzelf toe het uit te snikken. Ze stond toe dat Mara een arm om haar heen legde, haar tegen zich aan trok en zei: 'Ik weet het, het is goed. Ik ben hier. Gooi het er maar uit.' Haar dochter deed nu precies wat ze zelf zo vaak bij haar had gedaan.

Mara kuste haar moeders zachte, donkere haar en streek het toen achter haar oor, zoals ze dat elke ochtend bij Laks deed. 'Ik hou van je.' Ze sprak tegen de bovenkant van haar moeders hoofd. 'Ik hou van je.'

Zo zaten ze bij elkaar, terwijl buiten, aan de andere kant van de glazen deur, Tom bezig was met het marineren en grillen van de kip en Pori Laks op de schommel duwde en vervolgens toekeek hoe ze op de Spiderman-manier op de glijbaan klom. Zo zaten ze nog bij elkaar toen Laks op de rekstokken klom en naar haar vader en grootvader riep, die in de tuinstoelen zaten en lui van hun bier dronken. Ze zaten zo bij elkaar tot de glazen deur eindelijk werd opengeschoven en Laks naar de badkamer rende om haar handen te wassen voor het eten, terwijl ze over haar schouder riep dat zij het roze bord en de gele beker wilde.

'Fotoalbums!' Pori sloeg er een open. 'Ik heb die foto's in geen jaren gezien.' Hij wendde zich hoopvol tot de vrouwen op de bank en sperde zijn ogen verbaasd open toen hij zag dat ze allebei huilden.

'Niet vanavond,' zei Neerja, nasnikkend. 'We hebben ze net allemaal bekeken, en je weet dat het niet Mara's favoriete hobby is. Je zult moeten wachten op een ander moment, pappa.'

Mara kuste haar moeder weer en schoof haar toen voorzichtig een stukje naar links, om ruimte te maken aan haar rechterkant. Ze lachte naar haar vader, klopte op de ruimte naast haar en pakte het eerste album.

36

MARA

Om halfdrie 's nachts besloot Mara niet langer te wachten of ze nog in slaap zou vallen. Ze gleed het bed uit. In de deuropening draaide ze zich even om en keek naar haar man. Er scheen wat maanlicht door een kier in de luiken, wat een beetje licht wierp op Toms slapende gestalte. Weer een tevreden slaap na een heerlijke sessie in bed samen – dat was het enige wat ze nog kon.

Hij zou wel denken… Sinds hun dertigste, twintigste misschien wel, was ze niet meer zo assertief geweest in bed. Ze keek naar de rest van het bed: de lakens waren een kluwen en haar kussen was verdwenen. Hij leek niet alsof te hebben gedaan. Maar als iemand zijn ogen dichthield, kon hij van alles denken. Ze draaide zich snel om en zocht voorzichtig haar weg door de woonkamer, naar Laks' kamer. Het meisje had haar dekens van zich afgegooid. Ze lagen in een berg op de grond. Mara dekte haar toe en pakte BunnyBunny, het grote witte knuffelkonijn waarmee Laks sinds haar tweede elke nacht had geslapen van het voeteneind. Ze moest hem met de dekens hebben weggeduwd. Mara hield het konijn tegen haar gezicht en begroef haar neus erin. Ochtendlijf.

Met BunnyBunny onder haar arm liep Mara op haar tenen door de kamer en raakte alles aan waar ze maar bij kon – het gladde hout van de schommelstoel, het koude aardewerk van het spaarvarken op de boekenplank, het zilveren lijstje van Laks als baby, op schoot bij een trotse Pori. Ze ging langzaam overal met haar vinger langs en probeerde de inhoud van haar dochters kamer in haar geheugen op te slaan.

Ze kreeg een brok in haar keel bij het zien van het muziekdoosje dat Tom een week nadat ze uit Hyderabad waren teruggekomen had meegebracht. 'Ik heb een klein meisje,' had hij gezegd, 'en elk klein meisje heeft een muziekdoosje nodig.' Mara wilde het doosje oppakken en het gewicht in haar handen voelen, maar ze was bang dat ze het zou laten vallen. Ze gleed met haar handpalm over het gladde oppervlak van het deksel en hoorde de melodie in haar hoofd: 'Beautiful dreamer'.

Ze pakte een honkbalpetje van de haak naast de kast en ging met haar vinger over de geborduurde rode R. Het was een dierbare herinnering aan de Rangers-wedstrijd waar Pori en Neerja hun kleindochter mee naartoe hadden genomen. Glimlachend dacht Mara aan 2boys en MotorCity en hun niet-aflatende discussies over de Tigers en de Yankees. Ze vroeg zich af wat ze van de Rangers vonden. Ze zou het ze morgen vragen, als ze eraan dacht.

Ze hield de pet voor haar gezicht en ademde in, hing hem toen terug op de haak en opende de kast. De deur kraakte en ze draaide zich snel om naar het bed, maar de slapende gestalte bewoog zich niet. Mara keek van links naar rechts, als een dief die controleert of de buren misschien kijken, en stapte toen de kast in, sloot de deur achter zich en trok aan het kettinkje om het licht aan te doen.

Ze schoot geluidloos in de lach toen ze de rotzooi op de vloer van de inloopkast zag. Zij was altijd heel erg georganiseerd en had een systeem van plastic dozen in de kast opgezet en haar dochter geleerd haar speelgoed ordelijk op te bergen. Elke doos was bestemd voor een bepaalde categorie speelgoed: poppenhuismeubeltjes, puzzels, Barbies, verkleedkleren, plastic keukengerei, enzovoort. Maar Mara had het kamer opruimen lang niet gecontroleerd en de wirwar van speelgoed in elke doos tartte elk systeem. Barbies lagen opgevouwen tussen plastic pannetjes voor de keuken. In een poppenwiegje lagen puzzelstukjes. In een paars handtasje van de verkleedkleren zat een collectie zacht plastic poppetjes.

Een oude poppenwagen bevatte schoolwerk, en Mara schudde haar hoofd toen ze erdoorheen bladerde. Er waren bladen met getallen, een nieuwsbrief voor de klas, verkreukelde kunstwerken waarvan de glitter al lang af was gevallen en op de bodem van de poppenwagen lag. Een gekleurd schrift trok Mara's aandacht. Ze pakte het eruit. *Gedichten – door Lakshmi Nichols – kleuterschool.* Laks had verteld over hun gedichten en had een paar nauwelijks leesbare en vooral onbegrijpelijke gedichten aan haar ouders laten zien. Het was een ambitieus project, had Tom gezegd, om kinderen die nog nauwelijks konden lezen en schrijven te leren dichten.

Mara bladerde door de eerste bladzijden en zag de keurige letters. Soms had ze zo hard op het papier gedrukt dat de letters door het papier gingen. Ze kon zich voorstellen hoe Laks haar best deed elke letter perfect te maken en voelde een steek van verdriet. Ze wilde niet dat haar dochter zo eerzuchtig was als zij was geweest. Misschien kon ze regelen dat Laks elke week wat tijd doorbracht met Harry. Bij die gedachte kreeg ze weer een brok in haar keel.

'Mara?'

Haar hart stond even stil toen de deur openging en een slaperige Tom in de opening stond, in zijn boxershorts. 'Liefje?' fluisterde Tom. 'Wat in hemelsnaam…?'

'O, eh… hallo,' fluisterde Mara en ze zocht wanhopig naar een verklaring waarom ze midden in de nacht in haar dochters kast zat. 'Ik, eh… kon niet slapen… en ik dacht, misschien… kan ik vast wat opruimen hier. Ik zou het eigenlijk zondagochtend doen als ze bij mijn ouders is. Wat dingen weggooien zonder dat ze erbij is om te protesteren, begrijp je? Ik ging vast even kijken wat me te wachten stond…'

'Om drie uur 's nachts?' Hij leunde tegen de deur. 'Ben je…? Waarom huil je?'

Ze ging met haar vingers over haar wangen om de tranen weg te vegen. 'O, het is niets. Ik…'

Hij wees naar het schrift in haar hand. 'Wat?'

Ze gaf het hem.

'O, ik herinner me dit,' zei hij, nog altijd fluisterend. Hij bladerde naar de laatste bladzijde en gaf het schrift toen weer aan haar.

Een haiku door Lakshmi Nichols

Niemand is zo sterk.
Mijn mamma geeft nooit op.
Ik ben een trotse dochter.

Hij knikte, alsof hij instemde met de inhoud van het gedicht. 'Mooi portret,' fluisterde hij en hij wees naar de tekening naast de haiku: Laks en Mara, hand in hand, Mara een vrouwelijke Popeye, met reusachtige spierbundels. 'Goede haiku ook,' voegde hij eraan toe. 'Ik heb die altijd goed gevonden.'

'Heb je die eerder gelezen? Ik vond het schrift in de poppenwagen waarin ze haar schoolwerk bewaart.'

Hij haalde zijn schouders op. 'Ik heb haar ermee geholpen. Maar het meeste wat ik gedaan heb was lettergrepen tellen en de spelling verbeteren. Dochter was eerst d-o-g-t-r en ik moest haar ervan overtuigen dat mijn versie de juiste was. Het idee kwam helemaal van haar. Jij was... Ik weet niet waar je was die avond. Uit met Die Vrouwen, denk ik? Ze moest een haiku maken over een karaktereigenschap – je weet wel, eerlijkheid, of kracht, of trouw. Ze hoefde geen moment na te denken. Ze zei meteen: mamma.'

Mara snufte en haalde de mouw van haar ochtendjas over haar gezicht. 'Ze dacht aan mij bij kracht?'

Tom fronste zijn voorhoofd. 'Aan wie anders?'

'Nou, ik weet niet... Aan jou? De marathonman die even vijftien kilometer rent voor het ontbijt en nog altijd genoeg fut heeft om haar de hele middag in de tuin achterna te zitten?'

'Pfff. Dat is een ander soort kracht. Niets wat ik heb gedaan is van dezelfde soort kracht. Weet je dat niet?' Hij wees met zijn hoofd naar het bed. 'Jouw "trotse dochter" daar is slim genoeg om dat te weten.'

'Ze is niet zo trots meer. Niet na wat er op school is gebeurd.'

'Daar komt ze wel overheen. Weet je nog hoe jij je schaamde voor het accent van je ouders? Je vertelde dat je je doodschaamde. En hoelang heeft dat geduurd? Nog geen schooljaar, toch? En toen besloot je dat "anders" niet veel meer betekende dan "anders".'

'Dit is wel een graadje erger dan een vet Indiaas accent.'

'Nee, dat is het niet. Het is je schamen voor je ouders. Accent voor jou. Openlijke dronkenschap voor mij. Ziekte van Huntington voor Laks. Het is allemaal één pot nat. We hebben er allemaal mee te maken en we komen er allemaal overheen.' Hij stak zijn hand naar haar uit. 'Kom naar bed.'

Deel vijf

ZATERDAG 9 APRIL

Nog één dag

37

MARA

Toen Mara zaterdagochtend vroeg de woonkamer in kwam lopen, trof ze haar vijfjarige dochter op de bank, gebiologeerd naar de tv starend.

'Goedemorgen, lieverd,' zei Mara.

Laks ging helemaal op in het programma en reageerde niet. Mara keek naar het meisje en vroeg zich af of Tom gelijk had: was Mara's ziekte geen zwaardere last voor Laks dan het accent van Pori en Neerja voor Mara was geweest, of het alcoholisme van zijn ouders voor Tom? Zoals ze daar op de bank lag en haar moeder negeerde om naar een stom programma op tv te kijken, was Laks precies als ieder ander kind in Amerika.

Als haar moeder zou blijven, en elk jaar of elke maand zieker zou worden, zou dat nadelen opleveren voor Laks' leven, net zoals er nadelen waren in het leven van elk ander kind in het land. Op ditzelfde moment, in dit blok, en in heel Plano en in elke staat, lagen er kinderen op de bank, die opgingen in tekenfilms terwijl hun ouders tegen elkaar schreeuwden, of een van hen het huis voorgoed verliet. Terwijl hun oudere broers terug naar huis kwamen omdat ze hun studie hadden verprutst, of hun tienerzusjes opbiechtten dat ze zwanger waren. Wogen de nadelen van Laks eigenlijk echt zo veel zwaarder dan die van elk ander kind?

Mara wierp nog een blik op haar dochter en ging aan tafel zitten. Ze haalde de Post-it van onder haar laptop vandaan. Ze kon met deze afweging doorgaan en ondertussen haar takenlijst afwerken. Het kon geen kwaad om de rest van de zaken achter de rug te hebben, ook al besliste ze om de missie af te blazen.

Ze legde haar vinger op de zaken die nog niet waren doorgehaald: brieven aan Tom en Laks. Het was het perfecte moment voor haar om ze af te maken. Tom was aan het hardlopen en zou het komende uur niet terugkomen. En het leek erop dat zelfs als het huis om haar heen zou instorten, haar dochter gewoon aan het scherm geplakt zou blijven.

Mara opende de brieven en herinnerde zichzelf eraan dat het alleen was toegestaan om ze nog eens door te lezen. Ze had vanochtend geen tijd om ze helemaal te herschrijven, zoals ze de afgelopen nachten zo vaak had gedaan. Ze moest zich nog klaarmaken voor haar lunchafspraak met Die Vrouwen, Laks haar ontbijt geven en zorgen dat ze klaar was voor balletles. De paardenstaart alleen al – voorschrift van de lerares – kon een halfuur onderhandelen kosten. En ze zou toch nooit tevreden zijn met de brieven, hoe vaak ze ze ook zou herschrijven. Hoe vat je de inhoud van je hart nu samen in een enkel document?

Ze las elke brief tweemaal en sloeg ze opnieuw op. Ze zou ze morgen printen, ze elk in een envelop stoppen en ze op Toms kussen leggen, nadat hij was vertrokken voor zijn hardlooprondje. Ze zou nog een envelop voor hem achterlaten, met de lijst nuttige tips die ze voor hem had samengesteld om hem te helpen bij het opvoeden van hun dochter. Ze opende die lijst en nam hem door om te zien of er iets ontbrak.

Ze had een gedeelte toegevoegd over de belofte die Die Vrouwen hadden gemaakt, om hem te laten weten dat hij elk onderwerp zou kunnen voorleggen aan Steph of Gina. Ze had er ook bij geschreven dat ze haar ouders al enkele weken aan het voorbereiden was op het feit dat als Laks naar de basisschool ging, Mara het beter vond dat ze naar de naschoolse opvang ging tot Tom haar kon ophalen als hij uit zijn werk kwam.

Het zou haar de kans geven meer te socialiseren, had Mara tegen haar ouders gezegd. Maar eigenlijk wilde ze het gemakkelijker maken voor Tom om zich in zijn dagelijks leven los te maken van haar ouders, voor het geval hun constante aanwezigheid te pijnlijk voor hem was. Ze wist dat ze erop zouden staan om hun oppastaak na schooltijd te hervatten en hij zou hun dat nooit kunnen weigeren. Tenzij ze allemaal wisten dat het een van Mara's laatste wensen was.

Ze had ook een regel toegevoegd waarin ze hem vertelde dat ze haar lopende rekening bij Neiman had betaald en de rekening had opgeheven. Dan hoefde hij zich daar geen zorgen over te maken. Ze wilde niet dat hij de lijst van haar laatste aankopen onder ogen kreeg. Ze had alles waar ze maar aan kon denken stopgezet: nieuwsbrieven, catalogi, alles wat maar in de bus kon vallen met haar naam erop.

Helemaal aan het eind, op een aparte bladzijde, zodat hij hem kon weggooien als het hem ergerde, had ze de namen en telefoonnummers genoteerd van een paar unitarische predikanten die een herdenkingsdienst zouden kunnen houden, zelfs voor iemand die nog nooit een voet in hun kerk had gezet. Zelfs als de familie niet zou kunnen beloven ooit nog eens een dienst bij te wonen. Tom had zich losgemaakt van de kerk, maar het zou Mara toch niet verbazen als hij een echte dienst wilde. Het ging om de rituelen, meer dan om het geloof. En er bestond geen ouder ritueel dan mensen bij elkaar laten komen om een paar woorden te zeggen over de dode.

Zelfs als de enige woorden die Tom zou willen zeggen *fuck you* waren. Ze las de lijst met namen nog eens door, onzeker nu. Was het eerlijk om hem die namen en nummers te geven? Als hij het idee eenmaal had overwogen, zou hij er niet meer omheen kunnen. En als er een dienst was, zou hij niet *fuck you* kunnen zeggen. Niet hardop, in ieder geval. Hardop zou hij aardige dingen over haar moeten zeggen. Hij zou zichzelf dwingen te spreken over alle goede dingen die ze gedaan had, voor hem en voor Laks, voor ze tot deze verschrikkelijke daad was overgegaan.

Hij zou moeten knikken en glimlachen en het eens zijn met haar ouders en Die Vrouwen en iedereen die kwam, dat het inderdaad iets vreselijks was om een echtgenoot, een kind, liefhebbende ouders en vrienden aan te doen, maar wie waren zij om erover te oordelen? Hoe konden ze nu echt weten wat zij had moeten doorstaan? Wie waren zij om te zeggen dat ze niet hetzelfde zouden hebben overwogen?

En hij zou, door die dingen hardop te zeggen en te knikken als anderen ze zeiden, zelf moeten toegeven dat ze misschien wel gelijk hadden. Hij zou nog steeds *fuck you, Mara*, kunnen fluisteren, als hij thuis was in hun kamer, of als hij naar zijn werk reed, uitgeput van de eisen die het volhouden van een carrière en het in zijn eentje grootbrengen van een kind aan hem stelden. Maar de uitvaartdienst had de zaadjes van empathie en begrip geplant en nu en dan, hoopte ze, zouden die zaadjes groeien en bloeien, dwars door de scheldwoorden heen. Misschien zouden ze uiteindelijk alle woede en bitterheid overwoekeren.

'Mamma!' Laks keek over de rand van de bank heen, met een gezicht alsof ze een pony in de keuken zag staan.

Mara lachte en draaide zich om naar haar dochter. 'Ja. Mamma. Mamma, die een halfuur geleden goedemorgen tegen je zei en hier al die tijd al zat.' Ze glimlachte en schudde haar hoofd. 'Jij en je tekenfilms.'

'Kijk samen met me!' Laks ging overeind zitten en klopte op de bank naast haar. 'Mamma, kijk samen met me!'

Bestond er een ergere vorm van marteling voor een ouder dan een halfuur kijken naar SpongeBob met zijn maniakale lach? Mara keek even naar haar laptop en zocht naar een van haar standaard antwoorden waarom ze daar absoluut geen tijd voor had, waarom ze het echt moesten uitstellen tot een andere keer.

Welke andere keer?

'Lijkt me heerlijk.'

Ze ging voorzichtig naast het meisje zitten en liet een ruimte tussen hen in. Sinds het incident op school was ze zelfbewuster over haar lichaam geworden, zeker ten overstaan van haar dochter. Maar Laks schoof naar Mara toe tot de ruimte die ze zo zorgvuldig had overgelaten verdwenen was en liet zich toen opzij vallen, zodat haar bovenlichaam op haar moeders schoot lag, haar wang op haar moeders knie. Mara streelde de haren van haar dochter met haar linkerhand en trok met de rechter kleine cirkeltjes op de stof van haar pyjama, net boven haar benige heup.

Laks drukte zich dicht tegen haar moeder aan. Twee kleine handjes grepen Mara's rechterhand, brachten die naar haar borst, en hielden hem daar stevig vast. Ze bewoog nog wat om beter te gaan liggen en zuchtte toen diep en tevreden. Mara zuchtte precies zo en Laks giechelde.

Mara had zich afgevraagd hoe ze afscheid zou moeten nemen van Laks, of er iets was wat ze zou kunnen zeggen of doen dat genoeg betekenis had voor het kind om het zich later te kunnen herinneren, maar niet zo zwaar zou zijn dat het haar nu belastte. Ze voelde hete tranen prikken toen ze het wist: dit was het. Tom zou Laks na de balletles naar Mara's ouders brengen en Mara zou gaan lunchen met Die Vrouwen. Dit was het afscheid.

De dichtstbijzijnde doos tissues stond op tafel, buiten haar bereik, dus liet ze de tranen de vrije loop en rekende ze erop dat het meisje zo opging in de belachelijke tekenfilm dat ze het niet merkte. Aangezien haar rechterhand werd vastgehouden en ze zich er niet toe kon brengen om te stoppen met het strelen van Laks haren met haar linkerhand, veegde ze haar neus af aan haar schouder. Toen ze dat deed, zag ze haar laptop staan en ze wist precies wat 2boys zou zeggen als hij haar nu zou zien en als hij alles wist wat ze nooit had verteld: 'Het goede ervan is dat dit het laatste halfuur is dat je ooit naar SpongeBob hoeft te kijken.'

Mara liet een verstikte halve snik, halve lach horen bij de gedachte, en Laks, die al lachte tegen het scherm, lachte nog harder.

38

MARA

Mara en Die Vrouwen installeerden zich in hun hoekje bij The Wooden Table, Mara's favoriete restaurant. Ze gingen zitten, legden de servetten opzij en zochten naar een plekje om hun tas neer te zetten. Mara wendde zich tot Gina.

'Wil jij af en toe met Laks naar de kerk gaan?' vroeg ze. 'Als ze dat wil, bedoel ik? En misschien ook als ze het niet wil? Misschien als ze wat groter is, als je het idee hebt dat ze begrijpt wat ze zeggen. Tom vindt het niet erg. Ik heb hem gezegd dat ik het je zou vragen.'

'Ik zou me vereerd voelen,' zei Gina.

'Dank je wel,' zei Mara. 'O, en weet je nog dat we het hadden over dat je haar eraan moest herinneren dat ze Tom moest bellen op onze trouwdag? Volgens mij zei je dat je haar ook op Moederdag zou laten bellen. Ik bedacht me dat je dat niet meer moet doen als hij hertrouwt. En Steph, jij moet mijn ouders ervan overtuigen dat ze aardig moeten zijn tegen een nieuwe vriendin of een echtgenote – dat weet je toch, hè? Ik bedoel, ik kan me niet voorstellen dat ze tegen wie dan ook niet aardig zouden zijn, maar in dat geval, ik weet het niet –'

'Waar komt dat allemaal vandaan?' vroeg Steph. Ze keek Mara argwanend aan. 'Wat vertel je ons niet? Heeft Thiry je soms gezegd dat het allemaal sneller gaat, of –'

'O, nee,' zei Mara, terugkrabbelend. 'Ik denk alleen na over die dingen. Laks had het er laatst over dat ze bij Susan thuis altijd bidden voor het eten, en ze wilde het bij ons ook proberen, en toen bedacht ik me dat ze de kerk heel mooi zou vinden. Of dat ze er tenminste iets aan zou hebben als ze er af en toe heen ging en zag wat het inhoudt. En die andere dingen, die kwamen gewoon bij me op. En nu jullie hier toch allebei zijn, en ik ze me nog herinner...' Ze zei er niet bij dat ze ze allemaal op een Post-it had geschreven en die stiekem had bekeken terwijl ze gingen zitten.

Steph trok een gezicht alsof ze de verklaring van haar vriendin niet helemaal geloofde. Mara pakte de menukaart en voor Steph nog iets kon zeggen, smakte ze met haar lippen en las ze een paar gerechten voor. 'Ze hebben hier de beste filet mignon. Ze wikkelen hem in de dikste bacon. En de romigste tiramisu. Oooo, maar die brownie met warme fudge is ook verleidelijk.'

'Nou,' zei Gina en ze keek omlaag naar haar uitstulpende middel. 'Het wordt weer een salade van het huis voor mij, met cottagecheese en fruit als dessert.' Ze maakte aanhalingstekens met haar vingers bij het woord 'dessert' en grijnsde even.

'Goed,' zei Steph, 'nu we de maaltijd toch beginnen met allemaal sombere verhalen over boodschappen die we moeten doorgeven aan Laks van degene die naar de andere wereld is overgegaan' – ze wees met haar vinger naar Mara – 'stel ik voor dat dit een goed moment is om iets decadents te bestellen wat kan doorgaan voor een galgenmaal.'

Gina opende haar mond om Steph terecht te wijzen, maar Mara legde een hand op Gina's arm en schudde haar hoofd. 'Ze heeft gelijk. Ik bedoel, waarom wachten tot het echte afscheidsmaal? Vooral omdat mijn laatste maaltijd toch door een slangetje zal gaan. Zo wil ik niet van mijn laatste chocoladefudge genieten!' Ze zocht in haar tas naar het kleine notitieboekje dat Gina haar ooit eens had gegeven om dingen op te schrijven die ze niet wilde vergeten. Gina lachte toen ze het tevoorschijn haalde.

Ze bladerde erdoor en zei toen: 'Hier is het. Ik weet niet meer waar ik dit gevonden heb – wat een verrassing – maar ik weet dat in ieder geval een van jullie' – ze keek opzij naar Steph – 'dit zal waarderen. En dit is er een perfecte gelegenheid voor. Het is iets wat Nora Ephron heeft geschreven, of gezegd tijdens een interview of zo. Het gaat zo: *Voor je echte laatste maaltijd ben je ofwel te ziek om ervan te genieten of je weet niet dat het je laatste maaltijd is en dan verpest je hem door iets te bestellen als een broodje kaas en dat zou zonde zijn. Het is dus belangrijk... Ik vind het belangrijk om die laatste maaltijd vandaag te houden, of morgen, in ieder geval gauw.*

'Perfect, inderdaad!' zei Steph. Ze sloeg haar handen ineen en hield ze onder haar kin, net als Neerja. Ze lachten allemaal en Mara knipoogde naar Steph, een stil dankjewel omdat ze voorkwam dat het moment te zwaar werd.

'Geen broodje kaas voor mij, dames,' zei Mara. Ze gaf het boekje aan Gina, die haar ogen depte. Haar was de deprimerende invalshoek niet ontgaan. Mara wees naar het citaat en lachte naar Gina. 'Ook geen huissalade. Tijd voor filet mignon en brownies. Bacon en chocolade mogen in mijn afscheidsmaal niet ontbreken. En ik neem ook een martini. Wat kan mij het schelen? Ik hoef toch niet te rijden.'

'Ik neem de tiramisu,' kondigde Gina trots aan. 'Zo kun je wat van allebei nemen. Wat is je tweede keus voor het voorgerecht?'

Mara bekeek het menu nog eens en koos de magerste optie die ze kon vinden voor haar op haar gewicht lettende vriendin. 'Eh, ik denk de zalm met groenten.'

'Onzin,' zei Steph.

'Auberginelasagne,' gaf Mara toe.

'Eenmaal auberginelasagne, eenmaal tiramisu,' zei Gina. 'Afgesproken.'

'En wat nog meer?' vroeg Steph.

'Pompoenravioli met worst. Extra worst. En citroenmeringuetaart.'

Gina lachte en gaf het boekje terug. 'Dat klinkt allemaal zo veel beter dan salade van het huis.'

Toen ze bestelden, klonken Steph en Gina trots toen ze hun keuze bekendmaakten aan de ober. Ze namen er allebei een luxe drankje bij en Mara repeteerde in stilte de toespraak die ze eerder in de taxi had bedacht. Het was voor een deel een afscheid en voor een deel een gesproken liefdesbrief aan de twee vrouwen die als zusters voor haar waren geweest. Ze waren niet voldoende, die paar woorden die ze had bedacht, maar niets zou dat zijn.

Toen de ober was vertrokken, haalde Mara diep adem en begon aan haar speech. Ze vertelde hoeveel Die Vrouwen voor haar betekenden. Wat een zegen hun vriendschap was. Hoe ze nooit in staat zou zijn om te verwoorden hoe ze hun trouw, hun eerlijkheid en hun steun in de afgelopen moeilijke jaren had gewaardeerd.

'Jezus,' onderbrak Steph haar. 'Ik kan er niet meer tegen, hoor. Niet na al die boodschappen voor Laks en dat gedoe over dat laatste maal. Kan dit niet tot een andere keer wachten? Ik bedoel, het is toch niet zo dat je *morgen* doodgaat?'

Gina hapte naar adem en Mara verbleekte. Mara herstelde zich sneller dan Gina en lachte zo nonchalant als ze kon naar Steph. 'God, dat klonk wel heel somber, hè?' Ze wuifde met haar hand en deed haar macabere speech af als malligheid. 'Thiry heeft me op een nieuw medicijn gezet,' loog ze. 'Ik word er helemaal week en dramatisch van. Als je dit al erg vindt, had je moeten horen wat ik gisteravond tegen Tom gezegd heb...' Ze trok een wenkbrauw op.

Het werkte. Steph boog zich over de tafel heen en greep Mara's hand. 'Ooooo, nu neemt de conversatie een interessante wending. Vertel eens, wat heb je precies tegen die lekkere Tom van jou gezegd? Ik kan wel een paar dingen bedenken die ik zelf tegen hem zou willen zeggen.'

'Heb je het twaalfstappenprogramma doorlopen?' vroeg Mara aan Harry toen hij haar naar huis reed.

'Nee. Ik ben ouderwets. Gewoon cold turkey, zonder hulp.'

'Wow. Indrukwekkend.'

'Valt mee. Ik heb er vijfentwintig jaar voor nodig gehad om zover te komen.'

'Dus het deel van het programma waarin mensen in een kring hun verontschuldigingen aanbieden aan mensen die ze in hun leven onrecht hebben aangedaan, dat heb je niet meegekregen?'

'Nee.'

'Nou, ik heb deze week een soort eigen twaalfstappenplan afgewerkt. Niet verontschuldigen, maar bedanken. Mensen die me geholpen hebben, of die heel belangrijk zijn geweest in mijn leven.'

'Een soort zegeningen tellen, dus.'

'Ja, zoiets. En, Harry, ik wil jou ook bedanken.'

'Mij?' vroeg hij en hij speelde verbazing. 'Ben ik dan zo belangrijk in je leven?'

'Ik denk dat je dat wel weet.'

'Ja,' zei hij lachend. 'Ik denk het wel.'

'Ik was niet blij toen ik deze week het autorijden moest opgeven, dat laatste beetje controle. Dat hoef ik je niet uit te leggen. Maar ik ben gaan denken dat er misschien wel een reden voor was. En die reden was dat ik jou op die manier leerde kennen. Ik ben heel blij dat ik deze week met jou heb mogen doorbrengen. Dank je wel.'

Zijn lach werd breder. 'Graag gedaan, hoor.'

De rest van de weg zwegen ze. Toen hij voor haar oprit stopte, pakte ze een envelop uit haar tas en gaf die aan hem, met het geld voor de rit.

'Wat is dit?' Hij draaide de envelop rond in zijn handen.

'Het is niets, eigenlijk. Gewoon iets waarvan ik dacht dat je het wel kon gebruiken.'

'Moet ik hem openmaken?'

Ze knikte en hij opende hem voorzichtig, vouwde de getypte brief die erin zat open en las de eerste regel: *Lieve Caroline.* Hij draaide zich snel om naar Mara.

'Het is volgens mij wat je tegen haar wilt zeggen,' zei ze. 'Alles wat je mij verteld hebt, zoals je het volgens mij zou opschrijven, als je dat kon.'

'Als ik mijn hoofd zover krijg de woorden eruit te laten komen, zoals ze in mijn hoofd klinken,' zei hij.

'Ja.'

Ze wachtte, terwijl hij de rest van de brief las. Toen hij klaar was, vouwde hij hem voorzichtig op, deed hem terug in de envelop en legde die op de passagiersstoel, onder zijn jasje. 'Je hebt gelijk,' zei hij. 'Het is precies wat ik haar altijd heb willen zeggen. In alle woorden die ik vanbinnen heb gevoeld, maar die ik nooit op papier kreeg.' Hij ging verzitten en boog zich naar haar toe. 'Dank je wel. Dat je dat voor mij gedaan hebt.'

'Je hoeft hem niet helemaal te gebruiken. Alleen de gedeelten die je goedvindt.'

'Ik gebruik elk woord ervan.'

Ze nam zijn arm, nadat hij het portier voor haar had geopend, en ze liepen zwijgend naar haar huis. Toen ze de deur wilde openen, legde hij zijn hand op de hare en hield haar tegen.

'Waarom is dat, vraag ik mij af, dat jij je eigen twaalfstappenprogramma afwerkt deze week? Mensen bedankt? Mij dit cadeau geeft?'

Ze keek naar hem op en glimlachte. En toen boog ze zich naar hem toe en kuste ze hem op de wang. 'Harry. Je kent de regels. Geen vragen, geen opmerkingen, geen medelijden, geen oordeel.'

'Huh,' zei hij en hij fronste zijn voorhoofd. Ze kon zien dat hij spijt had van zijn eigen regels. Toch knikte en lachte hij. 'Oké dan,' zei hij en hij begon over de oprit terug naar de taxi te lopen.

Na een paar stappen draaide hij zich om en zei: 'Dit is toch geen afscheid, hè? We gaan maandag toch weer samen naar de school? Ik ben er even na elf uur.'

'Natuurlijk,' loog ze. 'Even na elf uur. Dat is prima.'

'Tot maandag dan.' Hij draaide zich om en liep naar zijn auto, zijn arm hoog in de lucht.

39

SCOTT

Curtis had gehuild vanaf het moment dat hij 's ochtends was wakker geworden tot lang nadat ze waren teruggekomen van de uitvaart van LaDania. Het lukte Scott niet om hem te kalmeren, en Bray en Laurie ook niet. Uiteindelijk had Pete het geprobeerd met ijs en de tranen van de jongen waren even verdwenen tijdens de rit naar de ijssalon en het eten van een enorme ijscoupe.

Tegen bedtijd waren de tranen er weer. Laurie begon met hem op zijn bed te knuffelen tot hij om Scott riep, die ruim twee uur bij hem bleef, waarna Bray het overnam. Tegen elf uur viel Bray uitgeput op de bank. De jongen lag nog steeds zachtjes te huilen, zei hij, maar hij sliep bijna. Scott ging naar boven en stak zijn hoofd om de deur. Toen hij zag dat Curtis niet bewoog, sloop Scott zijn eigen kamer in, en hij kroop in bed naast zijn vrouw, die diep in slaap was.

Hij lag urenlang naast haar en probeerde de slaap te vatten. Hij was meer dan uitgeput, maar de raderen in zijn hoofd bleven maar draaien. Hij keek naar het rijzen en dalen van Lauries schouder en vroeg zich af of hij haar wakker zou maken. Maar wat schoot hij daarmee op? Hij stond zachtjes op, sloop de kamer uit en de gang in, waar hij even bij Curtis' kamer bleef staan. De jongen lag nog altijd uitgestrekt op bed, zijn benen gespreid, zijn armen boven zijn hoofd. Zijn ademhaling was langzaam, de emotionele tol van de afgelopen vierentwintig uur had hem in een diepe slaap doen vallen.

Beneden keek Scott even de kamer in waar Bray de hele bank en meer in beslag nam. Hij zag er al net zo comateus uit als zijn kleine broer. De klok in de keuken wees vijf over een aan. Hij zag zijn laptop op de tafel staan en vroeg zich af hoe groot de kans was dat een van zijn vrienden online zou zijn. 2boys was een nachtbraker en hij was ongewoon vriendelijk geweest toen Scott zijn forumvrienden gisteravond laat het tragische nieuws had meegedeeld, maar zijn jongens hockeyden altijd op zondagochtend. LaksMom en haar man hadden vanavond een date, en hoewel dat haar nooit eerder had tegengehouden om zich in een discussie te mengen met een kort commentaar, had ze gewaarschuwd dat ze vanavond waarschijnlijk niet online zou zijn.

Scott mompelde zachtjes dat hij hoopte dat Phoenix of flighty of snw er waren. Hij droeg de computer naar de bank in de woonkamer, opende het forum en klikte naar het einde van het gesprek van die dag. Ze hadden het over religie gehad, zag hij, ofwel omdat dat het onderwerp was dat SoNotWicked 's ochtends had ingebracht, of omdat het gesprek in de loop van die dag die kant op was gegaan. Als groep waren ze er niet zo sterk in om *on topic* te blijven. Tot Scotts genoegen zag hij dat de berichten van 2boys en flightpath nog maar net waren geplaatst.

Zondag 10 april @ 01.08 uur
MotorCity schreef:
Hallo allemaal. Ik meld me even om te zeggen dat de uitvaart goed is verlopen. Kleine Man heeft zijn lichaamsgewicht aan tranen geproduceerd en zal de komende zes jaar of zo niet meer kunnen huilen, denk ik, maar hij slaapt (eindelijk) en ik denk dat hij het wel redt, uiteindelijk.

Hij verstuurde het bericht, liep naar de keuken en schonk zichzelf een glas whisky in. Hij nam een slok, vertrok zijn gezicht toen het vocht door zijn keelgat brandde, keerde terug en klikte op *vernieuwen*. Bingo! Vrienden die wakker waren, redders in de nood.

Zondag 10 april @ 01.12 uur
flightpath schreef:
@MotorCity – bedankt voor de update. We hebben aan je gedacht.

Mijn hart gaat uit naar jou en naar de Kleine Man, zijn broer, en je vrouw.

Zondag 10 april @ 01.15 uur
2boys schreef:
kerel, heb aan je gedacht. ik weet dat de kleine man het wel redt. kinderen kunnen veel hebben. wat niet betekent dat het eenvoudig zal zijn – tranen van moederloze jongens hebben wij hier ook veel, zoals je begrijpt. jouw ventje heeft zijn grote broer om hem erdoor te helpen en dat zal zeker veel helpen. hoe is het met grote broer? en hoe voel jij je nu?
ps – zie je wel dat ik niet eens iets zeg over die afdroogpartij van de tigers gisteren? ik kan heus wel gevoelig zijn.

Zondag 10 april @ 01.19 uur
MotorCity schreef:
@flighty – bedankt. Wat doe jij nog zo laat op, trouwens?
@boys – je bent een schat dat je niets over de wedstrijd hebt gezegd. Hoe ik mij voel...

Scott haalde zijn handen van het toetsenbord. Hij had geen idee hoe hij zich voelde. Hij was zo in beslag genomen geweest door de begrafenis en door Curtis dat hij er helemaal niet aan had gedacht. En dat was een goed teken, nu hij erbij stilstond. Het was bij lange na geen vrolijke dag geweest, maar hij had de knoop in zijn maag en de pijn in zijn hoofd die hem afgelopen nacht hadden geplaagd niet gevoeld. Tot nu.

Hij liep naar het raam, een hand in zijn nek, wrijvend. Hij keek met afgunst naar de verduisterde ramen van de buurhuizen en stelde zich voor dat de buren allemaal rustig lagen te slapen. Hij vroeg zich af of hij ooit weer gemakkelijk in slaap zou vallen, na wat er gebeurd was. Of zou hij nacht na nacht opzitten, op zoek naar iemand online? Tobbend? Vol spijt? Vol woede?

Hij dronk zijn glas leeg en bracht het naar de keuken. Hij moest hier geen gewoonte van maken, zei hij tegen zichzelf. Slapeloosheid was één ding, maar overmatig drankgebruik een ander. Hij zou zichzelf toestaan om vannacht nog één glas te nemen, gezien de zwaarte van deze dag, maar van nu af aan zou hij zich beperken tot een enkel glas. Hij schonk zich een dubbele in.

Onderweg terug naar de woonkamer keek hij weer even de gezinskamer in, waar hij verwachtte een slapende basketbalspeler op zijn bank aan te treffen. Brays voeten stonden echter op de grond. Hij zat voorovergebogen op de bank, zijn hoofd in zijn handen. Scott hoorde hem diep inademen, alsof hij moest overgeven en probeerde dat te voorkomen. Hij schraapte zijn keel en Bray keek op.

'Coach! Ik wist niet dat je nog op was.'

'Ik zat achter de computer. Kon niet slapen. Ik ben niet de enige, zie ik.' Hij glimlachte meelevend. 'Denk je aan je moeder? Het is niet niks, man. Ik ben heel wat jaren ouder dan jij en ik vind het nog steeds fijn dat ik mijn moeder heb.'

'Dat is het niet. Ik bedoel, ik ben verdrietig om haar, natuurlijk, maar ik moet verder en zorgen voor de familie die ik nog heb. Curtis.' Hij deed zijn best een zelfverzekerde glimlach ten beste te geven, maar het werd een bezorgde frons. En Scott had de spanning in zijn stem gehoord.

'Is er iets?' vroeg hij.

'Nee. Ja.' Bray zuchtte en leunde weer achterover tegen de leuning van de bank. Hij zag er uitgeput uit. 'Ik weet het niet. Ik dacht dat ik het allemaal had doorgedacht in mijn hoofd, maar nu ben ik er niet meer zo zeker van. Ik heb vandaag met een paar van de jongens gepraat in de kerk.' Brays teamgenoten en coaches waren uit Ann Arbor gekomen voor de uitvaart van LaDania.

'En?'

'En ik vertelde ze dat ik van plan was met mijn studie te stoppen, thuis te gaan wonen en Curtis groot te brengen. Sommigen begrepen het meteen. Mijn kamergenoten, weet je, die snapten het. En anderen ook. Zij zouden hetzelfde doen, zeiden ze, vanzelfsprekend. Maar anderen zeiden dat het de grootste fout was die ik ooit kon maken. En niet alleen voor mezelf, maar ook voor Curtis. En toen kwamen de Johnsons voorbij, en pastor John. Johnson en de pastor begrepen het ook direct, dat ik wilde ingrijpen en hem bij jeugdzorg weghouden.

'Maar Mrs Johnson wilde er niets van weten.' Hij leunde weer voorover, ellebogen op zijn knieën, en hij steunde met zijn voorhoofd op zijn handen. 'Zij zei dat het heel dom is om met mijn opleiding te stoppen en voor Curtis te gaan zorgen. Ze zei dat ik het aan mezelf verschuldigd ben om door te gaan en dat ik het aan Curtis verschuldigd ben om hem te laten opgroeien bij mensen die weten wat het is om ouders te zijn. Ze hield er maar niet over op dat ik hem helemaal niet op de eerste plaats zet door te denken dat ik hem zelf kan grootbrengen. Het is het beste voor hem als echte ouders het doen. Ik dacht dat het het beste was als ik naar huis kwam en het zelf deed, maar Mrs Johnson heeft gelijk, ik weet niet hoe dat moet. En nu weet ik niet meer wat ik moet doen.

'Denk je dat ik moet doen wat zij zegt, coach?' Hij keek op naar Scott. 'Denk je dat ik hem bij iemand anders moet onderbrengen?' Zijn stem brak en hij was even stil voor hij weer iets kon zeggen. 'Ik wil doen wat het beste is. Wat het beste is voor hem. En natuurlijk wil ik mijn diploma halen. En verder met basketbal. Maar om hem bij vreemden te laten wonen…?'

Hij liet zijn hoofd weer vallen en met zijn grote handen bedekte hij zijn gezicht. 'Ik denk niet dat ik hem dat kan aandoen, coach. Ik wil niet het verkeerde doen door hem zelf te nemen. En ik wil niet weg uit Michigan. Maar vreemden?'

Scott ging naast hem op de bank zitten, zette zijn glas op de salontafel en schoof het een stukje in zijn richting. Bray nam een slokje, trok een vies gezicht en duwde het glas weer van zich af. 'Ik denk niet dat het helpt als ik misselijk word, maar toch bedankt.'

Ze zaten een tijdje zwijgend naast elkaar en toen vroeg Bray: 'Wat vind jij dat ik moet doen?'

'Ik heb de afgelopen twee dagen op mijn lip gebeten,' zei Scott. 'Ik beet hem bijna stuk, om precies te zijn. Jij zei immers dat je mijn steun wilde, en ik had beloofd je die te geven. En mijn vrouw gaf me de opdracht om mijn mond te houden en mijn belofte na te komen. Weet je zeker dat je wilt horen wat ik denk?'

'Alsjeblieft.'

'Ik denk dat Mrs Johnson helemaal gelijk heeft,' zei Scott. 'Ik denk dat je met je opleiding moet doorgaan. Niet alleen voor jezelf, maar ook voor Curtis. Ik weet dat je denkt dat je alles moet laten vallen en voor hem moet zorgen, omdat je familie bent. En ik vind je geweldig omdat je dat alleen al overweegt. Maar jezus, Bray. Ik ben twee keer zo oud als jij en het grootste deel van het afgelopen jaar had ik mijn handen vol aan het zorgen voor de Kleine Man. Hij is geweldig, maar –'

'Ik weet het, hij vraagt nogal wat van je.'

'Ja,' zei Scott. 'En ik zou het op mijn dertigste nog moeilijker met hem hebben gehad, laat staan op mijn twintigste. Zeker als ik alleen was geweest. We waren hier met z'n tweeën en op sommige avonden waren we zo moe dat we onder het eten onze ogen nauwelijks open konden houden. Het is slopend. Het huiswerk en het corrigeren en het koken en het wassen en het naar bed brengen... alles. En dan wil je ook nog gaan werken? En het zonder hulp doen? Op je twintigste?'

Bray knikte langzaam. 'Ik zou het voor ons allebei kunnen verpesten.'

'Iedereen zou dat kunnen,' zei Scott, 'maar misschien dat iemand die het eerder gedaan heeft, en er ook nog iemand bij heeft die hem helpt, een grotere kans heeft op succes.'

'Ik snap het,' fluisterde Bray. 'Ik begrijp het. Maar als ik hem naar iemand stuur die hij niet kent, denk ik niet dat ik met mezelf zou kunnen leven.'

'Ik weet het.'

Ze zwegen allebei een poosje, tot Scott zei: 'Kijk, ik wil ook niet dat hij bij vreemden komt.' Hij probeerde zijn zenuwen in bedwang te houden en haalde diep adem. Toen wreef hij met zijn handen over zijn benen en stond op. Hij liep naar de schoorsteenmantel en zette zijn drankje erop. Hij pakte het weer en liep met zijn glas in de hand terug naar de bank, waar een verwarde en bezorgd kijkende twintigjarige al zijn bewegingen volgde.

Hij bracht het glas aan zijn lippen en voelde de whisky door zijn

305

keel branden en in zijn maag belanden. De knoop van spanning die er sinds de vorige dag had gezeten werd iets losser. Was het de alcohol, vroeg hij zich af, of was het dat hij eindelijk precies kon zeggen wat zijn lichaam al die tijd al gewild had dat hij zei?

Hij schraapte zijn keel. 'Wat als je hem niet bij vreemden achterlaat? Wat als… je hem hier laat, bij mij?'

'Maar ik dacht…' stamelde Bray. Hij keek verward. 'Ik dacht dat Laurie niet wilde… Hij is zo lastig geweest, en met de nieuwe baby en zo –'

'Misschien verandert ze van gedachten?' zei Scott en hij keek weg. Hij nam weer een slok, in de hoop de twijfel uit te bannen.

'Zou je dat doen?' vroeg Bray. 'Zou je hem houden tot –'

'Tot wanneer ook,' zei Scott. 'Tot je afstudeert, als de profs hun verstand verliezen en je niet aannemen. Of tot je je terugtrekt uit de NBA, als ze wel slim zijn en je inlijven. Of voor altijd, als jij je eigen leven wilt leiden en je eigen gezin wilt stichten. Ik zou het begrijpen als je dat wilt. Iedereen zou dat begrijpen. En je kunt hem altijd opzoeken. Hier komen met Thanksgiving, met Kerstmis, net als afgelopen jaar. Hem een week bij je laten logeren, of in de zomer, als je dat wilt. Je blijft tenslotte zijn broer. Maar je zou je niet verantwoordelijk hoeven te voelen. Gevangen. Of hoe je het ook wilt noemen.'

'Al die dingen tegelijk,' fluisterde Bray en hij haalde zijn grote hand over zijn hoofd. 'Ik voel me slecht. Ik voel me alsof ik een slechte broer ben, een slecht mens, door dat toe te geven. Maar ja, ik voel al die dingen: gevangen, in de val. Gisteren in de auto had ik een hele grote mond over dat ik zoiets mijn familie nooit aan zou doen, dat ik zo niet ben. En dat is ook zo. Ik wil hem niet aan zijn lot overlaten. Maar ik wil het ook niet voor hem verknallen. Ik ben twintig jaar, coach. Ik heb geen idee hoe ik een kind moet opvoeden. Ik zou het verknallen. Voor hem en voor mij.'

'Ik praat wel met Laurie,' zei Scott. 'Kijken of we een oplossing kunnen bedenken. Goed?'

'Goed,' zei Bray en hij veegde over zijn wangen. 'Maar als zij nee zegt, dan moet je je er geen zorgen over maken. Ik zit hier te huilen als een kind, maar dat is alleen omdat het een zware dag is geweest, omdat ik Curtis zo veel heb zien huilen en ik afscheid heb moeten nemen van mijn moeder. Hierover heb zitten piekeren. Maar dit is niet jouw probleem, coach, het is mijn probleem. En ik los het op, welke beslissing ik ook moet nemen…' Zijn stem brak en hij staarde naar de grond voor hij weer opkeek naar Scott. 'Het komt goed.'

'Ik weet het,' zei Scott. 'Maar wacht nog even met beslissingen nemen, goed? Geef me wat tijd om te zien wat ik kan doen. Geef me tot morgenavond. Ik heb nog een beetje tijd voor ik de Kleine Man morgenochtend meeneem naar Monster Trucks en ook als we terug zijn. Als ik geen manier kan bedenken om het hier voor elkaar te krijgen, dan kun je maandag naar de hoorzitting gaan en de rechter vertellen wat je hebt besloten. Geef me tot dan, goed?'

Bray knikte. Zijn schouders schokten van het snikken.

'Hé,' zei Scott en hij ging weer naast de jongeman zitten en sloeg een arm om zijn brede schouders. 'Dit was om je je beter te doen voelen. Niet slechter.'

'Ik voel me ook beter,' zei Bray. 'Ik voel me… ik kan het niet beschrijven.' Hij veegde de tranen weg die maar bleven komen. 'Het is alleen dat sinds ik het nieuws over mijn moeder hoorde, ik dacht dat mijn leven voorbij was, weet je. En nu zeg jij dat ik misschien gewoon door kan leven. En Curtis ook. De tweede keer, coach. Dit is de tweede keer dat je ons uit de nood helpt.'

Scott opende zijn mond om te antwoorden. Maar er kwamen geen woorden.

40

MARA

Sinds Mara's thuiskomst van haar lunch met Steph en Gina had Mara de telefoon wel tien keer gepakt om haar ouders te bellen. Nog een keer afscheid nemen, zei ze tegen zichzelf. Nog een keer tegen Laks zeggen hoeveel ik van haar hou. Dat nog een keer tegen mijn ouders zeggen. Nog een kans om hen dat terug te horen zeggen. Maar steeds had ze hem weer weggelegd. Als ze hun stemmen hoorde, zou ze er niet mee kunnen doorgaan.

Nu reden Tom en zij over de snelweg naar het oosten, op weg naar haar verjaardagsetentje. Mara beet op haar lip toen ze eraan dacht hoe Tom, Laks en haar ouders van plan waren om haar morgen haar cadeautjes te geven, als Pori en Neerja Laks thuis zouden brengen. Ze kende haar moeder en ze wist dat een van de activiteiten bij haar ouders vanavond te maken zou hebben met beslag, glazuur en kaarsjes. Ze werd misselijk bij de gedachte dat ze in Neerja's keuken bezig waren om Mara's lievelingstaart te maken en Laks heel erg haar best deed om die mooi te versieren.

'Wat een schitterende zonsondergang, lieverd,' zei Tom en Mara was hem dankbaar dat hij haar gedachten onderbrak. 'Kun je hem zien?' Hij verzette de achteruitkijkspiegel voor haar en een oranjerode bal, met donkergele strepen erdoor, staarde terug naar haar. De paar dunne wolkjes rond de zon vertoonden alle tinten paars.

'Wow,' zei ze, al was het zo zacht dat hij het niet kon horen.

'Zie je het?'

Ze knikte, haar lippen op elkaar gedrukt in een strakke glimlach. 'Prachtig,' bracht ze eindelijk uit. Ze had op een bepaald moment bedacht dat ze een lijst moest maken van alle kleine dingen in de natuur die ze zou missen en die ze graag nog een laatste keer wilde meemaken: het geluid van de krekels in augustus, de eerste narcis in de lente, het gezoem van een kolibrie, het gevoel van de zon op haar gezicht. En dit, het imposante kleurrijke beeld van de zonsondergang in Texas.

Op een bepaald moment was ze de lijst kwijtgeraakt, of had ze hem opgegeven voor een lijst van dingen die ze nog veel erger zou missen: het geluid van Laks' lach, het gevoel van Toms ongeschoren wang tegen de hare, de geur van de shampoo van haar moeder, de aftershave van haar vader. Dat waren de beelden en de geluiden die haar het meest dierbaar waren. Ze was dit jaar niet op het moment dat de eerste dooi inviel de tuin in gerend om de opkomende narcissen te zoeken. Ze had geen speciale aandacht besteed aan het sombere geluid van de wind in de windgong, de zware, elektrische lading in de lucht voor een onweersbui en de rijke, aardse geur erna. Ze had niet urenlang naar de vogels in de tuin zitten luisteren. Nu voelde ze spijt dat ze niet meer tijd had uitgetrokken voor die dingen.

Tom richtte zijn blik weer op de weg en Mara keek naar de zon die achter hen omlaag zakte. 'Kunnen we stoppen om ernaar te kijken?' vroeg ze. 'Over een paar minuten is hij weg, en het is zo mooi.'

'Dan komen we te laat. Wat, zoals je weet, mij niets uitmaakt, maar mijn altijd stipte vrouw wel.'

'Ik wil er echt heel graag naar kijken.'

'Nou, dan kijken we ernaar.' Hij nam de eerstvolgende afrit, vond een parkeerterrein en parkeerde de auto met de neus naar het westen voor hij de motor afzette. 'Hij is echt heel mooi.'

'Hmmmmm.'

Hij schoof in zijn stoel om dichter bij haar te zijn, sloeg zijn rechterarm om haar schouders en stak zijn linker naar haar uit. Zij pakte hem en vlocht haar vingers door de zijne, terwijl ze dichter bij hem ging zitten. Ze legde haar hoofd op zijn schouder en hij legde zijn wang tegen haar hoofd. Zonder iets te zeggen keken ze toe hoe de zon lager en lager zakte en de paarse wolken van kleur veranderden. 'Is het echt de meest wonderbaarlijke zonsondergang die we ooit gezien hebben,' vroeg ze, 'of komt het doordat we nog nooit zo lang stil hebben gezeten en er echt naar hebben gekeken?'

'Moeilijk te zeggen.' Hij streelde haar arm. 'Dit is prettig. We zitten eigenlijk nooit stil.'

'Je bedoelt dat ik niet stil zit. Jij probeert me altijd zover te krijgen, maar ik heb altijd wel een smoes klaar waarom ik dat niet kan. Het is nooit mijn sterke kant geweest. Ontspannen, langzaamaan doen, van het moment genieten.'

'Of van de zonsondergang.'

'Juist.'

'Geeft niet. We doen het nu.'

Ze knikte en bestudeerde hun ineengevlochten handen. Ze raakte de trouwring aan de zijne zachtjes aan. 'Met jou trouwen is het beste wat ik ooit gedaan heb en waar ik het meest trots op ben.'

'Nah,' zei hij. 'Ik ben boven mijn stand getrouwd, ver boven mijn stand.'

Ze lachte. Het was een oud grapje tussen hen. 'Voor iemand die zo ambitieus is, ben je niet half zo goed getrouwd als ik,' zei hij altijd.

'Te hoog, te laag, te veel links, te veel rechts, ik ben blij dat ik het heb gedaan,' zei ze.

'Ik ook.'

Ze verlegde haar hoofd een beetje op zijn schouder. 'Maak je het je gemakkelijk voor een lange zit?' vroeg hij.

'Waarom niet? We zijn al zo vaak uit eten geweest. Dit hebben we nog niet vaak genoeg gedaan.'

'O nee,' zei hij. Hij ging weer rechtop zitten en startte de auto. 'Dat zeg je alleen maar voor mij. We zitten hier nu een paar minuten. Ik heb mijn quotum aan stil zitten al gehaald en jij hebt je limiet vast al lang overschreden.' Hij knipoogde naar haar. 'Je hoeft je voor mij geen geweld aan te doen.'

'Maar dat wil ik juist,' zei ze. Ze trok zijn arm weg bij het startslot en zijn lichaam naar zich toe.

'Je wilt jezelf geweld aandoen?' Hij lachte en liet zich omlaag trekken. 'Voor mij?'

'Voor wie kan ik dat beter doen?'

41

SCOTT

Scott zat op hun bed en verzamelde moed om zijn slapende vrouw wakker te maken. Hij legde een hand op haar schouder en schudde zachtjes. 'Laur?'

Ze opende een oog en zijn hart bonkte. Nu hij hier was, en zij wakker, wist hij het niet zo zeker meer. Het was een slecht idee om haar wakker te maken. Hoe vaak had ze niet gemopperd dat ze nooit genoeg slaap kreeg?

Ze wierp een blik op de klok. 'Wat is er?' Haar stem klonk paniekerig en ze begon overeind te komen.

Hij duwde haar zachtjes terug. 'Je hoeft niet op te staan.'

'Goed,' mompelde ze slaperig. Na een seconde leek het tot haar door te dringen dat hij zelf uit bed was en ze vroeg: 'Maar waarom ben jij op?'

'Ik heb met Bray zitten praten. Hij is van streek.'

Ze maakte een meelevend geluid. 'Het is ook niet niets allemaal.'

'Ja...' Hij keek omlaag en zag dat zijn rechterbeen trilde.

Zij zag het ook en trok aan zijn hemd om hem naar haar te laten kijken. 'Wat?'

Scott haalde diep adem. 'Hij heeft met mensen gepraat en hij heeft wat tijd gehad om... na te denken. En... hij is er inmiddels niet meer zo zeker van of hij in zijn eentje wel voor een kind kan zorgen. Hij is ervan overtuigd dat hij er een zootje van maakt. Voor hen allebei.'

'Maar dat is iets heel anders dan wat hij gisteren zei.'

'Ja.'

'Dus nu wil hij hem overdragen aan jeugdzorg?'

'Dat overweegt hij. Alleen denkt hij dat dat net zo'n slecht idee zou zijn.'

'Wow.' Ze rolde op haar rug en staarde naar het plafond. 'Wat een toestand. En Bray kennende, is hij –'

'Hij is heel erg van streek. Hij is ervan overtuigd dat wat hij ook doet, het het verkeerde is. Ik ben bang dat hij het zichzelf nooit vergeeft, wat hij ook doet.'

'Wat nu?' vroeg ze. 'Wanneer gaat hij beslissen?'

'Ik heb hem gevraagd niets te beslissen voor morgenavond.'

'O ja, omdat jij en Curtis toch de hele dag bij Monster Trucks zijn, en hij 's ochtends voor jullie weggaan niets wil zeggen. Het zou jullie hele dag kunnen verpesten.'

Het klonk heel aannemelijk, en als hij scherper was geweest, had hij kunnen doen alsof dit precies de reden was. Maar zijn gezichtsuitdrukking verried dat dat niet zo was.

'Scott. Waar wacht Bray op?' Ze ging zitten, leunde tegen het hoofdeind van het bed en keek hem scherp aan. 'Scott.'

Zijn keel werd droog en hij pakte het glas water op haar nachtkastje en nam er een grote slok uit. Toen hij het glas neerzette, pakte ze zijn pols.

'Geef antwoord. Waarom heb je Bray gevraagd te wachten?'

'Ik heb hem gezegd dat hij moest wachten... om te zien of... jij en ik... misschien... eh... de Kleine Man konden houden.'

Ze liet hem los. 'Wát heb je gezegd?'

Hij schoof dichterbij en nam haar hand in de zijne. 'Luister nou even,' zei hij. 'Ik weet dat het jaar moeilijk is geweest. Maar misschien kwam dat ook door de tijdelijke aard ervan. Het feit dat we allemaal wisten dat hij weer terug zou gaan naar zijn moeder. Juf Keller heeft dat ook gezegd, en jij ook, weet je nog? Dat de naderende overgang zo moeilijk voor hem was? En het hele jaar is eigenlijk een overgang geweest. Hierheen verhuizen en tegen de tijd dat hij gewend was, vertrok hij weer. Een grote, twaalf maanden durende overgang. Plus, de vraag of zij het wel zou redden als ze eenmaal de gevangenis uit was – ik bedoel, dat moet wel veel stress op hem hebben gelegd. Toch?'

Hij wachtte tot ze instemmend zou knikken. Dat deed ze niet.

'Nou, goed,' vervolgde hij, 'wie weet hoe het geweest was als hij dat niet de hele tijd in zijn achterhoofd had gehad. Dus dacht ik, als hij weet dat hij hier permanent kan blijven, en als hij zich geen zorgen hoeft te maken of zijn ouders thuis zijn of in de gevangenis als hij uit school komt, misschien dat hij dan… gemakkelijker is. Minder moeilijk.'

Hij keek haar vragend aan en vroeg zich af of hij te veel had gezegd door te beweren dat Curtis ooit 'gemakkelijk' zou zijn. Haar blik vertelde hem dat hij zich dat terecht afvroeg.

'Ik weet dat je verlangt naar tijd voor ons tweeën.' Hij kneep in haar hand en glimlachte. 'Ik verlang daar ook naar. Maar nogmaals, ik denk dat als hij weet dat hij voorgoed kan blijven, dat ook niet meer zo'n probleem is. Ik denk dat hij dan eerder op zijn kamer zal gaan spelen na school en jou wat tijd voor jezelf zal geven. Ik denk dat het idee dat zijn tijd hier zo kort was hem de hele tijd zo actief maakte. En ik weet ook dat Pete de komende maanden wil helpen, zodat wij al onze afspraken voor de baby gewoon door kunnen laten gaan.' Hij bracht haar hand naar zijn lippen en drukte er een kus op, haalde toen zijn schouders op en lachte zelf om zijn zwakke poging haar te laten zien wat voor romantiek ze van hem kon verwachten.

'En ik weet zeker dat Curtis en de baby heel goed zijn samen. Hij was zo benieuwd naar haar, had het er steeds over dat hij haar wilde komen opzoeken, voor haar wilde zingen, haar wilde leren een balletje schieten. Hij zou een fantastische grote broer zijn, dat weet ik zeker. En kijk eens hoe hij al in ons leventje is opgenomen. We hebben het hele jaar met z'n allen gegeten, zoals jij dat altijd gewild hebt. En hij is met jou boodschappen gaan doen en heeft je geholpen met koekjes bakken. Dingen waar je altijd van gedroomd hebt om ooit met kinderen te doen.

'En weet je nog hoe leuk het was met Kerstmis, toen ze hier allebei waren? Denk nog eens aan kerstochtend? Toen jij ze vertelde hoe ze op de trap moesten gaan staan, in volgorde van lengte, en "Jingle Bells" moesten zingen als ze naar beneden liepen? Hoe geweldig ze dat vonden?' Hij gebaarde naar de gang achter hem, en de trap, in een poging haar te laten terugdenken aan die ochtend en hoeveel plezier ze toen hadden gehad. 'En dat je zei dat het een echt familie-kerstfeest was geweest? Met ons vieren, als familie?'

Hij was buiten adem en pakte weer haar glas water. Hij staarde ingespannen naar het boek dat op haar nachtkastje lag en nam grote slokken water. Ondertussen verzamelde hij moed om naar links te kijken en haar blik te vangen. Haar antwoord te horen.

Ze schraapte haar keel en hij draaide zich om. Haar lippen gingen uiteen en hij besefte opgelucht dat ze geen woorden kon vinden. Hij was nog niet klaar om te horen wat ze te zeggen had. Hij begon weer te praten, dacht dat het het beste was om haar stilte met woorden op te vullen en haar schrik en de vragen die ze zou gaan stellen, de redenen die ze zou gaan geven waarom zijn idee niet goed was op die manier te omzeilen.

Ze hervond haar stem voor hij kon bedenken wat hij nog meer moest zeggen. 'Dus jij wilt dat wij Curtis adopteren?'

Hij trok een schouder op. 'Hij is zo opgewonden over de baby. Hij zou een geweldige grote broer zijn. Zelfs jij hebt dat gezegd –'

Ze sputterde, trok haar hand uit de zijne en hield hem omhoog, haar blik op hem gericht, om hem het zwijgen op te leggen. 'Dat was maanden geleden. En ik gaf hem toen een compliment omdat hij zo lief was geweest om zo lang met mij naar babykleertjes te kijken. Ik bedoelde het niet letterlijk. Dat weet je. Het was hypothetisch. Als zijn moeder weer een baby zou krijgen, bedoelde ik. Ik bedoelde niet dat hij een geweldige grote broer zou zijn van onze baby, en dat hij dus voorgoed zou kunnen blijven. Gebruik dat nou niet tegen me om –'

'Je hebt gelijk,' zei hij. 'Sorry. Maar hij zou wel een geweldige grote broer zijn. En hij past er goed in hier, toch? We hebben het het afge-lopen jaar heel goed gehad samen. Of niet soms?'

'Zeker,' zei ze. Ze was nu klaarwakker. 'We hebben ook honder-den time-outs gehad en bijna net zo veel driftbuien. Een stuk of tien gesprekken met het hoofd van de school –'

'Dat is zo,' zei hij en hij knikte instemmend. 'Dat zeg ik juist. Dat was het gevolg van inconsequent ouderschap in de eerste zeven jaar van zijn leven en stress. Een heleboel daarvan zou kunnen verdwijnen als hij weet dat de regels hetzelfde blijven. Als hij weet dat dit voorgoed zijn thuis is. Dat we altijd voor hem zullen zorgen en dat hij zich nooit meer zorgen hoeft te maken over waar zijn volgende maaltijd vandaan komt en of we er de volgende dag nog wel zijn.'

'Ik weet het niet, Scott. Misschien heb je gelijk. Misschien niet. En jij weet het ook niet –'

'Nee, er is natuurlijk geen garantie. En hij zal niet van de ene op de andere dag in het ideale kind veranderen, maar –'

'Het gaat ook niet alleen om het gedrag,' zei ze, 'of dat ik tijd voor mezelf wil, of tijd met jou voordat de baby komt. Dat weet je.'

Hij keek op. Hij wist niet dat het om meer dan die dingen ging. De blik op haar gezicht vertelde hem dat hij dat wel had moeten weten.

Ze trok een grimas. 'Kijk niet zo naar me,' zei ze. 'Zo verbaasd. Alsof je niet weet hoe ik ertegenover sta.'

Hij probeerde te raden waar ze het over had.

Ze trok sceptisch een wenkbrauw op. 'Dat meen je niet, hè? De grootste ruzie die we ooit gehad hebben en jij bent vergeten waar die over ging?'

Aha. De ruzie over het adopteren van een ouder kind die hem een week lang naar de bank had verbannen voor hij weer was toegelaten tot de uiterste rand van zijn kant van het bed en pas twee weken daarna iets dichterbij. Hij knipperde met zijn ogen. Dus dat was de ruzie waar ze het nu over had. Het was de enige grote ruzie die ze ooit hadden gehad. Maar wat had die ermee te maken? Dat waren hypothetische kinderen. Curtis was echt.

Hij zei het hardop.

Ze schudde haar hoofd en keek naar hem alsof hij er helemaal niets van snapte. En zo voelde hij zich ook, plotseling.

'Dat maakt het moeilijker,' fluisterde ze. 'Veel moeilijker. Maar het verandert niets aan mijn gevoel. Ik wil nog steeds hetzelfde. Ons eigen gezin, ons eigen biologische gezin. Jij, ik en onze baby. En misschien nog meer, als we misschien nog eens zwanger worden.'

Hij kon zijn oren niet geloven. 'Maar Curtis –'

'Ik weet het. En ik zou het vreselijk vinden als Bray besluit om niet voor hem te zorgen. Maar ik kan hem niet in huis nemen, alleen maar omdat ik het rot voor hem vind, Scott, dat kan ik niet. Het is niet het gezin waar ik naar verlang. Ik kan me er niet opeens goed bij voelen, omdat hun situatie nu veranderd is.'

Hij dacht na en fronste zijn voorhoofd. Hij schudde zijn hoofd, eenmaal, alsof hij iets verontrustends uit zijn gedachten wilde bannen. Hij had zich erop voorbereid dat hij zou horen hoe moeilijk Curtis was geweest, hoe weinig zin zij had in nog meer problemen, en dat hij haar heel erg dankbaar zou moeten zijn. Dit had hij niet zien aankomen.

Hij voelde de blik van zijn vrouw en hij keek haar aan. Ze huilde en hij besefte dat ze gezien had wat voor gezicht hij had getrokken en zijn teleurstelling had gevoeld.

'Doe niet alsof je dat voor het eerst hoort,' zei ze zacht en hij kon ook woede in haar stem horen, naast de pijn. 'En insinueer niet dat het iets vreselijks is om te zeggen. Dit is iets waar ik jaren van gedroomd heb, op gewacht heb en het gaat nu eindelijk gebeuren.' Ze legde een hand op haar buik. 'Doe niet alsof ik een slecht mens ben, omdat ik er volledig van wil genieten.'

Hij vloekte binnensmonds. 'Ik bedoelde helemaal niet...' begon hij en hij stak zijn hand naar haar uit.

Ze sloeg zijn hand weg en drong zich langs hem heen, het bed uit. 'Zeg nou niet dat je het niet meende. Ik zag je gezicht.' Ze veegde boos haar tranen weg. 'Na alles wat ik het afgelopen jaar voor die jongens heb gedaan.' Ze sprak zo zacht dat hij haar nauwelijks kon verstaan. 'Al die maanden waarin ik de babykamer had kunnen klaarmaken en al die babyboeken had kunnen lezen die nu in een hoek liggen weg te rotten, omdat ik er geen tijd voor had. Omdat ik moest helpen met huiswerk, verhaaltjes moest voorlezen. Ruzie moest maken over wel of geen bad en over op tijd naar bed gaan. Al die weekenden waarin ik me had kunnen ontspannen, wat iedereen zegt dat je moet doen voor de baby komt, omdat je erna geen moment meer voor jezelf hebt.'

'Laur,' zei hij zacht. 'Ik weet het. Je hebt al zo veel voor hem gedaan. Het spijt me –'

Ze hief haar hand op. 'Kom daar nu niet mee. Waag het niet mij dat te zeggen, vijf seconden nadat je mij hebt aangekeken alsof ik een slecht mens ben omdat ik de jongen niet voorgoed in huis wil nemen. Ik heb mijn plicht gedaan. Ik heb gezegd dat ik hem twaalf maanden zou nemen en dat heb ik gedaan. Ik heb alles gedaan wat ik beloofd heb. En ik heb het goed gedaan. Ik heb die jongen laten voelen dat hij geliefd was en veilig. Ik heb mijn huis en mijn gezin en mijn hart voor hem geopend. En daar is niets aan veranderd. Ik heb tegen Curtis en Bray gezegd dat ze altijd welkom zijn om op bezoek te komen en zelfs om te logeren. Zelfs met de feestdagen. Als gasten. Ik ben ze niet meer schuldig dan dat, en ik ben jou niet meer schuldig dan dat. Ik heb getekend voor beperkte voogdij. Niet voor een adoptie.'

'Dat weet ik,' zei hij. 'Ik heb er een zootje van gemaakt. Ik had niet zo mogen reageren. Ik dacht niet na. Ik was alleen –'

'Je dacht dat ik alles zou vergeten wat ik ooit gewild heb en dat ik ja zou zeggen. Omdat het voor jou zo gemakkelijk is, dacht je dat dat voor mij ook zo zou zijn. Maar ik zei niet ja en nu ben je, wat? Boos? Teleurgesteld? Wat bedoelde je precies met die blik?'

Haar stem brak en ze liep weg, naar de badkamer. Scott stond snel op en wilde haar vastpakken.

'Nee, dat is het niet,' begon hij. Maar hij kon niet bedenken wat hij verder moest zeggen. Hij liet de hand die haar had willen tegenhouden vallen en haalde hem langs zijn kin. Hij wiegde op zijn hielen en stak zijn handen in zijn kontzakken. 'Is er dan geen enkele manier waarop jij gelukkig kunt zijn,' vroeg hij, 'met deze veranderingen in de plannen? Ik weet dat het veel werk is – hij is veel werk. Maar als ik je nu beloof om al het gedoe op school op me te nemen, zodat jij er niets aan hoeft te doen? Ik doe al zijn huiswerk met hem… alles, alles. Jij kunt je met de baby bezighouden.'

'Dat is toch geen gezin,' snikte ze. 'Ik met de baby in de ene kamer en jullie tweeën in de andere. Jij zou er ook niet gelukkig mee zijn. En het zou ook niet eerlijk zijn tegenover hem.'

'Goed,' zei hij. 'Maar dan…' Hij zocht naar iets, wat dan ook. 'Wat als… ik weet niet. Is er niet iets? Een manier waarop we het voor elkaar kunnen krijgen? Is er geen manier waarop je zou kunnen wennen aan…?'

Ze schudde langzaam haar hoofd en staarde naar haar vingers.

'En het feit dat we het hier over Curtis hebben…' Zijn stem brak en zij keek op.

'Verandert niets aan mijn gevoel,' zei ze. 'Ik hou van Curtis. Gebruik dat niet tegen me. Ik heb het gevoel dat je mij onder druk zet, zegt dat wij omdat hij hier het afgelopen jaar heeft gewoond, hem wel moeten nemen. Dat is niet eerlijk. Maak niet dat ik er spijt van krijg dat ik toen ja heb gezegd.'

'Ik denk dat ik het echt niet begrijp,' zei hij zacht. 'Ik bedoel –'

'Ik wil dit gesprek niet nog eens voeren,' onderbrak ze hem. Ze hief haar hand op om nog meer vragen, nog meer suggesties om het te laten slagen af te wimpelen. 'En ik denk dat jij dat ook niet wilt. Want het gaat er hier niet alleen om dat ik niet mijn hele bestaan wil wijden aan deze jongens. Het gaat er ook om dat jij, toen we hier kwamen wonen, die echte familieman was, die niets liever wilde dan een huis vol baby's en al onze tijd als gezin met elkaar doorbrengen.

'En toen kreeg je die baan op Franklin, en boem, ineens was je weg en had je alleen nog oog voor je leerlingen. En je oud-leerlingen, wat dat aangaat. Ik heb altijd mijn eigen gezin gewild. Dat wist je toen je met mij trouwde. Ik ben niet veranderd. Jij bent veranderd.'

Hij dacht hier even over na. 'Je hebt gelijk,' zei hij. 'Ik ben veranderd. Het was gemakkelijk om het over een huis vol perfecte kinderen te hebben toen we nog studeerden, toen we zelf nog kinderen waren die van niets wisten en nog niets hadden gezien. En zelfs toen we pas getrouwd waren en ik trainer was op die dure particuliere school in Bloomfield Hills, waar elk kind bij elke wedstrijd werd begeleid door een betrokken ouder, soms zelfs twee. Maar toen ging ik naar Franklin. En ja, ik veranderde. Wie zou dat niet?'

'Ja,' fluisterde ze. 'Wie zou dat niet? Alleen een harteloos monster.'

'Ik bedoelde niet –'

'Jawel, dat bedoelde je wel.'

Hij staarde naar zijn schoenen.

'Doe me dit niet aan,' zei ze smekend. Haar schouders begonnen te schokken. 'Ik ben geen verschrikkelijk, egoïstisch mens, wat je ook van me denkt. Het is ook niet gemakkelijk voor mij om te zeggen dat ik hem niet in huis wil nemen, na alles. Maar ik kan me niet door schuld laten leiden om iets te doen wat ik niet wil. Opgeven wat ik wil. Wat ik altijd heb gewild. Wat jij ook altijd hebt gewild, tot je besloot dat je iets anders wilde. Dat kun je niet van me vragen.'

'Is er echt niets...?' begon hij, maar de blik op haar gezicht zei genoeg. Hij was verbijsterd. Maar ze had gelijk. Ze hadden het hier eerder over gehad. Al het schreeuwen en de tranen en de dreigementen, het had hem geen stap verder gebracht en dat zou nu ook niet gebeuren. Bovendien lag het onderwerp van hun gesprek een paar meter verderop te slapen, aan de andere kant van de muur. Het laatste wat hij wilde was dat hij wakker werd en alle redenen waarom hij niet gewenst was hoorde.

'Oké,' zei hij zacht.

Ze stonden een halve meter van elkaar vandaan, Laurie zachtjes huilend, met een vlekkerig en rood gezicht, Scott met zijn handen in zijn zakken, heen en weer wiegend op zijn hakken. Hij dacht erover om zijn armen naar haar uit te steken en naar haar toe te gaan, maar zijn lichaam wilde niet bewegen. Hij opende zijn mond een paar keer om iets te zeggen, maar niets waar hij in geloofde zou de situatie tussen hen beter kunnen maken.

Na een tijdje werden haar snikken minder. Ze hield op met huilen en hij voelde dat ze naar hem keek. 'Zeg iets,' zei ze.

Hij opende zijn mond en drukte zijn lippen toen weer stevig op elkaar. Hij haalde verontschuldigend zijn schouders op.

'Scott,' fluisterde ze weer. 'Alsjeblieft. Zeg iets. Zeg dat je me niet haat.'

'Ik haat je niet,' zei hij. 'Ik zou je nooit kunnen haten.'

Hij beet op zijn lip en hoopte dat ze hem niet zou vragen te zeggen dat hij van haar hield.

Deel zes

ZONDAG 10 APRIL

42

MARA

Tom stond bij het aanrecht in de keuken en schonk koffie in. 'Gefeliciteerd!' riep hij toen ze binnenkwam.

'Dank je wel.' Ze legde haar armen om zijn middel en drukte haar wang tegen zijn rug, tussen zijn schouderbladen. Ze ademde in en vulde haar longen met zijn geur.

'Mmmm,' zei hij en hij draaide zich om. 'We moeten Laks vaker naar je ouders sturen. Vannacht was fantastisch. Niet dat de rest van de week minder was, maar vannacht was –'

'Ik hou van je,' zei ze en ze drukte hem steviger tegen zich aan. 'En ik ben zo blij met je. Je bent zo'n rots in de branding geweest, voor mij en voor Laks. Ik heb dat de laatste tijd niet vaak genoeg tegen je gezegd.'

Hij lachte. 'Behalve gisteravond, bedoel je. Je hebt me hetzelfde verteld tijdens het eten, weet je nog? En onderweg naar huis. En in bed.'

Ze voelde haar wangen warm worden en hij legde een koele hand op een ervan. 'Niet dat ik klaag,' zei hij. 'Van alle dingen die je vergeet me te zeggen, is dit een heel prettige.'

Ze stond zichzelf toe hem nog een keer goed vast te pakken voor ze zich van hem losmaakte. 'Goed, je gaat rennen?'

'Ja, maar eerst wat cafeïne. Ik wilde er vandaag negentien of twintig doen, als je het niet erg vindt dat ik wat langer weg ben. Ik barst van de energie na die tien uur slaap vannacht. Dankzij jou.'

'Negentien of twintig? Daar ben je tweeënhalf uur mee bezig, toch? Twee uur en drie kwartier?'

'Ongeveer. Maar ik hoef vandaag niet zo lang te rennen, hoor. Ik kan ook niet gaan –'

Ze onderbrak hem. 'Tom Nichols. We gaan dit gesprek niet nog eens voeren. Je bent een hardloper. Jij loopt hard. Je gaat vandaag voor twintig.'

Hij hief zijn handen op ten teken dat hij zich overgaf en lachte. 'Oké, oké, ik doe er twintig. Wat ga jij doen als ik weg ben? Bestaat de kans dat je misschien nog even teruggaat naar bed?'

Ze keek naar hem alsof ze wilde zeggen 'Wat denk je zelf?' en hij lachte.

Hij gaf haar een kop koffie en zij vroeg: 'Twee uur en drie kwartier dus, denk je?'

Hij keek haar even over zijn kopje heen scherp aan. 'Ehm, ja, twee uur en vijfenveertig minuten. Voel je je wel goed?'

Ze keek hem schaapachtig aan en deed alsof het haar geheugen was.

'Ga je me missen?' vroeg hij plagerig. 'Vraag je daarom steeds hoelang ik wegblijf? Vraag je je af of we nog tijd hebben voor nog meer' – hij lachte – 'avonturen in de slaapkamer voor Laks terug is? Want ik ben voor. Zal ik er maar vijf of zes gaan lopen? Mijn energie sparen?' Hij knipoogde.

Een ijzeren vuist van spijt sloot zich om haar hart en haar keel voelde uitgedroogd. *Ja,* wilde ze zeggen. *Ja, laten we nog een uur samen in bed gaan liggen. Nog één uur.* Ze sloot haar ogen en riep het beeld weer op van de pubers die met hun ogen rolden terwijl hun moeder de plaid op de grond liet vallen en hun vader zich voor de tiende keer bukte om hem op te rapen. Ze opende ze weer, schudde haar hoofd en deed alsof ze zich ergerde. 'Ga jij nu maar voor twintig.' Ze pakte zijn hand, bracht hem naar haar mond en drukte haar lippen op zijn knokkels. Ze hief haar gezicht naar hem op en opende haar mond om iets te zeggen.

'Laat me raden,' zei hij, nog altijd plagerig. 'Je houdt van me. Je bent blij met me.'

Ze knikte en drukte haar lippen nog steviger op zijn hand. Hij lachte zachtjes. Ze had tegen zichzelf gezegd dat ze zich deze ochtend moest dwingen om naar hem te lachen. Ze had zelfs een paar keer voor de spiegel geoefend. Maar nu krulden haar mondhoeken vanzelf omhoog toen ze besefte dat ze niet nog een uur in bed, nog een kus op de lippen, nog een omhelzing nodig had. Dit – zijn huid tegen haar lippen, de lichte, flirterige toon van zijn stem, zijn lach – was het beste laatste moment dat ze zich wensen kon.

Hij boog zich voorover en kuste haar op haar voorhoofd, zijn hand stevig om haar kin. 'Eigenlijk wil ik niet weg,' zei hij. 'Maar als ik nog wil lopen voor het te warm wordt –'

'Ga nu maar,' zei ze.

Hij lachte voor de laatste keer naar haar en liep de deur uit.

Tom was nog maar net weg toen het lampje van de telefoon oplichtte. Ze hoefde niet naar het schermpje te kijken om te weten dat het Laks en haar ouders waren die belden om 'Lang zal ze leven' te zingen. Mara's mond opende zich van vreugde: was er een mooier verjaardagsgeschenk dan een kans om de stemmen van haar dochter en haar ouders te horen? Ze pakte de telefoon van de lader, maar voor ze op de knop drukte om op te nemen, bedacht ze wat ze de vorige dag wel tien keer tegen zichzelf had gezegd – dat een paar seconden van het gegiechel van haar dochter haar besluit op losse schroeven zou zetten. De lage grinnik van haar vader en het zachte 'Beti' van haar moeder zouden de rest doen.

Mara keek in paniek naar de telefoon. Het lampje bleef knipperen. Nog een paar seconden en hij zou overschakelen op de voicemail. Eindelijk drukte ze op het groene knopje. Ze pakte de hoorn op en liet de stemmen van de drie liefdes van haar leven in haar oor klinken.

43

SCOTT

'Wat wil je liever, overreden worden door een Monster Truck of...'
Curtis perste zijn lippen op elkaar en dacht aan een alternatief dat
net zo vreselijk zou zijn. Ze waren op weg naar huis, allebei dood-
moe van de lange dag. Curtis werd de hele dag heen en weer geslingerd tussen hysterie en depressie, het ene moment opgewonden
omdat hij bij Scott was en de Monster Trucks zag, het volgende verdrietig over zijn moeder. Nu lag hij op de achterbank. Hij leek half
te slapen, maar Scott hoorde de radertjes in zijn hoofd bijna draaien
en hij vuurde de ene na de andere vraag op hem af. Het was alsof
Curtis geen minuut wilde verspillen, nu ze weer samen waren. Scott
gaf hem geen ongelijk.

'Wat wil je liever, overreden worden door een Monster Truck
of...' Curtis probeerde het nog eens, maar hij leek niet helder genoeg
te kunnen nadenken om verder te gaan.

Ik voel me alsof dat al gebeurd is, wilde Scott zeggen.

Er gingen een paar minuten voorbij voordat het kind weer iets
zei. Deze keer was hij rustiger en Scott moest het volume van de
radio omlaag draaien om hem te kunnen horen. 'Ik hoorde Bray
met een paar van de jongens uit zijn team praten op de begrafenis.
Hij zei dat hij met school wil stoppen om bij mij te zijn. Maar dan
komt hij niet in de selectie, hoorde ik hem zeggen. Waarom kan ik
niet bij jullie komen wonen en dat hij dan op school blijft, net als het
afgelopen jaar? Waarom kan dat niet voor altijd?'

'Zo eenvoudig is het niet, Kleine Man.'

'Waarom niet?'

Scott knarste zo hard met zijn tanden dat hij het geluid boven de radio uit kon horen. Hij kon zijn vrouw niet de schuld geven, maar hij kon het niet verdragen dat hij de jongen niet kon zeggen hoe graag hij hem bij zich wilde houden, hoe hij ervoor had gevochten. Hij balde zijn rechterhand tot een vuist en liet die hard neerkomen op zijn knie. Zelfkastijding omdat hij op zo'n belangrijk moment met zijn mond vol tanden zat. Omdat hij zijn vrouw afgelopen nacht niet had kunnen overhalen. Het belangrijkste gesprek dat hij ooit gevoerd had, en hij had het verpest.

'Ben je boos?' vroeg Curtis. Zijn stem trilde. 'Ben je boos omdat ik dat vroeg?'

'Ik ben niet boos, ik ben verdrietig.'

'Om mij?'

'Ja... eigenlijk wel.'

Curtis zuchtte. 'Ik ben ook verdrietig om mij. Ik voel me alsof ik door een Monster Truck ben overreden en ik helemaal aan stukken lig.'

Scott maakte een geluid. Het was geen lach. Hij overwoog de jongen te vragen of hij weleens van telepathie had gehoord. Zijn ogen prikten en hij durfde niet meer dan een paar woorden te zeggen. 'Ik ken het gevoel, Kleine Man.'

Hij stak zijn hand naar achteren en Curtis schoot met meer energie naar voren dan hij de laatste paar uur had laten zien. Hij greep Scotts hand en hield hem zo stevig vast dat het pijn deed. Scott zei tegen zichzelf dat hij dat verdiende.

'Je huilt,' zei Curtis. 'Ik heb je nog nooit zien huilen.'

'Ja. Dat hebben nog maar weinig mensen gezien.'

Curtis liet zijn hand los en liet zich weer achterovervallen. Hij leunde met zijn hoofd tegen de deur en sloot zijn ogen. Zo zat hij een paar minuten en Scott stond op het punt om de radio weer wat harder te zetten, omdat hij dacht dat de jongen in slaap was gevallen, toen Curtis weer sprak. 'Wat wil je liever, je voelen alsof je bent overreden door een Monster Truck en dat je helemaal aan stukken ligt, of dat je Bray en mij nooit was tegengekomen? Zodat je nu niet zo verdrietig hoefde te zijn? En je gewoon een beetje kon hardlopen en een balletje schieten en niet aan verdrietige dingen zou hoeven te denken?'

'Aan stukken liggen, Kleine Man. Die is makkelijk.'

'Ik ook.'

Laurie lag op haar knieën in de tuin toen Scott en Curtis de oprit op reden. Scott stapte langzaam uit de auto.

Ze keek op van een struik die ze probeerde uit te graven. 'Jullie zijn vroeg!' Ze stond langzaam op, liet het schepje op de grond vallen en omhelsde hem. Ze lachte toen haar buik hen in de weg zat. 'We verwachtten jullie pas over een uur of zo!'

'Waarom ben je in de tuin aan het werk? Moet je niet rusten?'

'O, ik ben nog maar net begonnen. Ik wachtte op jullie. Nerveuze energie. Ik moest iets doen om die af te bouwen.'

'Nerveuze energie?' vroeg hij.

'Hé Curtis,' zei ze, 'zou jij heel even hier willen blijven?'

De jongen, die de treden van de voordeur was op gerend, trok een gek gezicht en sprong omlaag de oprit op.

'Misschien even een balletje schieten?' vroeg ze. 'Ik moet even met Scott praten. Alleen.'

'Natuurlijk.' De jongen rende naar de garage om een bal te halen en even later hoorde Scott het rubberen geluid van de bal tegen de garagemuur.

'Wat is er?'

'Ik wilde alleen...' begon ze. Ze veegde met een vuile pols over haar voorhoofd, wat een streep zwarte aarde achterliet. Ze stak haar hand uit om te zien of hij vuil was en lachte even. 'Geef me even een paar minuten. Ik zie er niet uit. Dan kan ik me opknappen en kunnen we even op de veranda zitten om te praten, voor Bray terug is. Ik heb hem om een boodschap gestuurd.'

'Prima. Maar ik wil geen ruzie meer maken, Laurie. Ik zie niet in waarom –'

'Ik ook niet,' zei ze. 'Kijk, ik ben helemaal vies. Kunnen we wachten tot ik me minder plakkerig voel?'

'Natuurlijk.'

Ze liepen samen de veranda op en hij pakte een stoel. Zij ging naar binnen. Hij hoorde haar doorlopen naar de keuken en toen de kraan lopen. Het geluid van stromend water herinnerde zijn lichaam eraan dat ze onderweg geen plaspauze hadden ingelast sinds ze hadden getankt en hij een grote beker koffie had genomen. Hij wilde niet worden afgeleid bij wat Laurie ook te zeggen had, dacht hij, en hij opende de voordeur.

De geur van verf trof hem zodra hij het huis binnen stapte. Wat was hier aan de hand? Hij deed nog een stap en snoof de geur op. De geur kwam van boven, besefte hij, en hij nam de trap met drie treden tegelijk. Hij hoorde een ventilator draaien en volgde het geluid naar Curtis' kamer.

Wat ooit Curtis' kamer was, want hij was nu onherkenbaar. Er stond een wieg waar de twijfelaar had gestaan, er lag een pastelkleurig kleedje op de plaats van de stadsplattegrond. De lage boekenplank had plaatsgemaakt voor een commode. In de hoek stonden een nieuwe schommelstoel en een poef. De oude stoel was verdwenen.

What… the… hell?

Er stond een ventilator in de hoek te draaien, die muren droogde die waren ontdaan van de basketbalposters en het basketbalnetje en nu zachtgroen waren geschilderd. Zachtgroen, verdomme. Er lagen geen spijkerbroeken en sweaters meer in een hoop op de bodem van de kast, maar er waren planken in gemaakt waarop keurige stapeltjes dekentjes en babykleertjes lagen.

Hij keek weer naar de wieg. Het was niet de unieke, dure wieg met leeuwenpootjes waar ze zo opgewonden over was geweest, maar een gewone, die je in alle catalogussen zag staan. Ze was er zo op gebrand geweest de kamer in orde te maken dat ze niet eens op die wieg had kunnen wachten. Ze had niet eens kunnen wachten tot de jongen weg was…

Hij hield zijn armen stijf langs zijn lichaam en balde zijn vuisten. Hij voelde zijn wangen heet worden en zijn hart kloppen in zijn keel. Hoe kon ze zo ongevoelig zijn? Hij zette een boze stap naar de deur en overwoog of hij zou teruggaan naar de veranda en op haar zou wachten of dat hij de keuken binnen zou stormen en meteen de confrontatie aan zou gaan. Hij stampte de gang in, de eerste stap naar welke beslissing dan ook.

Opeens stopte hij weer. Hij hoorde meer ventilatoren, nu aan de overkant van de gang, in de lege kamer die ze als kantoortje gebruikten. Wat...? Misschien had ze de rest van de zachtgroene verf in de andere kamers opgebruikt, dacht hij. Ze had elke vezel van haar lichaam aan deze baby gewijd – waarom dan niet ook elke kamer in het huis? Hij beende naar het kantoortje, hief zijn voet op en schopte hard tegen de deur. Hij zwaaide open en sloeg met een klap tegen de muur erachter.

Een paar seconden later verscheen Laurie boven aan de trap, met het zeepsop nog op haar armen. 'Scott? Gaat het? Ik hoorde een geluid. Ben je gevallen?'

Hij draaide zich naar haar om. Op zijn gezicht waren wel duizend emoties te zien.

44

MARA

Mara stapte de garage in en trok de deur achter zich dicht. Een paar seconden stond ze zichzelf toe om ertegenaan te leunen. Ze had de wodkafles in een hand en een zakje met slaappillen in de andere. De tranen stroomden zo snel over haar wangen omlaag dat het geen zin meer had ze weg te vegen.

'Oké,' zei en ze rechtte haar rug. 'Hier is geen tijd voor.'

Ze zette de fles en het zakje op de motorkap van de auto en ging aan het werk. Achter een paar grote zakken kunstmest had ze vier rollen duct tape en een stapel handdoeken verborgen, die ze maanden geleden had aangeschaft. Met zorg plakte ze de kier van de deur naar het huis af. Ze had op het internet gelezen dat de deuren van nieuwere huizen goed genoeg waren geïsoleerd, dus was het eigenlijk niet nodig – de koolmonoxide zou toch het huis niet binnenkomen. Maar waarom zou ze het risico nemen?

Ze was eigenlijk van plan geweest om de bovenkant van de deur open te laten omdat ze er zonder trap niet bij kon en het afplakken van de overige drie randen eigenlijk al overbodig was. Maar nu ze bezig was, twijfelde ze. De niet afgeplakte bovenkant stoorde haar. Het gaf haar het gevoel dat ze iets naliet. Ze trok de trap naar zich toe en klom er met ingehouden adem op, met in een hand vier lange stukken tape. De andere hand hield ze stevig tegen de deur om zich in balans te houden. Ze had al een jaar niet meer op een trap gestaan en het was moeilijker dan ze dacht. Haar ouders en Tom hadden gelijk gehad dat ze het haar verboden hadden.

Vervolgens legde ze drie handdoeken tegen de onderkant van de deur naar het huis, en nog eens tien tegen de garagedeur. Ze haalde achter de zakken kunstmest nog een vuilniszak vandaan die ze daar had verborgen, met daarin een stuk rubberen slang. De rol van een doe-het-zelfvrouw spelen was gemakkelijker geweest dan ze voor mogelijk had gehouden. De man in de doe-het-zelfzaak had gewoon gevraagd hoe lang de slang moest zijn en vervolgens had hij hem op maat gesneden en hem haar aangereikt, samen met de rollen tape. Toen ze vertrok had hij haar veel succes gewenst.

Nu tapete ze een uiteinde zorgvuldig aan de uitlaat van haar auto, stopte het andere eind in een kleine opening van het raampje achter de chauffeursplaats en tapete hem daar goed vast. Dit had ze ook op internet gelezen – moderne motoren brachten niet dezelfde hoeveelheid koolmonoxide voort als oude. Het was daarom van groot belang om het juiste aantal pillen te nemen. Dit was niet het moment om iets half te doen.

Ze bekeek haar werk en knikte, tevreden, waarna ze naar de fles en de pillen liep. Met een hand op de fles keek ze om naar Toms auto, achter haar. Het tapen was sneller gegaan dan ze had gedacht, zei ze tegen zichzelf. Ze had nog wat tijd over. Ze liet de wodka staan, opende de passagiersdeur van Toms auto en ging erin zitten.

Ze ging met haar handen over het beige leer en ademde diep in – Toms aftershave. Voorzichtig raakte ze de chauffeursstoel aan. Ze streelde de zitting, alsof ze in plaats van het koele leer zijn lichaam voelde. Ze streelde het stuur en raakte de versnellingspook aan. Ze hield hem zachtjes vast, alsof het zijn hand was.

Ze ging met haar handpalm langs het dashboard en opende het handschoenenvakje, met de handleiding van de auto, de envelop met zijn verzekeringspapieren en zijn cd's. Ze glimlachte. Hij weigerde om zo'n cd-houder in de auto te laten zetten, maar kon er in het handschoenenvakje niet bij. Hij dacht er altijd pas op de snelweg aan dat hij was vergeten er een uit het doosje te halen en in de speler te stoppen. Al een jaar lang luisterde hij naar dezelfde cd – Tom Petty – die zij in de speler had gedaan op de dag dat hij met deze auto was thuisgekomen. Ze stapte weer uit en sloot het portier.

In haar eigen auto zette Mara de fles wodka op de passagiersstoel en leegde het zakje pillen in de bekertjeshouder. Ze leunde achterover en ademde diep in.

Verschaalde appelsap.

Laks.

Ze keek achterom. Het zitje van haar dochter was overdekt met kruimels en er lag een verfrommeld pakje appelsap naast, platgedrukt om de laatste druppel eruit te krijgen. Tussen het zitje en de veiligheidsgordel zat een roze slipper. Mara kreeg een brok in haar keel.

Toen ze naar het slippertje keek, bedacht ze dat het in Harry's taxi, met de geur van eau de cologne, de glimmende stoelen en de smetteloze vloer, zo gemakkelijk was geweest om zich in haar eigen wolk van pijn en angsten te hullen, haar strenge regels van wat ze wel en niet kon verdragen, en wat haar dochter, haar man, haar ouders en vriendinnen aankonden. Ze was niet in staat geweest om zo rechtlijnig te zijn met de vage geur van verschaalde appelsap om zich heen en de kleine vingerafdrukken op het raam. De slipper.

Ze sloot haar ogen en hoorde Laks weer 'Lang zal ze leven' zingen en giechelen toen ze het lied besloot met het aftellen van de jaren, zoals haar vriendinnetjes altijd deden op hun verjaarspartijtjes. Toen Laks bij twintig was, had Mara haar ouders op de achtergrond horen fluisteren om haar te helpen bij het tellen. Ze aten pannenkoeken, had Laks verteld, en Mara kon de stroop op de wangen van het meisje voor zich zien – en nu waarschijnlijk ook op de telefoon van haar ouders.

Ze dacht terug aan de honing die ze achter Laks' oor gevonden had toen ze laatst naast haar in bed was gaan liggen. Ze dacht aan de plukjes haar die uitstaken aan de zijkant van haar hoofd, dankzij Susan en haar 'oplossing' voor het lijmincident. Ze dacht aan de vijf grote duwen waar Laks elke dag om vroeg op de schommel, de nieuwe Spiderman-techniek die ze gebruikte om op de glijbaan te klimmen. Ze zag voor zich hoe ze gisteren samen op de bank hadden gezeten: Laks die haar arm stevig vasthield en met haar kleine achterwerk tegen haar moeders buik aan zat, tevreden zuchtend alsof er niets was wat ze liever deed dan tv-kijken met haar moeder.

Mara ademde scherp in en drukte haar duim en wijsvinger tegen haar oogleden.

'Draai je om,' zei ze. En dat deed ze, snel. Net zo snel pakte ze de fles wodka en nam ze een grote slok. Ze drukte haar hoofd tegen de hoofdsteun en hield haar blik naar voren gericht, door de voorruit, en zei tegen zichzelf dat het universum haar daarom Harry had gestuurd. Ze had niet door deze laatste dagen kunnen komen in haar eigen auto, met dit alles – haar dochter, haar leven – om zich heen. Ze had de veilige cocon nodig gehad van zijn taxi, weg van alles en iedereen die ze achterliet.

Snel nam ze weer een slok en ondertussen zocht ze in de zak van haar ochtendjas naar haar autosleutels. Een kreukelend geluid herinnerde haar eraan dat ze de haiku gisteren had opgevouwen en in haar zak had gestopt. Haar vingers gingen langs de randen van het papier.

Haar trotse dochter. Hoe trots zou ze nu zijn? Hoe sterk zou ze haar moeder nu vinden? Het was niet sterk om te vluchten.

Mara haalde haar hand uit haar zak en stopte hem onder haar dij, weg van het gedicht. Ze stopte een handje pillen in haar mond, nam weer een slok en spoelde ze weg.

Toen startte ze de auto.

45

SCOTT

Scott keek heen en weer van Laurie naar het kantoortje. Het bureau, de ladekast, de strijkplank en de plastic opbergdozen die het grootste deel van de kamer hadden gevuld, waren verdwenen. In plaats daarvan stond er een twijfelaar, met een geel-blauwe plaid erop, en lag er een kleed waarop de straten van de stad stonden getekend. Er was een lage boekenplank onder het raam aangebracht en *Stuart Little* nam daar een prominente plaats op in, naast een kleine, ingelijste foto van Scott en Curtis op het bed, lezend over de muis.

Nergens was meer ecru te zien – de muren waren blauw aan de onderkant en boven geel, de kleuren werden gescheiden door een rand met MICHIGAN! GO BLUE! erop. Curtis' basketbalnetje was aan de muur bevestigd, bij het raam, en tegen de kastdeur stonden een stuk of vijf ingelijste basketbalposters, klaar om te worden opgehangen. Hij keek in verwarring naar Laurie, die naar hem toe kwam lopen.

'Pete en de helft van de jongens hebben deze kamer onder handen genomen, en Bray en ik en de andere helft hebben aan de babykamer gewerkt,' zei ze. 'We zijn begonnen zodra jullie wegreden en ik heb ze geen pauze gegund. Ze hebben pizza gegeten terwijl ze doorwerkten. Godzijdank is het seizoen voorbij. Je hebt geen idee hoe snel je dingen voor elkaar krijgt met acht topatleten in de buurt.'

Hij keek naar haar, aan de ene kant opgewonden over wat hij dacht dat dit betekende, aan de andere kant doodsbang dat hij het verkeerd begreep. 'Voor…?'

Ze knikte. 'Voor Curtis.'

'Voor als hij komt logeren?' fluisterde hij.

Ze lachte en schudde haar hoofd. 'Voor als hij 's avonds naar bed gaat. Of met zijn speelgoed wil spelen. Of aan zijn kleine zusje wil ontsnappen.'

Scotts knieën knikten en hij nam een grote stap de kamer in, waar hij neerplofte op het bed. Hij boog voorover, sloeg zijn handen voor zijn gezicht en voelde het vocht van zijn wangen over zijn handpalmen stromen.

Laurie hurkte voor hem, haar handen op zijn knieën. 'De hobbykamer ziet er bijna hetzelfde uit. Alleen zonder het kleed met de stadsplattegrond en zonder *Stuart Little*. En we hebben er nog niet geschilderd. Maar met het geld dat ik uitspaarde met de goedkopere wieg heb ik een bed gekocht. Een extra lang bed. Wil je het zien?'

Hij keek tussen zijn vingers door naar haar, in verwarring.

'Voor als Bray thuiskomt,' zei ze. 'Met de feestdagen, in de vakanties, buiten het seizoen van de NBA. En al die andere momenten waarop volwassen kinderen hun familie bezoeken.'

Ze haalde voorzichtig zijn handen van zijn gezicht weg en kuste hem. 'Ik weet heus wel hoeveel jij de afgelopen jaren voor mij hebt gedaan. Dit oude huis kopen en 's avonds en in de weekenden klussen. Proberen zwanger te worden, lang nadat jij al had geaccepteerd dat het niet zou lukken en het wilde opgeven. Al ons geld uitgeven aan ivf.

'Toen jij gisteravond naar beneden ging, voelde ik me ellendig over onze ruzie, en ik probeerde mezelf op te vrolijken door me voor te stellen hoe het zou zijn om die kamer' – ze wees naar de andere kant van de gang – 'in te lopen en onze dochter uit haar wieg te halen. Ik probeerde het voor me te zien: ons huis, met alleen die ene kamer bewoond, en de rest van de gang leeg, wachtend op meer baby's. En ik wachtte op het gevoel – dat gevoel van, ik weet niet, tevredenheid, denk ik, vrede. Het zou eindelijk gebeuren, waar ik al zo lang naar verlangde. We krijgen ons eigen gezin, wij met z'n drieën. Ik zou de gelukkigste vrouw op aarde moeten zijn.

'Ik probeerde me daarop te focussen, maar ik voelde me helemaal niet tevreden of gelukkig. Ik voelde me alleen maar verdrietig. Alsof mijn hart gebroken was. Vol spijt. En het drong tot me door dat jij je de rest van je leven zo zou voelen als we niet alles zouden doen wat we konden om die jongens te helpen.'

Ze haalde haar neus op. 'En ik begreep dat ongeacht hoe ik mijn leven vijf dagen geleden voor me zag, ik nu weet dat het niets betekent als ik weet dat jij niet gelukkig bent. En als ik degene ben die jou ervan weerhoudt gelukkig te zijn. Daarom begon ik mezelf iets anders voor te stellen.' Ze maakte een armgebaar door de kamer. 'Ik begon me dit voor te stellen. En toen voelde ik de tevredenheid en de rust wel.'

Hij schraapte zijn keel. 'Weet je het zeker? Of voel je je misschien alleen... sentimenteel, of zoiets, om wat ze nu doormaken? Denk je dat je er spijt van krijgt als Curtis weer eens bij de directeur van de school moet komen of thuiskomt met een bloedneus?'

'Natuurlijk voel ik me sentimenteel om wat zij doormaken. Jij ook. En ik dacht eraan hoe ik mij zou voelen als hij zich weer in de nesten werkt, zoals kinderen nu eenmaal doen, en of ik dan spijt zou hebben. En ik hoop dat ik gelijk heb, maar ik besloot dat ik het eens ben met wat je zei over hoe gemakkelijk het is om je te concentreren op perfecte kinderen, zoals ik steeds heb gedaan. Misschien is ons leven uiteindelijk helemaal niet zo bedoeld. Misschien is het bedoeld om ons te richten op de minder perfecte kinderen, zoals de kinderen op Franklin.'

'Weet je het echt zeker?'

'Of ik de zekerheid heb dat we hem aankunnen zonder af en toe de haren uit ons hoofd te trekken? Nee. Voor geen meter. Ik weet zeker dat ik je honderd keer per jaar zal aankijken en me zal afvragen waar ik in godsnaam mee bezig ben. En jij zult me dan aan dit gesprek moeten herinneren, en me misschien wat te drinken moeten inschenken.'

Ze glimlachte, kwam iets overeind en kuste hem weer. 'Maar ik weet wel zeker dat ik van hem hou, en van Bray. En ik heb nog nooit zo zeker geweten dat ik van jou hou. En dat is alles waar ik zeker van moet zijn.'

46

HET FORUM

Zondag 10 april @ 22.30 uur
MotorCity schreef:
Ik ben blij om jullie te kunnen vertellen dat ik moe ben en op het punt
sta om naar bed te gaan... en te gaan slapen! Je weet zeker dat je oud
wordt als dat nieuws is...
@Moms – ik heb je een paar pb's gestuurd. Ik ga hierna over op pb's
voor een chat in bed. Ik ben bang dat jij nu je toevlucht neemt tot
reclames voor sapcentrifuges als ik lig te snurken. ;)

Zondag 10 april @ 22.32 uur
2boys schreef:
man, heb je de kranten niet gelezen? pettitte is gezond en beresterk
en stevent af op een paar no-hitters, om te beginnen in detroit...
maar even serieus, blij dat je de slapeloosheid de baas bent
geworden – betekent dat dat de grote broer een beslissing heeft
genomen waar je blij mee bent? vertel – we willen het graag weten.

Zondag 10 april @ 22.34 uur
flightpath schreef:
Ja, MotorCity, vertel. Ik kijk het hele weekend al op het forum – iets
wat ik normaal gesproken nooit doe, zoals je weet – om te zien of je
ons iets te vertellen hebt. Heeft de broer een besluit genomen?

Zondag 10 april @ 22.35 uur
MotorCity schreef:
Als ik niet zo veel van jullie allemaal hield, zou ik jullie laten raden,

er geld op laten inzetten. Maar dat doe ik wel, dus bij dezen: ik ga de Kleine Man adopteren. En zijn broer. Nou ja, je kunt iemand van twintig niet meer adopteren, maar ik beschouw hem als mijn eigen kind. Ik houd een kamer voor hem beschikbaar voor als hij thuiskomt nadat hij de velden van de universiteit heeft aangeveegd met de gekken die het wagen hem te na te komen en later, als hij hetzelfde heeft gedaan bij de profs. Of in de directiekamer... hoe de dingen voor hem ook lopen.

En voor het geval 2boys het wil weten, mijn vrouw is helemaal voor. Je hoorde me goed: helemaal voor. Kleine Man en ik kwamen vandaag thuis van Monster Trucks en toen bleek dat zij de broer en een paar van zijn teamgenoten aan het werk had gezet, samen met Pete (die waarschijnlijk de hele dag pizza heeft gegeten en bier gedronken terwijl hij het werk verdeelde). Toen we terugkwamen, hadden ze permanente kamers voor beide jongens ingericht en de maatschappelijk werker op de hoogte gesteld, alles.

Ik voel me alsof mijn leven vandaag opnieuw begint (herinner flightpath eraan dat ze me zegt dat ik veel te weekhartig ben om een coach te zijn).

@Moms – ik heb details voor je waarin de rest minder geïnteresseerd is. Kijk uit naar je reactie.

Zondag 10 april @ 22.37 uur
2boys schreef:
wow – geweldig nieuws dat je het kind EN het meisje allebei hebt gekregen, om maar niet te spreken van dat lange eind die elke herfst de dakgoten kan schoonmaken ;)

Zondag 10 april @ 22.40 uur
SoNotWicked schreef:
JOEHOE, MotorC! ZO BLIJ VOOR JE! Zo blij dat ik lang genoeg ben opgebleven om dit nog te lezen, en nu, welterusten allemaal!
Tot morgen, ik ga slapen en denk ondertussen na over NIEUWE ONDERWERPEN. Het liefst iets 'lichts' na de week die we achter de rug hebben, vinden jullie niet? SUGGESTIES?

Zondag 10 april @ 22.45 uur

2boys schreef:

sonotwicked – yankees. laten we de hele week kletsen over de yankees. motorc heeft nu zo'n goed humeur dat hij toch geen nee kan zeggen.

Zondag 10 april @ 22.48 uur

MotorCity schreef:

@2boys – zo goed kan mijn humeur nooit zijn. Tigers voor altijd! @Moms – je hebt het vast druk – nog altijd geen antwoord op mijn pb's. Ik kijk over een poosje nog eens, nadat ik voor de honderdste keer naar de jongens heb gekeken die in hun bed liggen.

Zondag 10 april @ 23.32 uur

MotorCity stuurde een persoonlijk bericht:

LaksMom, ik wil niet overdreven klinken, maar is alles in orde? Ik zit een beetje op je te wachten. Ik heb het gevoel alsof het nog niet helemaal officieel is als jij er nog niet van weet.

Ik wilde dat we onze echte naam en telefoonnummer aan elkaar hadden gegeven, zodat ik je kon bellen. Ik weet zeker dat je het niet erg zou vinden als ik hiervoor een inbreuk zou maken op je privacy. :)

Zondag 10 april @ 23.55 uur

MotorCity stuurde een persoonlijk bericht:

Hé LaksMama. Ik kijk nog maar eens, maar het ziet ernaar uit dat je nog steeds offline bent. Er is vast een simpele verklaring voor, zoals geen internet of zo, maar jee, ik word hier helemaal gek en wil zo graag even met je praten! Ik wil je zo graag alle details vertellen over hoe het vandaag is gegaan en horen hoe alles bij jou gaat.

Ben je daar?

Epiloog

DE BRIEVEN

Mijn liefste Laks,

Ik heb deze brief bij pappa achtergelaten en hem gevraagd om hem aan je te geven als hij denkt dat je oud genoeg bent om hem te lezen. Het feit dat hij hem nu aan je gaf, betekent dat hij je oud en verstandig genoeg vindt. Fijn dat je al zo verstandig bent. Ik ben zo trots op je. Ik ben altijd zo vreselijk trots op je geweest. En dat zal ik altijd zijn.

Ik weet echt niet of er een God bestaat, of een hemel. Daar hebben we het niet veel over gehad, jij en ik. Tante Gina heeft je misschien inmiddels al een paar keer meegenomen naar de kerk, en misschien weet je er al meer van dan ik ooit heb geweten. Als jij gelooft, dan doe ik dat ook. Kinderen begrijpen dit soort dingen vaak beter dan hun ouders. En ik hoop dat het je je beter doet voelen als je weet dat ik in de hemel ben en over je waak en van je hou. Dat ik bij je ben. Maar ook als je nooit zult geloven, ben ik altijd bij je. Sluit je ogen maar en denk aan me. Het geeft niet als je niet meer weet hoe ik eruitzag – je hoeft alleen maar te denken 'mamma', en ik ben bij je.

Dat brengt me bij een paar belangrijke dingen die ik je wil vertellen. Allereerst dat ik van je hou. Meer dan van wie ook ter wereld. En ik wil niet dat je ooit denkt dat als ik meer van je had gehouden, ik gebleven was. Ik had niet meer van je kunnen houden.

Het tweede is dat het niet erg is als je je niet meer herinnert hoe ik eruitzag. Of hoe mijn stem klonk. Dat is volstrekt normaal. Ik weet ook niet meer hoe mijn moeder eruitzag en hoe haar stem klonk toen ik vijf was. Je kunt naar mijn foto's kijken als je mij wilt zien. En als je me niet wilt zien, is dat ook goed.

Het derde is dat als pappa hertrouwt, het goed is dat je net zo veel van zijn nieuwe vrouw houdt als je van mij gedaan hebt. Of misschien wel meer. Dat is normaal, echt waar. Het is ook wat ik voor jou wens.

343

Het vierde is dat mijn dood niet jouw schuld is. Het was de schuld van de ziekte van Huntington. Dat weet je. We hebben er vaak over gesproken, dat die ziekte mamma ziek maakte en dat ik niet meer beter kon worden. Ik weet dat pappa dit ook al tegen je gezegd heeft. Je grootouders zullen het je ook vertellen, en Die Vrouwen ook. Geloof ze alsjeblieft. De ziekte van Huntington is een heel heftige ziekte waar ik niet langer tegen kon vechten. Er was niets wat jij, of pappa, of de dokters hadden kunnen doen om mij te redden.

Het vijfde is dat als je ooit iets nodig hebt, Die Vrouwen er voor je zijn. Pappa weet dit ook. Hij weet ook dat ik hem de allerbeste vader van de wereld vind en dat hij je kan helpen met alles wat zich voordoet. Maar als er ooit een moment is waarop je het prettig zou vinden om met een vrouw te praten, dan vindt pappa het niet erg als je tegen hem zegt dat je met hen zou willen praten. Of met ze wilt gaan winkelen of je nagels wilt laten doen... of iets anders wat meisjes graag doen.

Het zesde, en laatste, is dat goedbedoelende mensen waarschijnlijk tegen je zeggen dat nu je moeder er niet meer is, je 'lief' moet zijn of 'dapper' of 'een grote meid' en dat je dat moet doen voor je vader of voor je grootouders, of misschien wel voor mij. Ik wil dat je weet dat die goedbedoelende mensen het bij het verkeerde eind hebben. Je hoeft niet lief of dapper of groot te zijn of wat dan ook waar je geen zin in hebt. Je moet zijn wie je bent, en je gedragen hoe je je wilt gedragen, en voelen wat je wilt voelen.

En dat moet je doen voor jezelf, en niet voor iemand anders. En wie zegt dat dat niet zo is, heeft ongelijk. Zeg ze dat maar niet – je kunt het gewoon denken. En als je dat doet, denk dan aan mij, en weet dat ik zal knikken en zeggen: 'Je hebt gelijk.'

Ik hou van je, mijn lieverd, mijn Lakshmi. En ik heb elke seconde van elke minuut van elke dag dat ik je moeder was van je gehouden.

Dank je wel. Dank je wel dat je mij de gelukkigste moeder van de wereld hebt gemaakt. Dat was ik, omdat jij mijn dochter was.

Liefs, mamma xo

Lieve Tom,

Mijn enige ware liefde, mijn schat, mijn hart, mijn alles.

Weet je nog de eerste keer dat je mij mee uit vroeg? We stonden in de foyer van Morrice Hall. Ik was daar naar binnen gerend om te schuilen voor de regen en jij liep het verkeerde gebouw binnen voor een sollicitatiegesprek. We praatten even, wachtten tot de regen ophield. En toen vroeg je me mee uit. Ik antwoordde een hele tijd niet en jij dacht dat dat was omdat ik geen belangstelling had. Je bood je excuses aan en wilde weglopen, maar ik hield je tegen en legde uit dat ik moest niezen en daarom niet zo snel had gereageerd.

Dat was niet waar. Weet je waarom het zo lang duurde voor ik antwoord gaf?

Omdat ik geen lucht kreeg.

Je was de mooiste man die ik ooit had gezien. En toen je naar me keek en een gesprek aanknoopte, dacht ik dat je alleen maar beleefd was. We waren de enige twee mensen in die foyer – je moest wel met me praten. Ik dacht dat je een hele rij mooie vrouwen had die elke avond voor je deur stonden en streden om je aandacht. Als een van hen die avond in de buurt was geweest, of als het niet had geregend, als je niet gedwongen met mij in die besloten ruimte had gestaan, had je nooit naar me gekeken. Dus toen je met me bleef praten, ook toen het niet meer regende, kon ik mijn geluk niet op. En toen je vroeg of ik met je uit wilde gaan, nou ja, ik kreeg gewoon geen lucht meer.

Ik zou die dag gelukkig hebben kunnen sterven. En toch, bofkont die ik was, kreeg ik daarna nog zo veel dagen – zo veel gelukkige dagen met jou. Ook verdrietige dagen, zoals dat bij iedereen gaat. Maar meer gelukkige dan verdrietige. En meer gelukkige dan ik ooit, in al mijn dromen, had gedacht dat ik zou krijgen.

Ik vond mijzelf die dag het gelukkigste meisje van de wereld en dat

*heb ik sinds die dag elke dag zo gevoeld – tot dokter Thiry zich ermee
ging bemoeien. Maar niemand kan zo lang gelukkig zijn, denk ik. Ik
ben het gaan beschouwen als een soort universele eerlijkheid dat er
aan mijn geweldige leven met jou een eind is gekomen. Het is niet
eerlijk als één persoon al het geluk inpikt, of de hoeveelheid die ik
toebedeeld heb gekregen. Het wordt tijd om het opnieuw te verdelen.*

*Jij bent mijn droom die is uitgekomen. Jij bent alles wat ik ooit
heb gewild. Of nee, jij bent meer dan ik ooit heb gewild. Meer dan ik
ooit heb durven willen, meer dan ik mij kon voorstellen dat ik ooit
zou willen. En mijn leven, sinds die dag dat ik je ontmoette, is zo veel
meer geweest dan ik ooit had kunnen dromen.*

Door jou.

*Ik weet dat je nu boos op mij bent, liever, en ik geef je geen
ongelijk. En als je Laks op een dag vertelt hoe ik werkelijk ben
overleden, en als ze je vraagt of je boos was, en of je nog steeds boos
bent, dan hoop ik dat je haar een eerlijk antwoord geeft, zodat als zij
boos is, ze zich niet eenzaam zal voelen.*

*Maar alsjeblieft, wees niet alleen maar boos. Houd ook nog af en
toe van me. En alsjeblieft, vraag Laks dat ook te doen.*

*En Tom, sta jezelf ook toe om opgelucht te zijn, en laat Laks weten
dat het goed is als zij dat ook voelt. Je hoeft het niet aan haar toe te
geven – ik weet dat je het nooit hardop zou zeggen. Maar geef het
aan jezelf toe. En weet, dat als je dat eindelijk doet, mijn ziel bevrijd
zal zijn (nee, ik ben niet ineens gelovig geworden, maar ik gok erop
dat jij dat misschien ooit wel wordt).*

*Ik wil dat je opgelucht bent, schat. Dat wil ik meer dan wat
ook – om jou van mij te verlossen, en van die gruwelijke ziekte die
mij zo anders maakte dan het meisje die je die dag de adem benam.*

*Daarom heb ik het gedaan – om jou en Laks te sparen. En de
anderen ook, natuurlijk, maar vooral jullie twee. Jullie verdienen alle
geluk en alle avonturen die het leven te bieden heeft, en die je nooit
zou kunnen beleven met mij erbij. Ik wil niet dat je zit opgezadeld
met een vrouw die zich niet in het openbaar kan vertonen zonder
zichzelf te schande te maken; ik wil niet dat Laks vastzit aan zo'n
moeder. Of dat jullie verplicht zijn thuis een volwassen vrouw te*

voeden, te wassen en te verschonen, terwijl jullie eropuit moeten gaan en je leven leven. Ik kan de gedachte niet verdragen dat jullie uren van je leven verspillen aan het bezoeken van een lege huls die ooit je geliefde was, en Laks' moeder, in een verpleeghuis.

En ja, ik heb het ook voor mezelf gedaan – ik zou je nooit kunnen wijsmaken dat het me niet wanhopig maakte dat ik de controle over mijn leven kwijtraakte. Maar ik heb het vooral gedaan voor jou, voor mijn lieve, opofferende echtgenoot, die de komende wie weet hoeveel jaar met liefde aan mij vastgeketend zou hebben gezeten, terwijl de beste jaren van je leven onopgemerkt voorbij zouden vliegen.

En nee, je hebt me niet hiertoe gedreven door je te gedragen alsof ik je beperkte. Ik heb nooit enige woede bij je gevoeld, of dat je je bedrogen voelde omdat je nou net die ene vrouw moest kiezen met een tijdbom in haar DNA. Eerder het tegendeel – ik heb de afgelopen vier jaar het gevoel gehad dat jij bereid was en in staat was en er zelfs helemaal niet tegen opzag om voor mij te zorgen als dit erger werd. Dat je je eerder vereerd zou voelen dan belast om mijn haren voor mij te borstelen, mijn eten te pureren en me met een lepel te voeren, om mijn kin af te vegen na elke hap.

En wat betreft dat ik mijn zin wil krijgen (je wist dat dit zou komen toen je mijn brief vond, nietwaar?): ik wil dat je weer iemand vindt. Ik weet dat je nu je hoofd schudt. Stop. Luister naar me: ik meen het. Ik wil dat je een geweldig iemand ontmoet en ik wil dat je verliefd wordt.

Als het helpt, denk dan dat je het niet voor jezelf doet. Doe het voor mij. Ik word verscheurd door schuldgevoelens dat ik je zo achterlaat, want jij bent degene die het moet zien en die het aan de anderen moet vertellen. Te weten dat je op een dag weer verliefd bent en een relatie krijgt met iemand die sterk en gezond is, die met je kan reizen, met je kan hardlopen, en de rest van je leven een echte partner voor je kan zijn, verlost me van een klein deel van mijn onmetelijk schuldgevoel. Alsjeblieft, alsjeblieft, gun me die verlossing.

Maar doe het vooral voor onze dochter. Ze is nu nog te jong om te beseffen wat een geweldige man en partner haar vader was. Ze moet je weer in die rol zien als zij oud genoeg is om dat te begrijpen en in zich op te nemen. Ze moet zien hoe romantisch en liefdevol en attent je bent. Hoe je aan trouwdagen en Valentijnsdagen en verjaardagen denkt. Hoe je zonder aanleiding bloemen meeneemt. Hoe gul je bent met kussen en complimenten.

Hoe moet ze anders weten waar ze naar moet zoeken?

Wat kan ik anders nog tegen je zeggen, mijn liefde, mijn hart, mijn beste vriend, mijn minnaar, mijn echtgenoot, mijn alles?

Alleen dat het mij zo vreselijk spijt dat ik je zonder waarschuwing heb verlaten en zonder het soort afscheid dat ik had willen nemen. Begrijp alsjeblieft dat ik niet anders kon. Ik had nooit kunnen riskeren dat jij een vermoeden had van mijn plan en het zou proberen te voorkomen, iets wat je zeker gedaan had.

En dank je wel.

Dank je wel voor je geduld en je vergevingsgezindheid in de afgelopen zware jaren.

Dank je wel dat je mijn rots in de branding was.

Dank je wel dat je mij hebt vastgehouden in de nachten waarin ik huilde van woede omdat ik tot zo'n vreselijk en voortijdig einde was veroordeeld.

Dank je wel dat je me elke dag hebt gezegd dat je meer dan ooit van mij hield, dat deze ziekte nooit tussen ons heeft gestaan, dat je er nooit spijt van hebt gehad dat je voor mij hebt gekozen. Dat je altijd bij mij zou blijven, en dat dat was omdat je dat wilde, niet omdat je het gevoel had dat dat moest. Ik geloof je, Tom. Ik weet dat je bij me was gebleven. Ik heb altijd geweten dat dat zo was.

Ik wilde het alleen niet.

En dank je wel dat je mij al die jaren geleden in de foyer van Morrice Hall de adem benam.

En elke dag daarna.

Je Mara

Dankwoord

Mijn diepste dank gaat uit naar Amy Einhorn voor haar briljante redactionele werk, omdat ze mij hielp een nieuw literair drinkspel te bedenken en omdat ze mij toestond een verwijzing naar een zekere Engelse boyband op te nemen ter ere van mijn drie favoriete tienermeisjes. Ik bedank ook Elizabeth Stein, Anna Jardine en de rest van het team bij Amy Einhorn Books, en Thomas Dussel van de Penguin Group USA.

Ik bedank mijn literair agent, Victoria Sanders, die zich aan een nieuwe schrijver waagde en dankzij wie mijn man en ik de meest opwindende vakantie hebben beleefd die we ooit gehad hebben. Ook dank aan Bernadette Baker-Baughman voor het beantwoorden van mijn vele beginnersvragen, aan Chris Kepner en alle anderen bij Victoria Sanders Associates. Ook Eric Rayman, bedankt.

Het was heel belangrijk voor mij om de ziekte van Huntington correct te beschrijven. Ik ben meer dank verschuldigd dan ik kan uitdrukken aan de deskundigen die de tijd namen om mij alles over deze ziekte te vertellen, met name Bonnie Hennig, Ph.D., die mij urenlang de medische, emotionele en sociale aspecten van de ziekte heeft geschetst, en Kelvin Chou, MD, die goed naar Mara's verhaal heeft geluisterd en mij adviseerde over de medische juistheid ervan. Barb Heiman, LISW, en Elynore Cucinell, MD, droegen hun expertise en ervaring bij. Als er dingen niet kloppen, is dat uitsluitend aan mij te wijten.

Ik prijs mijzelf gelukkig met zulke verstandige en behulpzame vrienden. Kate Baker, Jeanne Estridge, Jana Timmer Bastian, Terri Eagan-Torkko, Meghan Eagan-Torkko, Mary Beth Bishop, Jennifer

Bondurant, Julia Kailing Cooper, Sarah Roach Plum, Ruth Slavin, Anna Cox en Sonja Yoerg hebben vroege versies gelezen en becommentarieerd, net als Kate Kennedy. De geweldige Benee Knauer maakte van een manuscript met potentie iets veel beters. Rina Sahay, Elisha Fink, Lori Nelson Spielman, Linda VanAcker, Pamela Landau en Meghan Eagan-Torkko leverden hun expertise over verschillende onderwerpen, van Indiase cultuur, de strafwet in Michigan en het schoolbeleid, tot de sociale omgeving in Detroit en de emotionele problemen rond adoptie en onvruchtbaarheid. Nicole Ross, The Cool Kids, Glenn Katon, The Monday Night Ladies, Nick Kocz, Mike Coffman, Patrick Cauley, Charley Hegarty, Mary Bisbee-Beek en Adam Pelzman boden morele en andere steun op verschillende momenten in het proces. Allemaal heel erg bedankt.

Mijn kinderen, Samantha, Jack, Libby en Maddie zijn niet zuinig geweest in hun bijval en hebben niet één keer geklaagd als ze weer eens 'even dit hoofdstuk afmaken' als antwoord kregen op vrijwel elke vraag die ze mij in een periode van twee jaar stelden. Dank, dank, dank, dank.

Ten slotte gaat veel dank uit naar mijn man, Dan, die twee jaar lang het huishouden op zich heeft genomen, terwijl ik mij in een hoekje verstopte, gebogen over mijn laptop. Hij was mijn eerste redactionele adviseur en kreeg van mijn schrijversvrienden de naam de Plotdokter vanwege zijn griezelige vermogen om de moeilijkste vragen over de verhaallijn en de karakters op te lossen. Zijn 'beloning' daarvoor was dat ik hem voortdurend stoorde met de vraag: 'Mag ik je nog iets vragen over het boek?' Waarop hij altijd antwoordde: 'Natuurlijk.'